Swen Artmann

Das kleine Leben
geht weiter

Über dieses Buch:

Der 48-jährige Karl Bauer ist noch immer Finanzbeamter, Kassenbrillen-Träger, begeisterter Dacia-Fahrer und Hobbykegler bei den *„Flachlegern"*. Er lebt mit seiner Frau Marianne sein kleines Leben in einem gemütlichen Reihenhaus in Billerbeck, einer beschaulichen Kleinstadt im Münsterland. Eigentlich hat er alles, was man zum Glück braucht, wenn man einmal von seinem schütteren Haar, dem unförmigen Körper und seiner Verschrobenheit absieht.
Doch in Karl herrscht der permanente Drang nach Erfüllung, Abenteuer und dem scheinbar wirklichen Leben. Und so schlingert dieser sympathische, vorlaute und manchmal etwas plumpe Kerl, wie auch schon in den ersten beiden Bänden der Karl-Bauer-Trilogie *„Aus dem Leben eines kleinen Mannes"* und *„Gestatten, Karl Bauer!"*, von einer Katastrophe in die nächste und erlebt auf diese Weise kuriose, dramatische und zutiefst emotionale Geschichten u.a. beim Hausarzt, im Discounter, während einer Psychotherapiesitzung, im Finanzamt, während einer Hundeausstellung in Dortmund, im Friseursalon, bei der Aufzeichnung der Fernsehsendung *„Männertausch"* und während einer Wohnmobil-Tour an die Mosel.

Über den Autor:

Swen Artmann, Jahrgang 1972, arbeitet seit vielen Jahren als Sonderpädagoge und stellvertretender Schulleiter an einer Förderschule im Kreis Steinfurt. Seit seinem 15. Lebensjahr verfasst er Kurzgeschichten, Liedtexte und Gedichte, von denen viele bereits in diversen Zeitschriften, Magazinen, Anthologien und im Internet veröffentlicht wurden.
Der Sänger einer Cover-Rockband und Motorradfahrer lebt mit seiner Familie in Billerbeck/NRW.

„Das kleine Leben geht weiter" ist nach *„Aus dem Leben eines kleinen Mannes"* (ISBN 978-3-84233-673-5) und *„Gestatten, Karl Bauer!"* (ISBN 978-3-84480-508-6) Swen Artmanns drittes Buch und zugleich der Abschluss der tragikomischen Karl-Bauer-Trilogie.

Swen Artmann

Das kleine Leben
geht weiter

Books On Demand, Norderstedt

Infos / Homepage des Autors:

www.swen-artmann.de

„Über sieben Brücken musst du gehen,
sieben dunkle Jahre überstehen,
sieben Mal wirst du die Asche sein,
aber einmal auch der helle Schein.“

(Text: Helmut Richter, 1978 / Interpreten: Karat/P. Maffay)

Für Anke, Ronja und Maja

Und natürlich
für den wahren Karl,
der mich immer wieder
aus meinem Alltag gerissen hat.

Prolog

Als er die ausweglose Situation in ihrer ganzen Bedeutung realisiert, ist es auch schon zu spät. Er klammert sich verzweifelt und mit ganzer Kraft an den Handgriff über der Wagentür und sieht den Baum mit tödlicher Geschwindigkeit auf sich zurasen.

Elende Lügner, denkt er mit einem Anflug von Wut und Angst, während er in einer sehr langen Millisekunde über die Berichte unzähliger Menschen mit Nahtoderfahrungen nachdenkt, die einen in Talkshows immer so gerne und mit leuchtenden Augen wissen lassen wollen, dass einem kurz vor dem Ende noch einmal das ganze Leben wie in einem Film erscheint.

Er sieht keine Bilder und Sequenzen, bekommt die Höhepunkte seines Daseins nicht auf einem goldenen Tablett serviert - *er* sieht nur den dicken, mächtigen Stamm der Eiche.

Die Wucht des Aufpralls lässt ihn mit brutaler Gewalt gegen das Armaturenbrett des alten Sportwagens prallen. Und dann ist plötzlich nur noch tiefe, finstere Nacht um ihn herum.

Als er irgendwann wieder zu sich kommt, öffnet er langsam die verklebten Lider. Zuerst sieht er gar nichts. Nach einigen Sekunden nimmt er jedoch den dichten Rauch wahr, der durch die zersplitterte, völlig zerstörte Windschutzscheibe ins Wageninnere dringt. Er hustet und stöhnt und tastet mit den Fingern der rechten Hand nach seiner Stirn, die so heftig schmerzt, als befände sich ein glühendes Stück Eisen darin. Er lässt den Arm wieder sinken und betrachtet ungläubig die blutigen Fingerspitzen. Anschließend dreht er den Kopf und erschrickt so stark, dass ihm der Schock augenblicklich die Kehle zuschnürt. Und so dringt auch nur ein unterdrücktes, kraftloses Krächzen zwischen seinen aufgeplatzten Lippen hervor, als er seinen Freund Herbert betrachtet, der mit zerschmettertem Schädel und eingequetschtem Brustkorb neben ihm zwischen Lenkrad und Sitz eingeklemmt hängt und ihn aus toten, ausdruckslosen Augen anstarrt.

„Karl, es war nur ein Traum!"

Marianne hat die Nachttischlampe eingeschaltet und hält ihren völlig verschwitzten, zuckenden und fast hyperventilierenden Mann fest an sich gedrückt. Dieser ist jedoch noch immer nicht in der Lage, auch nur einen klaren Gedanken zu fassen. Er wehrt sich so sehr gegen die Umarmung seiner

Frau, als handele es sich bei ihr um Luzifer persönlich, der gekommen ist, um ihn in die Hölle und ins lodernde Fegefeuer zu reißen. Schließlich befreit er sich aus ihrem Griff, springt aus dem Bett und lehnt sich keuchend und zitternd gegen eine der verspiegelten Türen des Schlafzimmerschranks. Marianne tritt von hinten an ihn heran und legt ihm behutsam beide Hände auf die nackten Schultern.

„Mensch Karl, was ist denn nur los mit dir?" Der Angesprochene dreht das Gesicht und schaut sie mit glasigen Augen für einige Sekunden so verwirrt und abwesend an, dass Marianne sich nicht sicher ist, ob ihr Mann sie überhaupt verstanden hat. Endlich wird sein Blick wieder etwas klarer.

„Gar nichts, Schwänchen. Ist alles in Ordnung."

„Das sehe ich!", kontert Marianne. Karl wendet sich noch immer schwer atmend von ihr ab und geht ins Bad, welches direkt an das Schlafzimmer des kleinen Reihenhauses angrenzt. Am Waschbecken lässt er sich Wasser in einen Zahnputzbecher laufen und trinkt anschließend so gierig und hastig, dass ihm die Hälfte auf Brust und Badezimmerteppich läuft.

„Das geht so nicht mehr weiter, Karl." Marianne kommt ins Bad, klappt den Toilettendeckel herunter und setzt sich.

„Was denn?", fragt Karl schnippisch, stellt den Becher zurück auf das Becken und greift nach seiner übergroßen Kassenbrille, die auf der Ablage unter dem Spiegel liegt. „Dass ich deinen wertvollen Nasszellen-Perser mit Kraneburger volltropfe?" Marianne sieht ihn an, und in ihrem Gesicht zeichnen sich Traurigkeit und tiefe Sorge ab.

„Du weißt genau, was ich meine. Seit Herberts Tod hast du fast jede Nacht Albträume und klagst zudem ständig über Kopfschmerzen und Schwindelanfälle. Außerdem warst du seit Monaten nicht mehr beim Kegeln - und selbst mit Stephan triffst du dich nicht mehr."

Karl schnauft verächtlich.

„Ach, da halte ich es wie der Liebe Gott. Der lässt sich auch kaum blicken, hat aber trotzdem einen ganz guten Ruf."

„Jetzt hör doch mal auf mit deinen blöden Kommentaren, Karl. Ich meine es ernst. Du sitzt nach der Arbeit nur noch gedankenverloren und abwesend bis spät in die Nacht auf der Couch, stopfst jede Menge ungesundes Zeug in dich hinein und trinkst dabei so viel Bier, dass du nicht nur immer dicker wirst, sondern zudem Gefahr läufst, auch noch ein massives Alkoholproblem zu bekommen."

„Alkoholproblem? Jetzt lass mal den Dom im Städtchen! Und zugenommen habe ich auch nicht." Karl tippt, um sie einzuschalten, mit dem großen Zeh

auf die elektronische Waage und besteigt das flache Messinstrument daraufhin unter so lautem Stöhnen, als erklimme er den Gipfel eines ausgewachsenen 6000ers. „Du immer mit deinen übertriebenen Sorgen und Befürchtungen. Und das nur, weil ich mal ein wenig schlecht schlafe. Und vom Gewicht her bin ich die letzten Jahre konstant bei…ups!" Marianne tritt an ihn heran und wirft einen Blick auf die digitale Anzeige.
„Da hast du es! 103 Kilogramm bei 1,72 Meter Körpergröße. Das geht echt nicht. Du bist 48, lässt dich aber gehen wie ein vereinsamter, kranker 90-Jähriger ohne Lebensmut und Antrieb." Während Karl von der Waage klettert und sich auf den Badewannenrand hockt, sieht er seine Frau mit skeptischem Blick und gerunzelter Stirn an.
„Und, Frau Küchen- …äh, WC-Psychologin? Was soll ich deiner Meinung nach tun? Eines sage ich dir gleich: Ich mach nicht wieder so eine Kohlsuppendiät." Marianne setzt sich neben ihn auf die Wanne und greift nach einer Hand von ihm, um sie an ihre Wange zu drücken.
„Es geht mir nicht nur um dein Übergewicht." Sie wendet den Kopf und schaut ihren Mann mit eindringlicher Miene an. „Es geht mir um dich, du Stoffel. Ich sehe doch, dass es dir nicht gut geht. Dass du seit ein paar Monaten total verändert bist, kaum noch lachst und dich immer mehr in dich zurückziehst." Karl senkt den Kopf und betrachtet seine krummen Zehen mit den eingewachsenen Nägeln.
„Quatsch! Ich brauche nur noch ein wenig Zeit, bis ich das mit…Herbert so richtig…verarbeitet habe. Ist ja auch noch nicht so lange her, der Unfall."
Marianne nimmt sein Gesicht in die Hände und dreht es in ihre Richtung.
„Karl, ich weiß, dass Herberts Tod ein schlimmer Schock für dich war, doch das ist jetzt ein halbes Jahr her. Und wenn ich ehrlich bin, kann ich nicht erkennen, dass du schon angefangen hast, diese Sache zu verarbeiten - im Gegenteil. Es kommt mir eher so vor, als würdest du vor einer wirklichen Verarbeitung, einer wahren Trauer davonlaufen. Du redest nicht mit mir, ziehst dich immer weiter in dein Schneckenhäuschen zurück und bist regelrecht dabei, dich und deinen Körper kaputtzumachen."
Karl schüttelt energisch mit dem Kopf, steht auf und geht einige Schritte im Badezimmer umher. Dabei wirkt er wie ein weißer, nervöser Zirkusbär in einem zu engen Käfig. Irgendwann bleibt er stehen, hebt den Blick und meint mit kämpferisch vorgeschobenem Kinn:
„Frau Bauer hört wieder das Gras wachsen! Ich und meinen Körper kaputtmachen." Er baut sich vor Marianne auf und stemmt die Fäuste in die breiten Hüften. „Ich finde, wir sollten die ganze Sache hier nicht

dramatisieren. Und schon gar nicht mitten in der Nacht. Ich gehe jetzt auf jeden Fall wieder ins Bett. *Ich* brauche meinen Schlaf, denn *ich* muss morgen, im Gegensatz zu dir, wieder arbeiten."

Als Karl sich anschickt, das Badezimmer zu verlassen, steht Marianne auf und stellt sich ihm in den Weg. Und dann erklingt ihre Stimme so laut und durchdringend, dass der Spiegel über dem Waschbecken zu vibrieren beginnt.

„Du bleibst jetzt hier, verdammt noch mal! Ich sehe mir das nicht noch länger mit an, wie du dein Leben wegschmeißt. Das hätte Herbert auch nicht gewollt."

„Lass endlich Herbert aus dem Spiel!", ruft er donnernd. „Der ist tot und begraben!" Trotzig zieht er die Nase hoch und wischt sich kurz über die Augen. „Und höre gefälligst auf zu schreien, oder willst du mit deinem Gezeter ganz Billerbeck aufwecken? Mir geht es super!"

„Na klar! Dir geht es super!", ruft Marianne. „Sag mal, merkst du überhaupt noch was? Wenn ich dich so ansehe, ist da kaum noch was von dem Karl, in den ich mich vor mehr als zwanzig Jahren verliebt habe. Ich sehe im Augenblick nur einen kleinen, dicken, grimmigen Mann, der sich selbst unendlich leidtut, sich von der Außenwelt abschottet, seinen ganzen Kummer in sich hineinfrisst und niemanden an sich heranlässt."

Karl tritt einen Schritt zurück und verschränkt die Arme vor der nackten Brust. In seinen Augen flackern Wut und Zorn.

„Verlass mich doch, wenn du nicht mehr mit mir zusammenleben möchtest!", entfährt es ihm hitzig. „Damit komme ich auch schon noch klar."

Marianne zuckt traurig mit den Schultern und sackt ein wenig in sich zusammen.

„Du störrischer, eigensinniger Esel. Davon kann doch gar keine Rede sein. Ich will nur nicht, dass du hier in Selbstmitleid zerfließt und dich völlig tatenlos deinem Schicksal ergibst."

„Sag mir doch mal, was ich machen kann, wenn du so klug bist!", mault Karl nun noch eine Spur aggressiver.

Marianne seufzt und denkt einen Moment nach, während sie sich einige Male durch ihr vom Schlaf zerzaustes Haar fährt.

„Zunächst einmal möchte ich, dass du donnerstags wieder zum Kegeln gehst und dich außerdem mit Stephan triffst. Ich schätze, dass ihm das auch gut tun würde. Schließlich war Herbert nicht nur dein bester Freund."

Karl schürzt die Lippen und mault wie ein bockiger Dreijähriger:

„Kegeln ist langweilig. Da will ich nicht mehr hin."

Ohne auf den Einwand ihres Gatten einzugehen, spricht Marianne weiter.

„Und ich will, dass du dich wieder mehr um deine Gesundheit kümmerst. Du meldest dich morgen früh im Büro krank und gehst direkt zu Doktor Schumacher. Wir haben zwar Altweiber, doch die Praxis ist bis zwölf Uhr geöffnet. Der Arzt soll dich mal gründlich durchchecken. Und ich verlange von dir, dass du ihm auch von deinen Kopfschmerzen und Schwindelanfällen erzählst. Und von Herbert und deinen…Albträumen.“
„Noch was?“, entfährt es Karl. „Soll ich ihm vielleicht auch noch verraten, wie hoch unsere monatliche Belastung für das Haus ist, wie oft ich meine Unterhosen wechsle und was es vergangenen Sonntag bei uns zum Essen gab? Ich meine, wenn ich schon mein ganzes Leben vor ihm ausbreiten soll.“
Marianne senkt niedergeschlagen den Blick.
„Ach Karlchen.“
„Ach Karlchen, ach Karlchen!“, schnauzt ihr Gatte noch immer erregt. „Muss es denn unbedingt dieser Schumacher sein? Der ist blöd! Und der ist immer so unfreundlich zu mir.“
„Natürlich ist er das! Weil du dich nie an seine Ratschläge hältst und immer nur kommst, wenn es mal wieder zu spät ist. Ich finde, dass Doktor Schumacher der Richtige für dich ist. Der spricht zumindest Klartext.“
„Klartext? Dass ich nicht lache. Der Kerl ist ein eingebildeter Zyniker.“
„Der Kerl ist ein hervorragender Allgemeinmediziner, der zudem in der Lage ist, hinter die Masken und Fassaden seiner Patienten zu blicken.“
Karl senkt plötzlich nachdenklich den Kopf und kratzt sich unsicher am Kinn, bevor er einige Augenblicke schweigend und bewegungslos innehält.
„Okay“, gibt er sich schließlich geschlagen. „Von mir aus gehe ich zu diesem bekloppten Quacksalber. Ich werde vor ihm aber garantiert keinen Seelenstriptease hinlegen - ich bin doch nicht bescheuert.“
„Musst du auch gar nicht“, versichert Marianne ihm ein wenig erleichtert. „Lass dich einfach nur gründlich von ihm untersuchen und erzähle ihm ein wenig von deiner aktuellen Lebenssituation. Ich verspreche dir, der Rest kommt von ganz alleine.“

Ein neuer Anfang

„Herr Bauer, was fällt Ihnen an Ihrem Körper auf?" Karl kratzt sich verlegen an der linken Brustwarze, während er seinen Körper, dessen intimste Stellen lediglich durch den verwaschenen, ausgeleierten Stoff der alten Unterhose notdürftig verdeckt werden, ein weiteres Mal wohlwollend im Spiegel des Untersuchungszimmers betrachtet, über dessen Rahmen bunte Karnevals-Luftschlangen hängen.

„Nun", antwortet er nach etwa einer Minute mit einem selbstzufriedenen Gesichtsausdruck, nachdem er sich die antiquierte Brille zurechtgerückt hat. „Wenn ich ehrlich bin, finde ich mich eigentlich total in Ordnung. Gut, ich bin jetzt nicht gerade ein Fotomodel, doch wer ist das schon? Schließlich heiße ich ja auch Bauer und nicht Klum." Er hält kurz inne, kratzt sich an der rechten Warze und fährt unbeirrt und souverän fort: „Ich bin sowieso der Meinung, dass es diese überschönen, magersüchtigen und ewig strahlenden Menschen nur im Fernsehen oder auf irgendwelchen Laufstegen gibt. Im richtigen Leben kommen die doch so gut wie gar nicht vor. Oder ist Ihnen hier in Billerbeck schon mal so ein Exemplar vor die Flinte gehoppelt?"

Dr. Schumacher, auf dessen Wangen jeweils ein rotes Herzchen prangt und dessen Krawatte direkt unterhalb des Knotens von einer wahrscheinlich übereifrigen Sprechstundenhilfe abgeschnitten worden ist, erhebt sich seufzend von seinem Hocker und stellt sich direkt vor den kleinen Finanzbeamten.

„Ich will Ihnen gegenüber aufrichtig sein, Herr Bauer. Sie haben den Körper eines 40- bis 45-Jährigen, der…"

„Ha!", fährt Karl dem Doktor freudig ins Wort, während er die Pobacken anspannt, den wabbeligen Bauch einzieht, den Blick hebt und seinem Gegenüber selbstbewusst ins geschminkte Antlitz schaut.

„Herr Schumacher, da können Sie es mal sehen. Und meine Frau meint ständig, ich müsse mehr auf meine Figur achten. Ich wusste immer, dass die den Schuss nicht gehört hat. Ach, was sage ich? Die hat den kompletten Krieg verpasst!" Der Arzt legt die Stirn in Falten und erwidert gedehnt:

„Ich war mit meinen Ausführungen noch nicht ganz fertig." Er hüstelt, streicht sich über den Kragen seines weißen Kittels und knurrt:

„Ich wollte sagen, dass Sie den Körper eines 40- bis 45-Jährigen haben, der in seinem ganzen Leben noch nicht eine einzige Sekunde Sport getrieben hat. Außerdem springt einen Ihre ungesunde Ernährung in Kombination mit Ihren wahrscheinlich völlig erhöhten Cholesterinwerten förmlich an."

Während Karl peinlich berührt ein wenig in sich zusammensackt und augenblicklich Gesäß- und Bauchmuskeln wieder entlastet, streckt der Allgemeinmediziner seine rechte Hand aus, um dem Halbnackten mit einem kalten Daumen über die Stirn zu wischen.

„Ihre Haut ist zum Beispiel auch eindeutig zu fettig.“

„Meine Haut ist zu fettig?“, platzt es aus Karl heraus, während seine Nasenflügel, dem Altweiber-Fest Tribut zollend, zunächst erregt Lambada und anschließend Rumba tanzen. „Bei allem Respekt, Herr Doktor, aber wo haben Sie denn Ihre Ausbildung zum Arzt gemacht? In Äthiopien? Meine Haut ist völlig normal.“

„Da gebe ich Ihnen recht. Ihre Haut ist für einen bewegungsverweigernden Mitteleuropäer, der sich vornehmlich nach zwanzig Uhr von Frittiertem, fettig Gebratenem, Schokolade und Bier ernährt, völlig normal.“

„Sie haben ja wohl nicht mehr alle Spritzen im Schrank! Heute Morgen schon zu viel Karneval gefeiert, was?“, faucht Karl. „Oder hat Sie etwa meine Frau angerufen?“ Schumacher rollt beängstigend mit den Pupillen.

„Ich benötige keine Souffleuse, die mir ins Ohr flüstert, wie es um Sie bestellt ist. Ich habe funktionierende Augen und ein gesundes Gehirn im Kopf.“ Er dreht sich um, zieht ein Papiertuch aus dem Spender neben dem Waschbecken und reicht es Karl.

„Wischen Sie sich damit doch bitte einmal übers Gesicht.“ Karl nimmt das graue Tuch widerwillig entgegen und fährt sich kraftlos über die hohe Stirn und die schlaffen Wangen. Anschließend betrachtet er die dunklen Verfärbungen und Flecken im Zellstoff.

„Sehen Sie, Herr Bauer. Mit der öligen Substanz, die sich in diesem Tuch befindet, könnte man locker sämtliche Fritteusen des Münsterlandes füllen.“

„Hören Sie mal, Sie Narren-Prinz!“, brüskiert sich der frisch Gedemütigte eloquent. „Das war jetzt aber nicht die feine englische Art. Sie scheinen vergessen zu haben, dass ich ein privatversicherter Patient bin und nicht Ihr Leibeigener, auf dem Sie rumhacken können, wie auf einem toten Stück Holz. Ich kann mir auch einen anderen Arzt suchen.“

Schumacher neigt den Kopf zur Seite und betrachtet Karl so eindringlich, als wolle er ihn hypnotisieren.

„Verzeihen Sie meine Ausdrucksweise, Herr Privatpatient, aber ich vertrete die Auffassung, dass es stets sinn- und wirkungsvoller ist, den Leuten die Wahrheit zu sagen. Ihnen ist doch auch nicht damit gedient, wenn ich hier eine Märchenstunde abhalte und Ihnen mitteile, dass Sie einen durchtrainierten Körper haben, Ihre Ernährung vorbildlich ist und Sie die gesundheitliche Konstitution eines kanadischen Baumfällers besitzen." Karl betrachtet sich ein weiteres Mal im Spiegel, während er äußerst mannhaft und willensstark dem Drang widersteht, seinem Gegenüber das Stück Papier in den Mund zu stopfen.

„Also, Herr Doktor. Ich finde wirklich, dass ich gut aussehe - zumindest größtenteils. Man muss sich ja auch nicht immer direkt an den Extremisten…äh, Extremen orientieren. Und Sie dürfen auch nicht vergessen, dass ich lediglich einen Bürojob im Finanzamt ausübe, der…"

„Herr Bauer!", unterbricht ihn der Arzt energisch, während er einen ungeduldigen Blick auf seine Armbanduhr wirft. „Ich habe nichts dagegen, wenn Sie mit Ihrer beschlagenen Brille durchs Leben laufen und sich selbst belügen wollen. Doch dann sollten Sie sich wirklich einen anderen Arzt suchen. Solange Sie zu mir kommen, verkündige ich Ihnen die wahren Fakten und Tatsachen."

„Ach ja?", gibt Karl giftig zurück. „Dann verkündigen Sie doch mal die wahren Fakten, Sie Fastnachts-Messias. Wie viele Monate habe ich denn noch, wenn es so schlimm um mich steht?" Der Mediziner stößt die Luft lautstark heraus, geht zurück zu seinem Sessel und setzt sich.

„Jetzt werden Sie mal nicht blasphemisch. Es ist ja wohl nicht meine Schuld, dass Ihr Körper jeden Betrachter direkt an einen aufgehenden, blassen Hefeteig denken lässt."

„Aufgehender, blasser Hefeteig?", bellt Karl und schleudert das Papiertuch mit einer solchen Wucht vor sich auf den Boden, dass das Linoleum direkt großflächig aufgeplatzt wäre, hätte das Wurfobjekt nur zehn Gramm mehr Gewicht. „Ich zeige Ihnen gleich mal, was da noch für Kräfte in diesem blassen Hefeteig stecken. Mein Körper ist völlig okay, nur damit Sie es wissen." Er geht zur Liege, um nach seinem Unterhemd zu greifen. „Und noch was, Sie Herzchen-Doktor. Ich werde jetzt gehen und mir tatsächlich einen anderen Arzt suchen. Und zwar einen, der mehr von seinem Fach versteht als Sie. Und vor allem einen, dem das Wohl seiner Patienten wichtig ist. Sie scheinen mit Ihren Gedanken doch schon beim Karnevalsumzug in der Innenstadt zu sein."

„Tun Sie, was Sie nicht lassen können. Weisen Sie meinen Kollegen aber bitte direkt darauf hin, dass bei Ihnen nicht nur umfangreiche Blutuntersuchungen, sondern mindestens auch noch ein Belastungs-EKG und etliche andere Tests durchgeführt werden müssen - natürlich nur, wenn Sie beabsichtigen, Ihren 60. Geburtstag noch zu erleben." Karl hält mitten in seinen Ankleidebewegungen inne. Er bietet in diesem Augenblick einen recht merkwürdigen Anblick, wie er so mit dem Unterhemd über seinem Gesicht halbnackt mitten im Raum steht und nachdenkt. Dann zieht er sich die Feinrippware über den Kopf, steckt sie in die Unterhose und wirft Schumacher einen skeptischen Blick zu.

„Wie meinen Sie das?" Der Arzt wendet sich seiner Computertastatur zu und beginnt damit, sie nach dem Ein-Finger-Suchsystem so vorsichtig und zaghaft zu bedienen, als hätte er Angst davor, dass sich das schwarze Kunststoffteil plötzlich in zarten Zuckerguss verwandeln oder unter der Oberfläche eine Bombe versteckt sein könnte, die sofort explodiert, wenn man zu heftig auf die einzelnen Tasten drückt. Irgendwann sieht er mit seinem bemalten Gesicht wieder in Karls Richtung.

„Wie ich es gesagt habe." Karl zieht sich den Hocker heran, platziert ihn vor dem Schreibtisch von Schumacher und lässt seine 103 Kilogramm Lebendgewicht wie in Trance darauf nieder.

„Jetzt sagen Sie doch mal. Wie schlimm ist es?" Der Allgemeinmediziner beendet seine Eingaben und wendet sich Karl zu.

„Ich bin natürlich kein Experte in Sachen Gesundheit, doch ich würde mal sagen, dass Sie einen gewaltigen Raubbau mit Ihrem Körper betreiben." Karl schlägt ein Bein über das andere, spielt nervös mit seiner Brille und legt danach die gefalteten Hände in den Schoß.

„Kommen Sie, Herr Schumacher. Jetzt mal Butter bei die Fische. Ich kann einiges ab. Ich bin hart im Nehmen." Der Doktor nickt gedankenverloren, fummelt an seinem kastrierten Schlips herum und meint anschließend mit dem Intonationstalent eines Bestattungsunternehmers auf Valium:

„Sie wollen die Wahrheit von einem Stümper wie mir hören? Von einem, der noch vor wenigen Sekunden bei der Wahl zum *Rektum des Monats* beste Chancen auf den Sieg hatte?"

„Mein Gott, ja. Es tut mir leid, aber ich war eben etwas…angesäuert."

„Okay!", erwidert Schumacher, steht auf und geht um den Schreibtisch herum, um sich vor Karl aufzubauen.

„Wenn Sie sich bitte noch einmal erheben würden."

Karl steht mit wackeligen Knien auf und fühlt sich in diesem Moment wie ein angeklagter Maximalpigmentierter während der Urteilsverkündung vor einem amerikanischen Südstaaten-Gericht, dessen Jury ausschließlich aus Ku-Klux-Klan Mitgliedern besteht.

„Ausziehen!" Ohne Widerworte zerrt sich Karl erneut das fast graue Unterhemd über den Kopf, lässt es achtlos zu Boden fallen und will sich gerade die Unterhose herunterziehen, als ihm der Arzt mit erhobener Hand und erschrockenem Gesichtsausdruck Einhalt gebietet.

„Nein, bitte nicht! Ersparen Sie mir den Anblick. Ich hatte nicht vor, die Analyse Ihres Gesamtzustandes bis ins kleinste Detail auszudehnen."

Der Finanzbeamte zieht das formlose Stück Stoff wieder in die Höhe und blickt den Arzt erwartungs- und sorgenvoll zugleich an.

„Gut", flüstert er schließlich so kraftlos, als erwarte er in diesem Augenblick tatsächlich sein Todesurteil. „Sagen Sie mir die Wahrheit."

„Wie Sie wünschen. Drücken wir es einmal sachlich aus: Ihre Figur ist tendenziell suboptimal. Das heißt, dass es grundsätzlich noch Hoffnung gibt. Auf den ersten Blick erkennt jedoch selbst ein Blinder mit Armbinde, Krückstock und Schäferhund eine ausgeprägte Gynäkomastie."

Karl droht, ob der Nennung dieses für ihn völlig unverständlichen Fachausdrucks, fast das Gehirn auszusetzen. Er schwankt wie ein Birken-Setzling während des Orkans Kyrill und will sich schon wieder auf den Hocker werfen, als der Arzt beschwichtigend die Hände hebt.

„Jetzt werden Sie mal nicht theatralisch, Herr Bauer. Unter Gynäkomastie versteht man im Volksmund lediglich die sogenannten Herrenbrüste. Dabei handelt es sich um eine auffällige Vergrößerung der Brustdrüsen durch Vermehrung des Drüsengewebes."

Während Frau Bauer sich sicher ist, in den Augen des Doktors mehr als nur eine Spur von Hohn und Spott zu erkennen, fährt der Peiniger unbeirrt und mit der akribischen Präzision und Begeisterung eines geborenen Psychopathen und Sadisten fort:

„Man unterscheidet in der Medizin die echte und die falsche Gynäkomastie. Während die echte auf krankhafte und gestörte Körperfunktionen zurückgeht, auf die ich aus Zeitgründen nicht näher eingehe, entsteht die falsche Gynäkomastie vor allem durch Fetteinlagerung bedingt durch Übergewicht und Fettsucht." Schumacher starrt Karl völlig nüchtern an.

„Ich glaube, wir zwei sind uns darüber einig, wie Ihre Körbchengröße C entstanden ist, oder?" Während das Busenwunder verzweifelt nach Luft schnappt und dabei einem Karpfen ähnelt, der irgendwo im Fluss die falsche Abbiegung genommen hat und nun auf trockenem Land liegt, greift der Halbgott in Weiß nach Schultern, Brustkorb und Armen seines Patienten.

„Zudem stelle ich bei Ihnen eine Erschlaffung der kompletten Oberkörpermuskulatur fest. Sie wirkt, entschuldigen Sie nochmals meine Direktheit, wie bei Menschen, die nach einer langen Zeit aus dem Koma erwachen. Ich schätze mal, dass Sie mein zehnjähriger Sohn im Armdrücken

besiegen würde. Natürlich würde ich dieses niemals zulassen. Die Gefahr, dass Ihnen bei dieser Aktion der Arm ausgekugelt werden würde, ist einfach zu groß. Und mit solchen Verletzungen ist, in Anbetracht Ihres Alters und Ihres Allgemeinzustandes, im Hinblick auf die langwierigen Genesungs- und Heilungszeiten nicht zu spaßen." Der Mediziner geht in die Hocke, um mit der systematisch fachmännischen Abtastung fortzufahren, indem er sich nun Karls Gesäß, Oberschenkeln und Waden zuwendet.
„Was ich eben über Ihre Oberkörpermuskulatur sagte, lässt sich ohne Einschränkung auch auf Ihren restlichen Körper übertragen." Er erhebt sich wieder, um sich einen Hocker heranzuziehen. „Setzen Sie sich, Herr Bauer." Während Karl gehorcht, spricht der Akademiker weiter.
„Natürlich muss auch ich bei Ihnen in den nächsten Tagen noch ein paar Tests durchführen, doch ich kann Ihnen jetzt schon sagen, dass Sie zu der immer größer werdenden Gruppe von Bundesbürgern in Ihrem Alter gehören, die direkt auf einen Herzinfarkt oder einen Schlaganfall zusteuert. Sie müssen dringend etwas unternehmen, wenn Sie nicht in ein paar Jahren vom Leben die Quittung für Ihren nachlässigen Umgang mit Ihrem Körper erhalten wollen." Karl senkt den Blick und beginnt damit, mit einer Fettrolle an seinem Bauch zu spielen, die sich einfach nicht wegdrücken lassen will.
„Und woran haben Sie da gedacht?", will er schließlich kleinlaut wissen. „Fettabsaugen, Gesichtsstraffung, Vitamintabletten und Botoxbehandlung?" Schumacher schüttelt nachdenklich das Haupt.
„Ich dachte da eher an eine Umstellung Ihrer Lebensgewohnheiten. Was bedeutet, dass Sie in Zukunft weniger Alkohol, gesättigte Fettsäuren, Kohlenhydrate und Zucker zu sich nehmen sollten. Und natürlich müssen Sie sich wesentlich mehr bewegen und Ihr Gewicht drastisch reduzieren." Karls Augen weiten sich geschockt.
„Sie wollen mir aber jetzt nicht sagen, dass ich Sport oder so was in der Richtung machen soll, oder?"
„Nein, natürlich nicht", beruhigt ihn der Doktor mit einer beschwichtigenden Handbewegung. „Sport wäre da der völlig falsche Weg."
„Puh!", entfährt es Karl, während er erleichtert ausatmet. „Ich hatte mir schon Sorgen gemacht." Der Allgemeinmediziner schaut seinen Patienten entgeistert an.
„Bei Ihnen sind logische Schlussfolgerungen auch so selten wie lebendige Dinosaurier in Deutschland, was? Natürlich müssen Sie Sport treiben."
Karl wendet sich kopfschüttelnd von Dr. Schumacher ab und geht zu der Liege, auf der seine Kleidungsstücke liegen.

„Das mit dem Sport können Sie sich mal, zusammen mit diesen dämlichen Herzchen, getrost von der Backe putzen - schließlich bin ich keine zwanzig mehr. Da fahre ich doch lieber nach Polen und lege mich dort in einer kleinen Vorstadtklinik für ein paar Stündchen unters Messer. Ich habe kürzlich eine Reportage im Fernsehen gesehen. Die nehmen im Osten nur etwa ein Viertel von dem, was hier in Deutschland für Schönheitsoperationen verlangt wird, arbeiten aber nach denselben Methoden - und anschließend sieht man aus wie neu." Er beginnt damit, sich seine Klamotten anzuziehen.
„Herr Schumacher, ich danke Ihnen. Sie haben mir sehr geholfen. Und es geht mir auch schon viel besser. Ich denke mal, dass wir uns so schnell nicht wiedersehen werden."

XXX

Karl lässt sich in den Fahrersitz seines Dacia Logans fallen und knallt die Tür so heftig zu, als wolle er dem kleinen rumänischen Auto wehtun. Obschon er vor Kälte zittert, die Temperaturen liegen an diesem Februarmorgen bei ungemütlichen fünf Grad, spürt er, wie er unter den Armen, im Nacken und auf der Stirn zu schwitzen beginnt. Und dann ist da ganz plötzlich wieder dieses leichte Schwindelgefühl, welches er nicht nur vorhin in der Arztpraxis, sondern auch während der letzten Monate immer wieder gehabt hat. Er schließt für einen Moment die Augen und zwingt sich, gleichmäßig zu atmen. Irgendwann zählt er langsam bis zehn, weiter bis fünfzig und als er bei hundert angekommen ist, öffnet er die Lider wieder.
„So ein Mist", flucht er leise vor sich hin und startet den Motor. „Das liegt bestimmt daran, dass ich heute noch nichts Ordentliches gegessen habe. Und die Hose ist auch viel zu eng. Da muss einem ja schwindelig werden."
Er fährt durch die Außenbereiche der Billerbecker Innenstadt, den Dom immer auf seiner linken Seite wissend, verdreht da und dort, ob der wegen des Karnevalsumzugs gesperrten Straßen, leicht genervt die Augen und befindet sich wenige Augenblicke später auf der Hauptstraße, die direkt aus dem kleinen Städtchen hinaus in Richtung Darfeld führt. Als er den Aldi-Markt auf der rechten Seite erblickt, fällt ihm plötzlich siedend heiß ein, dass Marianne ihm aufgetragen hat, etwas Gesundes für das Mittagessen zu besorgen. Karl tritt, ohne ans Blinken zu denken, so heftig aufs Bremspedal, dass der Fahrer des mächtigen Jeeps hinter ihm gezwungen ist, eine regelrechte Vollbremsung durchzuführen, um den Rumänen nicht auf die Dicke einer Tageszeitung zusammenzupressen. Die Laune des SUV-Fahrers

bessert sich auch nicht sonderlich, als er realisiert, dass der Dacia gerade eben nicht nur den Verkehr in erheblichem Maße gefährdet, sondern dessen Besitzer den Motor zu allem Überfluss auch noch abgewürgt hat.

„Das ist ja mal wieder klar!", ruft Karl wütend, während er versucht, sein Auto zu starten und zeitgleich den wild gestikulierenden urbanen Geländefreak im Rückspiegel betrachtet. „Eine Bonzenkarre besitzen und so dicht auffahren, dass man auf die kleinsten Veränderungen des laufenden Verkehrs kaum noch reagieren kann. Typisch!"

Er lenkt den Logan auf den überfüllten Parkplatz des Discounters, parkt ihn, zieht sich seinen Schal ein wenig enger um den Hals, atmet durch und steigt aus. Das Schwindelgefühl ist verflogen, und er fühlt sich wieder besser. Er hat die Eingangstür noch nicht ganz erreicht, als er schon einer Gruppe Jugendlicher ausweichen muss, die ihm, bereits angeheitert, singend, verkleidet und mit Bier- und Wodkaflaschen in den Händen, entgegenkommt. Karl, der der fünften Jahreszeit noch nie etwas Positives hat abgewinnen können, wirft den jungen Leuten einen verächtlichen Blick zu.

„Unfassbar", murmelt er kopfschüttelnd vor sich hin. „Noch nichts Ordentliches geleistet im Leben, aber schon mit Schnapsflaschen durch die Gegend ziehen und anständige Bürger bedrängen."

Vor dem Eingang des Marktes ist ein kleiner, gedrungener Hund angebunden, den Karl auf den ersten Blick so hässlich findet, dass er ihm, auf seine ganz eigene Art und Weise, fast schon wieder schön vorkommt. Der graue Mops bellt, jault und piepst so aufdringlich und verzweifelt, als hätte er einen Elektroschocker im Halsband, der permanent Stromstöße in den wurstigen Körper feuert. Karl überlegt kurz, ob er die herrenlose Kreatur nicht von ihrem Elend befreien und die Leine lösen soll. Er lässt es dann aber doch. Er betritt Theo Albrechts Lebenstraum und bleibt eine Sekunde später so abrupt im Eingangsbereich stehen, als wäre er gegen eine unsichtbare Glaswand gelaufen.

Dass das Geschäft vor lauter Kunden aus allen Nähten zu platzen droht, ist nicht das, was ihn in diesem Moment fast schreien lässt. Das kennt er zur Genüge von überhasteten Noteinkäufen am Ostersamstag oder Heiligabend. Es ist vielmehr die Tatsache, dass nahezu alle Menschen in dieser heiligen Konsumhalle der scheinbar kleinsten Preise verkleidet, geschminkt und voll überschäumender Feierstimmung sind. Überall entdeckt er lachende Piraten, bewaffnete Cowboys und schwertbehangene Ritter mit frivol angepinselten Burgfrauen. Er bahnt sich einen Weg durch die Gutgelaunten, kämpft sich wie ein wagemutiger Gladiator bis zur Kühltheke vor und greift sich endlich

zwei übertrieben gesunde Salami-Pizzen heraus. Danach drängt er sich an drei übermütigen Clowns in den Zwanzigern vorbei, die sich gegenseitig, aus lauter Lust an der Freude, Champignon-Konserven zuwerfen und dabei lautstark darüber fachsimpeln, ob es für das Jonglieren wohl nachteilig sei, dass der Inhalt ihrer Weißblech-Zylinder nicht erste oder zweite, sondern lediglich dritte Wahl ist. Karl reiht sich griesgrämig und genervt in die Schlange der einzigen Kasse ein. Dass die geordnete DDR-Gedächtnis-Menschenansammlung bis knapp in die Mitte des Geschäftes reicht, und er sich aus Gründen der Logik augenblicklich noch an ihrem Ende befindet, veranlasst ihn ebenfalls nicht gerade zu unkontrollierten Jubelaktionen. Unglaublich, stöhnt er innerlich. Eine Milliarde Kunden im Laden und nur eine Kasse. Wahrscheinlich schließen sie diese gleich auch noch, weil die Kassiererin ihrer gesetzlich vorgeschriebenen Pause nachkommen muss. Während ihm die Finger, mit denen er die Pizzakartons umklammert hält, langsam absterbend wegfrieren und sich die Menschenmenge ausschließlich im Tempo kriechbehinderter Blindschnecken vorwärts bewegt, lässt er seinen trüben Blick immer wieder über die Gesichter und Körper der Leute schweifen, die ihn gezwungenermaßen umgeben. So sehr er sich auch anstrengt, es will ihm nicht einleuchten, aus welchem Grund erwachsene Menschen, die das ganze Jahr über bemüht sind, ein geregeltes, gutbürgerliches und unauffälliges Leben zu führen, sich zu Karneval in Matrosen-, Vampir- oder sonst welche Kostüme zwängen und damit auch noch auf die Straße gehen. Wie sehen mich diese Trottel eigentlich, fragt er sich, während seine Schuhsohlen einen Zentimeter weiterrutschen. Denken die, ich hätte mich als eine der biederen Comicfiguren aus Loriots Sketchen verkleidet? Vielleicht bekomme ich am Ausgang ja noch einen Preis für das gelungenste und hübscheste Kostüm.
Eine gefühlte Ewigkeit später kann Karl endlich die schemenhaften Umrisse der Kasse sehen. Klein und undeutlich in der Ferne, aber immerhin. Er hat das Gefühl, dass die Pizzen bereits völlig aufgetaut sein müssten - zumindest sind seine Finger inzwischen wieder warm. Noch ein paar Minuten in diesem Laden, schießt es ihm durch den Kopf, und ich kann die Dinger direkt vor Ort essen. Er reckt das Haupt und beginnt zu zählen. Sechs Kunden, denkt er schließlich und fasst neue Hoffnung. Und dann kommt es zu einer weiteren Verzögerung. An der Kasse, etwa sieben Meter von Karl entfernt, steht eine ältere Kundin und legt mit unsicheren Händen und zittrigen Fingern ihre Einkäufe wie in Zeitlupe aufs Fließband, um sie nach dem Scannen unter größten Anstrengungen zurück in den Wagen zu packen. Ihr Rücken ist dabei

so gebeugt und krumm, dass Karl schon beim bloßen Zusehen Schmerzen im Nackenbereich verspürt.

„Geiles Kostüm, was? Sieht aus, als käme sie wirklich direkt aus dem Altersheim!" Karl dreht den Kopf und blickt einen der Champignon-Clowns, die direkt hinter ihm stehen, erbost an.

„Was gibt's?", will einer der Fastnachtskomiker mit einem aggressiven Unterton von ihm wissen. „Ist das da vorne an der Kasse etwa deine Mutter, oder warum guckst du so grimmig?" Karl steigt heiße Zornesröte ins Gesicht. Er will gerade zu einer patzigen Antwort ansetzen, als er spürt, wie zum wiederholten Mal an diesem Tag eine Welle des Schwindels wie ein Tsunami durch seinen Körper rast. Er schließt für eine Sekunde die Augen. Als er sie wieder öffnet, ist er froh, dass er etwas klarer sehen kann. Er senkt den Blick, lässt die Unhöflichen unhöflich sein und dreht sich kommentarlos wieder um.

„Oh!", hört er jetzt einen der Clowns stänkern. „Habt ihr gesehen, wie böse der gerade ausgesehen hat? Ist wohl tatsächlich seine Mutter." Die Clowns grölen im Chor, und überall wenden sich Gesichter in ihre Richtung.

„Hey!", japst ein anderer Gemüsejongleur. „Ich hab´s! Die Buckelige an der Kasse ist…seine Frau." Während die übrigen Kunden die Blicke verschämt zur Seite oder auf den Boden richten, ballt Karl die freie Hand in seiner Manteltasche zur Faust. Alles in ihm drängt danach, sich die halbstarken Witzfiguren der Reihe nach vorzunehmen, doch mit eiserner Ruhe und Disziplin schafft er es, nicht auf die Äußerungen der Clowns zu reagieren. Er richtet seine Augen stattdessen wieder auf die alte Dame an der Kasse, die in diesem Augenblick in ihrer Handtasche nach dem Einkaufsgeld zu suchen scheint. Als sie es auch nach einer geschlagenen Minute noch immer nicht gefunden hat, sind da und dort erste Unmutsbekundungen in der Warteschlange zu vernehmen, während irgendwo eine hohe Frauenstimme nach einer zweiten Kasse verlangt.

„Hey, Alter!", ertönt es erneut hinter Karl. „Willst du nicht mal schnell zu deiner Süßen gehen und ihr ein wenig helfen? Wir stehen sonst Weihnachten noch hier. Und das wäre Scheiße, wo Jürgen Drews doch gleich auf dem Domplatz spielt." Karl beißt sich wütend auf die Lippen, während er spürt, dass sich der Groll auf die Clowns langsam in Hass verwandelt. Die alte Frau sucht indes noch immer verzweifelt, hektisch und den Tränen nahe in ihrer Großraumtasche nach dem Geld, und auf einmal hört Karl die Worte der Kassiererin, die ihm, ohne dass er weiß warum, einen noch schmerzhafteren Stich ins Herz versetzen, als das dumme Gerede seiner Hintermänner.

„Wenn Sie Ihr Geld nicht finden, muss ich die Sachen wieder zurückscannen." Die Seniorin hebt den Blick und erwidert mit bebender Stimme:

„Aber das kann doch gar nicht sein. Ich habe das Portemonnaie eben noch gehabt. Ich bin mir sicher, es eingepackt zu haben."

„Das ist jetzt nicht wahr, oder?", blökt ein stämmiger Mann, der in der Schlange direkt vor Karl steht und der seinen Körper mit einem schwarzen Umhang und seinen ausladenden Kopf mit einem spitzen Magierhut verunstaltet hat. „Jetzt dauert das noch länger! Die Trulla da vorne hat glatt ihr Geld vergessen!" Die daraufhin entstehende unangenehme und peinliche Stille in dem Geschäft ist nun fast greifbar. Der Mann sieht sich beifallheischend nach allen Seiten um und erstarrt, als er in Karls Augen blickt. Der schwarze Gandalf zuckt nach einer kurzen Schrecksekunde jedoch nur mit den Schultern, murmelt ein kaum vernehmbares „Ist doch wahr" und dreht sich wieder zu seiner spindeldürren Frau um, die, ebenfalls in einen wallenden Umhang mit vielen bunten Sternen gehüllt, verschämt und mit hochrotem Gesicht die Lebensmittel in ihrem Einkaufswagen inspiziert. Die Discounter-Angestellte tippt indes wie ein tobsüchtiger Computerhacker auf ihrer Kasse herum, während die alte Dame damit begonnen hat, die Sachen wieder aus dem Wagen zu nehmen und erneut auf das Fließband zu legen.

„Es tut mir so leid", flüstert sie dabei unaufhörlich. „Das ist mir so unangenehm." Und in diesem Moment wird es Karl zu viel. Er löst sich aus der Schlange, stürmt an den schweigenden und tatenlosen Kunden vorbei und steht wenige Sekunden später neben der Verzweifelten an der Kasse. Das Blut pocht und dröhnt wie ein Vorschlaghammer in seinem Kopf, und ihm ist erneut leicht schwindelig - diesmal jedoch vor lauter Unverständnis und Zorn. Er wirft seine Pizzakartons aufs Band, legt eine Hand auf einen der zitternden Arme der älteren Kundin und beugt sich ein wenig zu ihr hinunter, um ihr kaum hörbar zuzuflüstern:

„Ganz ruhig. Ich bezahle Ihre Einkäufe." Und an die fassungslose Kassiererin gerichtet: „Und Sie scannen die Sachen jetzt mal schön wieder ein und helfen der Dame beim Einpacken. Die Rechnung geht an mich!"

Während in der Warteschlange leichte Unruhe entsteht, meldet sich der falsche Magier erneut zu Wort.

„Das ist jetzt nicht Ihr Ernst, oder? Jetzt dauert es ja noch länger! Glauben Sie, wir hätten nichts Besseres zu tun? Die Schachtel soll sich ihren Hirsebrei doch einfach nach Hause bringen lassen. Wozu gibt es denn sonst *Essen auf*

Rädern?" Karl hebt den Kopf und schaut dem überaus sensiblen Brüllaffen so durchdringend in die Augen, dass dieser erneut zusammenzuckt.

„Jetzt pass mal auf, du erbärmliches Arschloch", spricht er eisig in die ohrenbetäubende Stille hinein. „Danke deinem Schöpfer dafür, dass ich, im Gegensatz zu dir, Manieren und Anstand habe, denn sonst würde ich dir jetzt hier vor allen Leuten nicht nur die Fresse polieren, sondern auch dafür sorgen, dass du es bist, der für den Rest seines armseligen Lebens auf fremde Hilfe angewiesen ist." Während man in diesem Augenblick sowohl im gesamten Geschäft als auch in ganz Billerbeck eine Stecknadel fallen hören könnte, zieht die Verkäuferin die Einkäufe der alten Dame mit nach unten gezogenen Mundwinkeln erneut über den Scanner, um sie ihr anschließend schmollend in den Wagen zu legen.

„Das können Sie doch nicht machen, junger Mann", flüstert die Ältere mit schwacher Stimme. „Sie kennen mich doch überhaupt nicht." Karl lächelt ihr scheinbar gelassen zu, während sein gesamter Körper gleichzeitig von Hitze- und Kältewellen heimgesucht wird. Das Schwindelgefühl ist gerade so mächtig, dass das ganze Geschehen um ihn herum begonnen hat, sich wie verrückt zu drehen.

„Machen Sie sich da mal keine Sorgen. Das kriegen wir schon hin."

„Aber sind Sie denn auch Billerbecker?"

„Ja", antwortet Karl und hält sich dabei an der Kante des Transportbandes fest. Die verdatterte Dame schaut ihn dankbar an und schüttelt ungläubig den Kopf. „Dass es so etwas heutzutage noch gibt. Da danke ich Ihnen aber recht herzlich, junger Mann."

„Schon gut", gibt Karl kaum verständlich zurück. „Ich kann ja nicht zulassen, dass es bei Ihnen heute Abend nichts zu Essen gibt."

Er beginnt damit, in seinem Mantel nach der Brieftasche zu suchen. Als er sie schließlich findet, zieht er die Bankkarte heraus, zeigt sie der Kassiererin und wendet sich dem Kartenlesegerät zu.

„Ihre Geheimnummer und auf *Bestätigen* drücken!"

Karl lässt die Karte im dafür vorgesehenen Schacht verschwinden, wartet ungeduldig auf den Eingabebefehl und will gerade die erste Zahl seiner Bankkombination eingeben, als ihm plötzlich schwarz vor Augen wird. Er schließt die Lider, öffnet sie wieder, sieht erneut nur bedrohliche, sich drehende Dunkelheit und presst sich im Anschluss eine zitternde Hand vors Gesicht. Und schließlich knicken ihm die überforderten Beine ein, und er stürzt wie ein gefällter Mammutbaum schwerfällig und bewusstlos auf die schmutzigen Fliesen vor der Kasse.

Der blutrünstige Berserker stürmt in den Flur und wirft die Haustür so donnernd ins Schloss, dass die Gläser in den Küchenschränken vibrierend und klirrend protestieren.

„Scheiß Wetter!", brüllt er verärgert, schleudert seine Aktentasche, in der sich bis auf eine leere Butterbrotdose nur noch die völlig ausgelesene Tageszeitung und eine Ersatzbrille befinden, achtlos in eine Ecke und schält sich anschließend so umständlich aus seinem triefnassen, schweren Mantel, dass er sich dabei fast die Arme bricht.

„Marianne!", ruft er, nachdem er das Kleidungsstück aufgehängt hat und sich durch die nassen Haare gefahren ist.

„Meintest du heute Morgen nicht, dass ich keinen Schirm bräuchte? Vielen Dank auch!" Die Angebellte streckt in diesem Augenblick ihren Kopf aus der Küche heraus und lächelt ihn mit einer Mischung aus Mitleid und Schadenfreude an.

„Guten Abend, lieber Karl. Ich hoffe auch, dass du einen schönen Tag hattest."

„Schönen Tag? Hat dein Verstand Urlaub? Ich bin nach dem Marsch vom Bahnhof bis hierher komplett durchgeweicht. Aber Madame brauchte ja heute Mittag unbedingt den Wagen."

„Ach, armes Karlchen." Marianne geht einen Schritt auf ihren Gatten zu und wischt ihm mit einem Finger ein paar Regentropfen von der Stirn.

„Das mit dem Schirm tut mir leid, aber ich brauchte das Auto wirklich. Und im Wetterbericht haben sie tatsächlich gesagt, dass es nicht regnen sollte."

„Geh mir doch weg mit deinen Hausfrauenerledigungen und diesem dämlichen Wetterbericht!", keift Karl ungehalten. Er drängt sich an Marianne vorbei und geht, nasse Fußspuren auf den hellen Fliesen hinterlassend, in die Küche. „Ich sage seit Monaten, dass die endlich den Kachelmann zurückholen sollen. Bei dem haben die Vorhersagen immer gestimmt!"

„Tja", erwidert Marianne, die ihm auf dem Fuß folgt. „Dafür stimmten bei ihm aber scheinbar so einige andere Sachen nicht." Karl greift sich gurrend wie eine liebestrunkene Taube ein Geschirrtuch vom Haken neben der Spüle und beginnt damit, sich Haare und Gesicht abzutrocknen. Dabei führt er so heftige und wilde Rubbelbewegungen aus, dass Wassertropfen kreuz und quer durch die kleine Küche fliegen.

„Bist du wahnsinnig?", faucht Marianne und reißt ihm das Tuch aus den Händen. „Wozu putze ich hier eigentlich? Geh gefälligst ins Bad!"

„Klar!", entgegnet Karl eine Spur lauter, als es der Anstand gebietet. „Ich latsche jetzt durchs ganze Haus, wo hier doch genug Tücher rumhängen. Schon mal darüber nachgedacht, was ich auf diese Weise mit meinen nassen Schuhen auf der Treppe und im Obergeschoss für einen Dreck machen würde?" Marianne rollt rekordverdächtig mit den Augen und stöhnt.

„Schon mal darüber nachgedacht, dass man Schuhe an der Haustür auch ausziehen kann? Aber dir ist es ja egal, dass ich hier den ganzen Tag arbeite, aufräume und putze."

„Ist mir nicht egal", antwortet Karl trotzig. „Finde ich sogar richtig super. Ich hätte da nämlich absolut keinen Bock drauf." Er schlurft zum Herd, auf dem ein großer Kochtopf steht, hebt den Deckel und lässt ihn augenblicklich wieder fallen. „Schon wieder Eintopf? Gekocht hast du heute zumindest nicht. Aber mit dem Wagen durch die Weltgeschichte juckeln." Marianne baut sich vor Karl auf, stemmt die Fäuste in die Hüften und wirft den Kopf zurück.

„Pass mal auf! Ich habe dich gestern Abend gefragt, ob es in Ordnung ist, wenn es heute noch mal Eintopf gibt. Und wenn ich mich recht erinnere, hast du nur wie ein tumbes Schaf zu mir hochgesehen und zustimmend genickt." Karl rümpft die Nase.

„Also, Marianne, jetzt spann mal deine Lauscher auf! Erstens ist der gestrige Abend schon ewig lange her. Und zweitens hast du mich gefragt, während der *„Tatort"* aus Münster lief."

„Und was soll das jetzt wieder bedeuten?", will Marianne wissen.

„Na", setzt Karl zu einer Erklärung an. „Das soll heißen, dass ich dir wahrscheinlich gar nicht richtig zugehört habe. Ich wollte nur, dass du möglichst schnell wieder…"

„Aufhörst zu reden?", bricht es gekränkt aus Marianne heraus. „Weißt du was, Karl? Manchmal frage ich mich wirklich, warum ich diesen ganzen Mist hier überhaupt mitmache." Während Karl betreten und ein wenig beschämt auf die kleine Pfütze zwischen seinen Schuhen blickt, wirft Marianne ihm das Trockentuch ins Gesicht, dreht sich auf dem Absatz um und verlässt die Küche. Wenige Sekunden später taucht sie jedoch noch einmal im Türrahmen auf.

„Soll ich dir mal was sagen?" Ihre Stimme klingt traurig und wütend zugleich. „Ich war letzte Woche Donnerstag wirklich stolz auf dich. Und auch heute, als ich, völlig ungeplant, den Nachmittag mit Frau Höping verbracht habe, und sie immer wieder davon berichtete, wie du ihr im Aldi helfen wolltest. Aber irgendwie schaffst du es mit deinem unverschämten und ignoranten Verhalten immer wieder, dass diese Gefühle nie lange anhalten. Du musst dich nicht wundern, wenn ich eines Tages meine Koffer packe und gehe."

Nachdem Karl die Wasserlachen auf dem Küchenboden weggewischt und sich endlich im Flur Hausschuhe angezogen hat, tippelt er wenige Minuten später ins Wohnzimmer. Seine Frau hockt im Schneidersitz auf der Couch und hat sich eine Decke bis unters Kinn gezogen.
„Hallo Schwänchen", flüstert Karl vorsichtig und setzt sich zaghaft und reumütig ans andere Ende der Couch, so dass der größtmögliche Abstand zwischen ihm und Marianne entsteht.
„Es tut mir leid", meint er schließlich kaum hörbar. „Das mit den nassen Schuhen und dem…Zuhören während des *„Tatorts "* war wirklich völlig daneben von mir. Kommt nicht wieder vor. Versprochen!"
Marianne hebt das Gesicht und sagt leise aber bestimmt:
„Doch! Es kommt wieder vor. Es kommt immer wieder vor, weil du einfach so bist, wie du bist." Karl schluckt und rückt einen halben Millimeter näher an seine Frau heran.
„Aber, ich liebe dich doch." Marianne sieht ihn mit klaren, völlig ausdruckslosen Augen an und entgegnet:
„Ich glaube dir sogar, dass du mich liebst, Karl. Aber du zeigst es mir zu selten. Oft begegnest du mir auf eine sehr verletzende und herablassende Art. Was denkst du eigentlich, wer ich bin? Deine Putzfrau, deine Köchin, dein Fußabstreifer? Was siehst du in mir? Bin ich für dich nur das Wesen, das deinen Dreck wegräumt, deine schmutzigen Unterhosen wäscht und die Einkäufe erledigt? Wann habe ich zuletzt von dir ein Danke dafür bekommen, dass es hier immer sauber und ordentlich ist? Wann hast du dich zuletzt dafür erkenntlich gezeigt, dass ich dir jeden verdammten Morgen deine gebügelten Klamotten fürs Büro raus lege und die Brote schmiere?" Marianne senkt den Blick und hat plötzlich ein Taschentuch in der Hand, mit dem sie sich die Nase putzt. Dann fährt sie fort: „Für dich ist immer alles ganz selbstverständlich. Du kommst nach Hause, setzt dich mit deinem dicken Hintern ins gemachte Nest und meckerst auch noch rum, wenn irgendetwas nicht deinen Vorstellungen entspricht. Wann hast du mich das letzte Mal gefragt, wie es mir eigentlich geht oder ob ich mit meinem Leben zufrieden bin?" Karl runzelt die Stirn.
„Aber ich dachte…"

„Ich dachte, ich dachte!", echot Marianne erregt. „Scheinbar denkst du in letzter Zeit überhaupt nicht mehr. Ich könnte ja damit leben, wenn es nur darum ginge, dass du mir deine Liebe nicht permanent zeigst. Aber dass du mich als Person mit meinen Wünschen, Gedanken und Gefühlen vollständig ignorierst, kann ich kaum noch ertragen. Und dass du mit deinem Leben, deiner Gesundheit und somit auch unserer Zukunft so nachlässig umgehst, kotzt mich mittlerweile einfach nur noch an! Entschuldige die Ausdrucksweise, aber scheinbar verstehst du mich ja nicht, wenn ich mich gemäßigt und kultiviert ausdrücke." Sie dreht sich auf dem Sofa in seine Richtung und spricht weiter, während ihre Stimme von einer Sekunde auf die andere lauter zu werden scheint.

„Mensch Karl! Du bist letzte Woche beim Einkaufen zusammengebrochen und warst mehrere Sekunden lang bewusstlos. Wer weiß, was gewesen wäre, wenn nicht zufällig diese drei Männer von der Freiwilligen Feuerwehr dagewesen wären, die direkt gewusst haben, was zu tun ist?"

„Ha!", entfährt es Karls weit geöffnetem Mund. „Diese dämlichen Clowns."

„Ohne diese dämlichen Clowns wärst du vielleicht ins Krankenhaus gekommen."

„Beruhige dich mal. Ich war für einen Moment ein wenig weggetreten, weil ich nichts gegessen und getrunken hatte. Du tust seit ein paar Tagen so, als hätte ich einen Nervenzusammenbruch oder einen Herzinfarkt gehabt."

„Herr Schumacher meinte, dass wir diesen Vorfall als Warnung betrachten und ernst nehmen sollten, und du jetzt endlich anfangen musst, dein Leben umzukrempeln." Karl, der froh ist, dass es jetzt wieder um ein etwas greifbareres und weniger emotionales Thema geht, drückt den Rücken durch und kontert energisch:

„Herr Schumacher! Der war doch nur sauer, dass ich ihn den Clowns als meinen Hausarzt genannt habe. Als die mich in seine Praxis schleppten, wollte der nämlich gerade zum Karnevalsumzug. Der hatte sonn` Hals, dass ich es gerade war, der ihm seinen geliebten Altweiberspaß vermasselte. Dass der mir jetzt mit solch übertriebenen Ratschlägen kommt, ist eine ganz billige Retourkutsche."

„Aber siehst du denn nicht ein, dass du in deinem Leben endlich etwas verändern solltest?" Karl nickt bedächtig und antwortet:

„Doch. Habe ich ja auch."

„Hast du ja auch?", ruft Marianne außer sich. „Was hast du denn getan, du verblendeter Selbstbetrüger?" Karl überlegt einen Augenblick, legt den Kopf schräg und meint schließlich selbstsicher:

„Ich habe seit fünf Tagen kein Bier mehr getrunken. Und zudem bewege ich mich deutlich mehr. Gestern zum Beispiel waren wir in den Baumbergen spazieren, und heute bin ich mit dem Zug zur Arbeit gefahren."

„Herzlichen Glückwunsch!", poltert Marianne ironisch. „Das ist viel zu wenig! Aber das wird sich jetzt ändern!"

„Was soll das heißen?" Die Angst in Karls Stimme ist deutlich herauszuhören.

„Das heißt, dass ich mir für dich einen Plan überlegt habe." Marianne schält sich unter ihrer Decke hervor, steht auf und geht zum Wohnzimmerschrank. Sie öffnet ihn und nimmt ein Blatt Papier heraus.

„Hier!", meint sie mit einer Kälte, die ihren Gatten frösteln lässt, während sie ihm den Zettel auf die Couch wirft. „Und eines sage ich dir: Wenn du es wagen solltest, dich nicht an diese Vorgaben zu halten, kannst du was erleben. Dann überlege ich mir wirklich, ob ein Leben ohne dich für mich nicht vielleicht doch angenehmer ist." Mit leicht flatternden Fingern greift Karl nach dem Blatt, und während er es überfliegt, weiten sich seine Augen vor Schreck und Panik.

„Du hast doch wohl nicht mehr alle Scheuerlappen im Putzschrank, oder?" Er fährt sich durch sein inzwischen trockenes Haar. „Zwei 20-minütige Spaziergänge und drei Liter Wasser pro Tag, von Montag bis Freitag keinen Alkohol, kein warmes Essen nach achtzehn Uhr, nur noch Obst und Rohkost zum Fernsehen, während der Woche vor elf ins Bett und donnerstags wieder zum Kegeln?" Er hebt den Blick und starrt Marianne geschockt an. „Bist du beim Fußbodenwischen zu heftig mit dem Kopf von unten gegen ein Waschbecken geknallt? Du bist ja von Sinnen. Das schafft doch kein Mensch - alleine die zwei Spaziergänge am Tag. Ich lach mich tot! Wie soll ich das zeitlich denn hinkriegen?" Marianne steht übermächtig wie ein Feldherr vor der Couch und streckt ganz plötzlich ihren Arm nach ihm aus.

„Komm, ich zeige es dir." Karl rappelt sich widerwillig auf, ergreift zögernd die Hand seiner Frau und folgt ihr aus dem Wohnzimmer. Als sie sich auf der Kellertreppe befinden, sprudelt es erneut aus ihm heraus:

„Ah, ich begreife! Dafür brauchtest du heute das Auto. Du hast mir so ein beknacktes Trainings-Laufband besorgt, wie sie immer in Muckibuden stehen. Das vergiss mal schön wieder! Ich werde nicht zweimal am Tag auf so ein Teil steigen und dieses Pseudojogging für geistig unterbelichtete Fitnessjunkies praktizieren." Während Karl weiter meckert, reagiert Marianne mit keiner Silbe auf dessen Worte und zieht ihn stattdessen bis zum

Abstellraum. Vor der Tür angekommen legt sie ihm plötzlich unvermutet einen Finger auf die Lippen.

„So, und jetzt hältst du für einen Moment den Babbel, verstanden?"

Karl schluckt, nickt gehorsam und schweigt.

„Pass auf, mein kleines, dummes Karlchen." Mariannes Worte klingen in Karls Ohren so hart, gefühlskalt und grausam, als stünde nicht seine Ehefrau, sondern Darth Vader und Lord Voldemort in einer Person vor ihm.

„Ich will mal klarstellen, dass mein Plan nicht als Vorschlag zu verstehen ist, den du befolgen kannst, wenn dir gerade danach ist, Freundchen. Er ist von nun an deine tägliche Pflichtlektüre, und ich verlange, dass du ihn bis ins kleinste Detail befolgst."

„Aber..."

„Keine Widerworte!", fahren Darth Vader und Lord Voldemort Karl über den Mund. „Und jetzt mach die Tür auf. Deine Überraschung wartet schon viel zu lange auf dich." Vorsichtig und zaghaft drückt Karl die Klinke herunter, um die Tür schließlich zu öffnen. Sofort bemerkt er das eingeschaltete Licht und den eigentümlich modrigen Geruch in dem kleinen Raum. Er schaut Marianne mit gerunzelter Stirn an.

„Sag mal, ist da drinnen etwas verfault oder verschimmelt? Das stinkt ja fürchterlich. Ich dachte immer, deine Bemühungen hinsichtlich eines sauberen Hauses würden den Keller mit einbeziehen."

„Geh rein! Aber erschrick nicht gleich zu Tode, denn sonst wären meine ganzen Bemühungen und Ideen für die Katz." Karl rümpft die Nase, fasst sich ein Herz und betritt den Kellerraum. Er lässt seinen Blick über Anrichten, Regale, Schränke und die Werkbank schweifen, und endlich trifft ihn der von Marianne beabsichtigte Schlag.

„Das ist nicht dein Ernst, oder? Bei dir ist doch wohl der komplette Dachstuhl ausgebrannt!" Marianne stellt sich neben ihn und hakt sich für einen kurzen Augenblick bei ihm ein. Auf ihrem Gesicht liegt ein breites, verzücktes Lächeln.

„Darf ich vorstellen? Das ist *Eugen vom Seerosenteich*. Es handelt sich um den Hund von Frau Höping. Ach, entschuldige." Sie hebt eine Hand und richtet den Zeigefinger wie Lehrer Lämpel aus *„Max und Moritz"* gen Zimmerdecke. „Es handelt sich natürlich um den ehemaligen Hund von Frau Höping. Ich habe heute Nachmittag mit ihr im Bürgerbüro von Billerbeck sämtliche Formalitäten erledigt."

Karl traut seinen Augen nicht. Während er verdattert einen Schritt zurückweicht und den schlafenden silbergrauen Mops in dem übergroßen Körbchen skeptisch fixiert, murmelt er:

„Du hast was?" Marianne wirft ihm einen triumphierenden Blick zu.

„Ich habe Eugen auf deinen Namen angemeldet. War total simpel und ging ganz zügig. Und als deine Gattin war es auch kein Problem, ihn als *deinen* Hund registrieren zu lassen."

„Aber du kannst doch nicht einfach so einen Hund anschaffen. Ist das nicht eine Angelegenheit, die man gemeinsam bespricht? Und was macht die arme Frau Höping jetzt ohne ihren Köter?"

„Ach Karl, es ist ja regelrecht rührend, wie wichtig dir das Wohl dieser alten Dame ist. Aber mach dir keine Sorgen. Sie erzählte mir heute, als sie mich zufällig besuchte, dass ihr die Sache mit dem Hund auf Dauer zu viel würde. Zudem zieht sie in den nächsten Wochen zu ihrer Tochter, und da diese eine Hundehaarallergie hat, hätte sie sich sowieso über kurz oder lang von ihm trennen müssen."

„Aber…", wirft Karl kraftlos ein.

„Nichts aber!", unterbricht Marianne ihn. „Und was das *Absprechen* angeht, war dafür keine Zeit. Außerdem hättest du der Anschaffung eines Hundes und dem Start in ein bewegungsreicheres Leben sowieso nicht zugestimmt."

„Womit du ausnahmsweise einmal recht hast", haucht Karl desillusioniert. Marianne geht auf Karl zu und boxt ihm spielerisch gegen den Oberarm.

„Und, wie findest du meine Überraschung? Ist sie mir nicht fantastisch gelungen? Und ist *Eugen vom Seerosenteich* nicht ein unglaublich adeliger Name? Du, der Hund ist reinrassig, hat astreine Papiere, einen wirklich vorzeigbaren Stammbaum und ist zudem erst drei Jahre alt."

„Wenn der elende und perverse Gestank wirklich von diesem adeligen und scheinbar so astreinen Köter ausgeht, sollte er wohl besser *Eumel aus dem Modertümpel* genannt werden."

„Blödsinn", meint Marianne, dreht sich um und geht ein paar Schritte auf den kleinen Miefer zu. „Das liegt nur daran, dass Eugen eben noch im strömenden Regen durch den Garten getollt ist. Nasse Hunde riechen halt ein wenig streng." Sie kniet sich auf den Boden und beginnt damit, dem schnarchenden Mops verspielt hinter den Ohren zu kraulen. Ihre negative Stimmung scheint auf wundersame Weise verflogen zu sein. Karl folgt ihrem Beispiel wie in Trance und setzt sich ebenfalls neben das Körbchen, jedoch ohne das Tier zu berühren.

„Marianne! Das Vieh riecht nicht streng, es stinkt bestialisch. Wahrscheinlich ist das Ding voller Läuse, Wanzen, Flöhe und gefährlicher Bakterien. Und diese Kläranlagen-Töle soll gut für meine Gesundheit sein? Mich juckt es ja jetzt schon überall. Und höre mal, wie der Köter schnauft. Auf mich wirkt der so, als läge der in den letzten Zügen.“

„Dann passt er ja ausgezeichnet zu dir“, entgegnet Marianne sarkastisch, während sie dem schlafenden Hund unaufhörlich das faltige Köpfchen mit der schwarzen Maske streichelt. „Du machst nachts ganz ähnliche Geräusche.“ Karl verzieht das Gesicht zu einer entsetzlichen Grimasse.

„Sehr witzig! Dass ich nicht lache! Wenn du tatsächlich vorhast, diese hässliche Frankenstein-Kreatur zu behalten, kannst du dir das getrost abschminken. Ein Hund kommt mir nämlich nicht ins Haus.“

„Tja“, erwidert Marianne. „Ich erwähnte ja, dass es dafür jetzt zu spät ist.“

„Nichts ist zu spät!“, platzt es aus Karl mit einer Gewalt heraus, die selbst ihn für einen Moment überrascht. „Wir packen das Vieh und bringen es Frau Höping zurück! Wenn ich gewusst hätte, dass die mir so ein Scheusal aufhalst, hätte ich sie an der Kasse mit ihren Einkäufen stehen lassen.“

„Zu Frau Höping bringen wir Eugen auf keinen Fall zurück.“

„Dann verfrachten wir den Schnarch-Hannes eben ins Tierheim.“

„Gut“, gibt sich Marianne mit einem angedeuteten Lächeln scheinbar geschlagen, steht auf und geht zur Tür. „Dann bringst du ihn morgen nach der Arbeit weg. Heute Nacht bleibt er hier. Du wirst nämlich jetzt kein Tierheim mehr finden, das noch offen hat.“

Karl betrachtet den kleinen Mops und sagt mit einem harschen Unterton:

„Wenn es sein muss! Aber er bleibt im Keller! Ich will so eine versiffte Ratte nicht im Wohnzimmer haben.“ Marianne zuckt mit den Schultern.

„Deine Entscheidung, schließlich gehört er dir. Aber vergiss nicht, dass er heute Abend noch raus muss.“ Sie drückt die Klinke herunter, dreht sich jedoch noch einmal um. „Du solltest deinen Schirm nicht vergessen, wenn du mit Eugen Gassi gehst. Es regnet nämlich.“

Der geborene Champion

„Marianne!!!“
Karls Schrei durchdringt das kleine Reihenhaus wie die markerschütternd heulenden Sirenen die Seelen tausender Dresdener im Februar 1945 während der verheerenden Luftangriffswellen der Alliierten.
„Komm sofort runter und schau dir diesen elenden Mist an!“
Die Angerufene kommt wenige Augenblicke später in aller Ruhe in ihrem weißen Frottee-Bademantel die Treppe herunter und tritt neben Karl, der mit geweiteten Pupillen und wutverzerrtem Gesicht im Wohnzimmer steht und auf Eugen starrt. Der macht schwanzwedelnd und aufgeregt vor ihm Männchen und plumpst dabei, ob seiner Ungelenkigkeit, immer wieder auf eine seiner gut gepolsterten Seiten.
„Jetzt guck dir den Schlamassel an, den dieses Höllenvieh veranstaltet hat!“, schreit Karl noch immer außer sich. „Diese verdammte Töle hat uns auf den Teppich geschissen und ein Sofakissen zerfetzt! Und die Kratzer an den Stuhlbeinen waren gestern auch noch nicht da!“ Marianne geht in die Hocke und drückt den freudig begeisterten Hund lächelnd an sich.
„Jetzt mach doch kein Drama aus so einer Kleinigkeit. Er muss sich eben noch an seine neue Umgebung gewöhnen, der Eugen.“
„Er muss was?“, hustet Karl wie eine heisere Dogge nach einer etwas zu lang geratenen Testosteronbehandlung. „Heißt das, dass das jetzt öfters vorkommt?“ Marianne denkt einen Moment wirklich angestrengt nach.
„Hm, ich glaube, Frau Höping sprach davon, dass so etwas in der Art in den ersten Tagen auch bei ihr passiert ist. Das wächst sich aber raus.“
„Das wächst sich raus? Na klasse! Und anschließend kaufen wir uns eine neue Wohnungseinrichtung, oder wie?“
„Natürlich nicht“, versucht Marianne ihren schnappatmenden Gatten zu beruhigen. „Es gibt da so ein Spray, meinte Frau Höping, mit dem man Möbel einsprühen kann. Das schmeckt Hunden so grässlich, dass sie die behandelten Flächen anschließend nicht mehr anknabbern.“
„Super!“, reagiert Karl ungehalten. „Das bedeutet, dass wir unser Haus nun in eine chemisch verseuchte und gesundheitsschädliche Gift- und Experimentierhöhle verwandeln, nur damit dieses Etwas nicht noch mehr von unserem Eigentum zerstört?“
„Das Spray ist für Menschen natürlich ungefährlich. Und sollten sich bei dir dennoch in den nächsten Tagen Beschwerden einstellen, wissen wir

zumindest, dass wir mit dir in Zukunft nicht mehr zu Dr. Schumacher müssen, sondern direkt zum Tierarzt."

„Sehr witzig", entgegnet Karl. „Ich weiß nur, dass ich gestern Abend mal wieder zu weich war. Ich hätte die Töle tatsächlich im Keller lassen sollen." Marianne erhebt sich und fährt ihrem Mann lächelnd über den Kopf.

„Du mit deinem übergroßen Herzen und deiner über die Stadtgrenzen hinaus bekannten Sensibilität. Vielleicht haben wir zwei ja doch noch eine Chance. Ich spüre, dass der Hund bei dir schon positiv zu wirken beginnt." Karl schnauft verdrießlich und deutet mit dem Kinn auf Eugens großes Geschäft.

„Damit eines klar ist: Den Haufen entfernst du. Ich packe den nicht an."

„Sieh das doch mal positiv, Mr. Sensitiv. So braucht der Kleine gleich beim Gassi gehen nicht so lange und muss erst heute Abend wieder raus. Kommt dir auch entgegen, wenn du ihn mit im Büro hast." Karl fallen nacheinander zunächst die Augen und anschließend das Gesicht aus dem Schädel.

„Sag, dass ich mich gerade verhört habe." Marianne geht in die Küche, um eine Papierrolle und einen Lappen zu holen. Im Laufen antwortet sie:

„Ich weiß ja nicht, was du gehört hast, aber Eugen bleibt auf keinen Fall alleine im Haus. Ich kann ihn nicht mitnehmen, da ich den ganzen Tag mit den Kolping-Frauen unterwegs bin. Und du hast ja erlebt, wozu er fähig ist. Außerdem ist Eugen immer noch *dein* Hund!" Karl folgt seiner Frau in die Küche.

„Aber nicht mehr lange, du wirst schon sehen! Und ins Büro nehme ich ihn garantiert nicht mit. Das schwöre ich dir, so wahr ich Karl Bauer heiße."

XXX

„Nein, wie niedlich! Wen haben wir denn da?"
Die Rotenbach, eine 58-jährige, stockbiedere und eigentlich überkorrekte Frau mit der erotischen Ausstrahlung eines aufgetauten Hähnchens, gerät beim Anblick des kleinen Hundes auf Karls Arm so dermaßen in Verzückung, dass dieser sich für einen Moment ernsthaft fragt, ob es sich bei diesem erregten Wesen tatsächlich um seine Arbeitskollegin handelt.
„Das ist Eumel."
Die Begeisterte, mit der sich Karl seit fast zehn Jahren ein Büro im dritten Stock des Finanzamtes Münster teilt, und die er in Gesprächen mit Marianne und seinen Freunden stets nur *„Krähe"* nennt, steht so abrupt von ihrem rückenfreundlichen Drehstuhl auf, als hätte sich plötzlich ein glühender Nagel von unten durch die Sitzfläche direkt in ihr ausgemergeltes Gesäß gebohrt.

Sie flitzt mit verstrahlt verpeiltem Lächeln um die sich gegenüberstehenden Schreibtische herum und steht einen Wimpernschlag später mit ausgebreiteten Armen vor Karl. Dieser erschrickt so heftig, dass er Eugen unverzüglich fallenlässt, woraufhin sich der Hund protestierend in eine der Ecken des kleinen Büros verzieht, sich flach auf den Boden presst und ängstlich beide Pfoten über die geschlossenen Augen legt. Die Rotenbach hüpft ihm mit der Spritzigkeit eines Gummiballes hinterher, wobei sie permanent Geräusche produziert, die irgendwo zwischen dem Glucksen eines Babys und dem Gekreische einer Pornodarstellerin anzusiedeln sind. Das Bemerkenswerteste an dieser Situation ist aber nicht, dass sich die Krähe dabei in ihrem 50er-Jahre-Kostüm wie eine entziehende Drogenabhängige mit dem kleinen Hund auf dem Boden fläzt, sondern dass sich trotz ihrer ausgelassenen Bewegungen und der quiekenden „Eumel!"-Rufe nicht ein Haar ihrer betonierten Dauerwellenfrisur regt.

Während die Rotenbach auf dem Fußboden ihr lustiges Stelldichein mit dem überglücklichen Mops zelebriert, hängt Karl in aller Ruhe seinen Mantel an die Garderobe, setzt eine Kanne Kaffee auf, fährt seinen Computer hoch und startet die Internetseite der Bild-Zeitung, um sich darüber zu informieren, welche weltbewegenden Themen im Springer-Kosmos heute am relevantesten sind. Irgendwann lässt die Krähe von Eugen ab, erhebt sich, wischt sich mit einem Handrücken über die verschwitzte Stirn, zieht das Kostüm glatt und nimmt schließlich wieder hinter ihrem Schreibtisch Platz. Gesicht und Augen wirken auf Karl dabei noch immer so, als habe sie gerade erfahren, dass sie mehrere Millionen Euro im Lotto gewonnen hat.
„Ach, Herr Bauer", seufzt sie selig. „Sie ahnen ja nicht, was ich gerade empfinde, nicht?" Karl runzelt die Stirn und sieht seine Arbeitskollegin leicht angewidert an.
„Es wäre schön, wenn es auch dabei bliebe." Die Krähe streckt den Kopf nach hinten und fächert sich mit einer Hand Luft zu. Sie erscheint dabei so, als kämpfe sie mit den Tränen. Wenige Sekunden später senkt sie das graue Haupt wieder.
„Ist Ihnen eigentlich bewusst, dass Sie mich gerade sehr glücklich gemacht haben?" Karl verdreht die Augen und starrt dabei zeitgleich so konzentriert auf seinen Bildschirm, als laufe dort eine Folge vom „Traumschiff".
„Na", murmelt er irgendwann kaum hörbar. „Wenn das mal nicht mein größter Lebenstraum war. Jetzt kann ich ja getrost sterben." Die Krähe stützt das Kinn auf ihre gefalteten Hände und erklärt mit vernebeltem Blick:

„Wir hatten, als ich noch ein Kind war, auch so einen grauen Mops. Und wissen Sie, was der schönste Tag in meinem Leben war?" Karl atmet schnaufend aus.
„Als Sie realisierten, dass es sich bei dem Ding um ein Haustier handelt und nicht um Ihren eineiigen Zwillingsbruder?"
„Nein", antwortet die Beglückte, ohne die Beleidigung verstanden zu haben.
„Der schönste Tag war, als ich das erste Mal alleine mit dem Hund, er hieß übrigens Willi, Gassi gehen durfte, nicht?" Die Rotenbach kramt ein Taschentuch aus irgendeiner geheimen Tasche ihres Kostüms, betupft sich kurz die Augen und fährt fort:
„Sie glauben nicht, wie stolz ich damals mit meinen neun Jahren war, als Willi auf der Wiese hinter unserem Haus Pi und Pu machte. Das war wie Weihnachten, verstehen Sie?" Obschon Karl die Geschichte nicht die Bohne interessiert, sieht er dennoch kurz auf.
„Pi und Pu?" Die Krähe kichert verschüchtert, läuft puterrot an und flüstert:
„Ach, entschuldigen Sie; sind so Ausdrücke aus meiner Jugend. Pi und Pu steht für *Klein* und *Groß* - Sie verstehen?"
„Ja", stöhnt Karl auf, während sich seine Finger um die Computertastatur krampfen. „Es hat wirklich etwas göttlich Erhabenes, wenn es so platschig matschig aus diesen süßen Scheißern herausflutscht. Vor allem, wenn es auf einem Wohnzimmerteppich passiert, und die ganze Bude anschließend stinkt wie ein Berliner Bahnhofsklo."

XXX

Etwa eine Stunde später wird die Tür, ohne das geringste Anzeichen eines vorherigen Klopfens, so heftig aufgerissen, als zeichne eine wildgewordene und übermotivierte SEK-Einheit dafür verantwortlich, die in dem kleinen Büro das Gipfeltreffen sämtlicher internationaler Mafia-Paten vermutet. Während die Rotenbach fast lässig von ihrer aktuellen Akte aufblickt, fahren Karl und Eugen, die bis zu diesem Moment friedlich und einhellig an, beziehungsweise unter dem zweiten, völlig überladenen Schreibtisch träge und schläfrig vor sich hin gedöst haben, erschrocken in die Höhe.
„Guten Morgen, die Herrschaften!", donnert es so dröhnend durch das kleine Zimmer, dass die übergroße Kassenbrille auf Karls Nase einen halben Salto vollführt. „Alles Roger in Kambotscha? Alles fit im Schritt?"
Becker, der nicht nur der direkte Vorgesetzte von Karl und der Krähe ist, sondern ersterem auch seit Jahren als stetiges und immerwährendes

berufliches Hassobjekt dient, steht wie ein Bollwerk im Türrahmen und blickt selbstverliebt und feist in die Runde. Sein gedrungener und etwas zu kurz geratener Körper wirkt dabei so energiegeladen und angespannt, als hätte ihm sein Besitzer gerade eine erfolgreiche Runde Kickboxen mit einer kompletten Grundschulklasse gegönnt.

„Guten Morgen, Herr Becker", antwortet die Rotenbach mit gespielter Freundlichkeit. „Schön, dass Sie so zurückhaltend angeklopft haben. Ich freue mich immer, wenn ich es mit wohlerzogenen Männern zu tun habe, nicht?" Becker fasst sich ans Doppelkinn, legt den Kopf auf die Seite und denkt einen Moment nach.

„Habe ich geklopft? Kann ich mich gar nicht dran erinnern - aber egal." Er sieht Karl an, der gerade hastig und übereifrig einige unbearbeitete Akten von einem ziemlich instabil wirkenden Papier- und Unterlagenstapel auf einen anderen ziemlich instabil wirkenden Papier- und Unterlagenstapel legt.

„Na, Herr Bauer? Bauen Sie mal wieder die Skyline von New York auf Ihrem Schreib-, Werk- und Basteltischchen nach?" Während Karls Schultern nach unten rasen und sein restlicher Körper binnen einer Sekunde um mehrere Dezimeter zu schrumpfen scheint, kommt Becker einen Schritt auf ihn zu, um sich die immensen Aktenberge und das messihaft undurchdringbare Chaos auf dem Schreibtisch genauer anzuschauen.

„Sie wissen schon, dass Ihr so akribisch aufgebautes Papiergebirge augenblicklich in sich zusammenfällt, wenn Sie sich auch nur einmal bewegen, ja?" Karl runzelt die Stirn, grunzt ein gezwungenes „Hm?" und läuft leicht rot an.

„Ach!", brüllt Becker jetzt und haut sich, leicht vornübergebeugt, auf die kompakten Oberschenkel. „Wie konnte ich das nur vergessen, Herr Bauer? Sie bewegen sich ja nicht!" Karls Vorgesetzter stampft lauthals lachend um die beiden Schreibtische herum und schlägt der schräg dreinblickenden Krähe enthusiastisch auf die schmalen Schultern.

„Ne, Frau Rotenbach? Der bewegt sich ja den ganzen Tag nicht! Dann müssen wir uns ja auch keine Sorgen um seine Kunstwerke machen."

Das Gewaltopfer nickt kaum wahrnehmbar und blickt wieder in seine Akte.

„Nichts für ungut, meine Teuerste", flötet Becker nun etwas leiser, während seine Hand noch immer auf den Schultern der drahtigen Finanzbeamtin ruht. „Spaß muss sein; vor allem im Büro. Schließlich sind wir hier ja nicht auf der Arbeit. Und zwischendurch sollte man ruhig mal den Bimbam baumeln lassen, was?" Und wieder lässt Becker sein tiefes Lachen ertönen. Als er sich beruhigt hat, beugt er sich ein wenig zu der Rotenbach herunter, um zunächst auf ihren Monitor und anschließend zu Karl hinüberzusehen.

„Oh, jetzt wo ich mal Ihre Perspektive eingenommen habe, liebe Frau Rotenbach, verstehe ich, dass die vom Kollegen Bauer errichtete Münsteraner Klagemauer durchaus auch etwas Positives hat. So müssen Sie den Kerl zumindest nicht den ganzen Tag sehen." Becker richtet sich wieder auf, und Karls Brille vollführt den zweiten halben Salto.

„Jetzt mal Scherz beiseite, die Damen", kichert Becker selbstzufrieden und poltert erneut um die Tische herum, während er sich seine braune Stoffhose so weit hochzieht, als gälte es nicht nur, mit dem Gürtel die Achseln zu berühren, sondern auch, einen neuen Weltrekord in dieser äußerst geschmacklosen und unästhetischen Disziplin aufzustellen. Er erreicht Karl, geht vor ihm in die Hocke und legt ihm kumpelhaft eine Hand aufs Knie.

„Sie nehmen mir meine kleinen Gags doch nicht übel, oder?"

Karl nimmt seinen Mut zusammen und starrt dem verhassten Vorgesetzten direkt ins verschmitzte Gesicht.

„Natürlich nicht, Herr Becker. Wie könnte ich? Ich finde es ganz großartig, dass Sie sich hier regelmäßig auf meine Kosten amüsieren und sich dabei ständig vor Begeisterung ins Höschen pullern."

„Ach kommen Sie! Sie sind doch mein bestes Pferd im Stall." Becker richtet sich wieder auf und zieht hörbar etwas Luft durch die Nase ein.

„Aber sagen Sie mal. Kann es sein, dass Sie heute etwas seltsam riechen? Ist Ihnen zuhause die Seife ausgegangen, oder haben Sie ein neues Parfum? Duftnote: Old water?" Karl zuckt zusammen, lässt die Schultern noch weiter herabsinken und rückt sich seine Kunstturn-Brille zurecht.

„Ich weiß nicht, Herr Becker. Ist mir noch nicht aufgefallen."

„Doch, doch", erwidert sein dralles Vorgesetztenpaket und wirft der Krähe einen fragenden Blick zu.

„Frau Rotenbach, sagen Sie doch auch mal was. Riecht es hier nicht irgendwie komisch?" Er hebt das Kinn und fährt fort: „Ich meine natürlich nicht das *„Ha-ha-komisch"*, sondern eher das *„I-bah-komisch"*. Erinnert mich tatsächlich ganz stark an Stallduft." In diesem Augenblick hellt sich das Gesicht der eigentlich Immerernsten schlagartig auf.

„Ach! Sie meinen den Eumel von Herrn Bauer? Ich rieche den ganz gerne."

Während Karl vor Scham im Teppich versinkt, verzieht Becker das Gesicht zu einer Grimasse, aus der zeitgleich Ekel und Abscheu herausspringen.

„Frau Rotenbach, Sie wollen mir doch jetzt nicht allen Ernstes weismachen, dass dieser widerwärtige Gestank von Herrn Bauers…Eumel ausgeht, oder? Das ist ja…krank." Die Krähe lächelt noch immer begeistert.

„Überhaupt nicht, Herr Becker. Im Gegenteil: Der Eumel von Herrn Bauer riecht ganz normal und ist zudem auch absolut niedlich und putzig. Ich habe mir vorhin sogar erlaubt, ein wenig mit ihm zu spielen. Das hat mich total an meine Kindheit erinnert, nicht?" Becker, der von sich bis zu diesem Augenblick angenommen hat, mit allen Wassern des Lebens gewaschen zu sein, empfindet plötzlich ein leichtes Würgegefühl. Und als die Rotenbach auch noch aufsteht, um die Schreibtischburg herumschwebt und „Wissen Sie was, Herr Becker? Ich zeige Ihnen jetzt mal, wie drollig der Eumel Männchen machen und sich aufrichten kann! Den müssen Sie einfach gesehen und gestreichelt haben!" ruft, tritt er schwankend einige Schritte in Richtung Bürotür zurück.

„Frau Rotenbach", krächzt er mit brüchiger Stimme, während sich die Frau in den besten Jahren anschickt, sich vor Karl auf den Boden zu knien. „Ich glaube, ich will das jetzt nicht sehen. Ich bitte Sie, sofort damit aufzuhören, sonst hat das auf jeden Fall dienstrechtliche Konsequenzen."

„Jetzt seien Sie doch mal kein Spielverderber, Herr Becker!", ruft die graue Krähe verzückt. „Der ist wirklich süß." Sie greift unter Karls Schreibtisch, lässt ein hohes „Ja, komm hoch!" erklingen und dreht sich drei Sekunden später mit dem Mops auf dem Arm wieder zu ihrem Vorgesetzten um.

Nachdem sich Becker seine herausgefallenen Augen zurück in den Kopf gedrückt hat und wieder zu Atem gekommen ist, starrt er angewidert zuerst auf Karl und schließlich auf den mopsigen Hund, der sich inzwischen wieder zu den Füßen seines Herrchens zusammengerollt hat und friedlich schnarcht.

„Mein Gott, Herr Bauer. Wo haben Sie denn dieses übergewichtige Etwas aufgegabelt?" Karl zuckt hilflos mit den Schultern und antwortet:

„Den hat mir meine Frau gestern geschenkt."

„Die muss Sie ja hassen, wenn sie Ihnen so ein Scheusal schenkt. Warum lässt sie sich denn nicht einfach direkt von Ihnen scheiden?"

„Das ist eine lange Geschichte…"

„Die Sie jetzt mal schön für sich behalten!", unterbricht Becker ihn jäh. „Ich hoffe nur, dass Ihnen klar ist, dass das hier ein Amt und keine Hundepension ist. Zumal Tiere im kompletten Gebäude verboten sind - Mitarbeiter natürlich ausgeschlossen."

Karl nickt seinem Vorgesetzten demütig zu und murmelt „Sorry, kommt nicht wieder vor", während Eugen kurz aufsteht, sich genüsslich streckt und sich erneut auf den Teppich legt.

„So wirklich aktiv ist der Hund jetzt aber auch nicht, oder?" meint Becker schließlich mit einem gemeinen Gesichtsausdruck.

„Ach", entgegnet Karl, während die Krähe sich wieder ausschließlich mit ihrer Arbeit beschäftigt. „Der ist halt etwas…träge."

„Träge", echot Becker, und sein Gesichtsausdruck wird noch eine Spur hinterhältiger. „Dann passt er ja hervorragend zu Ihnen. Entschuldigen Sie, aber Sie heben sich hier ja auch nicht gerade durch Geschwindigkeit, Energie und Arbeitseifer hervor."

„Hm", kontert Karl, der plötzlich eine Welle der Wut durch seinen Körper fließen spürt. „Das würde ich jetzt aber so nicht unterschreiben."

„Das ginge ja auch nicht", stichelt Becker. „Dazu müssten Sie ja einen Stift in die Hand nehmen, und das kann wirklich niemand von Ihnen verlangen."

„Klasse!", zischt Karl. „Das sieht Ihnen mal wieder ähnlich."

„Apropos *ähnlich sehen*", platzt es aus Becker heraus, ohne dass er sich dazu herablässt, näher auf Karls Bemerkung einzugehen. „Da gibt es doch diese allgemeine Aussage über Hundebesitzer und ihre Kläffer. Sie wissen schon: Dass Mensch und Tier sich mit der Zeit immer ähnlicher sehen." Becker richtet sich zu seiner vollen Größe auf, legt die Stirn in Falten und kichert. „Ist Ihnen eigentlich bewusst, wie viele optische Gemeinsamkeiten Sie und Ihr Eumel bereits nach einem Tag haben? Da darf man ja regelrecht gespannt sein, wie sich die Situation in einem Jahr darstellt. Wahrscheinlich kann man Sie zwei beiden dann gar nicht mehr unterscheiden." Becker wendet sich zur Tür und legt eine Hand auf die Klinke. Schließlich dreht er sich noch einmal zu Karl um.

„Nun gut, Herr Bauer. Ich will mal Gnade vor Recht ergehen lassen. Ich bin ja kein Unsympath und nicht ohne Grund einer der beliebtesten Vorgesetzten hier im Haus. Von mir aus können Sie Ihren Familienzuwachs heute hierlassen. Aber morgen will ich den Hund nicht mehr sehen, alles klar im BH?" Karl nickt demütig.

„Ja! Vielen Dank auch, Herr Becker."

„So bin ich", winkt der Gedrungene großmütig ab. „Als guter Chef muss man auch mal fünf gerade sein lassen, nicht wahr? Schließlich sind wir hier fast alle nur Menschen." Er öffnet die Tür und hat den Raum schon fast verlassen, als er sich abermals umdreht und Karl mit einem nun wieder abschätzigen Lächeln fixiert.

„Eine Sache noch." Karl, der seinen Vorgesetzten seit Jahren kennt und sich unbewusst direkt auf die nächste Beleidigung einstellt, hebt unwillig den Kopf.

„Ja?" Becker kneift die Lippen zusammen und konzentriert sich.

„Wissen Sie eigentlich, dass man als Hundebesitzer viel mehr Erfolg beim weiblichen Geschlecht hat? Frauen betrachten einen Mann gleich mit anderen Augen, wenn sie merken, dass er sich voller Hingabe um so ein Fell-Dingsbums kümmert. Probieren Sie es heute Abend beim Gassi gehen mal aus. Ich verspreche Ihnen, die Frauen schmelzen bei Ihrem Anblick nur so dahin." Und mit einem unverschämten Seitenblick auf die Krähe:

„Ich weiß natürlich nicht, ob die Damen, die Sie auf diese Weise ansprechen, immer Ihrem Beuteschema entsprechen, aber bei Frau Rotenbach scheint das Ganze ja schon prächtig funktioniert zu haben - und die ist ja wohl eine ganz wunderbare Frau." Becker hebt die Hand und zeigt mit einem Zeigefinger auf Karl. „Herr Bauer, da geht noch was!"

XXX

„Und, was machen Sie heute noch so, Herr Bauer? Sie genießen den Abend mit Ihrer Frau und Eumel, nicht?" Karl schaltet seinen Computer aus, steht auf und geht zur Garderobe.

„Ich bin mir sicher, dass das, was ich mit meiner Frau mache, nichts mit Genuss zu tun hat. Und Eumel ist auch nicht dabei." Die Krähe wirft ihm einen fragenden Blick zu.

„Wie darf ich das denn verstehen?" Karl hängt sich seinen Mantel über die Schultern und bindet sich den Schal um. Er überlegt einen Augenblick, ob er seiner Kollegin mit der Wahrheit kommen soll und entscheidet sich schließlich dafür.

„Ich weiß, dass das jetzt irgendwie seltsam in Ihren Ohren klingen mag, aber ich bringe Eumel heute noch ins Tierheim. Ich hoffe, dass er auf diese Weise vielleicht doch noch in gute und fürsorgliche Hände kommt." Und mit einem hoffnungsvollen Blick auf die Krähe: „Es sei denn, Sie möchten ihn haben." Das Herz der Rotenbach setzt erst für eine halbe Minute aus, um anschließend mit vierfacher Turbo-Geschwindigkeit weiter zu schlagen.

„Herr Bauer, das kann doch wohl nur ein Scherz gewesen sein, nicht?"

„Frau Rotenbach", antwortet Karl mit tiefer Stimme. „Ich bin ein wenig enttäuscht von Ihnen. Haben Sie mich im Büro jemals witzig und humorvoll erlebt? Ich mich nicht." Er stellt seine Aktentasche auf den Schreibtisch, steckt die Butterbrotdose hinein und verschließt sie. „Jetzt mal ehrlich. Ich habe es nicht so mit Tieren. Und mit Hunden, die meinen Wohnzimmerteppich in böser und hinterhältiger Absicht mit einem Grünstreifen am Straßenrand verwechseln, schon gar nicht." Die Krähe hat sich noch immer nicht beruhigt. Auf ihren Wangen bilden sich dunkelrote Stresspusteln, welche in ihrem Gesicht den Eindruck vermitteln, als hätte sie gerade ihren Kopf ungeschützt in einen Bienenstock gehalten.

„Liegt's daran, weil Becker Sie so angegangen ist und Eumel beleidigt hat?"

„Pah!", erwidert Karl abfällig und ballt die Fäuste. „Der kann mich doch mal kreuzweise! Das Gelaber von diesem Brechmittel auf Beinen würde mich höchstens dazu veranlassen, den Köter zu behalten." Die Krähe schaut ihn streng an.

„So spricht man als Beamter doch nicht über seinen Dienstvorgesetzten."

„Ach", raunt Karl zurück. „Aber als Chef darf man so mit seinen Mitarbeitern reden, ja?"

„Nein, natürlich nicht", sagt die Krähe kleinlaut. „Da haben Sie schon recht. Zumal der über Eumel auch wirklich ziemlich unflätige Dinge gesagt hat."

„Na", kontert Karl. „Dass die Töle übergewichtig, kurzatmig und hässlich ist, kommt der Wahrheit ja leider ziemlich nahe. Da kann ich dem Becker nicht einmal einen Vorwurf draus machen. Mich stört nur, dass er eigentlich mich damit meinte." Die Krähe hebt das graue Haupt und betrachtet den noch immer vor seinem Tisch stehenden Karl mit intensivem Blick.

„Ich weiß nicht genau, was Sie und der Herr Becker für Probleme miteinander haben, und das geht mich auch überhaupt nichts an. Doch eines sage ich Ihnen: Ihr Eumel ist ein wunderschönes, gesundes und wohlgewachsenes Tier. Mit dem könnten Sie richtig was erreichen."

Karl sieht die Krähe verwundert an, während Eugen unter dem Tisch entspannt vor sich hin schnarcht.

„Was soll ich denn mit dem schon erreichen?"

„Ich bin keine Expertin, aber ein bisschen Ahnung habe ich schon, nicht?" Sie steht auf, umrundet den Schreibtisch, geht in die Hocke und klatscht in die Hände. Eugen hebt augenblicklich den Kopf, erhebt sich mit der Ruhe eines zugedröhnten Buddhas und trottet auf die Krähe zu. Diese streicht ihm zunächst über den Kopf und hebt ihn anschließend in die Höhe, um ihn mit zu sich auf ihren Platz zu nehmen. Sie setzt ihn sich auf den Schoß und betrachtet den Hund genauer.

„Ihr Eumel ist ein wahrer Prachtbursche. Rücken, Beine, Fell, Maske - alles perfekt. Der könnte richtig was wert sein, nicht?"

Karl setzt sich noch einmal in voller Montur an seinen Tisch und mustert die Krähe skeptisch. Dann hebt er wie nach einem genialen Einfall die Hand.

„Ah, jetzt weiß ich`s! Ich biete das haarige Etwas einfach dem Betreiber eines China-Restaurants zum Kauf an. Aus dem Fleischmops lassen sich doch prima drei Dutzend Portionen *„Nr. 45, süß-sauer"* herstellen."

Die Rotenbach schüttelt völlig unbeeindruckt ihr Haupt.

„Jetzt mal ernst, Herr Bauer. Ich bin der Auffassung, Ihr Eumel hätte das Zeug dazu, auf Ausstellungen in allererster Reihe zu stehen und vielleicht sogar den einen oder anderen Wettbewerb zu gewinnen. Das steigert nicht nur seinen Wert, sondern gibt Ihnen sogar die Möglichkeit, Eumel als Zuchtrüden einzusetzen. Und wer weiß? Vielleicht mögen Sie ihn ja doch noch eines Tages." Karl fährt sich unsicher durch sein dünnes Haar.

„Sie meinen allen Ernstes, dass mir dieses riechende und dickliche Ding Geld einbringen könnte?" Die Rotenbach setzt Eugen auf dem Boden ab und nickt, als hätte sie eine ausgeleierte Sprungfeder in ihrem dünnen Hals.

„Ich weiß zufällig, dass eine Freundin von mir im Mai mit ihrem Mops zur Hundeschau nach Dortmund fährt. Die hat mit ihrem Rudi schon mehrfach an den dort stattfindenden Wettbewerben teilgenommen und stets einen der vorderen Plätze belegt." Sie verengt die Augen und wirft einen prüfenden Blick auf Eugen. „Wenn ich ehrlich bin, ist Eumel schöner als Rudi."

„Wettbewerb?", fragt Karl, dessen Puls sich langsam beschleunigt. „Was soll ich denn mit Eumel für Wettbewerbe machen? Soll ich ihn durch einen brennenden Reifen springen oder Gedichte aufsagen lassen?"

„Herr Bauer, Sie sind mir ja einer." Die Krähe schenkt Karl ein freundliches Lächeln, gluckst und setzt zu einer Erklärung an:

„Bei diesen Wettbewerben läuft man lediglich mit seinem Hund, bei dem es sich natürlich um einen Rassehund mit gültigen Papieren handeln muss, einige Runden im Kreis herum, während die Preisrichter das Tier genau beobachten. Anschließend werden die Vierbeiner noch einmal auf einen Tisch gestellt, wo sie von den Richtern unter die Lupe genommen werden. Das ist schon alles."

„Das ist alles?", echot Karl großspurig. „Das kriegt Eumel wohl noch hin!"

„Denke ich auch", bestätigt die Krähe. „Und wenn er eine Auszeichnung bekommt, erscheint Eumel in diversen Fachzeitschriften und Journalen, und Sie können ihn, wenn Sie es denn überhaupt noch wollen, für gutes Geld verkaufen oder für die Zucht einsetzen, nicht?" Die Rotenbach beugt sich über ihren Schreibtisch zu Karl hinüber und flüstert verschwörerisch:

„Mit etwas Glück können Sie mit dem Eumel eine schöne Stange Geld verdienen. Ich sage Ihnen, in dem Tier steckt ein wahrer Champion, nicht?"

XXX

„Kann es sein, dass dein Gehirn langsam aufweicht und du deshalb mental leicht angegammelt bist? Erst lässt du dich fast ein halbes Jahr lang nicht blicken, rufst nur noch alle paar Wochen mal kurz an, trinkst an deinem ersten Kegelabend nach Urzeiten so viel Wasser wie eine komplette Kamelherde und erzählst mir jetzt auch noch, dass du seit zwei Monaten glücklicher Besitzer eines Mopses bist und mich mit zu einer Hundeschau schleppen möchtest. Karl, ich mach mir ernsthaft Sorgen um dich, denn wie es scheint, hast du einen dicken Kratzer am Wirsing."
Der Gemeinte verdreht ein wenig verlegen die Augen und sieht seinem besten Freund wieder ins riesige Gesicht.
„Musst du nicht, Stephan. Mit mir ist alles in Ordnung. Ich dachte halt, es wäre eine witzige Idee, wenn du mich in zwei Wochen nach Dortmund begleitest." Der massige Billerbecker Maurer mit dem rekordverdächtigen Bauchumfang und der hünenhaften Körpergröße greift kopfschüttelnd nach einem Bierglas, setzt es an die Lippen und leert es in einem Zug. Anschließend stößt er herzhaft auf und stellt das Glas auf die anderen zwölf, die er vor sich zu einer wackeligen Pyramide aufgebaut hat.
„Tja, du Gassiläufer, schau du nur", meint er grinsend. „Du weißt nicht, was dir entgeht". Er langt nach einer Dose Erdnüsse und schüttet sich eine ordentliche Portion in den Mund.
„Doch", erwidert Karl und blickt mit knurrend glucksendem Wasserbauch auf die Nüsse. „Ich weiß sehr wohl, was mir entgeht, doch ich habe es Marianne versprochen. Wenn ich auch sonst manchmal ziemlich unzuverlässig und chaotisch bin, pflege ich Versprechen in der Regel zu halten. Und außerdem tut es mir gut."

Es ist kurz vor Mitternacht am letzten Donnerstag im April, und die zwei Männer sitzen sich an dem schmalen Tisch ihrer Kegelbahn gegenüber. Die übrigen *Flachleger* haben die Gaststätte bereits vor einer halben Stunde verlassen, und Stephan und Karl nutzen seit langer Zeit mal wieder die Gelegenheit, ungestört miteinander zu reden.
„Sag mal, hat dieses Versprechen, der Hund und deine neue Lebensführung irgendetwas mit deinem heldenhaften und uneigennützigen Zusammenbruch

im Aldi zu tun?", fragt Stephan mit einem plötzlich ernsten Gesichtsausdruck. „Hast uns allen einen Mordsschrecken eingejagt, wenn man einmal davon absieht, dass wir mächtig stolz auf dich waren, weil ganz Billerbeck dich für ein paar Tage förmlich in den Heiligenstand befördern wollte. Was war denn da los?"

„Gar nichts", wiegelt Karl genervt ab und nippt angewidert an seinem Wasser. „Ich hatte an dem Tag einfach noch nichts gegessen und in der Nacht vorher kaum geschlafen. Da kann das jedem mal passieren."

„Mir ist so etwas noch nie passiert", erwidert Stephan und kratzt sich am breiten Hinterkopf. „Es sei denn, ich habe zuvor eine Kiste Bier getrunken." Er schiebt die Erdnüsse zur Seite und stützt die Ellenbogen auf den Tisch. „Erzähle endlich, was mit dir los war." Karl schaut vor sich auf die Tischplatte und beginnt damit, mit dem rechten Daumennagel Striche und Figuren in seinen Bierdeckel zu ritzen. Dann hebt er den Kopf, schluckt hörbar und sieht seinen Freund an.

„Weißt du, Balu, mir ging es nach Herberts Tod nicht so gut." Er hebt den Kopf, bemüht sich um ein krampfhaftes Lächeln und meint spöttisch: „Und das war gerade noch die Untertreibung des Jahres, wenn ich bedenke, wie beschissen ich mich während der Wintermonate gefühlt habe." Stephan nickt verstehend, und plötzlich füllen sich die Augen des Riesen mit Tränen.

„Ich weiß, was du meinst, Karl. Ich bin mit der Sache auch längst noch nicht durch." Karl zuckt müde mit den Schultern und merkt, dass auch er jetzt am liebsten losheulen würde.

„Es ist so", flüstert er schließlich, „dass ich von November bis Mitte Februar fast jede Nacht von Herbert und dem Unfall geträumt habe - und von unserem letzten Urlaub auf Fehmarn. Und jedes Mal bin ich anschließend schweißgebadet aufgewacht und konnte nicht begreifen, warum es gerade einen so genialen und liebenswerten Menschen getroffen hat und ein dämlicher Esel wie ich weiterleben darf - oder muss." Stephan will etwas sagen, doch Karl hebt die Hand.

„Ich fand mein ganzes Leben seit dem letzten Sommer einfach nur noch unglaublich anstrengend, beschwerlich und zermürbend. Ich bin gerädert und mit Kopfschmerzen aufgestanden, habe mich lustlos zur Arbeit gequält, habe mich tagaus, tagein ohne Widerrede von diesem Becker-Arsch triezen und veräppeln lassen, bin kaputt und antriebslos nach Hause und habe mich wie ein Tunichtgut vor den Fernseher geworfen. An manchen Tagen habe ich mir regelrecht gewünscht, *ich* hätte diesen Unfall gehabt. Ich konnte mich lange Zeit überhaupt nicht mehr freuen und habe mehrere Monate lang kein

44

einziges Mal herzhaft gelacht. Ich habe jede Veranstaltung gemieden, wo ich auf Menschen treffen konnte und habe tatsächlich angefangen, meinen Kummer abends in Bier zu ertränken." Er zieht die Nase hoch und wischt sich verstohlen über die Augen.

„Wenn Marianne nicht gewesen wäre, befände ich mich sicherlich noch immer in dieser Hölle aus Zerstörung, Resignation und Selbstmitleid."

„Was hat sie getan, wenn ich fragen darf?"

„Ganz einfach!", erwidert Karl schroff. „Sie hat mir den Spiegel vorgehalten und mir unverblümt die Wahrheit ins Gesicht gesagt. Dass ich mich aufgebe, dass ich zum fetten Alkoholiker mutiere und dass ich auf diese Weise auch unsere Ehe gefährde. Und sie hat dafür gesorgt, dass der Eumel zu uns kam, der seinen ganz eigenen Anteil an meiner…Genesung hat."

„Unfassbar!", sagt Stephan. „Und so etwas aus dem Mund eines Mannes, der sein Leben lang Tiere nur gebraten auf seinem Teller geduldet hat."

„Ich weiß! Ich hätte es vor einem halben Jahr selbst nicht für möglich gehalten, dass ich mal so etwas wie Zuneigung zu einem Hund empfinden könnte, doch jetzt ist es halt so. Eumel steht für mich irgendwie für den Neubeginn, und ich bin ihm dankbar, auch wenn sich das blöd anhört."

„Das hört sich nicht blöd an", bemerkt Stephan. „Aber erzähle weiter."

„Nun gut. Marianne hat mich außerdem zu einem halben Dutzend Ärzten geschleppt, mir einen Ernährungsplan aufgestellt, mich abends um zehn ins Bett geschickt, am Wochenende lange Spaziergänge und Ausflüge mit mir unternommen und mich sogar dazu überredet, acht Sitzungen bei einer Psychotherapeutin zu besuchen." Stephans Augen weiten sich so dermaßen, dass sie große Ähnlichkeit mit geöffneten Scheunentoren bekommen.

„Du warst bei einer Psychotherapeutin? Wahnsinn!" Während er bei der zufällig hereinkommenden Bedienung für sich drei weitere Biere bestellt, straffen sich Karls Schultern. Als die Kellnerin die Kegelbahn wieder verlassen hat, fasst er sich ein Herz und fragt leicht verunsichert:

„Findest du es schlimm; das mit der Therapeutin?"

Stephans Gesicht hellt sich schlagartig auf.

„Bist du bekloppt, du Hohlbirne? Ich finde das großartig! Was meinst du, wie oft ich, besonders um Weihnachten herum, über so eine Sache nachgedacht habe. Ich habe mich aber letztlich nicht getraut, weil ich für so eine Sache viel zu feige bin. Du ahnst gar nicht, was Sonja und die Kleinen in der Zeit mit mir für einen Streifen mitgemacht haben."

„Warum hast du mir denn nichts gesagt?", mault Karl. „Warum hast du dich nicht gemeldet?" Stephan wirft ihm einen vorwurfsvollen Blick zu.

„Du blöder Penner! Hast du mir gegenüber denn etwas gesagt? Hast du mir etwa die Wahrheit über deinen Zustand verraten?" Er greift nach der Dose und fingert sich gedankenverloren einige Nüsse heraus. „Bei dir war am Telefon doch auch immer alles okay und super." Karl senkt den Blick erneut und fühlt sich auf einmal ertappt, getroffen und beschämt.

„Es tut mir leid, Stephan, dass ich mich dir nicht anvertraut habe. Vielleicht wäre alles anders verlaufen, wenn ich dich früher eingeweiht hätte."

Stephan steht auf, geht um den Tisch herum, setzt sich neben seinen Freund und legt ihm eine seiner Schaufelbaggerpranken auf die Schultern.

„Schwamm drüber, alter Kumpel! Lass uns nur zusehen, dass uns so etwas in Zukunft nie wieder passiert. Auf jeden Fall spreche ich dir meinen Glückwunsch aus, dass du diese Therapeutin aufgesucht hast. Ich habe vor deinem Schritt die größte Hochachtung und den höchsten Respekt."

„Ehrlich?" Obschon er sich innerlich dafür verdammt, ist Karl nun nicht mehr in der Lage, seine Tränen zurückzuhalten. „Ich dachte, du hältst mich für ein Weichei oder einen Psycho."

Stephan blickt flehend zur Zimmerdecke und stöhnt theatralisch:

„Mein Gott, was quatscht diese hohle Frucht doch für einen Mist! Es zeugt heutzutage doch nicht von Weichheit, wenn man sich seinen Problemen stellt, sondern von Stärke. Ich bewundere dich für deinen Mut. Ich wünschte, ich hätte ihn auch gehabt."

„Glaube mir", resümiert Karl, „es war nicht leicht für mich, einer völlig Fremden zu erzählen, wie es tief drinnen in mir aussieht."

„Das glaube ich. Geht es dir denn jetzt wieder gut? Bist du wieder gesund?" Karl legt den Kopf auf die Seite und denkt einen langen Moment intensiv und wahrhaftig über Stephans Frage nach.

„Sagen wir es mal so", fängt er schließlich an. „Es geht mir in der Tat deutlich besser als noch vor einigen Wochen, obwohl es an manchen Tagen immer noch schwer ist." Er fährt sich durch die dünnen Haare, rückt die Kassenbrille zurecht und fährt fort: „Es gibt Momente, in denen sich die negativen Gefühle und Gedanken wie dunkle Wolkenformationen über mir zusammenbrauen und mich wieder zu ergreifen drohen. In solchen Augenblicken ist es schwierig, die Tipps und Ratschläge der Therapeutin umzusetzen. Doch dann erzähle ich entweder Marianne davon, gehe eine Runde mit Eumel spazieren oder ich greife zum Telefon und rufe in der Praxis an, um einen weiteren Gesprächstermin zu vereinbaren. Und du wirst lachen: Manchmal reicht es schon aus, wenn ich nur die Stimme von Frau Kasperhoff im Hörer vernehme." Stephan nickt beeindruckt.

„Ich glaube, ich sollte deine Frau Kasperhoff auch mal anrufen. Die scheint echt gut zu sein."

„Ist sie, mein Freund. Ist sie."

Beide sehen grübelnd vor sich hin, bis Karl das Schweigen bricht.

„Aber auch, wenn es mir jetzt besser geht als im Winter - vermissen tue ich Herbert noch immer. Und zwar jeden Tag." Stephan nickt traurig.

„Ich auch." Und plötzlich knallt er mit der Faust so heftig auf den Tisch, dass die Gläserpyramide krachend und klirrend in sich zusammenfällt.

„Und genau deshalb fahre ich mit dir und deinem beknackten Eumel auch nach Dortmund zu dieser Hundeshow!" Karl versteht kein Wort.

„Wie bitte?" Stephan strahlt ihn überschäumend an und erwidert:

„Ja, du Hampelmann! Du hast richtig gehört." Er steht auf und zieht den verblüfften Karl mit sich in die Höhe.

„Der Herbert hätte nicht eine Sekunde gezögert. Der wäre von deiner dummen Idee sofort begeistert gewesen. Und deshalb bin ich es jetzt auch." Er drückt den Kleineren an seine beeindruckende Brust und presst ihn so kräftig an sich, dass dieser das Gefühl hat, seine Rippen brechen zu hören.

„Danke!", keucht Karl atemlos, nachdem ihn Stephan eine geschlagene Minute später wieder aus dem Klammergriff gelassen hat.

„Und ich verspreche dir, dass du die Aktion nicht bereuen wirst. Der Eumel holt auf jeden Fall den ersten Platz in seiner Gruppe, das versichere ich dir!"

„Und wenn nicht, ist es auch egal", kontert der große Maurer. „Spaß werden wir auf jeden Fall haben!" Er setzt sich wieder auf seinen Platz und greift erneut nach den Erdnüssen. „Aber jetzt erzähle doch mal, wie so eine Therapie bei einem Psycho Doc abläuft. Ist das so wie in dieser amerikanischen Komödie *„Reine Nervensache"* mit Robert De Niro?" Karl lächelt seinem Freund augenzwinkernd und süffisant zu.

„Na ja, ganz so unterhaltsam und witzig ist es nicht - aber fast."

XXX

„Herr Bauer, schön, dass Sie da sind. Kommen Sie doch herein." Die Therapeutin, eine sympathisch wirkende Mittfünfzigerin mit weißem Haar, edlem Kostüm und einer roten Hornbrille, reicht Karl lächelnd die gepflegte Hand, an der mehrere breite Ringe glänzen.

„Wird sich noch zeigen, ob das so schön wird", nuschelt der Eintretende und ergreift die entgegengestreckte Extremität der Älteren ohne große Lust, nachdem er sich seine kleine lederne Herrenhandtasche, die er sich vor einigen Wochen auf einem Trödelmarkt gegönnt hat und die er seitdem immer, modebewusst und stilsicher, mit sich führt, unter den Arm geklemmt hat. „Ich sage Ihnen gleich, dass es nicht meine Idee war, Sie hier und heute aufzusuchen. War so ein dämlicher Kombi-Vorschlag von meiner Gattin und unserem afrikanischen Haus- und Hofdoktor, dass ich mich bei einem Irrenarzt auf die Liege werfen soll, um mich mal so richtig durchheilen zu lassen." Die Therapeutin lächelt noch immer warmherzig und weist auf zwei gemütlich wirkende Ledersessel in einer Ecke des hellen Büros.

„Da kann ich Sie direkt beruhigen. Ich bin weder eine Irrenärztin noch besitze ich eine Liege. Und ich werde Sie auch nicht durchheilen. Ich sehe meine Aufgabe eher darin, mich mit Ihnen zu unterhalten und Ihnen zuzuhören. Heilen, wenn wir bei diesem eigentlich unpassenden Wort bleiben wollen, werden Sie sich im günstigsten Fall anschließend selbst, nachdem ich Ihnen einige Tipps mit auf den Weg gegeben habe. Aber setzen Sie sich doch erst einmal."

Karl schlurft über den hellbeigen Teppich, lässt sich in einen der angebotenen Sessel fallen und schwingt bewusst cool ein Bein über das andere, während er die Herrenhandtasche neben sich auf den Boden legt.

„Herr Bauer?", ertönt in diesem Augenblick die angenehme Stimme der Therapeutin, die, mit einem Spiralblock in den Händen, ihm gegenüber im zweiten Sessel Platz genommen hat. „Würde es Ihnen etwas ausmachen, Ihre Schuhe auszuziehen? Ich glaube, Sie sind da in was reingetreten."

Karl wirft einen Blick auf den in der Luft schwebenden Schuh und erstarrt beim Anblick der braunen, schmierigen Masse zwischen den Profilrillen der Sohle. In diesem Augenblick dringt ihm außerdem zu allem Überfluss nicht nur der süßlich ekelige Geruch in die Nase, sondern er nimmt auch die dunklen Abdrücke wahr, die er mit seinen Hundehaufen-Tretern auf der ansonsten so reinen Auslegware hinterlassen hat.

„Äh, logo! Muss vom Eumel sein. Der hatte heute den ganzen Tag einen richtig gemeinen Durchfall", stottert er peinlich berührt und will gerade aufstehen, um zurück zur Tür zu gehen, als die Therapeutin die Hand hebt.

„Ich wäre Ihnen unendlich dankbar, wenn Sie die Schuhe an Ort und Stelle ausziehen würden. Ich bin zwar der Meinung, dass es immer gut ist, wenn ein Mensch in seinem Leben Spuren hinterlässt - wir sollten es für den Moment aber bei den bestehenden belassen."

Karl streift sich die stinkenden Laufschuhe von den Füßen, um sie auf den Boden neben seinen ausladenden Sessel zu stellen.

„Glauben Sie, dass Sie so freundlich sein könnten, die Schuhe nach draußen zu bringen?", fragt die Therapeutin noch immer freundlich und geduldig dreinschauend. „Mir wird bei dem Geruch von Hundekot in geschlossenen Räumen immer schlecht. Ich weiß nicht, woran das liegt. Ich glaube aber sicher, dass es nichts mit meiner Kindheit zu tun hat."

„Logo", meint Karl verlegen, ohne den Therapeuten-Witz verstanden zu haben. Er greift nach den wirklich erbärmlich müffelnden ABC-Mokassins, steht auf und tippelt durch das Büro zur Tür. Dabei meint er verstohlen: „Obwohl ich nicht weiß, ob Ihnen der Geruch meiner Socken besser gefallen wird. Ich habe sie in dieser Woche noch nicht gewechselt, müssen Sie wissen. Wir haben ja auch erst Mittwoch."

„Ach, Herr Bauer", meint die Therapeutin nahezu großmütterlich sanft, während sie Karl dabei beobachtet, wie er wieder in seinem Sessel versinkt und anschließend verzweifelt versucht, das auffällige Loch in einem seiner Strümpfe, aus dem ein großer Zeh vorlaut und arglistig herauslinst, mit dem anderen Fuß zu verbergen. „Ich finde Ehrlichkeit und Offenheit in meinem Beruf zwar enorm wichtig, alles muss ich jedoch nicht wissen."

„Gut", erwidert Karl, zieht die kurzen Beine hoch und hockt wenige Sekunden später im Schneidersitz in dem weichen Sessel. „Ich werde es mir merken." Die Therapeutin sieht ihm ruhig in die Augen. Nach etwa einer Minute, die Karl vorkommt wie eine Ewigkeit, fragt sie:

„Stört es Sie, wenn ich Musik anmache?" Karl zuckt mit den Achseln.

„Nö! Wenn es *Ihnen* hilft." Die Therapeutin beginnt zu schmunzeln, greift in die Innentasche ihres Jacketts und befördert eine winzige Fernbedienung zu Tage. Sie richtet sie in Richtung des Schreibtisches, und wenige Sekunden später ertönen die ersten sphärischen Klänge, die Karl stark an den Soundtrack eines billigen Science-Fiction-Films erinnern.

„Haben Sie nichts Ordentliches, nichts Rockiges?", fragt er mit skeptischem Gesichtsausdruck. „Bei dem Gelalle pennen einem ja die Füße ein."

„Herr Bauer", erwidert die Therapeutin mit dem Anflug eines scharfen Untertons. „Dieses hier soll eine ruhige Gesprächssitzung werden, keine Tanzstunde." Karl verdreht die Augen.

„Okay! Dann fangen Sie mal mit Ihren manipulativen Gehirnwäschefragen an, Doktorin. Je eher wir fertig sind, desto besser."

Die Frau fährt sich wie beiläufig durch ihre Haare.

„Ich würde es begrüßen, wenn Sie mich während unserer Sitzungen mit meinem Namen ansprechen würden. Frau Kasperhoff empfinde ich als wesentlich persönlicher und…intimer als Doktorin. Ich nenne Sie ja auch

Herr Bauer und nicht Finanzbeamter." Karl zieht die Brauen in die Höhe und kratzt sich hinterm Ohr.

„In Ordnung! Obschon wir das mit dem intim werden ruhig noch ein wenig nach hinten schieben können. Ich bin nämlich lediglich hier, weil…"

„Ihr Hausarzt Sie zu mir geschickt hat, ich weiß!", fährt Frau Kasperhoff ihrem Patienten resolut ins Wort. „Doch warum sind Sie dann gekommen? Meines Wissens hat Herr Schumacher unsere Gesprächseinheiten lediglich vorgeschlagen und angeregt. Er hat sie nicht richterlich anordnen lassen."

„Na", antwortet Karl, „weil meine Frau auch meint, dass es mir guttun würde, mit einem Experten über meine aktuelle Lebenssituation zu reden."

„Und was meinen Sie, Herr Bauer?" Die Gesprächstherapeutin sieht Karl jetzt so direkt und unmittelbar in die Augen, dass dieser verstohlen auf seine gefalteten Hände und die verknoteten Beine blickt. „Sehen Sie das anders?"

„Nun, Frau Kasperlhoff, ich …"

„*Kasperhoff*, Herr Bauer. Ohne *l*."

„Auch gut, Frau Kasperhoff. Soll mir recht sein. Also, ich denke, dass ich zurzeit unter Umständen, also gegebenenfalls, wirklich das eine oder andere Mini-Problemchen habe. Ich halte es aber für schlichtweg übertrieben, damit gleich zum Psychodoktor zu rennen. Ich veranstalte das Ganze hier auch nur meiner Frau zuliebe. Die macht sich nämlich immer viel zu viele Sorgen."

„Und Sie machen sich keine Sorgen?" Karl drückt den Hinterkopf in die Polster und spielt unbewusst an seinem nackten Zeh herum. Dann antwortet er mit dem Brustton der Überzeugung:

„Nö!"

Die Therapeutin lehnt sich ein wenig nach vorne, und Karl hat den Eindruck, dass ihr Blick in diesem Moment noch einmal eine Spur intensiver, lauernder und aufmerksamer wird.

„Und Sie denken, dass mit Ihnen und Ihrem Leben alles in Ordnung ist? Dass Sie eine Gesprächstherapie nicht nötig haben?" Karl hebt das Haupt und traut sich tatsächlich, der Dame in ihrer seriösen Kombination keck ins vornehm bebrillte Gesicht zu sehen.

„Yo, das denke ich. Ich meine, dass ich mit meinen Problemen bisher auch immer ganz gut alleine zurechtgekommen bin und noch nie Hilfe von einem Psycho-Dingsbums…äh, Therapeuten nötig hatte. Ich finde sowieso, dass in der heutigen Zeit viel zu viel Theater um die Psyche, den inneren Seelenfrieden und den ganzen Blödsinn gemacht wird. Überall liest und hört man nur noch von Burnout, Depressionen und sonn` Gedöns. Es scheint fast so, als würde man heute erst richtig dazugehören, wenn man öffentlich zugibt, einen an der Klatsche zu haben."

„Und Sie haben keinen an der Klatsche?", fragt die Kasperhoff ohne den Hauch einer Provokation.

„Sehe ich etwa so aus?", kontert Karl leicht erzürnt, während es ihm endlich gelingt, ein Stückchen Nagel von seinem Zeh zu reißen. „Mit mir und meinem Leben ist alles in bester Ordnung. Alles klar auf der Andrea Doria!"

„Gut", fasst die Therapeutin das Gehörte zusammen und klappt den Spiralblock zu. „Dann sind wir hier fertig." Sie steht auf, kommt einen Schritt auf Karl zu und reicht ihm zum zweiten Mal binnen weniger Minuten die wertvolle Klunker-Hand. „Ich wünsche Ihnen alles Gute. Ich werde Herrn Schumacher mitteilen, dass Sie ein glückliches Leben führen und nicht auf die Hilfe einer Therapeutin angewiesen sind."

Sie geht zu ihrem Schreibtisch und legt den Block auf die Arbeitsplatte. Anschließend dreht sie sich noch einmal zu dem verwirrten Karl um, der noch immer wie ein alter Indianer in seinem Ledersessel sitzt und so ungläubig und orientierungslos in die Gegend starrt, als hätte er ein paar Züge zu viel von seiner Friedenspfeife genommen.

„Es wäre schön, wenn Sie Ihre Eumel-Schuhe erst im Treppenhaus wieder anziehen würden." Wie benommen klettert Karl aus der Nestkuhle, greift nach seiner Ledertasche, lässt dabei das kleine Stückchen Zehennagel heimlich auf den sowieso schon verschmutzten Teppich fallen und tapst unsicher wie ein Bärenjunges auf Frau Kasperhoff zu.

„Äh, das ging mir jetzt aber ein wenig zu schnell. Wir haben doch noch nicht einmal das erste Lied komplett gehört. Und was soll ich denn jetzt machen?"

Die Therapeutin blickt über ihre Brille hinweg und erklärt:

„Ich würde vorschlagen, Sie gehen einfach aus diesem Büro heraus, schnappen sich Ihre Schuhe und verschwinden wieder in Ihr glückliches und sorgenfreies Leben."

Karl steht mit hängenden Schultern und Armen vor dem Schreibtisch und fühlt ein leichtes Gefühl der Beklemmung und Enge in sich aufkommen.

„Das heißt, Sie geben mich einfach auf? Sie lassen mich im Stich?"

Frau Kasperhoff geht einen Schritt auf Karl zu und bleibt direkt vor dem Beamten stehen, der seine kleine Handtasche wie ein eisernes Schutzschild vor der Brust hält.

„Herr Bauer. Ich habe es mir zur Angewohnheit gemacht, ausschließlich mit Menschen zu arbeiten, die gewillt sind, in ihrem Leben etwas zu verändern. Sie zeigen hier nicht die Spur von Bereitschaft und Aufgeschlossenheit. Mit

Ihnen zu arbeiten käme dem Versuch gleich, einen starken Asthmatiker mit Lungenkrebs weiszumachen, dass es gesund sei, täglich eine Kiste Zigarren auf Lunge zu rauchen. Es tut mir leid, aber ich habe eine Menge Leute auf der Warteliste, die sich freuen, wenn ich Ihre Termine auf sie verteile."

„Aber…", wirft Karl ein.

„Nichts aber!", kontert die Therapeutin. „Meine Aufgabe besteht darin, Ihnen zu helfen, mit Ihrem Leben besser klarzukommen, nicht darin, Ihnen einzureden, dass Sie Hilfe brauchen. Ich sehe bei Ihnen und an Ihrer inneren Haltung, dass Sie sich weder Ihrer momentanen Situation bewusst sind, noch dass Sie daran etwas ändern wollen. Entschuldigen Sie, Herr Bauer, aber Sie wirken auf mich wie ein Mensch, der sich mit Händen und Füßen dagegen wehrt, dass ihm geholfen wird. Auf Wiedersehen."

Karl fühlt sich plötzlich hundsmiserabel. Er schüttelt verständnislos den Kopf, lässt die Schultern so weit herunterhängen, dass sie fast den versifften Teppich berühren und schleicht zur Tür. Als er die Klinke schon in der Hand hat, dreht er sich noch einmal um.

„Frau Kasperlhoff?"

„*Kasperhoff*", berichtigt ihn die Therapeutin fast gelangweilt. „Was gibt es denn noch?" Karl nimmt seinen ganzen Mut zusammen und sagt vorsichtig:

„Wissen Sie, mein bester…noch lebender…Freund ist Rettungsschwimmer bei der DLRG. Und der erzählt mir immer wieder, was er für Dinge erlebt, wenn er versucht, Ertrinkende oder Verunglückte aus dem Wasser zu retten. Er sagt, es kommt oft vor, dass er mit den Opfern regelrechte Kämpfe in den Fluten ausführen muss, weil die sich voller Panik und Angst gegen jede Art von Berührung wehren oder einfach nicht in der Lage sind, sich widerstandslos abschleppen zu lassen." Er streckt den Kopf in die Höhe und schaut anschließend etwas selbstsicherer und bestimmter in die ausdruckslosen Augen von Frau Kasperhoff.

„Mein Freund Stephan hat mir noch nie erzählt, dass er einen Ertrinkenden hat absaufen lassen, nur weil dieser sich gewehrt hat."

Die Therapeutin hebt die Brauen, und auf einmal erscheint der Hauch eines Lächelns auf ihrem Gesicht. Sie neigt den Kopf zur Seite, und für einen Moment ist die ruhige Musik in dem hellen Büro so intensiv spürbar, dass Karl das Gefühl hat, sie anfassen, umarmen und einatmen zu können.

„Warum nicht gleich so, Herr Bauer? Ich begrüße Sie zur ersten Sitzung. Wenn Sie mögen, können Sie sich jetzt wieder setzen."

XXX

„Mein Gott, hast du dich eingedieselt", schnauft Stephan, nachdem er die Tür des Dacias zugeschlagen hat. „Hier drinnen riecht es ja wie in einem türkischen Puff."

„Ha!", erwidert Karl mit einem Grinsen, welches von einem Ohr bis zum anderen reicht. „Das ist der Eumel. Ich dachte mir, ein bisschen *„Hugo Boss"* täte seinem olfaktorischen Auftritt ganz gut."

„Unfassbar!", stöhnt der Maurer kopfschüttelnd, während er den Kopf wendet und den in sich zusammengerollten Mops betrachtet, der friedlich in seiner Hunde-Box auf der Rückbank schläft. „Hast du den in der Plörre gebadet? Das kann doch für so ein Tier nicht gut sein, wenn es im lebendigen Zustand mariniert wird, oder?"

„Reg dich ab, Balu", versucht Karl seinen Freund zu beruhigen. „Ich habe ihm lediglich eine viertel Flasche ins Fell eingerieben. Der stank mir vorher irgendwie zu sehr nach…"

„Hund?", will Stephan irritiert wissen.

„Genau!", antwortet Karl und nickt zustimmend. „Das trifft es exakt! Der Eumel roch mir vorher zu stark nach Hund."

„Aber fahren wir nicht zu einer *Hundeausstellung*?"

„Doch, doch", gibt ihm Karl recht und startet den Rumänen. „Aber bewertet werden die Tiere von Menschen. Und die mögen es ja bekanntlich, der Natur ein wenig unter die Arme zu greifen - oder zu sprühen. Oder warum benutzen wir sonst alle möglichen Arten von Deos und Duftwässerchen?"

„Hm, ich weiß nicht", räumt Stephan skeptisch ein. „Ich bin da eher ein Freund des Echten und Unverfälschten."

„Logo! Du findest es ja auch ganz wunderbar, wenn sich deine Sonja morgens direkt nach dem Aufwachen verschwitzt, zerzaust und mit faulig modrigem Mundgeruch an dich schmiegt, um ein wenig zu schmusen."

„Das ist ja wohl was anderes", protestiert der Hüne und zieht sich den Sicherheitsgurt über seinen Obelix-Bauch. „Das hat ja auch was mit Erotik, Hygiene und Ästhetik zu tun."

„Aufgepasst!", entgegnet Karl oberlehrerhaft. „Du wirst dich wundern, wie groß das menschliche Hygiene-, Ästhetik- und sogar Erotikverständnis bei so einer Hundeausstellung geschrieben wird. Was meinst denn du, warum die Besitzer ihre Vierbeiner, gerade vor Wettkämpfen, scharenweise zum Hundefriseur schleppen und für die kleinen Kacker teilweise sogar kostbarste Mützchen, Mäntel oder Umhänge anfertigen lassen?"

„Das hast du aber nicht getan, oder?"

„Natürlich nicht", winkt Karl souverän und staatsmännisch ab. „Ich bin doch nicht verrückt, so viel Geld auszugeben, wo ich doch schon 45 Euro Startgebühr für die Hundeschau bezahlen muss. Ich habe Eumels Fell selbstverständlich eigenhändig shampooniert, rasiert, gestutzt und gekämmt." Und während Stephan ihn anstarrt wie einen geisteskranken Straftäter, der aus der Forensik ausgebrochen ist und mitten in der Nacht an seiner Haustür schellt, um mit seinen Töchtern zu spielen, fährt Karl stolz fort: „Und das putzige „*Superman*"-Dress, das ich ihm gleich anziehen werde, kam auch direkt von der Stange."

„Du hast deinem Köter ein Dress gekauft?", ächzt Stephan dem Nervenzusammenbruch nahe. „Du leidest wirklich unter Hirnschmelze."

„Sag nicht *Köter*, mein Freund", belehrt Karl seinen Mitfahrer leicht verärgert. „Ich habe in den letzten Monaten gemerkt, dass der Eumel ein sensibles und zartbesaitetes Geschöpf und zudem etwas ganz Besonderes ist. Deshalb auch der Ohrring." Mit einem Ruck, der den Kleinwagen fast ins Schlingern bringt, dreht sich Stephan nach hinten und beginnt zu schreien.

„Bist du als Kind eigentlich mal von einem Pferdehuf am Kopf erwischt worden? Du kannst deinem Köter doch keinen Ohrring stechen lassen! Das ist Tierquälerei in ihrer reinsten Form!"

„Sag nicht *Köter*", mahnt Karl erneut. „Und außerdem wollte Eumel das auch. Ich habe ihn gefragt, und er war sofort einverstanden."

Stephan sieht sich das schnarchende Tier völlig entsetzt an.

„Du unfassbar dämlicher Hirni. Schau dir das Ohr von deinem Kö…, äh…Eumel doch mal genau an. Das ist total geschwollen."

„Blödsinn", meint Karl lässig. „Das muss so."

Stephan glaubt einen Moment, sich verhört zu haben.

„Ich falle noch vom Glauben ab. Hast du das etwa selber gemacht?"

„Logo!", antwortet Karl stolz und legt ein selbstverliebtes Grinsen auf. „Mit einer heißen Nadel, einer Kartoffel und einem von Mariannes alten Ringen. War ganz einfach. Und hat auch gar nicht wehgetan - mir zumindest nicht."

Stephan dreht sich wieder zurück und starrt Karl so ungläubig an, wie man einen anderen als Mensch nur ungläubig anstarren kann.

„Karl Bauer", flüstert er schließlich. „Du bist völlig meschugge und gehörst definitiv eingesperrt."

Der kaum Tangierte lächelt still in sich hinein und meint nach einigen sehr langen Sekunden des Schweigens mit süffisantem Gesichtsausdruck:

„Meine Güte, lässt du dich leicht veräppeln. Ich habe dem Hund natürlich kein Loch ins Ohr gestochen. Ich bin doch kein Salifist…äh, Sadist. Ich würde dem Eumel niemals unnötige Schmerzen zufügen. Der Ring ist lediglich angeklickt und lässt sich ganz leicht wieder abmachen. Mit einem gepiercten Hund würde ich wahrscheinlich sowieso augenblicklich disqualifiziert und zudem von sämtlichen Hundebesitzern auf der Ausstellung gelyncht. Und das, wo sich niemand von denen darüber aufregt, dass Rinder, Kühe, Pferde oder Schweine mit Ringen, Brandzeichen oder ähnlichen Dingen gekennzeichnet werden." Stephan atmet erleichtert aus.

„Da bin ich ja beruhigt. Aber ich hätte dir das, bei deiner an den Tag gelegten Siegesverbissenheit, jetzt tatsächlich geglaubt."

„Mag sein, dass mein Verhalten auf dich wie übertriebener Ehrgeiz wirkt. In Wirklichkeit möchte ich jedoch nur, dass mein Hund das bekommt, was ihm zusteht. Der Eumel ist nämlich der geborene Champion. Und er wird mich heute reich machen. Und zwar richtig reich." Stephan schüttelt erneut den breiten Kopf.

„Richtig reich?"

„Logo!", antwortet Karl. „Ich habe vorsorglich im Amt schon mal einen Werbezettel ans Schwarze Brett gehängt. Und wenn mein Hund heute gewinnt, schalte ich Anzeigen in sämtlichen Fachjournalen. Natürlich habe ich mich im Internet vorher über Preise und Vorgehensweisen informiert." Karl lässt für einen Moment das Steuer los und reibt sich die Hände.

„Ich mache aus meinem Mops einen richtigen Zuchthengst."

„Schon klar!", erwidert der riesige Maurer und grinst. „Zuchthengst! Ich kann mir gut vorstellen, wie dieser Zettel am Schwarzen Brett aussieht: *Karl Bauer verkauft Samen für Fortpflanzungszwecke! Er garantiert gesunde Nachkommenschaft. Hausbesuche möglich. Anfragen werden diskret behandelt.*"

Stephan und Karl erreichen Dortmund gegen halb neun und schaffen es tatsächlich, einen Parkplatz direkt vor den legendären Westfalenhallen zu ergattern. Sie steigen aus dem Wagen, und sogleich empfängt sie ein akustisches Bombardement aus dem gewaltigen Motoren- und Autolärm der B1 und dem über allem schwebenden Klang von mindestens tausend Hunden, die in diesem Moment entweder aus Kofferräumen geholt, über den riesigen Parkplatz geführt oder ungeduldig mit ihren Herrchen und Frauchen vor dem Eingang warten. Stephan lässt seinen Blick über den Platz wandern.

„Sag mal, sind hier eigentlich Menschen mit ihren Hunden oder Hunde mit ihren Menschen?" Karl befreit den nach *„Boss"* duftenden Eugen aus seiner Box, hebt ihn aus dem Wagen und hält ihn seinem Freund hin.

„Stell nicht andauernd so komische Fragen, Balu. Nimm lieber mal den Eumel." Stephan ergreift den müden Hund und will ihn gerade auf den Boden setzen, als Karl zusammenzuckt.

„Hey, untersteh dich, du Grobian! Der muss gleich noch genug leisten und wird die nächsten zwei Stunden geschont."

Der Hüne sieht Karl völlig verständnislos an.

„Du meinst, ich soll dein übergewichtiges Parfummodel jetzt durch die Gegend schleppen? Wozu hat der Herrgott ihm denn Beine verpasst?"

„Stephan, davon verstehst du nichts", erwidert Karl, während er die Box aus dem Rumänen holt. „Hast du schon mal erlebt, dass Jockeys auf ihren Pferden zum Rennen galoppiert kommen? Oder dass Weltstars wie Bruce Springsteen ihre Bühnen selbst aufbauen? Nee! Die wahren Sieger und Stars werden bis kurz vor ihrem Einsatz geschont, damit sie im Moment der Momente eine herausragende Leistung abrufen können." Der Belehrte drückt den Mops widerwillig an die breite Brust.

„Karl, du hast einen Knall! Ich hoffe nur, dass du meinen selbstlosen Einsatz nicht vergisst, wenn du in ein paar Wochen mit Samenanfragen überhäuft wirst und im Geld schwimmst."

Und dann betreten sie die Westfalenhallen. Stephan, der neben dem schläfrigen Eugen zudem noch einen Klapptisch und zwei Campingstühle von Karl aufs Auge und in die Arme gedrückt bekommen hat, staunt nicht schlecht, als er die Massen von Menschen und Hunden realisiert, die sich aufgeregt, schnuppernd, winselnd, japsend, merkwürdig riechend und um sich blickend zwischen den unzähligen Verkaufs- und Präsentationsständen tummeln.

„Da back mir doch einer einen Storch", keucht er, während sich erste Schweißtropfen auf seiner Stirn bilden. „Das müssen ja Tausende von Besuchern sein."

„Was hast du denn gedacht?", antwortet Karl, der seinen gigantischen Bundeswehrrucksack, die Hunde-Box, sein Herrenhandtäschchen und eine große Kühltasche schleppt. „In Deutschland gibt es mehr als zehn Millionen angemeldete Hunde. Das ist ein riesiger Markt."

Der überladene Stephan zuckt angestrengt mit den Schultern.

„Wenn du das sagst. Verrate mir jetzt aber lieber mal, wo wir hinmüssen. Meine Arme machen langsam schlapp." Karl stellt die Kunststoffbox samt Kühltasche auf den Boden und kramt einen Faltplan aus seiner Jackeninnentasche hervor. Anschließend studiert er ihn, als gälte es, eine geheimnisvolle Schatzkarte zu deuten. Nach einer Minute weist er mit dem Kopf in eine bestimmte Richtung.

„Da geht's lang, wenn ich mich nicht irre."

„Hoffentlich hast du uns auch den kürzesten Weg herausgesucht", grunzt der zweibeinige Packesel und stapft los.

XXX

„Das mit dem Parfum war aber eine ganz, ganz dumme Idee. Das ist ja für Menschen schon eine Zumutung. Können Sie sich vorstellen, was dieser fürchterliche Gestank für die überaus sensible Nase eines Hundes bedeutet?" Karl sieht den etwa 40-jährigen Punktrichter mit dem schwarzen Anzug und dem kunstvoll gezwirbelten Schnurrbart gelangweilt an.

„Nö!"

„Eben! Und deshalb hätten Sie es auch lassen sollen."

Während sich Stephan grinsend und glucksend abwendet, holt Karl tief Luft.

„Hören Sie mal, Herr Lichter…"

„Lichter?", unterbricht ihn der Prüfer streng. „Warum Lichter?"

„Ja", antwortet der Billerbecker vorlaut. „Wegen Ihrem…Dingsbums da." Er fasst sich an die Oberlippe. „Ihrem Bart. Mit dem sehen Sie aus wie dieser Fernsehkoch." Der Man in Black sieht Karl scharf ins Gesicht.

„Zunächst einmal heißt es *wegen Ihres Bartes*, Sie Grammatikexperte. Aber machen Sie sich nichts draus. Das liegt bestimmt an den ganzen Kochsendungen, die Sie ständig konsumieren?"

Dem Gemeinten schießt die Schamesröte ins Gesicht.

„Ich sehe die ja gar nicht", beginnt er schließlich zu stammeln und blickt hilfesuchend in Stephans Richtung. „Aber meine…Frau...sieht die…gerne."

„Ach", entgegnet der Hundekoch, dem Karls Kopfbewegung nicht entgangen ist. „Dann kann sie wohl nicht so gut kochen, was? Ich meine, wenn sie sich schon durch Telekollegs weiterbilden muss."

Karl rümpft die Nase, streckt das Kinn nach vorne und vergisst für einen Moment, dass seine und Eugens nähere Zukunft entscheidend von dem gezwirbelten Punkteverteiler abhängig ist.

„Jetzt machen Sie mal halblang. Ich schaue mir auch zwischendurch erotische Filme an, obwohl ich im Bett eine Granate bin."

„Was Ihre Frau bestimmt bezeugen kann", kontert der Richter mit einem hämischen Blick auf Stephan und wendet sich wieder dem Mops zu, den er vor sich auf ein klappriges Tischchen gestellt hat. „Obwohl Sie auf mich eher wie ein Blindgänger wirken." Karl verkneift sich einen bissigen Kommentar, der ihm und Eugen binnen einer halben Sekunde sämtliche Siegchancen zerstört hätte, rückt sich die Brille zurecht und beobachtet den Jüngeren, wie er seinen Hund fachmännisch von allen Seiten begutachtet, abtastet und in die Luft hebt.

„Okay, Mister Lover. Kommen wir mal zum Wesentlichen. Schließlich kann Ihr Hund nichts für seinen Besitzer." Er greift nach einem Klemmbrett und notiert eifrig Zahlen und Buchstaben, während er Karl keines Blickes mehr würdigt und in der folgenden Minute ausschließlich mit Eugen spricht.

„Während deiner Runde vorhin in der Arena wirkte dein Herrchen auf mich ja etwas hüftsteif und ungelenkig. Du, mein kleiner Wonneproppen, hast das aber recht ordentlich gemacht." Während Karl plötzlich ein Gefühl aus Stolz und Spannung durchdringt, fährt der Hundeflüsterer fort:

„Du hattest einen äußerst geraden Rücken, eine aufrecht stehende Rute und dennoch einen bemerkenswert federnden und würdevollen Gang. Und auch jetzt machst du einen ganz passablen Eindruck auf mich. Augen, Ohren, Kopf, Gebiss und Gliedmaßen sind nahezu perfekt. Vom Geruch will ich jetzt mal nicht reden - aber da kannst du ja nichts für." Der Richter geht in die Hocke und betrachtet die dunkle Maske des förmlich tiefenentspannten und meditierenden Mopses, der nicht die geringste Ahnung zu haben scheint, worüber der Onkel mit der komischen Bartpracht gerade lamentiert.

„Und einen ganz feinen Charakter hast du. Bist ein ganz sanfter und gutmütiger Geselle, das habe ich wohl gemerkt. Nimm dir nur nicht zu viel von dieser Atombombe auf zwei Beinen und seiner wuchtigen Frau an." Er richtet sich wieder auf, kritzelt weitere Zeichen und Bewertungen auf seinen Bogen, unterschreibt ihn schwungvoll und steckt den Stift anschließend in seine Anzugjacke. Dann erst sieht er Karl wieder an.

„Ich sage es nicht gerne, aber Ihr Hund hat sich ganz wacker geschlagen. Ob es für die Finalrunde reicht, kann ich Ihnen natürlich noch nicht sagen, aber der Schlechteste ist er nicht." Er dreht sich um und schickt sich an, mit seinem Klemmbrett davonzudackeln. Plötzlich bleibt er noch einmal stehen. Er wendet den Blick, und Karl nimmt zum ersten Mal die eisgrauen Augen des Richters wahr.

„Noch etwas, Herr Bauer." Er spielt unbewusst an seiner kunstvollen Nasendreckbremse herum. „Ich bin ein äußerst toleranter Mensch und jedem und allem gegenüber aufgeschlossen und wohlgesonnen. Ich hätte da jedoch einen Rat: Sollte Ihr Eugen weiterkommen, nehmen Sie ihm doch bitte diesen tuntigen Ohrring ab. Es kommt, besonders bei konservativen Punktrichtern, nicht sonderlich gut an, wenn Hundebesitzer zu viele intime Leidenschaften und Vorlieben auf ihre Tiere übertragen." Und mit einem Seitenblick auf Stephan, der noch immer etwas abseits steht und in Karls riesigem Rucksack herumwühlt: „Und sagen Sie Ihrer…*Frau*, dass das „*Superman*"-Dress, das sie sich gerade so interessiert anschaut, Eugens Siegeschancen nicht wirklich verbessert."

XXX

„Der hält uns für schwul?" Stephan steht mit gerötetem Schädel vor Karl und ballt die groben Pranken zu Fäusten. „Erinnere mich daran, dass ich dem sämtliche Gräten breche, wenn er uns noch einmal über den Weg läuft." Der Beamte hebt beschwichtigend die Arme. „Ruhig, Balu. Das wirst du schön bleiben lassen. Ich will hier schließlich noch was reißen."

„Reißen ist genau das richtige Stichwort", knurrt der wütende Maurer. „Ich reiße dieses behaarte Torfgesicht nämlich in Fetzen, trage es stückchenweise durch alle Ausstellungshallen und verfüttere es an sämtliche treudoofen Köter, die mir begegnen."

„Was regst du dich denn so auf? Hast du was gegen Schwule?"

Stephan fährt sich über sein breites Gesicht.

„Natürlich habe ich nichts gegen Schwule, solange sie mich in Ruhe lassen. Ich habe aber etwas dagegen, wenn man mich für einen warmen Bruder hält und mir zudem eine sexuelle Beziehung mit einem hässlichen Gnom wie dir andichtet. Da krieg ich 'ne Krise!"

„Mensch, Zuckerschnecke", flüstert Karl verführerisch, während er seinen Arm ausstreckt und dem *Flachleger*-Freund langsam über den Rücken streicht. „Jetzt sei doch nicht prüde. Ich glaube, wir zwei würden gut zueinander passen." Stephan wendet sich zur Seite und starrt Karl mit zornigen Augen an.

„Noch so ein Mist, und du bist mich los. Ich schwöre, ich will das nicht!"

Zehn Minuten später tönt eine Lautsprecherstimme, dass die Verkündung der Platzierungen beim Mops-Contest unmittelbar bevorsteht. Die Hunde, die zuvor beim Wettbewerb teilgenommen haben, werden im Anschluss der Reihe nach mit ihren Besitzern aufgerufen und in die Mitte der Arena gebeten. Karl zerrt Eugen wie einen Rollkoffer mit blockierten Rädern hinter sich her, als er über die blaue Auslegware ins Zentrum des Geschehens schlurft. Und endlich ist es soweit. Er steht mit vierzehn anderen aufgeregten

Mops-Herrchen und Mops-Frauchen in einer langen Reihe und wagt es vor Nervosität kaum, auf die drei Richter zu schauen, die würdevoll auf sie zu stolzieren. Der Lichter-Zwirbelbart hält ein Mikrofon in den Händen und wirkt so förmlich und ernsthaft, als präsentiere er der Weltöffentlichkeit gleich das Ergebnis einer Papst-Wahl.

„Sehr geehrte Damen und Herren, liebe Hunde! Kommen wir nun zur letzten Prämierung, bevor es ins große Finale geht. Sie wissen, dass der Gewinner der Mops-Wertung automatisch für die Endrunde qualifiziert ist und somit auch die Chance auf den Gesamtsieg aller Hunderassen in der Kategorie der Gesellschafts- und Begleithunde hat. Der Einfachheit halber werde ich zunächst die Hunde aufrufen, die es leider dieses Mal nicht geschafft haben. Aus Fairnessgründen verlese ich die Namen der Teilnehmer in alphabetischer Reihenfolge. Wer also als erstes aufgerufen wird, muss nicht zwingend die niedrigste Punktzahl haben." Der Sprecher blickt geheimnisvoll auf sein Klemmbrett, fasst sich unbewusst an den Bart und verkündet:

„Nicht geschafft haben es Anton von der Gürbelheide, Bello von und zu Hohenheim-Schaffhausen-Ennepetal-Mitte, Caprice von Inge und Heinz, Döner from the Imbissbud, Franz von Assisi, Gustav…"

Als Karl realisiert, dass Lichter-Richter am Buchstaben „E" vorbei ist, macht sein Herz einen Luftsprung. Mit Genugtuung und Stolz blickt er sich um und sieht, wie immer mehr menschliche Teilnehmer links und rechts neben ihm in Tränen ausbrechen, zusammenklappen, Herzinfarkte und Asthmaanfälle erleiden, sich in zufällig mitgebrachte Nagelfeilen und Samurai-Schwerter stürzen und schließlich nacheinander von ihren Hunden aus der Mitte der Gladiatorenarena geschleppt werden. Zwei Minuten später, nachdem auch das letzte uneinsichtige Frauchen unter lautem Protest und permanenten „Aber mein Rudi ist der Beste! Ich verlange einen Anwalt!"-Rufen von mehreren Sicherheitsleuten vom Ort des Geschehens entfernt wurde, stehen nur noch drei Möpse mit ihren Menschen in der Mitte.

„Sehr geehrte Zweibeiner, hochverehrte Vierbeiner! Hier sehen wir nun die drei besten Möpse des Tages. Ich bitte vorab schon einmal um einen herzlichen Applaus!" Die etwa zwanzig mehr oder weniger desinteressierten und zumeist über 80-jährigen Zuschauer dieses nervenzerfetzenden Spektakels, die keine eigenen Hunde am Start haben und wie scheintot über den Absperrzäunen der Präsentationsfläche hängen, hauen sich jeweils ein bis zwei Mal in die eigene Hand. Als das Gegenteil eines Beifalls nach einer halben Sekunde langsam abebbt, fährt der Punktrichter fort:

„Vielen Dank verehrtes Publikum. Und nun Platz drei der Mopswertung: Es ist Bella von jenseits der Sonnenseite!" Während die beschattete Bella kein Wort verstanden hat, droht ihr menschliches Pendant ohnmächtig zu werden. Doch es fängt sich, rückt das leicht aristokratisch anmutende Kinn nach vorn, zupft an seinem schnoddergrünen Hosenanzug herum und geht erhobenen Hauptes auf die Richter zu, um sich drei Handschläge, drei Glückwunschfloskeln und eine Urkunde abzuholen.

„Auf Platz zwei schaffte es mit fabelhaften 556 Punkten Hasso, the white Star of a new Power-Generation! Als die greisen Zuschauer sich erneut auf die tatterigen Hände hauen, dreht sich der junge Hundebesitzer, der sich für diesen großen Tag nicht nur eine modische Glatze rasiert und eine neue Bomberjacke zugelegt, sondern auch noch seine Springerstiefel auf Hochglanz poliert hat, gefährlich langsam zu Karl um.

„Ich kenne dein Gesicht", zischt er leise, und in seinen Augen blitzen Zuneigung, Freude und Mitmenschlichkeit auf.

„Ha!", erwidert Karl, der auf einer Welle der Euphorie schwebt und den nett Dreinschauenden mit der quer übers Gesicht verlaufenden Narbe am liebsten fest an sich gedrückt hätte. „Und ich kenne deine Platzierung!"

In diesem Augenblick schnellt die Faust der sympathischen Glatze auf Karl zu und stoppt unmittelbar vor dessen Augen.

„Kannst du lesen, toter Mann?" Karl betrachtet die Faust des Menschen, der in seiner Freizeit wahrscheinlich ehrenamtlich Spielenachmittage für Behinderte und Kinder mit Migrationshintergrund organisiert, und erkennt die tätowierten Buchstaben auf den vier Fingerknöcheln.

„Hey, du Legastheniker. Ich dachte, deine Töle heißt Hasso. Hattest wohl keinen Platz mehr für das „O", was?" Der liebenswerte Skin dreht die Faust, fixiert die Buchstaben, denkt einen sehr, sehr langen Moment nach und schüttelt den Kopf.

„Du kapierst nichts, toter Mann. Aber meine Zeit kommt, das schwöre ich."

„Ist ja gut, Meister Proper", entgegnet Karl, der natürlich mitbekommen hat, dass der riesige Stephan die Szene äußerst genau beobachtet, um ihm im Fall der Fälle binnen drei Sekunden zu Hilfe zu eilen. „Jetzt hol dir mal wacker deinen Trostpreis und einen Luftballon ab. Und ändere den Namen deines Verliererhundes doch einfach in Hans. Aus dem ersten „S" auf deiner Faust lässt sich doch sicherlich noch ein „N" machen."

XXX

„Dir ist klar, dass der jetzt einen Mords-Hass auf dich hat, ja?", meint Stephan nach der Siegerehrung und öffnet sich eine Wasserflasche.

„Du meinst, einen Mords-Hans?", kichert Karl und beißt in ein Käsebrot.

„Ich würde das nicht auf die leichte Schulter nehmen", mahnt der Maurer. „Würde mich nicht wundern, wenn der gleich draußen mit seinen Kameraden auf dich wartet." Karl zuckt nur mit den Achseln.

„Da denke ich noch nicht drüber nach. Jetzt ist jetzt, und gleich ist gleich! Im Augenblick interessiert mich nur das Finale und der Sieg."

„Du glaubst doch wohl nicht im Ernst, dass du gegen die verschiedenen Rassen mit deinem Kleinen eine Chance hast, oder?"

„Logo!", antwortet Karl. „Man hat immer eine Chance. Vor allem mit einem Champion wie Eumel und einem zu allem bereiten Herrchen."

Drei Minuten später greift Karl nach seiner ledernen Herrenhandtasche, erhebt sich vom Klappstuhl und fragt:

„Was dagegen, wenn ich mir die Konkurrenz mal ein wenig ansehe?"

„Kein Problem", antwortet Stephan. „Ich bleibe hier und passe auf deinen Triumphator Maximus auf."

„Bedankt", meint Karl und nickt. „Das Finale beginnt in einer halben Stunde. Diesmal müssen wir nur ein paar Runden durch die Manege der Eitelkeiten latschen. Die Punkte von Körperbau, Fell und so weiter werden von den Vorausscheidungen direkt mit ins Finale genommen. Es werden also nur noch die neuen Punkte der Präsentation dazugerechnet. Das dauert gleich nicht so lange, zumal nur insgesamt zehn Hunde teilnehmen."

„Mir soll's recht sein", erwidert Stephan und gähnt. „Ich bin zumindest schon so gespannt, dass ich es kaum noch aushalten kann."

Karl schlendert langsam und unauffällig mit seinem kleinen Handtäschchen durch die Reihen der Klapptische, Hundeboxen und schnatternden Vierbeinbesitzer, die alle um die etwa vierzig mal zwanzig Meter große Arena und Präsentationsfläche herum positioniert sind. Dabei vergleicht er immer wieder die Namen der Hunde, die auf kleinen, an den Boxen befestigten Zetteln vermerkt sind, mit denen der, von einem Beamer an eine Hallenwand geworfenen, Finalteilnehmer. Sein Herz schlägt stets einen Takt schneller, wenn er übereinstimmende Namen entdeckt.

So, denkt er, während er sich die Standorte der Boxen genau ansieht. Dann will ich doch mal dafür sorgen, dass mein Eumel auch wirklich gewinnt. Er geht auf einen Endrundenteilnehmer zu, dessen Herrchen sich gerade angeregt mit einem Besucher über Zahnseide und Toilettenpapier für Hunde unterhält und ein wenig abgelenkt erscheint. Karl blickt sich verstohlen um und kniet sich scheinbar interessiert vor den Käfig des jungen Pudels, der in seiner Vorrunde die Konkurrenz weit hinter sich gelassen hat.

„Du bist aber ein schönes Tierchen", flüstert er dem Vierbeiner zu, welcher freudig mit dem Schwanz wedelt. Er öffnet gerade den Reißverschluss seiner Ledertasche, als er plötzlich von der Seite angesprochen wird. Er wendet den Kopf und registriert ein etwa fünfzehn Jahre altes Mädchen, dessen leicht schmuddeliges Äußeres darauf schließen lässt, dass es wahrscheinlich sehr lange sparen musste, um sich die Eintrittskarte für die Veranstaltung leisten zu können.

„Können Sie mir helfen?" Rasch verschließt Karl das Täschchen wieder.

„Was gibt's denn?" Das Mädchen breitet in Sekundenschnelle einen Hallenplan auseinander und hält ihn Karl hin.

„Könnten Sie mir auf der Karte zeigen, wo ich die Bernhardiner finde? Es muss hier irgendwo stehen, aber ich habe meine Brille zuhause gelassen."

„Kein Problem, kleine Lady", antwortet Karl großväterlich, legt das Täschchen auf die Box des Pudels und wendet sich dem Plan zu.

„Lass mal sehen."

Er studiert Legende und Karte und findet die Bernhardiner schließlich. „Also, du musst…"

„Könnten Sie mir das einzeichnen?" Das Mädchen hält urplötzlich einen abgekauten Bleistift in der Hand und reicht ihn Karl. „Dann finde ich das leichter." Karl zuckt mit den Achseln.

„In Ordnung." Er geht in die Hocke, legt den Hallenplan auf den Boden und beginnt damit, einen dicken Kreis um die entsprechende Halle zu ziehen.

„Danke", sagt die junge Besucherin, als Karl fertig ist. „Schönen Tag noch!" Sie hat die Worte kaum ausgesprochen, als sie sich auch schon umdreht und, ohne auf den Plan zu schauen, davon stürmt. Seltsames Menschenkind, denkt Karl, wendet sich wieder der Dackel-Box zu und erstarrt, als er feststellt, dass sein ledernes Täschchen verschwunden ist.

XXX

Karl ist verzweifelt und sauer. Seine Gedärme veranstalten in seinem Körper ein Tänzchen nach dem anderen, und seine Hände sind so verschwitzt, als hätte er sie in einen Topf mit warmer Butter gesteckt.

„Hey Karl!", begrüßt ihn Stephan. „Du siehst aus wie zu lange geritten und dann feucht in den Stall gestellt."

Karl will gerade zu einer passenden Bemerkung ansetzen, als erneut die Stimme von Zwirbelbart aus den Lautsprechern schallt.

„Meine Damen und Herren! Ich bitte nun alle Finalrundenteilnehmer mit ihren Hunden an den Start! Bitte alle Finalisten der Kategorie Gesellschafts- und Begleithunde an den Start!"

„Scheiße!", flucht Karl lautstark vor sich hin.

„Was ist denn los?", will Stephan verwirrt wissen. „Ist doch alles in Ordnung. Dein Hund lebt noch, du kennst die Konkurrenz und in einer halben Stunde wird gefeiert."

„Dein Wort in Gottes Gehörgang", entgegnet Karl verbittert. Er öffnet die Box, befestigt die Leine an Eugens Halsband und hebt ihn auf den Boden. Anschließend fährt er ihm noch einmal mit einem kleinen Kamm durchs Fell.

„Dann wollen wir mal", meint er schließlich, nachdem er für sich entschieden hat, Eugen das „Superman"-Dress nicht anzuziehen. „Wird schon schiefgehen."

„Viel Glück!", wünscht Stephan und hebt einen Daumen in die Höhe. „Mach sie alle nass! Und morgen geben wir beide unsere Jobs auf, kaufen uns einen Tankwagen und steigen im großen Stil ins Samen- und Zuchtgewerbe ein."

„Sicher", murmelt Karl ein wenig kraftlos. „Wenn da ein Tankwagen mal reicht."

XXX

Karl steht zwanzig Minuten später erneut mitten in der Arena, während die Zuschauer den Teilnehmern ihren fast schon beleidigenden Anti-Beifall spenden. Lichter Schnauzbart schreitet über den blauen Teppich wie Thomas Gottschalk über einen roten und fühlt sich wahrscheinlich in diesem Moment auch so. Er hebt das Mikro an den halb zugewachsenen Mund und lässt eine Sekunde später seine Stimme durch die Halle dröhnen.

„Sehr geehrte Damen und Herren, liebe Hunde! Wir kommen nun zur finalen Urteilsverkündung." Die Nervosität der Hundehalter ist fast greifbar, wohingegen sich die vierbeinigen Hauptfiguren mehr als langweilen. Lichter will gerade erneut ins Mikrofon sprechen, als er von einem Sicherheitsmann mit schwarzer Fliegerjacke und umgedrehter Baseballkappe angetippt wird, der einen Polizisten im Schlepptau hat. Der Sec-Man flüstert Lichter etwas ins Ohr und reicht ihm anschließend eine kleine Plastiktüte.

„Meine Damen und Herren!", wendet sich Schnauzbart wieder an seine Zuhörer. „Bevor wir zu den Platzierungen kommen, muss ich noch etwas mitteilen, was mir soeben zugetragen wurde. Unser Sicherheitspersonal hat soeben ein junges Pärchen gestellt, welches hier auf der Ausstellung auf Diebestour war. Die Herrschaften befinden sich inzwischen in Polizeigewahrsam. Einige der bei ihnen gefundenen Gegenstände konnten ihren Besitzern bereits zugeordnet und ausgehändigt werden, und nun bittet die Polizei um Ihre Mithilfe." Während im Publikum und unter den Teilnehmern Unruhe entsteht, greift Schnauzbart in die Tüte und holt eine Armbanduhr hervor.

„Da hätten wir zunächst eine Uhr von *„Breitling"*. Ich bitte den Besitzer, sofern er sich hier in der Halle befindet, jetzt zu uns zu kommen." Er reicht die Uhr an den Sicherheitsmann weiter, der sie interessiert mustert und im Geiste wahrscheinlich schon bei eBay anbietet. Der Polizist schaut indes mit trüber Miene ins Nichts. „Dann habe ich hier ein Portemonnaie!" Lichter klappt es auseinander, zieht eine Bankkarte heraus und liest: „Beate Lammermann! Ist Frau Lammermann hier in der Halle?" Keine Reaktion. Und als fünfzig Prozent der anwesenden Menschen noch überlegen, ob sie sich nicht beim Sec-Man die Breitling-Uhr abholen oder sich zumindest, in der Hoffnung auf einen ordentlichen Bargeldbetrag, als Beate Lammermann ausgeben sollen, greift Lichter erneut in den Plastiksack. Als seine Hand mit der ledernen Herrenhandtasche wieder zum Vorschein kommt, wird es Karl schwarz vor Augen. In ihm herrscht von einer Sekunde auf die andere ein heilloses Durcheinander, und er will sowohl verschwinden als auch nach vorne stürmen, um dem Bart die Tasche zu entreißen. Doch bevor sich der Beamte zu einer Entscheidung durchringen kann, zieht der Sprecher auch schon den Reißverschluss auf.

„Ich komme mir fast schon vor wie ein Auktionator, doch es hilft ja nichts. Was muss, das muss! Ich habe hier nun eine lederne Tasche. In ihr befinden sich…" Lichter verstummt, als er seine Hand aus den Tiefen der Handtasche herauszieht. Das Publikum spürt, dass etwas nicht in Ordnung ist und reckt neugierig die Hälse. Der Sicherheitsmann und der Polizist treten an den Punktrichter heran und begutachten gemeinsam den Inhalt der Ledertasche. Mit der Zeit gesellen sich auch andere Juroren und Experten zu der kleinen Gruppe, um sich den Inhalt der Tasche genauer anzusehen.

„Nun!", lässt der Bart einige Augenblicke später mit einem seltsamen Unterton verlauten. „Wenn wir die Dinge in diesem Täschchen richtig deuten, haben wir hier ein Sammelsurium von faszinierenden Mittelchen, die prächtig dafür eingesetzt werden könnten, Menschen…oder auch Hunde, je nach Art der Dosierung, zu betäuben oder zumindest temporär in ihrem Verhalten massiv zu beeinflussen." Unter den Zuhörern entsteht aufgeregtes Gemurmel, und Karl bemerkt nervös, wie sich Stephan am Rand der Arena fassungslos an die Stirn fasst und ihm ungläubige Blicke zuwirft.

„Meine Damen und Herren!", fährt Lichter fort. „Hier haben wir zum Beispiel ein Fläschchen Gamma-Butyrolacton, kurz GBL genannt. Ein chemisches Lösungsmittel, das zwar über das Internet legal erhältlich ist, jedoch zur Herstellung von KO-Tropfen oder anderen Drogen verwendet werden kann. Zudem haben wir Schoko-Drops, kleine Salami-Stückchen, ein Sprühfläschchen mit Alkohol und eine Pfefferdose. Sieht ganz so aus, als hätten wir es mit der Ausrüstung eines unfairen und feigen Wettbewerbsteilnehmers zu tun, der seinem Liebling ein wenig helfen wollte. Die Einnahme dieser Substanz oder das Besprühen mit Pfeffer kann bei Tieren zu Übelkeit, Schwindelanfällen, starker Erregung oder Juckreizen führen, was sich in der Arena natürlich nicht so gut macht." Karl spürt, wie ihm langsam aber sicher die Beine einzuknicken drohen. Er atmet tief durch, schaut auf einen äußerst entspannten und teilnahmslosen Eugen hinab und wünscht sich, er könnte die Zeit um einige Stunden zurückdrehen. In diesem Augenblick greift der Polizist nach dem Mikrofon.

„Wir sind in diesem Fall auf Ihre tatkräftige Mithilfe angewiesen. Vielleicht ist Ihnen ein Besucher aufgefallen, der dieses Täschchen bei sich trug. Ich möchte ausdrücklich darauf hinweisen, dass der Besitz von GBL nicht illegal ist, solange man es beispielsweise als Felgenreiniger für sein Auto benutzt - als solches wird es in der Regel auch verkauft. Man kann aber davon ausgehen, dass der Besitzer dieser Tasche hier und heute etwas anderes damit vorhatte. Dann wäre die Nutzung natürlich illegal - vor allem, wenn beabsichtigt wurde, fremde Hunde damit wie psychodelische Schlafwandler durch den Wettbewerb zu schicken, um sich dadurch Vorteile zu verschaffen."

Während erste „Lyncht den Kerl!"-, „Fasst den Betrüger!"- und „Verpasst dem Schuft eine ordentliche Portion GBL!"-Rufe durch die Halle gellen, greift Lichter-Schnauzbart plötzlich mit großen Augen erneut in die Ledertasche. Er zieht ein Stück Papier heraus und liest es aufmerksam. Danach nimmt er dem verblüfften Polizisten das Mikro aus der Hand.

„Meine Damen und Herren, ich bitte um Ruhe!" Er plustert sich auf wie ein Gockel, wirft das Haupt zurück und fährt sich einmal über das Revers seines schwarzen Anzugs.

„Vielleicht habe ich gerade die Lösung dieses Rätsels gefunden, denn wie es aussieht, hat der Übeltäter seine Adresse in der Tasche vergessen. Ist schon blöd, wenn man seine eigene Anschrift ständig vergisst."

Binnen eincs Herzschlages breitet sich eine fast unnatürliche Ruhe und Spannung in der Halle aus. Alle Augen sind auf den selbstgefällig grinsenden Lichter gerichtet, und Karl ist sich sicher, dass er jeden Moment sterben oder zumindest in Ohnmacht fallen wird.

„So!", wendet sich der Bart wieder an sein gespanntes Publikum, während die beiden Billerbecker sich innerlich schon darauf einstellen, die nächsten Stunden auf einem Dortmunder Polizeirevier zu verbringen. „Wenn mich nicht alles täuscht, wohnt unser gemeiner Hundequäler in der Wolbecker Straße in Münster und hört auf den wohlklingenden Namen *U. Kasperlhoff*. Oh, entschuldigen Sie! Ich denke, dass das Geschmiere *Kasperhoff* heißen soll. Der Typ hat wirklich eine Sauklaue!"

XXX

„Hättest du dieses Zeug wirklich benutzt?" Karl kratzt sich nach Stephans Frage nachdenklich am Kinn.

„Ich bin mir nicht sicher", antwortet er schließlich, während er einen Schwerlasttransporter überholt. „Wahrscheinlich aber eher nicht. Ich denke, dass ich es lediglich bei einer Prise Pfeffer oder einem Schnäpschen belassen hätte. Ich wollte die Hunde ja nicht vergiften, sondern sie lediglich während der Präsentation ein wenig torkeln, schwanken und sich kratzen lassen." Stephan starrt seinen Freund noch immer fassungslos an.

„Mein Gott, Karl! Ich glaube es nicht. Du hättest skrupellos und illegal ins Wettkampfgeschehen eingegriffen, nur damit dein Eumel bessere Chancen hat?" Karl stößt die Luft geräuschvoll aus.

„Ich weiß, dass es ein Fehler war. Ich habe halt im Vorfeld gedacht, dass man das Gesetz für eine gute Sache ruhig mal ein wenig individueller auslegen kann - so wie im *Fall Metzler*."

„Das war doch wohl was ganz anderes. Da ging es um ein Menschenleben. Hast du keine Angst, dass sie über deine Therapeutin auf dich kommen?"

„Nö", entgegnet Karl und winkt mit der Hand ab. „Die darf gar keine Infos über ihre Patienten preisgeben, zumal es sich in diesem Fall noch nicht einmal um eine Straftat handelt. Ich werde sie morgen aber mal anrufen, um ihr die Sache zu erklären." Stephan schnauft wie ein angeschossenes Walross und sieht anschließend schweigend aus dem Fenster. Irgendwann richtet er die Stimme wieder an Karl.

„Wie sieht es denn jetzt mit deinen Zuchtplänen aus?"

„Ich habe keine Ahnung", gibt der Angesprochene zu. „Wahrscheinlich halte ich in dieser Sache erst mal den Ball flach. Kommt dem Eumel bestimmt auch gelegen."

„Schade!", kommentiert der Maurer Karls Aussage. „Ich habe uns schon mit deinem Champion durch Europa von einer willigen Hundedame zur nächsten reisen sehen. Zumal Eumel den Wettkampf doch letztlich völlig legal und zu Recht gewonnen hat."

Männertausch

„Könntest du mir mal sagen, warum du Post von einer Fernsehproduktionsfirma bekommst?" Karl, der sich gerade Unkraut zupfend über ein kleines Terrassenbeet beugt und seiner Gattin ungeniert das halb entkleidete, wenig ansehnliche Hinterteil präsentiert, schreckt hoch und richtet sich schwitzend auf.

„Was hast du gesagt?", keucht er mit rotem Kopf. Marianne steht so bedrohlich wie ein osteuropäischer Schuldeneintreiber neben dem Gartentisch und hält einen dicken Umschlag in die Höhe.

„Redneck-TV-Produktion", formuliert sie. „Du hast Post aus Köln."

Karl zieht sich das Donald-Duck-T-Shirt über den Bauch, wischt den Schweiß mit einem Handrücken von der Stirn und geht auf seine Frau zu.

„Redneck?", fragt er verdutzt. „Nie gehört, gib mal her!" Er greift nach dem Umschlag und lässt sich in einen der Terrassenstühle fallen. Dann reißt er die Post auf, fingert mehrere zusammengefaltete Blätter heraus und beginnt zu lesen. Marianne setzt sich indes ebenfalls an den runden Gartentisch und wirft ihrem Mann einen ungeduldigen Blick zu.

„Lies mal laut!", fordert sie ihn auf. „Oder sind das wieder Leute, die einen Beitrag über den Eugen machen wollen?"

„Jetzt lass mich doch erst mal!", mault Karl unwirsch und legt die Stirn in Falten. Nach etwa einer Minute entspannen sich seine Züge jedoch wieder, während er die Blätter vor sich auf den Tisch legt.

„Keine Sorge, Schwänchen. Ist nur Werbung. Die von der Produktionsfirma suchen anscheinend Ehepaare und Familien, die Lust haben, an der Fernsehsendung *„Männertausch"* teilzunehmen. Kennst du doch; das ist das Format, das jeden Mittwochabend um zehn auf TV5 läuft."

„Ach", meint Marianne und greift nach den Zetteln. „Der Blödsinn, wo zwei Familien für eine Woche mit Kameras begleitet und gefilmt werden, während die Männer in der jeweils anderen Familie leben müssen? Das schalten wir beim Zappen doch immer weg, weil es so primitiv ist."

„Eben", stimmt Karl ihr zu. „Diese Sendung ist das beste Beispiel fürs Unterschichten-Fernsehen. Die Teilnehmer werden bis auf die Knochen bloßgestellt und merken gar nicht, wie sie sich vor der ganzen Nation zum Affen machen." Marianne nickt langsam und beginnt zu lesen. Karl lehnt sich unterdessen in seinem Stuhl zurück, schließt die Augen und genießt die Sonne, die an diesem Pfingstsamstag nahezu ganz Deutschland in ein wundervolles Sommerparadies verwandelt.

„Sag mal", knurrt Marianne plötzlich mit einem drohenden Unterton. „Hast du dir die Papiere mal genauer durchgelesen?" Karl zuckt gelangweilt mit den Schultern.

„Überflogen habe ich sie. Wieso?" Seine Frau verengt die Augen zu asiatisch anmutenden Sehschlitzen und wirft die Blätter auf den Holztisch.

„Schau dir den Mist noch einmal an, mein Lieber. Aber diesmal etwas gewissenhafter. Das ist nämlich keine Werbung, sondern ein Vertrag."

Karl setzt eine irritiert wirkende Grimasse auf und nimmt sich die Zettel. Und jetzt beginnt er damit, den Text Zeile für Zeile durchzugehen, und während Mariannes Gesicht von Sekunde zu Sekunde dunkler wird, verliert das seinige zunehmend an Farbe.

„Scheiße", flüstert er schließlich völlig geschockt. „Das ist wirklich ein Vertrag." Er räuspert sich und verschluckt sich beinahe an seinem eigenen Speichel. „Da steht, dass sie sich freuen, uns mitteilen zu können, dass unsere Bewerbung aus dem Sommer 2011 positiv aufgenommen wurde, in zwei Wochen ein erstes Gespräch hier in unserem Haus stattfindet und die Dreharbeiten schließlich in der zweiten Juliwoche über die Bühne gehen."

„Du hast dich für diese Sendung beworben?", kommt es gepresst aus Mariannes Mund heraus. „Bist du bescheuert?" Karl hebt seine Hände abwehrend in die Luft und wirkt dabei wie ein ängstlicher Nachwuchstorwart, der den Elfmeterschuss eines Nationalspielers erwartet.

„Marianne, jetzt bleib mal ganz ruhig. Hältst du mich für so wahnsinnig, dass ich mich bei einem solchen Schwachsinn bewerbe?"

„Ja!", kontert Marianne knapp. „Ich halte dich sogar noch für viel blöder."

Karl schüttelt verständnislos seinen blutleeren Kopf.

„Das muss ein Missverständnis sein. Die irren sich!"

Marianne steht auf, reißt ihrem Mann die Unterlagen aus den schlaffen Händen und setzt sich wieder.

„Missverständnis? Karl, hier steht es ganz deutlich: Du hast dich im Juni 2011 bei dieser Firma per Brief beworben. Die haben deine kompletten Daten. Hier ist sogar ein kopierter Begleittext, den du selbst über dich und mich geschrieben hast, um uns als Ehepaar vorzustellen."

„Und was steht da so?", will der Geschockte wissen. Marianne holt tief Luft, sammelt sich für einen Moment und beginnt, den Text laut vorzulesen:

„Sehr geehrte Herren, hallo Damen. Ich bin Bauer, Karl Bauer. Sie wissen schon; wie der CTU-Agent aus der TV-Serie „24", obwohl ich ja eigentlich Sylvester-Stallone-Fan bin. Ich kann Ihnen aber jetzt nicht sagen, ob ich

„*Rocky*" oder „*Rambo*" besser finde, obwohl mich meine Freunde oft „*Rambo*" nennen. Zumindest bin ich in diesem Jahr zwanzig Jahre verheiratet. Das ist aber nicht so schlimm, wie es sich anhört, denn meine Frau ist eigentlich voll knorke. Ich wohne in einem Haus. Meine Frau putzt gerne und viel, eine Wohlfühloase für Hausstauballergiker haben wir aber nicht. Ich finde es total schön, dass sie putzt. Auf diese Weise hat sie wenigstens was zu tun, die macht nämlich sonst nichts. Kinder haben wir keine. Hat sich irgendwie nicht ergeben, ist aber auch nicht sooo tragisch. Meine Hobbys sind Sport, Modellbau und ehrenamtliche Arbeit in unserer Kirchengemeinde. Scherz! Meine Hauptbeschäftigungen sind eher Bild-Zeitung-lesen, Bordellbesuche, Kegeln, Biertrinken, Chipsessen, ständig an Gewicht zulegen und dummes Zeug labern. Ich laufe auch mal ganz gerne mitten in der Nacht in Bundeswehrklamotten durch den Wald und fälle illegal Bäume. Ich hasse Haustiere, Sport und politisch korrekte Gutmenschen. Und natürlich Vegetarier. Wussten Sie übrigens, dass das Wort „*Vegetarier*" aus dem Indianischen stammt und „*Zu blöd zum Jagen*" bedeutet? Egal, ich bin auf Geburtstagen oder Feiern zumindest stets der Erste am Buffet und habe gelernt, dass es dumm ist, beim Grillen zu viel Brot, Salat oder Kartoffeln zu essen. Das macht den Magen nur unnötig voll, und es passt nachher weniger Fleisch und Bier hinein. Ich sehe mich persönlich als Rocker! Mir darf man nicht dummkommen, denn ich kann verdammt ungemütlich werden. Ich kenne meine Rechte (und auch meine Linke, hahaha). Insgesamt bin ich ein Typ, mit dem man sogar tagsüber Pferde samt Postkutsche stehlen kann. Ich bin mutig, verlässlich, gutaussehend, männlich, total sensibel und absolut selbstkritisch. Und ich bin so einfühlsam, dass sie seit Jahren Unmengen von behinderten Delfinen zu mir bringen, damit sie mit mir schwimmen können. Meine Frau Marianne hat ein wenig Ähnlichkeit mit Mutter Beimer aus der „*Lindenstraße*" - ist aber etwas jünger, auch wenn man das auf den ersten Blick nicht sofort sieht. Auf jeden Fall unterstützt sie mich bei meinen „*Männertausch*"-Plänen uneingeschränkt und freut sich schon auf die Dreharbeiten, weil sie dann mal ganz Billerbeck zeigen kann, wie sauber und aufgeräumt es bei uns ist. Ich hoffe, Sie nehmen uns. Wir wären auf jeden Fall eine gute Wahl. See you. Karl Bauer."

„Das habe ich nie im Leben geschrieben!", stöhnt Karl wie unter Schmerzen. „Das muss ein böser Scherz sein!"

„Ein böser Scherz?", faucht Marianne einem Tobsuchtsanfall nahe. „Da steht
dein Name drunter! Wer sonst könnte so viele Details über dein Leben
wissen, wenn nicht du?"
„Ich war es zumindest nicht, und ich kenne auch niemanden, der so etwas
machen würde", wispert Karl noch immer um Fassung ringend. „Der Einzige,
der für so eine hundsdumme Idee in Frage kommen könnte, und dem ich
einen solchen *Spaß* zutrauen würde, ist…"
„Erst ein paar Wochen nach der Bewerbung von uns gegangen", beendet
Marianne seine Gedanken. Karl hält plötzlich grübelnd inne, und das leise
Plätschern des Springbrunnens ist für einige Sekunden das einzige Geräusch
in dem kleinen Garten.
„Herbert?", fragt er schließlich zögerlich.
„Ja!", antwortet Marianne mit fester Stimme. „Herbert!"
„Du meinst…?"
„Ja, ich meine!"

XXX

„Wir machen da nicht mit! Denkst du etwa, ich will, dass ganz Deutschland
über uns spricht?"
„Warum denn nicht?", fragt Karl kämpferisch. „Wir müssen uns nur gut
verkaufen. Wir treten da völlig souverän, gebildet und intelligent auf, und
anschließend ist ganz Billerbeck stolz auf uns."
„Ach ja? Und wo bekomme ich bis zum Drehbeginn einen Mann her, der
dieses Auftreten hat? Mit dir kann ich das doch vergessen. Sollte es
tatsächlich zu einer Ausstrahlung kommen, können wir anschließend unser
Haus verkaufen und als Eisbärenzüchter nach Sibirien umsiedeln."
„Jetzt mach mal halblang!", brüskiert sich Karl energisch. „Wir werden uns
doch wohl für eine Woche am Riemen reißen können."
„Ich kann das ja auch. Nur du nicht!"
„Jetzt stelle mich bitte nicht als einen vertrottelten Vollidioten dar. Ich weiß
sehr wohl, was gutes und schlechtes Benehmen ist. Ich beweise das täglich im
Büro, da kannst du den Becker fragen. Und außerdem ist das Projekt eine
riesige Chance. Vielleicht tut es uns ja mal gut, für eine Woche getrennt zu
sein. Vielleicht merken wir erst dadurch, was wir aneinander haben."
„Pah!", entfährt es Marianne. „Ich weiß sehr wohl, was ich an dir habe.
Deshalb will ich diese Aktion ja auch nicht." Karl verzieht das Gesicht wie
ein beleidigter Schuljunge. Seitdem er sowohl mit Stephan als auch der Krähe

72

in den Tagen nach Pfingsten immer wieder über die Fernsehsendung gesprochen und diskutiert hat, ist er mittlerweile Feuer und Flamme für das Experiment. Vor seinem inneren Auge sieht er sich schon als kommenden TV-Star mit eigenem Reinhold-Beckmann-Talk-Format, der durch die *„Männertausch"*-Show von Produzenten oder Talentsuchern entdeckt und berühmt gemacht, und vom deutschen Volk geliebt wird. Was ihn zusätzlich überzeugt hat, war, dass er im Kleingedruckten des Vertrages gelesen hat, dass es bei der Sendung eine nicht unwesentliche Kleinigkeit zu gewinnen gibt. Und genau mit diesem Argument kommt er Marianne jetzt.

„Pass mal auf, Schwänchen." Er richtet sich auf seinem Küchenstuhl auf, rückt die Brille zurecht und sieht seiner Gattin beherzt ins Gesicht. „Mir ist sehr bewusst, dass ich manchmal ein wenig seltsam und komisch agiere."

„Etwas seltsam und komisch?", äfft Marianne ihn nach und schwingt dabei mit den Armen wie eine holländische Windmühle während eines Orkans. „Wenn ich alleine nur an die letzten zwei Jahre denke, fallen mir bestimmt mehr als ein Dutzend Situationen ein, in denen dein Agieren nicht nur seltsam und komisch war, sondern katastrophal. Allein dein Verhalten in Dortmund vor zwei Wochen - oder auf der *„MS Deutschland"* und beim Fabriksonderverkauf."

„Du hast recht", kommentiert Karl nachdenklich. „An diesen Tagen sah ich bestimmt nicht immer gut aus. Aber es war zumindest witzig, spannend und außergewöhnlich."

„Na und?", will Marianne wissen. „Was bringt uns das bei der Fernsehsendung - außer Häme und Spott?" Karl legt den Kopf auf die Seite und gönnt sich eine kurze kreative Schaffenspause. Als seine Frau schon glaubt, eine Gestalt aus Madame Tussauds Wachsfigurenkabinett vor sich zu haben, antwortet er ihr mit einer Ruhe, die selbst ihn überrascht:

„Du möchtest wissen, was uns das bei der Fernsehsendung bringt? Hm, lass mich mal nachdenken." Er nimmt die Brille vom Kopf und schwenkt sie in Erich-Böhme-Manier an einem Bügel durch die Luft. „Also, mir könnte das unter Umständen die Sympathien beim Publikum einbringen. Und dir zum Beispiel diesen modernen Gasherd, von dem du schon so lange träumst. Oder ein neues Esszimmer." Mariannes Augen weiten sich binnen Millisekunden auf die Größe von Handballtoren.

„Hä?"

„Da staunst du, was?" Erich Böhme nimmt die Brille in die andere Hand und schwenkt weiter lustig drauf los.

„Die Sendung ist so konzipiert, dass die Zuschauer während der Ausstrahlung für ihren Lieblingskandidaten anrufen können - also für den, den sie am nettesten, interessantesten und coolsten finden. Und der, der am Ende die meisten Anrufer hat, ist der Gewinner der Show." Mariannes Gesichtszüge werden plötzlich butterweich und sanft.

„Und der Gewinner bekommt einen Gasherd? Oder ein Esszimmer?"

„So ähnlich", antwortet Karl, während er unter dem Tisch die freie Hand zur Ernst-August-von-Hannover-Faust ballt. Er kennt seine Frau zur Genüge und er weiß, dass er sie bereits jetzt um den kleinen Finger gewickelt hat.

„Der Gewinner bekommt einen Einkaufs-Gutschein über 10.000 Euro für eines der größten Küchen- und Einrichtungshäuser Deutschlands. Und ich verspreche dir: Ich möchte von dem Geld nichts haben. Du kannst ganz alleine entscheiden, wofür wir den Gewinn ausgeben." In Marianne kämpfen in diesem Augenblick zwei große Mächte gegeneinander. Sie windet sich auf ihrem Stuhl, als säße sie auf einer heißen Herdplatte, und eine Minute später realisiert Karl, dass die richtige Seite gesiegt hat.

„Und du meinst, wir können tatsächlich gewinnen?"

„Logo!", posaunt Karl mit breitem Gerhard-Schröder-Elefantenrunden-Grinsen. „Hast du mal gesehen, was da für Asis mitmachen? Dagegen sind wir doch die Crème de la Crème."

„Aber dann habe ich doch so einen Asi und Vollpfosten für eine ganze Woche im Haus", argumentiert Marianne zaghaft und sachlich. „Der schläft hier, benutzt unsere Toilette, ist immer anwesend, und ich werde auch oft mit diesem Typen alleine sein. Was mache ich denn, wenn er...zudringlich wird?"

Karl beugt sich über den Tisch und ergreift die Hände seiner Frau.

„Mach dir da mal keine Sorgen. Der Tauschmann schläft natürlich im Gästezimmer. Außerdem sind die Leute von der Produktion die meiste Zeit im Haus, und Stephan hat versprochen, einmal täglich vorbeizuschauen, um nach dem Rechten zu sehen. Und zudem kann man das Projekt jederzeit abbrechen, wenn es ganz schlimm wird."

Er beginnt damit, Mariannes Hände wie einen Kuchenteig zu kneten.

„Du wirst sehen: Die Woche vergeht wie im Flug, und anschließend sind wir um zehn Mille reicher."

XXX

„Sind Sie Karl Bauer? Der Rocker?"

Der jugendlich wirkende Großstadt-Typ in heller Breitcordhose und engem Rolli starrt Karl an, als stünde dieser nackt und mit Elefantenohren vor ihm. „Ich hatte Sie mir nach Ihrer Beschreibung irgendwie anders vorgestellt", fährt er stirnrunzelnd fort. „Irgendwie…anders." Karl zieht sowohl Nase als auch Bundfaltenhose hoch und den viel zu engen Pullunder runter.

„Wie *anders*? Ich bin doch super! Gefalle ich Ihnen nicht?"

„Doch, doch!", hüstelt der unverschämt attraktive Cord-Fan, der so dünn ist, dass man seine Rippen durch den schwarzen Stoff des Rollis sehen kann. „Ich hatte nur irgendwie einen…Rocker erwartet."

„Bin ich auch, mein junger Freund. Bin ich auch", meint Karl mit einem selbstgefälligen Lächeln. „Äußerlich wirke ich vielleicht wie ein angepasster, erfolgreicher Manager und Macher, doch tief im Inneren bin ich ein verdammt hartes rocking Baby."

„Dann ist ja gut", meint der Jüngling wenig überzeugt.

Karl tritt einen Schritt zurück, um den Eingang des Hauses freizumachen.

„Kommen Sie doch erst einmal rein", fordert er den Schönling auf. „Ich zeige Ihnen das Haus und dann meine Frau." Der junge Mann nickt gedankenverloren, bückt sich nach seinem silbernen Metallaktenkoffer und betritt den Flur. In diesem Augenblick kommt auch schon Marianne aus der Küche stolziert. Sie trägt ihr bestes Kleid nebst einem Paar neuer Schuhe und ist gerade dabei, sich die Hände an einem Geschirrtuch abzutrocknen.

„Hallo!", flötet sie wie ein dressiertes Äffchen und streckt dem Gast eine noch immer leicht feuchte Rechte entgegen. „Ich bin Frau Bauer!"

„Ach, das ist ja schön", murmelt der Junge, während er fast zögerlich ihre Hand ergreift. „Zumindest sehen Sie so aus, wie Ihr Mann Sie beschrieben hat. Sie haben tatsächlich große Ähnlichkeit mit Mutter Beimer, wenn ich das mal so unverblümt ausdrücken darf. Nur natürlich viel, viel attraktiver und hübscher." Marianne errötet wie ein junges Mädchen beim Abschlussball und trocknet sich verlegen nun auch noch Unterarme, Hals und Nacken mit dem Geschirrtuch ab.

„Vielen Dank", stammelt sie. „Treten Sie doch näher. Ich habe den Gartentisch gedeckt und Apfelkuchen gebacken. Der ist sogar noch warm."

„Reizend", sülzt der Cordmann mit gespielter Begeisterung. „Gartentisch gedeckt und warmer Apfelkuchen. Ganz überaus reizend."

Sie setzen sich, und während Marianne Kaffee einschenkt, blickt sich der TV-Macher verwundert im Garten um.

„Reizend haben Sie es hier. So bürgerlich hatte ich es nach Ihrer Bewerbung gar nicht erwartet. Ach ja, mein Name ist übrigens Kohl."

„Macht nichts", schmatzt Karl mit übervollem Mund, wobei ihm ein Kuchenstückchen auf den Tisch fällt. „Können Sie ja nichts für. Obwohl mich das schon nerven würde, so zu heißen, wie diese Einheits-Abrissbirne. Ich hätte meinen Namen ja in *Schnitzel* umgeändert." Kohl lächelt bemüht.

„Ja, ich erinnere mich. Sie hassen Vegetarier. Schön, dass zumindest dieser Punkt mit Ihrem Text übereinstimmt."

„So kann man das aber jetzt auch nicht sagen", versucht Marianne einzulenken. „Der Karl hasst niemanden - er isst halt nur gerne Fleisch."

„Yo", stimmt ihr Mann kauend zu. „Und zwar am liebsten zum Frühstück, zum Mittag- und zum Abendessen. Und manchmal stehe ich sogar nachts auf, um mich nochmal an den Kühlschrank heranzupirschen." Er zupft grunzend an seinem Pullunder herum und denkt einen Moment nach. „Ich lebe nach der Devise *„Fleisch ist mein Gemüse",* so wie es dieser Humorist Heinz Strunk aus Hamburg schon in seinem Buch geschrieben hat."

„Reizender Kerl übrigens", antwortet Kohl. „Über den haben wir letztes Jahr einen Beitrag gemacht. Ganz reizender und kultivierter Mann."

„Ach!", entfährt es Karl. „Das ist ja interessant. Sie arbeiten auch mit Promis? Gut zu wissen! Vielleicht komme ich noch mal auf Sie zurück, wenn es bei mir so weit ist." Kohl nimmt einen Schluck Kaffee und nickt dabei wie ferngesteuert. Nachdem er die Tasse wieder abgestellt hat, sieht er zunächst Karl und anschließend Marianne an.

„Kommen wir mal zum Wesentlichen. Mir geht es als Regisseur und Aufnahmeleiter vor allem darum, Sie etwas näher kennenzulernen, Sie besser einzuschätzen, zu sehen, ob die Angaben in Ihren Bewerbungsunterlagen mit der Realität übereinstimmen. Und wie die Dreh- und Arbeitsbedingungen vor Ort sind." Er greift nach dem Koffer und öffnet ihn, um einen Block herauszuholen. Er legt diesen auf den Tisch und stellt den Koffer wieder zurück.

„Für die Sendung ist es wichtig, dass Familien ausgesucht werden, die sich nicht zu ähnlich sind, damit es Reibungsflächen, Konflikte und Spannungen gibt. Das erst macht die Show interessant und sehenswert."

„Schon kapiert", meint Karl professionell abgebrüht und stopft sich eine weitere Gabel ins Gesicht. „Ich habe meiner Frau schon gesagt, dass Sie wahrscheinlich als Pendent zu uns als Beamten-Paar so eine richtige Asi-Familie ausbuddeln werden. Am besten einen Messi-Clan aus dem Osten mit acht verwahrlosten, schwererziehbaren Blagen, verlausten Katzen, einem

Abbruchhaus und fetten Eltern, die den ganzen Tag nur saufend und kiffend vor dem Breitbildfernseher oder dem Computer hocken und sich gegenseitig anbrüllen und verprügeln. Herr Kohl, wir verstehen uns! Ach ja, wollen Sie ein Bier zum Kaffee? Oder einen Korn?"

„Nein!", beeilt sich Kohl zu sagen. „Ich…will noch fahren."

Karl zuckt mit den Schultern.

„Sie sind der Chef." Kohl lächelt erneut.

„Ganz so, wie Sie es gerade dargestellt haben, funktioniert unsere Sendung nicht, Herr Bauer. Vielleicht arbeiten andere so. Uns geht es weniger um Klischees als vielmehr um die zwischenmenschlichen Aspekte. Wir stellen unsere Familien vor die Aufgabe, sich gedanklich und emotional auf völlig neue Lebenssituationen einzustellen. Auf neue Menschen. Dabei stehen für uns Ansichten, Tagesabläufe, Rituale und Gewohnheiten im Vordergrund, nicht unbedingt äußerliche Dinge oder soziale Unterschiede."

„Ja, ja", wiegelt Karl ab. „Schon klar."

Er beugt sich kumpelhaft über den Tisch und fragt augenzwinkernd:

„Jetzt mal Butter bei die Pfanne. Haben Sie Ihre Familie Flodder denn schon gefunden?"

„Ganz ehrlich", druckst Kohl herum, „dachte ich nach Ihrem Schreiben, sie bereits gefunden zu haben. Jetzt müssen wir noch mal umdisponieren. Sie passen nicht so ganz in das Bild, das wir uns von Ihnen gemacht haben."

„Ha!", sprudelt es aus Karl heraus. „Sie haben einen langweiligen Beamten erwartet! Einen Normalo ohne Rückgrat, Ausstrahlung und Charme, was?"

„Herr Bauer", wirft Kohl vorsichtig ein. „In Ihrer Bewerbung haben Sie nichts über Ihren Beruf gesagt. Und Schreibstil und Wortwahl ließen nicht auf einen wohlsituierten Staatsdiener und ein gepflegtes Eigenheim schließen. Ich hatte mit einem Rocker gerechnet, der seine verwahrloste Bude mit Stallone- und Gina-Wild-Postern tapeziert hat und in dessen Wohnzimmer sich die Bierkisten stapeln." Karl denkt angestrengt nach.

„Aber das ist doch kein Problem. Die Lederklamotten besorge ich mir im Secondhand-Laden und „Rambo"-Poster und ein Duzend Getränkekisten habe ich im Keller."

„Herr Bauer." Das Gesicht des Fernsehjünglings wirkt fast verzweifelt. „Es ist nicht meine Absicht, ein Theaterstück zu inszenieren. Wir möchten die Menschen zeigen, wie sie wirklich sind. Echt, authentisch und natürlich."

„Aber in meinem Herzen bin ich doch ein Rocker", argumentiert Karl, der gar nicht genau weiß, womit Kohl eigentlich so große Probleme hat. „Ich frage mich ständig, wann die Polizei endlich meine Tür aufbricht, wo sie doch zurzeit ständig Razzien bei den *Hells Angels* und den *Bandidos* durchführen. Und meine Frau ist auch total crazy drauf. Sie wollte letztes Jahr sogar noch, dass ich einen Motorradführerschein mache."

Während Marianne die Augen verdreht und Karl sich erneut unbewusst den Pullunder herunterzieht, setzt der Produzent zu einer Erklärung an.

„Herr Bauer. Ihr Brief ließ auf einen harten, durchsetzungsfähigen, leicht unterbelichteten Kerl schließen, der mit seiner passiven Lebensgefährtin in einem wenig ansehnlichen Haus lebt und sich den lieben langen Tag eher mit…seinen Hobbys beschäftigt. Und was finde ich vor? Ich will es Ihnen sagen, auch wenn ich Gefahr laufe, mich bei Ihnen unbeliebt zu machen." Er setzt die Tasse mit dem erkalteten Kaffee an die Lippen, trinkt und spricht weiter: „Ich sehe in Ihnen ein äußerst angepasstes, bürgerliches Ehepaar, welches in seinem reizenden, aufgeräumten, blitzeblanken Eigenheim lebt. Entschuldigen Sie, aber Sie sind nicht das, was wir erwartet haben - obschon Sie, Herr Bauer, bestimmt einen interessanten Kandidaten abgeben würden."

„Klasse!", triumphiert Karl. „Dann mache ich die Show ohne meine Frau!"

„Herr Bauer", reagiert Kohl ernst. „Unsere Sendung heißt *„Männertausch"* und nicht *„Bauer auf Reisen!"*. Ohne Ihre Frau und Ihr Haus macht die ganze Sache absolut keinen Sinn, verstehen Sie?"

Karl lässt leicht verstimmt die runden Schultern hängen. So hatte er sich den Termin mit dem Fernsehfuzzi nicht vorgestellt.

„Aber kann man da nicht irgendwas drehen?", fragt er schließlich mit bebender Unterlippe. „Ich hatte mich schon so gefreut." Das Gemüse auf Beinen verzieht den Mund und wirkt tatsächlich so, als würde es grübeln.

„Es tut mir leid. Die Familie, die wir nach Ihrer Bewerbung als Ihre Mitkandidaten ausgesucht haben, ist einfach nicht *anders* genug. Und da diese Leute den Vertrag bereits unterschrieben haben, und das Team dort schon Probeaufnahmen gemacht hat, sehe ich keine Möglichkeit, mich von denen zu trennen." Karl will es nicht begreifen. Er erlebt gerade zum ersten Mal in seinem Leben, dass er ein Ziel nicht erreicht, nur weil er zu ordentlich, unauffällig und normal ist.

„Aber Herr Kohl", bettelt er. „Vielleicht haben Sie ja eine Familie, die Sie spontan aus dem Hut zaubern können. Da gibt es doch bestimmt noch viele Bewerbungen in Ihren Karteikarten." Er fasst den Cord-Produzenten am Arm und streichelt ihn so hingebungsvoll, als wolle er ihn zu einem One-Night-Stand überreden. Dabei blickt er ihn mit derartig treudoofen Augen an, dass Eugen, der in seinem Körbchen im Wohnzimmer liegt und sich die letzten zwanzig Minuten nicht ein einziges Mal gerührt hat, neidisch geworden wäre.

Der Namensvetter des ehemaligen Bundeskanzlers und Saumagenfreundes schüttelt den Kopf.

„Ich kann Ihnen nur wenig Hoffnung machen." Jetzt meldet sich endlich Marianne zu Wort, die ihren neuen Herd samt Esszimmer bereits auf einem verrosteten Kahn in den Wellen eines wütenden Ozeanes versinken sieht.

„So schwierig kann das doch nicht sein, Herr Kohl. Denken Sie mal nach. Was brauchen Sie schon Großartiges, um es in der Sendung richtig knallen zu lassen? Eine Polizistenfamilie, ein autonomes Obdachlosen-Pärchen, eine soziokulturell benachteiligte Großfamilie mit eigener Hanfplantage? Da wird sich doch was finden lassen." Kohl schaut Marianne ob ihres unerwarteten Einsatzes verwundert an. Dann sammelt er sich und sagt:

„Ich will sehen, was sich machen lässt. Ich werde mich in den nächsten Tagen melden. Aber leicht wird das nicht." Mariannes Gesicht glüht plötzlich vor Freude, und die Titanic schießt mit irrsinniger Geschwindigkeit wieder an die Wasseroberfläche - und zwar mit Herd und Esszimmer.

„Danke, Herr Kohl!", jauchzt sie. „Das werde ich Ihnen nie vergessen."

„Na hoffentlich, Frau Bauer. Hoffentlich."

XXX

„Und lass` sie dir ordentlich schneiden. Ich will nicht, dass du im Fernsehen wie ein dahergelaufener Zottelpansen aussiehst." Karl wirft sich das gebügelte Oberhemd über die runden Schultern und rümpft die Nase.

„Gut, dass du das jetzt erwähnt hast, du Top-Stylistin", erwidert er anschließend. „Ich hätte die Friseuse sonst tatsächlich gebeten, mir ausnahmsweise einmal einen richtig unansehnlichen Topfschnitt zu verpassen." Marianne setzt ihre Besserwisser-Miene auf und kontert:

„Zunächst einmal heißt es heutzutage *Friseurin*. Und den Topfschnitt hast du dir schon die letzten Jahre ständig verpassen lassen. Deshalb sollst du ja heute auch zu diesem neuen, modernen Salon gehen."

„Zu diesem neuen, modernen Salon", äfft Karl seine Frau nach, während er mit seinen Wurstfingern versucht, die Knöpfe des Hemdes zu schließen. „Ich fand meinen alten Friseur immer recht aufgeschlossen und zeitgemäß."

„Karl!", ruft Marianne. „Der Klostermann ist Ende sechzig, hat von Mode und Stil so viel Ahnung wie Veronica Ferres von der Schauspielerei, hat vor Urzeiten einmal Metzger gelernt und betreibt den Friseursalon nur, weil sich seine Fleischerei nicht mehr rentierte. Wenn man in seinen Laden kommt, riecht es noch immer nach frisch Geschlachtetem und Räucherschinken."

„Besser, als wenn man wegen des ganzen Haarsprays und Parfums kaum Luft
bekommt", argumentiert Karl und steckt sich das Hemd in die Hose.
„Sag mal", meint Marianne plötzlich mit einem eisigen Unterton. „Du willst
doch nicht etwa diese alte Buxe anlassen, oder? Zieh dir gefälligst eine andere
an. Ich möchte, dass du ordentlich in die Stadt gehst."
„Hallo?", reagiert Karl fassungslos und tippt seiner Frau mit einem Finger
gegen die Stirn. „Jemand zu Hause? Ich gehe zum Friseur, nicht zu einer
Hochzeit. Ich denke gar nicht daran, mich noch einmal umzuziehen."
„Oh doch!", befiehlt Marianne. „Und deine Haare kämmst du dir auch. Die
sind vom Waschen noch ganz durcheinander. Was sollen denn die Leute
denken? Schon mal darüber nachgedacht, dass dein Äußeres auch auf mich
zurückfällt?" In seinem Inneren spürt Karl etwas, was sich wie zerreißende
Gitarrensaiten anfühlt.
„Du bist meine Frau, nicht meine Mutter."
„Schlimm genug", entgegnet Marianne, „dass ich dich überhaupt noch auf so
etwas aufmerksam machen muss. Und jetzt keine Widerrede mehr. Zieh` dich
um und mach dir die Haare!" Karl betrachtet seine dünne, in alle Richtungen
abstehende Kopfbewachsung im Badezimmerspiegel.
„Wenn ich mit diesen Flusen etwas Ordentliches anfangen könnte, würde ich
wohl kaum zum Friseur gehen, oder? Außerdem macht es überhaupt keinen
Sinn, sich die Haare zu stylen und sie sich anschließend abschneiden zu
lassen. Das ist so überflüssig wie riesige Brüste an einer Nonne!" Marianne
tut, als hätte sie Karls Einwand nicht gehört. Sie geht zum
Badezimmerschränkchen, kramt darin herum und hält schließlich einen
Einwegrasierer in der Hand.
„Von mir aus kannst du meckern, bis die Hölle gefriert, du Ignorant", meint
sie trocken, während sie von hinten an ihren Mann herantritt. „Du wechselst
die Hose und kämmst dir die Haare. Aber vorher beugst du dich noch übers
Waschbecken. Ich sehe gerade, dass du hinten im Nacken so einen dunklen,
ungepflegten Flaum hast. Den mach ich dir noch eben weg. So kann man dich
ja nicht aus dem Haus lassen."

Zwanzig Minuten später stürmt Karl mit dunkler Bundfaltenhose, Krawatte,
einem riesigen Pflaster im Nacken und Eugen im Schlepptau in den Salon. Er
schließt die Ladentür hinter sich, atmet tief durch und lässt dabei seinen Blick
wie beiläufig durch das Ladenlokal wandern, in dem es vor Menschen nur so
wimmelt. Der Raum, der in etwa die Größe eines Tanzsaals aufweist, der dem
Wiener Opernball zur Ehre gereichen würde, ist in dämmriges, indirektes

Licht gehüllt. An den langen Seitenwänden sind mindestens zwei Dutzend weiße Vollledersessel samt Fußbänkchen und Beistelltischchen aufgereiht. Die dazugehörigen wuchtigen Spiegel, deren Rahmen ebenfalls mit weißem Leder versehen sind, haben die Ausmaße von Michelangelo-Gemälden - nur in groß. Im hinteren Teil des Salons erkennt Karl eine Art Raumteiler aus grobem Sandstein, der wohl an die halb zerfallene Mauer einer alten Burgruine erinnern soll. Hinter der Abbruchwand, die mit künstlichem Efeu dekoriert ist, nimmt er mehrere große Waschbecken und futuristisch anmutende Rollgestelle mit Ablageflächen, Arbeitsmaterialien und riesigen Hauben wahr. Überall laufen, schwirren und wuseln junge und attraktive Frauen herum, die in ihren engen schwarzen Jeans und T-Shirts allesamt so aussehen, als wollten sie gleich gemeinsam zur Beerdigung von Udo Walz gehen.

„Guten Tag, der Herr", dringt es plötzlich zuckersüß in seine Ohren. „Was kann ich für Sie tun?" Karl wendet den Kopf und betrachtet das zauberhafte Wesen, dessen Oberkörper und Haupt hinter einem Tresen hervorlugt, der ebenfalls so wirkt, als sei er komplett aus Havixbecker-Sandstein gebaut worden. Er schluckt, sammelt sich einen Augenblick und sagt leise:

„Ich habe einen Termin. Zum Haareschneiden."

„Das trifft sich gut", antwortet die Elfe, wirft sich das blonde Haar anmutig zurück und beginnt damit, in einem dicken Kalender zu blättern. Karl glotzt das Mädchen irritiert an.

„Warum?"

Die Schöne sieht auf und klimpert keck mit ihren langen Wimpern.

„Warum?", echot sie.

„Äh, warum sich das gut trifft?", stottert Karl.

„Na", meint die Zauberfrau und setzt ein noch reizenderes Lächeln auf. „Weil wir hier in einem Friseursalon sind. Wir hätten ein paar Schwierigkeiten gehabt, wenn Sie jetzt nach einer Wurmkur für Ihren süßen Hund gefragt hätten. Wie ist denn der Name?"

„Eumel", beeilt Karl sich zu sagen. „Das klingt blöd, aber für seinen Namen kann man ja nichts." Die Schöne vertieft sich erneut in ihren Kalender.

„Komisch. Ich kann Sie hier nirgends finden. Sind Sie sicher, dass Sie bei der Anmeldung diesen Namen angegeben haben, Herr Eumel?"

Nachdem die Angestellte in den hinteren Teil des Salons gegangen ist, kommt sie wenig später mit einer jungen Frau an ihrer Seite zurück, die ihre Zwillingsschwester sein könnte. Diese tritt so strahlend und dicht an Karl heran, als wäre dieser kein Kunde, sondern ihr zukünftiger Gatte, der bis zu diesem Moment vor dem Traualtar im Smoking auf sie gewartet hat.

„Herr Bauer, darf ich Ihre Jacke haben?"

„Nö!", kommt es zwischen Karls Lippen hervor. „Die brauche ich noch. Außerdem wäre Ihnen das Teil sowieso viel zu groß."

„Ich wollte fragen, ob ich Ihnen Ihre Jacke abnehmen dürfte, um sie an die Garderobe zu hängen."

„Immer noch nö", antwortet der Beamte. „Da sind Brillenetui, Schlüssel, Geldbörse, Nasentropfen und sonstige Utensilien drin, die ich lieber bei mir hätte. Ich werfe sie gleich über die Stuhllehne, wenn ich darf."

„Wie Sie meinen", gibt die Friseurin professionell zurück, während eine winzige Regenwolke über ihr hübsches Sonnengesicht huscht.

„Dann kommen Sie doch mal mit." Sie geht voran und deutet auf einen freien Ledersessel. „Bitte!"

Nachdem Karl seine blaue Windjacke umständlich über die Rückenlehne gehängt, sich gesetzt und Eugen es sich zu seinen Füßen gemütlich gemacht hat, kommt die Elfenschwester um den Stuhl herum.

„Möchten Sie vielleicht einen Kaffee, einen Cappuccino, einen Espresso oder einen Latte Macchiato? Oder vielleicht doch lieber ein Glas Wasser, O-Saft, A-Saft oder einen Sekt? Ich könnte Ihnen auch einen Tee machen."

„Hm", überlegt ein völlig überforderter Karl, der mit diesem Überangebot an Annehmlichkeiten nicht wirklich etwas anzufangen weiß. „Ein Bierchen käme jetzt gut." Bevor sich Karl versieht, ist die Hübsche auch schon verschwunden, um wenige Sekunden später zu ihm zurückzukehren. In den Händen hält sie tatsächlich eine Flasche Pils und ein blitzsauberes Glas.

„Normalerweise haben wir kein Bier", erklärt die Friseurin geflissentlich, während sie die Flasche öffnet und Karl das Gewünschte einschenkt. „Aber wir haben noch einige Getränke von unserer Einweihungsfeier im Kühlschrank." Karl, der unterhalb der Woche eigentlich keinen Alkohol mehr trinkt und mit seinem Getränkewunsch nur einen Witz gemacht haben wollte, ist so verdattert, dass er nicht einmal in der Lage ist, sich anständig zu bedanken. Er greift stattdessen nur nach dem Glas und nimmt einen großen Schluck.

„Und?", will die Friseurin wissen. „Lecker?"

„Logo", nuschelt Karl, unterdrückt ein Aufstoßen und grinst. „Sehr lecker. Ich komme jetzt öfter."

„Gerne", flötet die junge Frau. Sie zieht sich einen Hocker heran und setzt sich neben ihren Kunden, wobei sie diesen im Spiegel freundlich betrachtet.

„Wollen wir uns erst überlegen, was wir heute mit Ihnen anstellen, oder soll ich Ihnen direkt die Haare waschen?“
Karl ist so verdutzt, dass er beinahe sein Bierglas fallenlässt.
„Sind die schon wieder dreckig? Die habe ich doch eben noch gewaschen.“
„Gut, dann machen wir sie nur noch mal nass. Ist auch nicht schlimm.“
„Sehe ich auch so“, grummelt Karl. „Und außerdem wird es auf diese Weise am Ende auch etwas billiger. Äh, was kostet eigentlich ein Bier bei Ihnen?“
Die Friseurin lächelt Karl im Spiegel an.
„Getränke werden bei uns nicht extra berechnet. Das gehört zum Service.“
„Klasse!“, grunzt Karl, der sich in diesem Moment, nach einem Blick auf die wunderschöne Frau, überlegt, was in diesem Laden wohl sonst noch alles zum Service dazugehört. Er setzt sein Glas erneut an und leert es binnen eines Wimpernschlages. „Dann können Sie mir gleich mal schön noch eins bringen. Auf einem Bein steht es sich nämlich so schlecht.“
„Mach ich“, erwidert die Friseurin noch immer extrem geduldig. „Doch jetzt wollen wir uns erst mal ein wenig unterhalten.“ Sie hebt den Arm und fährt Karl fachmännisch durch dessen Haare.
„Oh Gott, was haben Sie denn hier gemacht?“ Sie betastet vorsichtig das Pflaster in seinem Nacken. „Das sieht ja gemein aus.“ Karl atmet tief aus.
„Da habe ich mich heute während meiner Morgentoilette geschnitten. Ich rasiere mir gerne mal den kompletten Hals.“ Die Schöne nickt bedächtig, und Karl spürt, wie es zwischen ihren Ohren zu arbeiten beginnt. Schließlich lässt sie vom Pflaster ab und wendet sich wieder dem Haupthaar zu.
„Ja, ja, so haben wir alle unsere Marotten. Doch lassen Sie uns mal wieder über Ihre Frisur sprechen: Wie hätten Sie ihre Haare denn gerne?“
Der Angesprochene zuckt dümmlich dreinschauend mit den Schultern.
„Kürzer!“
Eine weitere dunkle Wolke zieht fast unsichtbar über das makellose Gesicht der Attraktiven.
„Das macht die Sache einfacher. Andersherum hätte es auch leichte Probleme gegeben. Es sei denn, Sie würden sich für Extensions interessieren.“ Sie wuschelt noch immer durch Karls Mähne.
„Ich wollte wissen, was ich genau machen soll.“ Karl überlegt eine geschlagene Minute und fragt sich allen Ernstes, ob die junge Frau den Verstand verloren hat oder ihn nur humorvoll auf den Arm nehmen will. Gut, denkt er. Die Kleine hat wahrscheinlich gerade mal mit Ach und Krach ihren Hauptschulabschluss geschafft. Vielleicht hat sie vergessen, was die grundlegenden Dinge ihres Jobs sind. Schließlich knurrt er hilfsbereit:

„Schneiden!" Die Friseurin zeigt den Anflug eines Augenverdrehers.

„Gut, dass Sie das sagen. Ich hätte es nämlich sonst mit *Reißen* versucht."

„Ach so meinen Sie das", sagt Karl verstehend. Er rückt ein wenig näher an den Spiegel heran, fixiert seinen Schädel ausgiebig und lehnt sich schließlich wieder zurück.

„Also, ich hätte es gerne ein wenig…voluminöser, verstehen Sie?" Er geht sich durch die Haare und schaut die Friseurin danach fragend an.

„Können Sie mir die Haare etwas…voller schneiden? Kürzer und zugleich irgendwie voller? Sie müssen wissen, ich werde in der nächsten Zeit öfters im Fernsehen zu sehen sein." Die junge Dame sieht Karl an, als hätte dieser gerade einen schleimigen Frosch ausgespuckt.

„Ich bin Friseurin, keine Zauberin."

„Hm", überlegt Karl. „Dann aber zumindest etwas modischer und hipper. Ich will, dass das nachher richtig stylisch aussieht." Die Fabelhafte rutscht scheinbar unangenehm berührt auf ihrem Hocker herum.

„Herr Bauer, ich sagte ja schon, dass ich keine Zauberin bin." Sie greift erneut nach seinen dünnen Haaren und streicht ihm wie nebenbei über die fast kahle Stelle am Hinterkopf. „Wissen Sie, man kann auch in meinem Beruf nur auf das zurückgreifen, was da ist. Außerdem muss eine Frisur immer zum jeweiligen Gesicht und zum Typen passen." Karl will gerade zu einer entsprechenden Bemerkung ansetzen, als er die Titelmusik von *„Biene Maja"* in entsetzlicher Lautstärke neben sich erklingen hört.

„Entschuldigen Sie", meint die Hübsche ein wenig verlegen, steht auf und zieht ein weißes iPhone aus ihrer Hosentasche. Sie hält die technische Offenbarung, für die sie wahrscheinlich drei bis vier komplette Monatsgehälter berappen musste, an ihr niedliches Ohr.

„Ja?" Sie lauscht angestrengt.

„Über dem Herd", flüstert sie nach einigen Sekunden. „In der blauen Dose."

Karl greift nach der Bierflasche, setzt sie an den Hals und lässt sich den Rest der kühlen Köstlichkeit in den Rachen fließen.

„Gut, aber jetzt störe mich nicht wieder. Bin auf Arbeit!" Sie drückt ein Symbol auf ihrem Touchscreen und steckt das Gerät wieder ein.

„Sorry", meint sie fast schüchtern. „Oma ist für ein paar Tage bei mir zu Besuch und findet sich in der Küche nicht zurecht." Und nach einem Blick auf Karls leere Flasche. „Dafür spendiere ich auch noch ein Bier." Karl zuckt mit den Schultern und grinst seine neue Freundin an.

„In Ordnung." Die junge Frau schnappt sich die Flasche, verzieht sich und ist etwa fünf Minuten später mit einem weiteren Pils wieder da.

„Entschuldigung, dass es so lange gedauert hat. Ich musste noch mal aufs Örtchen. Und jetzt wollen wir mal wieder, was?" Sie mustert Karl im Spiegel. „Ich würde vorschlagen, ich schneide Ihnen die Seiten mit der Maschine schön kurz an - so sechs Millimeter. Das Deckhaar lassen wir, sofern noch vorhanden, etwas länger. Natürlich schneide ich auch die Spitzen. Anschließend zeige ich Ihnen, wie Sie mit Wachs mehr Fülle in Ihre Frisur bringen. Das wirkt etwas flotter. Vielleicht mache ich Ihnen auch noch ein paar blonde Strähnchen." Sie dreht den Kopf und betrachtet Karls Gesicht. „Haben Sie schon mal darüber nachgedacht, sich eine neue Brille zuzulegen? Ihre wirkt etwas, na sagen wir mal, antiquiert." Karl nimmt das Kassengestell von der Nase und hält es sich direkt vor die Augen.
„In einem unbekannten Land, vor gar nicht allzu langer Zeit... "
„Oh, sorry", hüstelt die soeben Angerufene, während sich auf ihrem perfekten Gesicht die ersten Stressflecken bilden. Sie würgt Karel Gott ab, bevor er auch nur in die Nähe des Refrains kommt.
„Was ist Omi? Ich habe doch gesagt, ich bin auf Arbeit!"
Karl schüttelt leicht genervt den Kopf, setzt die Brille wieder auf und widmet sich erneut seinem Kaltgetränk. An den Nachbarplätzen drehen sich die ersten Augenpaare in seine Richtung, und Karl prostet ihnen höflich zu.
„Wo bist du?", fragt die nun leicht Erregte in ihr Smartphone. „Du bist im Edeka, hast das Haustelefon mitgenommen und weißt nicht, welches Salz du nehmen sollst? Aber die Dose stand doch über dem Herd." Karl schenkt der jungen Friseurin ein herrschaftliches Lächeln, während diese aufgeregt von einem Bein aufs andere tritt. Er gönnt sich einen weiteren Schluck Bier und schließt die Augen. Unbewusst berührt er mit der Fußspitze den schlafenden Eugen, der dankbar und katzenhaft zu schnurren beginnt.
„Omi, jetzt stell das Salz zurück ins Regal und geh` wieder in die Wohnung. Und ruf mich nicht mehr an. Ich muss wirklich arbeiten."
Die hoffnungslos Genervte lässt das flache Mobiltelefon in ihrer Hosentasche verschwinden und wendet sich wieder ihrem Kunden zu.
„Verzeihung. Noch ein Bier?"
„Logo!", antwortet Karl. „Kennen Sie übrigens den Witz, wo ein Cowboy zum Friseur geht und anschließend auf der Straße feststellt, dass sein Pony weg ist?" Die Schönheit schaut ihn ein wenig ratlos an.
„Nein, wie geht der denn?"
Karl streckt den Rücken durch, sammelt sich und beginnt:
„Also, ein Cowboy geht zum Friseur..."

Sie reicht ihm die dritte Flasche, und Karl ergreift sie dankbar.

„So!", sagt die Friseurin. „Jetzt müssen wir aber wirklich mal anfangen. In fünfzehn Minuten habe ich eine Dauerwelle."

„Wie? Das passiert einfach so? Und denken Sie, dass die Ihnen steht?", will Karl mit lockerer Zunge wissen. „Ich finde Ihre Haare eigentlich ganz in Ordnung." Die auf den Arm Genommene verzieht das Gesicht.

„Ich wollte sagen, dass ich in fünfzehn Minuten eine neue Kundin habe."

„Und ich einen Schwips", entgegnet Karl amüsiert und trinkt erneut einen großen Schluck, bevor er die Flasche auf das Beistelltischchen knallt. Die Frau holt einen weißen Kunststoffumhang aus einer Schublade unterhalb des Spiegels und legt ihn ihrem Kunden um. Danach bindet sie ihm noch eine kratzige Papiermanschette um den Hals.

„Okay", meint sie endlich und zieht eine glänzende Pinzette aus einer Gürteltasche. „Ich beginne mit Ihren Augenbrauen. Dann widme ich mich den Haaren in Nasenlöchern und Ohren. Die sind fast schon so lang wie die auf Ihrem Kopf. Und anschließend mache ich mich an Ihre Frisur." Karl erschrickt so stark, dass er fast den letzten Schluck Bier auf den Umhang spuckt. Er hechelt und starrt die hübsche Dienstleisterin fassungslos an.

„Damit eines mal klar ist!", tönt er vollmundig. „Ich lasse mir auf keinen Fall die Augenbrauen zupfen! Ich bin ein Mann und keine Schwuchtel! Entfernen Sie von mir aus die Borsten in Nase und Ohren, aber ich breche Ihnen die Finger, wenn Sie sich an meinen Brauen vergreifen sollten." Er beugt sich nach vorne und langt nach seinem Pils. „Ich krieg ´ne Krise", murrt er dabei. „Ich werde demnächst sieben Tage lang von einem Kamerateam begleitet und soll aussehen wie eine Transe? Ohne mich, Schätzchen." Die Friseurin hebt beschwichtigend die Hände in die Höhe.

„War ja nur gut gemeint. Das machen heute alle jungen Leute so."

„Dann gehöre ich eben nicht mehr zu den jungen Leuten", kontert Karl noch immer erbost, trinkt einen Schluck und stellt die Flasche zurück. „Wissen Sie was? Schneiden Sie mir einfach die Haare, und gut iss! Meine Ohren und Nase lasse ich mir heute Abend von meiner Frau machen, auch wenn ich dabei Gefahr laufe, in unserem Bad zu verbluten."

Die Friseurin setzt die Schneidemaschine an und beginnt damit, die rechte Schädelhälfte ihres Kunden zu bearbeiten. Mehr und mehr Haare landen zunächst auf dem Umhang und wenig später auf dem gefliesten Boden. Das dumpfe Vibrieren der Schwingscheren, der leichte Groll und der Alkohol erzeugen in Karls Kopf ein so extremes Dröhnen und Pochen, dass er sich am

liebsten die Ohren zuhalten würde. Stattdessen kneift er nur krampfhaft die Augen zusammen. Als sich die junge Frau wenig später der linken Seite zuwendet, atmet Karl erleichtert auf. Wenigstens beherrscht sie ihr Handwerk, denkt er. Somit haben diese Qualen in ein paar Minuten ein Ende. Und da ertönt wieder die unnachahmlich goldene Stimme aus Prag durch das Getöse aus Wummern, Vibrieren und Elektromotoren.
„Und diese Biene, die ich meine, nennt sich Maja..."
Karl reißt die Augen auf und starrt die junge Frau, die keine Anstalten zeigt, das Gespräch anzunehmen, fragend an.
„Wie lange soll dieser armselige Kerl denn noch so quietschend vor sich hin grölen? Beenden Sie das bemitleidenswerte Gejaule doch endlich!"
Doch die Friseurin schüttelt nur mit dem Kopf.
„Ich schneide die Seite jetzt erst fertig. Meine Oma muss alleine klarkommen."
„Maja, alle lieben Maja. Maja, Maja, Maja, Maja..."
Karls Nerven drohen langsam zu versagen. Er dreht sich noch weiter zu der elfenhaften Schönheit hin und entreißt ihr mit Schwung die akkubetriebene Schneidemaschine. Er schaltet sie aus und legt sie neben seine Brille und die Bierflasche auf das Beistelltischchen.
„Jetzt gehen Sie endlich dran!", donnert er. „Sonst gibt der alte Tscheche doch überhaupt keine Ruhe mehr!" Inzwischen ist es mucksmäuschenstill in dem großen Salon, und sämtliche Personen haben sich ihnen zugewandt.
„Na gut", haucht die Friseurin verzweifelt, während das Rot ihrer Gesichtsfarbe kaum noch zu steigern ist. „Ich beeile mich auch." Sie kramt das iPhone aus der Tasche und lässt den Gesang Gottes verstummen.
„Omi, was ist jetzt schon wieder?" Die Tomate zupft nervös an ihrem freien Ohrläppchen, während eine hysterische Stimme aus dem Handy dringt.
„Du hast den Schlüssel in der Wohnung vergessen und kommst nicht ins Haus?", keucht die Schwarzgekleidete einem Kreischanfall nahe. „Und du glaubst, dass du die Pfanne mit den Bratkartoffeln auf dem Herd zurückgelassen hast und nun Rauch oben aus dem Küchenfenster kommt?"

Zwanzig Sekunden später ist die Hübsche samt Nervenzusammenbruch, Gürteltasche und dreier hilfsbereiter Kolleginnen verschwunden. Karl, der noch immer nicht genau begriffen hat, was ihm da gerade widerfahren ist, beugt sich erst einmal zum Beistelltischchen, um nach seiner Brille zu greifen. Er setzt sie sich auf die Nase, wirft einen Blick in den gigantischen

Spiegel und erschrickt beinahe zu Tode. Ihm gegenüber sitzt ein hässlicher Punker mit Riesenbrille, verzerrtem Gesicht und weißem Umhang.

„Scheiße!“, flucht er und betrachtet die Person auf dem Gemälde etwas genauer. „Die Olle hat mir doch tatsächlich einen Irokesenschnitt verpasst. Und noch dazu einen halbfertigen.“ Er fährt sich zunächst über die komplett auf sechs Millimeter gestutzte rechte Seite und anschließend über die linke, die im hinteren Bereich, wegen der unerwarteten Omi-Unterbrechung, noch die vollständige Haarpracht aufweist. „Ich flipp aus!“, bemüht sich Karl zu formulieren. „Lieber Gott, mach, dass das ein Traum ist.“ Er blickt sich im Salon um, doch überall sieht er nur Kundinnen und Friseurinnen, die alle Hände voll damit zu tun haben, das tragische Schicksal der Geflüchteten und ihrer Großmutter zu diskutieren. Karl schüttelt, den Tränen nahe, den verunstalteten Iro-Kopf, langt nach der Bierflasche und kippt den restlichen Inhalt in einem Zug hinunter.

„Guten Tag! Meine Frau hat einen Termin für eine neue Dauerwelle, und da dachte ich mir, dass es schön wäre, mir bei dieser Gelegenheit Ihren neuen Salon anzusehen. Ich bin immer froh, wenn sich tüchtige Geschäftsleute hier in unserem schönen Billerbeck niederlassen, wo doch, vor allem in der Innenstadt, immer mehr Läden schließen.“ Die Stimme des Mannes lässt Karl das Blut in den Adern gefrieren, und seine Finger verkrampfen sich schmerzhaft um die leere Bierflasche. Vorsichtig wendet er den Kopf zum Eingang und sieht seine schlimmsten Befürchtungen bestätigt. Vor der beeindruckenden Empfangstheke steht der Mensch, den er seit nunmehr zwei Jahren fast noch mehr verabscheut als seinen Büropeiniger Becker.

„Das war eine großartige Idee, Herr Bürgermeister“, freut sich die wunderschöne Elfe und beeilt sich, zunächst den stattlichen Herren und anschließend seine noch stattlichere Frau anzulächeln. „Leider bin ich nur eine Angestellte. Die Chefin ist auf einer Fortbildung und wird erst nächste Woche wieder im Haus sein.“

„Ach, das ist aber schade“, sagt der Politiker und hebt selbstverliebt den Kopf. „Dann kann sie meiner Gattin ja gar nicht die Haare machen.“ Er sieht seine Frau an und verzieht die Mundwinkel. „Zu dumm, wo wir doch morgen diesen wichtigen Empfang geben, und du am Telefon ausdrücklich verlangt hast, von der Inhaberin persönlich bedient zu werden.“

„Keine Sorge“, versucht die Angestellte charmant zu intervenieren. „Natascha wird sich sehr gut um die Dauerwelle Ihrer Gattin kümmern.“

„Na, ich weiß nicht", meint die First Lady pikiert. „Mit meinen Haaren bin ich sehr eigen." Und mit gerümpfter Nase: „Wo ist denn…diese Natascha?"
Das Lächeln der Zauberelfe wird noch eine Spur weicher.
„Die kommt jeden Moment wieder. Die musste mal kurz nach Hause, um sich um ihre…kranke Großmutter zu kümmern."
„Ach, wie rührend", stichelt der Bürgermeister mit einem überheblichen Unterton. „Das ist ja wie bei *Rotkäppchen*. Hoffentlich wird sie unterwegs nicht vom bösen Wolf gefressen, hohoho!"
„Bestimmt nicht, Herr Bürgermeister", antwortet die junge Friseurin tapfer. „Die ist gleich wieder hier. Dann macht sie noch eben ihren aktuellen Kunden fertig und ist auch schon für Sie bereit. Darf ich Ihnen inzwischen einen Kaffee, einen Cappuccino, einen Espresso oder einen Latte Macchiato anbieten? Oder vielleicht doch lieber ein Glas Wasser, O-Saft, A-Saft oder einen Sekt? Ich könnte Ihnen auch einen Tee machen." Die First Lady bückt sich umständlich, um ihre Züge vom Boden aufzuheben, die ihr gerade aus dem Gesicht gefallen sind.
„Sie meinen, diese Natascha hat vor mir noch einen anderen Kunden? Und Sie denken tatsächlich, ich setze mich jetzt irgendwo hin, trinke einen lauwarmen Instantkaffee und warte darauf, irgendwann mal von jemandem bedient zu werden, der nicht einmal der Chef dieses Ladens ist?" Wütend wendet sie sich an ihren Mann. „Valentin-Maria, lass uns gehen! Ich bin sicher, dass es in Billerbeck noch Friseursalons gibt, deren Besitzer sich mehr ins Zeug legen, wenn die wichtigsten Bürger der Stadt eintreten."
Der Angesprochene setzt sein allseits bekanntes Siegergrinsen auf und legt der Erzürnten eine Hand auf die Schulter.
„Jetzt lass uns mal nichts überstürzen, mein Rosenblättchen. Bestimmt kommt…Frau Natascha bald zurück. Vielleicht können wir mit dem anderen Kunden sprechen. Ich bin mir sicher, dass er Verständnis dafür hat, dass wir zeitlich etwas eingeschränkt sind." Und an die Elfe gerichtet: „Hätten Sie die Freundlichkeit, uns die betreffende Person zu zeigen? Natürlich nur, wenn es keine Umstände bereitet und es der Datenschutz gestattet, hohoho!"
Die Angestellte schüttelt freundlich das Haupt. „Es macht keine Umstände. Dort drüben sitzt er. Der Mann mit dem süßen Hund."

Der Mann mit dem süßen Hund weiß inzwischen nicht, wohin mit seinen Emotionen. Nicht genug, dass er angeheitert und mit halbfertiger Irokesenfrisur mutterseelenallein einem hässlichen und anscheinend gewaltbereiten Punker gegenübersitzt. Jetzt sieht er sich auch noch mit der

Person konfrontiert, mit der es in den letzten Jahren immer wieder zu den peinlichsten Zwischenfällen gekommen ist, während derer er sich zumeist wie ein von der Leine gelassener Hornochse benommen hat. Hilfesuchend blickt er sich nach allen Seiten um, doch er muss desillusioniert feststellen, dass er diese Schlacht wohl oder übel alleine meistern muss. Und dann fällt ihm auf, dass er noch immer seine leere Flasche Bier in den Händen hält. Blitzschnell schiebt er sie unter den weißen Umhang, wo er sie sich spontan und unüberlegt zwischen die stämmigen Beine klemmt. Um seine zittrigen Finger irgendwie zu beschäftigen, greift er anschließend nach der Haarschneidemaschine, um sie wie einen Meditationsstein von einer Hand in die andere gleiten zu lassen. Während dieser Übung betet er mit geschlossenen Augen ein Vaterunser.

Der Bürgermeister und sein Rosenblättchen marschieren indes schnurstracks auf Karl zu. Nachdem beide staatsmenschlich und formvollendet in alle Richtungen gegrüßt haben und nur noch wenige Schritte von ihm entfernt sind, erkennen beide den kleinen Finanzbeamten in derselben Sekunde. Während sich die First Lady, nach einem Blick auf Karls Körpermitte, voller Abscheu und Ekel die Hand vor die Augen hält und sich abwendet, bricht der Bürgermeister von Billerbeck in hemmungsloses Gelächter aus.

„Wenn das mal nicht unser berühmter Freilichtbühnenschauspieler Karl Bauer ist!", ruft er mit schriller Stimme, nachdem er sich etwas beruhigt hat. Er tritt neben den Verhassten und grinst diesem höhnisch ins Gesicht. „Sie sehen ja aus wie ein Hühnchen, das unter einen fahrenden LKW geraten ist. Wollen wir uns auf unsere alten Tage etwa noch mal schnell selbst zum Punk umstylen? Die Frisur, der Pseudorasierer und die Riesenratte passen ja schon prächtig ins Bild. Oder hat Ihr mickriges Gehalt für einen kompletten Haarschnitt nicht gereicht?" Der Bürgermeister schüttelt sich erneut vor Lachen, ohne sich auch nur im Geringsten um seine Gattin zu kümmern, die noch immer mit einem Würgereiz abseits der Szenerie steht.

„Wie dem auch sei, Herr Bauer. Zumindest scheinen Sie die ganze Situation so erregend zu finden, dass Sie kaum noch an sich halten können, was?" Er weist mit einem Zeigefinger auf Karls Schoß, wo sich die versteckte Bierflasche deutlich als etwas undefinierbar Aufrechtstehendes unter dem weißen Umhang in die Höhe streckt.

„Respekt, Herr Bauer!", ruft der erste Bürger der Stadt jetzt mit beeindruckendem Rednertimbre. „Ich weiß zwar nicht, ob ein Friseursalon der richtige Ort ist, um seinen sexuellen Neigungen nachzugehen, doch wer so gut bestückt ist, sollte seine Männlichkeit nicht verstecken. Sie sind das

90

beste Beispiel dafür, dass man zeitgleich eine Kurzhaarfrisur *und* einen Pferdeschwanz haben kann." Während die First Lady nach den Kommentaren ihres Mannes damit beginnt, einen spitzen Schrei nach dem anderen auszustoßen, blickt der ganze Salon fassungslos auf Karl, der noch immer nicht kapiert hat, welches Bühnenstück gerade gegeben wird. Er schaut an sich herab, sieht das von ihm gebaute Indianerzelt und begreift endlich. Als sein Erzfeind ihm auch noch kräftig gegen den Oberarm boxt, lässt er vor Schreck die Haarschneidemaschine fallen. Diese trifft den schlafenden Eugen am Rücken, wodurch dieser äußerst unsanft geweckt wird und in Panik verfällt.

Und jetzt bricht das Chaos in seiner totalen Gänze so drastisch aus, dass das Wort *Kettenreaktion* eine völlig neue Bedeutung bekommt. Der Mops beißt mit seinen Zähnen nach der am Boden liegenden Schneidemaschine und betätigt auf diese Weise den Schalter, woraufhin besagtes Gerät munter zu vibrieren beginnt und Eugen sich zu einem wahren Angst-Sprint durch den gesamten Laden veranlasst sieht. Selbstverständlich kommt er nicht auf die Idee, das widerspenstige Gerät fallenzulassen. Dass er dabei ständig herumliegende Haare aufsammelt und nach kürzester Zeit wie eine zerzauste Fell-Haar-Filz-Kugel aussieht, ist ihm völlig egal und fällt auch kaum weiter auf. Karlchen-Punker schlägt wie ferngesteuert und in Rage auf die Flasche in seinem Schoß ein und kommt sich dabei ein wenig so vor, wie ein traumatisierter 12-jähriger Klosterschüler, der mitten in der Nacht, völlig unvorbereitet, seine erste Erektion bemerkt. Mütter halten ihren Kindern beschützend die Hände vor die Augen, während sie verständnislos die Köpfe schütteln und abwechselnd nach Ordnungsamt, Sittenwächtern, Priestern, Exorzisten, GSG9 und SEK rufen.
Und endlich fällt die Bierflasche klimpernd und polternd zu Boden, um mit einem betörend lauten Geräusch über den gefliesten Boden zu kullern. Die First Lady macht, während ihr Gatte noch immer wie von Sinnen brüllt und grölt, einen Schritt nach hinten, erwischt mit einem ihrer hohen Absätze die Flasche, rutscht aus und landet der Länge nach auf ihrem frisch gelifteten Allerwertesten. Dabei schreit sie so laut, als wäre sie nicht die bekannteste und angesagteste Dame Billerbecks, sondern Kapitän Ahab persönlich, der, mit Seilen und Tauen gefesselt, am weißen Körper von Moby Dick in die Tiefen des Ozeans gerissen wird.
Eugen fetzt als aufgedrehtes Gremlinsmonster weiterhin unbeirrt und stoisch durch den Salon, die vibrierende Schneidemaschine im Maul, die Hundeleine

hinter sich herziehend. Letztere verfängt sich irgendwann schließlich im Gestänge einer rollbaren Trockenhaube und reißt sie scheppernd und krachend zu Boden. Nachdem diese zu Bruch gegangen ist, wird sie weiterhin von dem Mops mit einem metallisch klirrenden Geräusch über die Steingutfliesen gezogen. Irgendwo vor einem Michelangelo-Spiegel verbrüht sich eine ältere Frau erschrocken an ihrem heißen Kaffee und bekleckert ihr neues Kleid, das sie sich extra für den Friseur- und einen anschließenden Dombesuch aus der Reinigung geholt hat. Vor einem anderen Spiegel hopst eine Friseurin mit Kamm und Lockenstab wie eine Seilspringerin geschickt über ein ihr entgegenschießendes Rollgestell, knickt dabei mit einem Bein um und verknackst sich den Fuß.

Karl stampft als punkiger Geist währenddessen im weißen, behaarten Umhang durch ein Meer aus gut, halb oder gar nicht frisierten Menschen, Spraydosen, Döschen, Föhnen, Handtüchern, umgefallenen Ständern, Stühlen und Geräten, um seinen verrückt gewordenen Hund wieder einzufangen. Und endlich realisiert der Bürgermeister, dass seine Frau wohl auf etwas Hartes gefallen sein muss, da sie wie benommen in ihrem noblen Kostüm auf der Erde sitzt und sich immer wieder mit leicht blutigen Fingern an den Hinterkopf fasst. Eugen rennt, stürmt und springt wie ein Nashorn auf Speed. Karl auch. Kinder und Alte werden zur Seite gezogen und in Sicherheit gebracht, und ein unachtsam aus einem Waschbecken herausgezogener Brausekopf samt Verlängerung setzt langsam aber sicher den hinteren Teil des Salons unter Wasser. Überall Schreie, Scherben, Rufe, Kabel und Hundegebell. Ein heruntergefallenes Räucherstäbchen mit Lavendelaroma setzt mit seinem glimmenden Ende kurzentschlossen und völlig gedankenlos einen Stapel Handtücher und Papiermanschetten in Brand. Dichter Rauch steigt empor, streichelt die Feuermelder unter der Decke und aktiviert die Sprinkleranlage. Binnen Sekunden sind alle vierzig Menschen in dem großen Salon bis auf die Knochen durchnässt. Funken sprühen, Kurzschlüsse entstehen, elektrische Geräte knallen und geben ihre Geister auf, und Eugen bändigt endlich die Schneidemaschine, bevor er von einem völlig erschöpften Karl eingefangen und festgehalten wird.

Während sich die angerückte Feuerwehr um das ausgetretene Wasser und die verkohlten Handtücher kümmert, Rettungssanitäter die verletzte First Lady verarzten und der Bürgermeister der örtlichen Presse ein Interview gibt, leert sich der Friseursalon zusehends. Karl steht in seinen nassen Klamotten samt Krawatte, Windjacke, Punkfrisur und Eugen am großen Sandsteintresen und unterhält sich ruhig und souverän mit der schönen Elfe, die ihren Blick immer wieder fassungslos durch das völlig verwüstete Ladenlokal schweifen lässt.

„Meine Güte“, murmelt sie kraftlos. „Wie erkläre ich das nur meiner Chefin?“ Karl rückt sich die Brille zurecht und meint trocken:

„Sagen Sie ihr doch einfach, dass es auf Anordnung des Bürgermeisters eine gemeinsame Übung vom THW, der Bundeswehr, dem FBI, dem Deutschen Roten Kreuz und der Feuerwehr gegeben hat, und dass die dabei entstandenen Schäden komplett von der Versicherung übernommen werden.“

„Von der Versicherung?“, fragt die Schöne. „Von welcher denn? Ich weiß ja nicht einmal, wie das Ganze überhaupt entstanden ist. Und wer die Schuld an diesem Chaos hat. Natascha, Ihr Hund, der Bürgermeister - oder Sie?“

„Na, für mich ist die Sache sonnenklar“, beginnt Karl sachlich zu referieren. „Ohne das übertriebene, eingebildete und überhebliche Verhalten unseres geschätzten Kommunalpolitikers und seinen brutalen Schlag gegen meinen Oberarm wäre die Schneidemaschine nicht auf Eumel gefallen. Folglich wäre dieser auch nicht wie von Sinnen losgeprescht, um den Salon in Schutt und Asche zu legen. Und ich hätte auch nicht vor Schreck die Bierflasche zu Boden geworfen. Meiner Ansicht nach müsste die Haftpflichtversicherung unseres Superpromis die Angelegenheit ohne große Beanstandungen übernehmen.“ Die Angestellte lächelt vorsichtig.

„Und Sie meinen, der Bürgermeister lässt sich darauf ein?“

„Logo!“, antwortet Karl lässig. „Der Kerl ist ein Ehrenmann! Zum Glück ist ja auch nicht sooo viel kaputtgegangen. Da ist nichts dabei, was sich nicht mit ein paar tausend Euro reparieren, trocknen oder ersetzen ließe. Und ich bin sicher, dass der Herr Bürgermeister äußerst entgegenkommend und korrekt reagieren wird. Sie sollten ihn nur jetzt direkt auf sein Fehlverhalten und seinen Schwinger gegen meinen Arm ansprechen, so lange die Presse noch da ist. Sie werden sehen: Er wird vor den Journalisten kein Theater machen und seinen Fehler unmittelbar eingestehen.“ Er wirft sich die Windjacke über und kramt seine feuchte Geldbörse aus der Innentasche.

„So, was schulde ich Ihnen?“ Die schöne Elfe schaut zunächst ihn und danach seinen völlig verunstalteten, gerupften Hühnerpunkschädel an.

„Ich weiß nicht. Die halbfertige Frisur kann ich Ihnen ja wohl kaum berechnen. Und außerdem ist die elektronische Registrierkasse hinüber.“

Karl zuckt mit den Schultern, zieht ein 2-Euro-Stück aus der Börse und reicht es über die Theke.

„Okay! Nehmen Sie dieses als Trinkgeld für die Belegschaft und für Natascha. Und bestellen Sie ihr schöne Grüße.“ Die Friseurin nimmt das Geld nickend entgegen und steckt es in eine silberne Dose, die auf dem nassen Tresen steht.

„Vielen Dank, Herr Bauer. Auch im Namen aller Mitarbeiterinnen und deren Familien. Und beehren Sie uns bald wieder."

„Mach ich", antwortet Karl. „Der Service ist hier ja wirklich herausragend, obschon ich mit meiner zerfledderten Haarpracht schon ein wenig komisch aussehe. Aber Schwamm drüber! Ich will heute mal nicht so kleinlich sein." Nach einem letzten Blick über das Schlachtfeld und die spontan einberufene Pressekonferenz wendet er sich noch einmal an die Angestellte des scheinbar explodierten Salons. „So, und jetzt gehen Sie mal schnell zu unserem Bürgermeister. Es wirkt so, als würde das Interview mit den Reportern nicht mehr lange dauern. Und denken Sie dran: Stellen Sie keine überflüssigen Fragen, sondern konfrontieren Sie ihn sofort mit seinem aggressiven Gewaltakt gegen einen unschuldigen Kunden. Sagen Sie ihm, dass ich eventuell bereit wäre, auf eine Anzeige wegen Körperverletzung zu verzichten, wenn er sich in Bezug auf die Schuldfrage und die Schadensregulierung kooperativ zeigt."

Während die Schöne den plötzlich vor Wut und Zorn errötenden und suchend um sich blickenden Bürgermeister in Anwesenheit der Reporter in ein äußerst anregendes Gespräch verwickelt, sieht Karl mit einem breiten Grinsen auf seinen Hund herab.

„So, mein kleiner Zerstörer. Dann lass uns mal. Wir haben schließlich noch einen Termin beim Metzger."

XXX

Karl hockt am zweiten Montag im Juli auf der Rückbank des dunklen Mercedes-Vans, der mit rasantem Tempo über die Autobahn fährt, und fühlt sich wie Graf Koks und Bill Gates zusammen. Vor ihm auf der Sitzbank, direkt hinter dem fahrenden Cord-Kohl, sitzen, ihm zugewandt, zwei äußerst seltsame und langhaarige Redneck-Käuze, die den Billerbecker zunehmend an Wayne Campbell und Garth Algar aus dem Kinofilm *„Wayne's World"* erinnern. Einer der Hippies trägt eine Kamera auf der Schulter und der andere ein Mikrofon an einem ausziehbaren Teleskopstab. Auf einem winzigen Klapptisch zwischen ihnen steht ein eingeschalteter Laptop.

„Herr Bauer", meint der Kameramann mit quäkender Kermit-Stimme, während Mr. Tonmann, der in den letzten zwei Stunden nicht ein einziges

Wort gesprochen und ausschließlich *„Counterstrike"* auf dem Computer gespielt hat und nun ausladende Kopfhörer trägt, Karl eine Art Taucherbrille mit geschwärzten Gläsern reicht.

„It's time! Wir sind in etwa zehn Minuten am Ziel. Sie setzen sich gleich unsere topmoderne Sichtblockade auf, damit Sie nicht direkt sehen, wo Sie die nächste Woche verbringen. In der Sendung wirkt das dann so, als hätten Sie das Ding die ganze Zeit über aufgehabt, klaro?"

Karl nimmt die Kassenbrille von der Nase und legt sie auf das Tischchen des Vans. Anschließend zieht er sich die Taucherbrille über den Kopf. Das Gummiband schneidet ihm dabei so schmerzhaft ins Fleisch, dass er wehleidig das Gesicht verzieht.

„Aua, kann man das nicht lockerer machen?"

„Klaro!", antwortet Matten-Kermit. „Haben wir jetzt aber keine Zeit mehr zu. Wir müssen anfangen. Time is money, vor allem im Showbusiness!"

„Klasse! Erst passiert stundenlang gar nichts, und jetzt muss alles ganz schnell gehen", nörgelt Karl und schaut dämlich in die Richtung, in der er die Kamera vermutet. „Soll ich auch sprechen?" Kermit der Frosch grunzt.

„Nein, bloß nicht! Wir produzieren hier nämlich einen Stummfilm. Natürlich müssen Sie etwas sagen."

„Und was?"

„Ich stelle Ihnen gleich ein paar Fragen, auf die Sie bitte eingehen. Meine Stimme wird anschließend aus dem Film gecuttet, so dass man nur Ihre Statements hört."

„Bingo!", erwidert Karl.

„Und noch was", sagt Kermit. „Bitte bemühen Sie sich, deutlich zu sprechen und möglichst kurze Sätze zu bilden. Bandwurmkonstruktionen sind in unserem Format tödlich; die Gefahr des Verhaspelns ist einfach zu groß. Außerdem müssen die komplett gesendet werden, da sie sich anschließend nicht kürzen oder schneiden lassen."

„Logo!", nickt Karl. „Bereit, wenn Sie es sind."

Kermit fummelt an seiner Kamera und der schweigsame PC-Killer an Mikrofon und Kopfhörern herum. Nach ein paar Sekunden vernimmt Karl ein leises Summen, und der Kameramann hebt die freie Hand.

„So, Herr Bauer. Jetzt verklickern Sie uns doch mal, wie Sie sich fühlen, was Sie von der kommenden Woche erwarten und in was für einen Haushalt Sie auf keinen Fall möchten." Karl runzelt die Stirn, kratzt sich hinterm Ohr und sagt kurz und bündig „Gut! Spaß! Verwanztes Dreckloch!", um danach wieder stumpf und blind in die Kamera zu glotzen.

„Äh, wie bitte?", fragt Kermit irritiert und wirft das blond überwucherte Haupt zurück.

„Gut! Spaß und verwanztes Drecklock!", blökt Karl so laut, dass der Langhaar-Killer sich augenblicklich an die vibrierenden Kopfhörer fasst. Kermit stoppt die Aufnahme und senkt die Kamera.

„Ein wenig länger und ausführlicher dürften die Antworten schon sein", belehrt er Karl und verzieht dabei das Gesicht, als hätte er soeben aus einer Toilettenschüssel trinken müssen. „Und bitte keine Kraftausdrücke."

„Aber Sie haben doch…"

„Mensch Leute!", erklingt es plötzlich aus dem Mund von Kohl. „Es wäre reizend, wenn ihr mal schneller machen würdet! Wir sind gleich da!"

„Keep cool, Jürgen", meint Kermit träge zu dem Chauffeur. Und anschließend an den blinden Tauschmann gerichtet: „Sie haben es gehört. Alles nochmal. Ruhig etwas längere Sätze und keine Kraftausdrücke - wir werden auch von Kindern gesehen." Karl nickt wenig begeistert.

Der Kameramann wuchtet sein Arbeitsgerät wieder hoch, hebt eine Hand, flüstert „Aufnahme", und Karl beginnt erneut.

„Liebe Zuschauer…"

„Stopp und aus!", ruft Kermit rau, während der Schweiger erneut zusammenzuckt. „Was machen Sie denn für einen Mist? Wollen Sie 'ne Neujahrsansprache an die Nation halten?"

„Ich dachte, es steigert meine Sympathiewerte, wenn ich mich direkt ans Publikum wende", druckst der blinde Karl Merkel herum.

„Das lassen Sie mal schön bleiben!", raunzt der Kameramann und streicht sich eine Locke aus der Stirn. „Denken Sie während Ihrer Wortbeiträge am besten weder an die Zuschauer noch an das Produktionsteam. Dann wird es am natürlichsten, klaro?" Karl zuckt mit den Schultern.

„In Ordnung". Er schluckt, schiebt sich einen Ärmel seines U2-Shirtes hoch, kratzt sich unter der Achsel und erhebt fast schon professionell die Stimme:

„Ja, jetzt bin ich schon ein wenig nervös. Ich weiß ja auch gar nicht, was da in der nächsten Woche auf mich zukommt. Ich hoffe zumindest, dass die Tauschfamilie nett und…"

„Shit!" Der Laptop auf dem kleinen Tischchen hüpft wie Rumpelstilzchen am Lagerfeuer, und Kermits Kopf droht nun beinahe zu platzen. Karl hebt die Taucherbrille etwas an und linst in die Richtung des Hippie-Cholerikers.

„War doch gut oder etwa nicht?"

„Herr Bauer", quakt der Bombenleger mit rotem Gesicht. „Würden Sie bitte auf mein Zeichen warten? Ich war noch nicht aufnahmebereit!"

„Kann ich doch nicht wissen - ich sehe ja nichts."

„Mensch Leute!", kommt es gepresst von vorne, wo Kohl gerade einen Schweißausbruch nach dem anderen bekommt. „Wir haben nur noch vier Kilometer vor uns. Aber ich kann ja noch mal ein paar Runden durch die Stadt fahren, wenn die reizenden Gentlemen lieber ein wenig quatschen wollen." Kermit schüttelt genervt mit dem noch immer sehr gut durchbluteten Kopf.

„Hey Jürgen, calm down! Unser Herr Bauer setzt sich jetzt mal artig seine Froschbrille wieder auf, und dann sind wir auch schon fast fertig." Froschbrille, denkt Karl grimmig. Muss dieser Muppets-Show-Freak gerade sagen. Er rückt die schwarzen Gläser zurecht und streckt energisch einen Daumen in die Luft. Kermit seufzt herzerweichend, sehnt sich innerlich nach einem Joint, wirft die Kamera auf die Schulter und macht dem Tauschvater mit dem freien Zeigefinger das Zeichen zum Starten.

Karl glotzt indes mit tumbem Gesichtsausdruck nach vorne und macht gar nichts. Kermit fuchtelt erneut mit der Hand herum, doch der sehbehinderte Karl reagiert noch immer nicht. Kermit will die Kamera schon wieder absetzen, als zum ersten Mal die Stimme des Laptop-Shooters für einen einzigen, besonderen Moment erklingt:

„Hey Kraut! Do your fucking job now! But if you scream or use "Scheiße" or anything else like this, I put you out of this fucking truck, clear?"

XXX

Der inzwischen unter Baldriantropfen agierende Kohl stoppt den Van dreißig Minuten und acht Aufnahmeversuche später auf dem Bürgersteig vor einer Reihe alter, wenig ansehnlicher Mehrfamilienhäuser, welche direkt an einer vielbefahrenen städtischen Hauptstraße stehen. Er springt bei laufendem Motor hektisch aus dem Wagen und zieht eine der hinteren Schiebetüren des Mercedes auf.

„So Leute, raus mit euch! Macht die üblichen Außenaufnahmen und geht anschließend in die Wohnung. Ich suche uns einen Parkplatz." Die Hippies klettern samt Filmausrüstung und Karls Reisetasche nach draußen.

„Okay", murrt Kermit, dessen blondes Haar nach der Aufnahmekatastrophe der letzten dreiviertel Stunde nach allen Seiten hin absteht. „Kommen Sie mal vorsichtig raus. Hier ist meine Hand."

Karl, der noch immer die seltsame Taucherbrille aufhat, rutscht unbeholfen auf seiner Sitzbank in Richtung Tür, wobei er wie ein blinder Greis wirkt, der nach einer langen Zeit im Altenheimbett seine ersten Bewegungsversuche unternimmt. Wenige Sekunden später steht er orientierungslos wie ein neugeborenes Fohlen auf dem Bürgersteig und neigt den Kopf zur Seite. Er vernimmt nicht nur den enormen Verkehrslärm, sondern ihm dringt zudem der Geruch von Autoabgasen in die Nüstern.

„Na super!", entfährt es ihm. „Da bin ich wohl mitten in der Großstadt gelandet, was?" Er bekommt keine Antwort. Stattdessen zerrt Kermit nur geflissentlich an seiner Schulter herum, während Kohl schweigend wieder in den Kleinbus steigt und den dunklen Wagen zurück auf die Straße lenkt.

„Also, Herr Bauer", erklingt endlich Klaros Stimme. „Wir wären aufnahmebereit. Sie nehmen auf mein Zeichen hin die Sichtblockade ab und setzen sich Ihre Brille, die ich Ihnen gleich gebe, auf. Sie sehen sich ein wenig um und kommentieren direkt lustig drauf los. Danach schnappen Sie sich Ihre Tasche und folgen mir. Ich laufe mit der Kamera vor Ihnen her. Und denken Sie dran: Nie direkt ins Objektiv sehen, kurze Sätze und keine Kraftausdrücke, klaro?" Karl nickt und streckt den Rücken durch.

„Bereit, wenn Sie es sind!"

Karl nimmt die Brille vom Kopf, linst vorsichtig umher und muss die Augen ob der Helligkeit direkt wieder schließen. Er benötigt fast dreißig Sekunden ehe sich seine Pupillen soweit geschlossen haben, dass die gleißende Sonne in seinem Kopf keine explodierenden Sterne mehr produziert. Er setzt die Kassenbrille auf die Nase und blickt sich um.

„Scheiße!", sprudelt es zischend aus ihm heraus. „Ich wusste es!" Er lässt seinen Blick mit dem Ausdruck höchster Geringschätzung über die Fassaden der Häuser und anschließend die Straße entlang wandern. Überall sieht er bröckelnden Putz, beschmierte Wände, beklebte Schaufensterscheiben, Trinkhallen, Pfandhäuser und Spielotheken. In etwa fünfzig Meter Entfernung erkennt er sogar die Leuchtreklame eines Erotik-Shops.

„Vertrauenserweckend sieht das hier aber nicht aus!", poltert Karl lautstark weiter. „Lasst uns mal schnell ins Haus, sonst werden wir hier noch auf offener Straße überfallen und massakriert. Das scheint mir ja das reinste Ghetto zu sein. Ob wir in der Wohnung sicherer sind, ist jedoch noch gar nicht klar. Wer weiß denn schon, was hier für ein Gesocks lebt?"

Er folgt dem rückwärts laufenden Kermit, der jede seiner Bewegungen akribisch mit der Kamera einfängt, und achtet darauf, stets in die Richtung des über ihm schwebenden Mikrofons zu sprechen. Nach einigen Augenblicken biegt der Kameramann zielsicher in einen kleinen

Hausdurchgang ein, und dreißig Sekunden später befinden sich die Männer plötzlich in einem überraschend ruhigen und gepflegten Innenhof. Der Verkehrslärm ist hier nur noch als leises Rauschen zu vernehmen. Karl erkennt mehrere Terrassen, Pergolen und Sitzecken, und überall stehen sorgsam bepflanzte Blumentöpfe, Bäumchen und Sträucher in den unterschiedlichsten Größen. Das sie umgebende Grün ist auf den ersten Blick nahezu überwältigend. War das Bild bis vor wenigen Momenten noch von unansehnlichen Häuserfassaden geprägt, erstrahlen die Hauswände nun in einem makellosen, fast blendenden Weiß.

„Wow!", entfährt es dem verwunderten Finanzbeamten, während er sich mit einer Hand durch seine insgesamt auf sechs Millimeter heruntergestutzten und leicht gegelten Haare fährt. „Damit hätte ich jetzt wirklich nicht gerechnet. Das sieht ja regelrecht passabel und zivilisiert aus."

Kermit füßelt rückwärts auf einen breiten Hauseingang zu, öffnet die Tür mit dem Gesäß und tritt ohne Umschweife ins Treppenhaus. Karl und der Killer folgen ihm. Im Haus empfängt sie eine anmutig wirkende, kühle Reinheit. Es riecht nach blumigen Reinigungsmitteln, und die weißen Fliesen sind so ordentlich geputzt, dass Karl fast geneigt ist, sich die Schuhe auszuziehen. An den frisch gestrichenen Wänden hängen große Naturfotografien in Glasrahmen.

„Okay", kommentiert der Tauschmann. „Dann will ich mal hoffen, dass die Wohnung nicht ganz oben liegt. Ich hasse Treppensteigen."

Doch Kermit überrascht ihn erneut. Er geht rückwärts an den nach oben führenden Treppenstufen vorbei und steht wenige Augenblicke später vor der glänzenden Schiebetür eines Aufzugs.

„So, Herr Bauer", meint er und senkt die Kamera. „In der Kabine geben Sie die „8" und anschließend die „0815" auf dem Tastenfeld ein. Klaro?"

„Die „8" und die „0815". Ich habe zwar keine Ahnung, was das soll, doch ich habe verstanden."

„Und noch etwas", beeilt sich Kermit zu sagen. „Bitte geben Sie die zweite Zahl verdeckt ein. Es handelt sich um einen Code, der nicht unbedingt in jedes deutsche Wohnzimmer hineingetragen werden soll."

„Zu Befehl", meint Karl nachdenklich. „Ich werde es mir merken."

Sie betreten den Aufzug, der ohne Probleme zehn Erwachsene befördern könnte. Kermit aktiviert die Kamera, und der Ego-Shooter bringt das Mikrofon in Stellung.

„Und Action!" Karl betrachtet das Tastenfeld und tut genau das, was ihm zuvor gesagt wurde. Die Kabinentür schließt sich nahezu geräuschlos, und eine Sekunde später setzt sich der kleine Raum in Bewegung, um im achten Stock wieder sanft zum Stillstand zu kommen. Als sich die Tür öffnet, und Karl einen Schritt aus dem Aufzug macht, registriert er, dass sie sich nicht, wie erwartet, noch im Treppenhaus befinden, sondern bereits im Flur der Tauschwohnung. Er ist so überrascht, dass er vor Staunen vergisst, den weit geöffneten Mund zu schließen.

„Cool", murmelt er schließlich. „Mal was anderes."

Er mustert den vor ihm liegenden Flur, der alleine schon die Größe von seinem kompletten Billerbecker Wohnzimmer aufweist. Die Fliesen sind die gleichen wie im Treppenhaus, nur der Geruch ist anders. Karl nimmt neben einer leichten Moschusnote den unverkennbar unangenehmen Duft von kaltem Zigarettenrauch wahr. Während Kermit und der Schweiger jeden Schritt von Karl dokumentieren und festhalten, beginnt dieser damit, den Ort zu inspizieren, der für eine Woche sein Zuhause sein soll.

Der geräumige L-förmige Flur führt in fünf Zimmer. Karl betritt zunächst den Raum, welcher sich direkt rechts neben dem Aufzug befindet. Er öffnet die weiß lackierte, massive Eichentür und erkennt sofort, dass er sich im chaotischen Hoheitsbereich eines weiblichen Teenagers befindet. Neben zahlreichen Wäschestücken, die achtlos auf Schreibtisch, Bett, Kommode und Boden verteilt sind, fallen ihm besonders eine uralte Babywiege und ein Schmink- und Frisiertischchen ins Auge, das unter dem Gewicht von unzähligen Tuben, Döschen, Lippenstiften und Parfumfläschchen beinahe zusammenzubrechen droht. An den Wänden hängen Poster von Linkin Park, Nightwish und Evanescence, und die Fenster sind mit schweren, dunkelroten Vorhängen zugehängt, so dass kaum Tageslicht ins Zimmer fällt.

Er verlässt den Raum, wendet sich nach rechts, öffnet die nächste Tür und steht im geräumigsten und lichtdurchflutetsten Badezimmer, das er je in seinem Leben gesehen hat. Während das Jugendzimmer noch einen relativ normalen und bodenständigen Eindruck auf den kinderlosen Karl gemacht hat, springt ihn der Luxus dieses Wellnesstempels nun förmlich an. Direkt vor sich hat er eine ebenerdige Dusche mit mehreren seltsamen Sprüh- und Strahlvorrichtungen, in der ohne Weiteres zwei Elefantenkühe mit ihren Jungen Platz hätten. Daneben erstreckt sich eine moderne Kombination aus Badewanne und Whirlpool auf einer Fläche von mindestens drei mal drei Metern. Als nächstes bestaunt Karl sprachlos zwei nebeneinander angebrachte Toiletten und an der nächsten Zimmerwand sage und schreibe drei Waschbecken mit Ablagen und Spiegeln. Alle Armaturen und

100

Wasserhähne erstrahlen in glänzendstem Gold, und Kacheln und Fliesen sind so sauber, dass Karl direkt von ihnen essen würde. Das Beeindruckendste ist jedoch ein unverschämt riesiger Flachbildfernseher, der gegenüber des Whirlpools an der Wand montiert ist. Insgesamt gibt es zwei große bodentiefe Fenster, die sich jeweils zwischen Dusche und Wanne und den beiden Toiletten befinden. Karl kommt aus dem Staunen nicht mehr heraus, als er plötzlich feststellt, dass es sich bei einem weinroten Samtvorhang, der neben dem Fernseher hängt und sich direkt gegenüber den Toiletten befindet, um einen Durchgang zum Elternschlafzimmer handelt. Fast ehrfürchtig betritt er das Gemach der Wohnungsbesitzer und zuckt heftig zusammen, als er an der Wand, über einem breiten, mit Seidenwäsche bezogenen Wasserbett, die lebensgroße farbige Aktfotografie einer etwa dreißigjährigen Frau mit langen schwarzen Haaren und unglaublich großer Oberweite entdeckt. Die Augen, das Gesicht und die erotische Ausstrahlung des unbekannten Models sind so faszinierend und anziehend, dass Karl sämtliche Kräfte mobilisieren muss, um seinen Blick wieder von dem Bild abzuwenden. Über dem Bett erkennt er, zu seiner Verblüffung, einen Spiegel mit zahlreichen LED-Lämpchen an der Zimmerdecke.

„Mein Gott", flüstert er ehrfurchtsvoll und blickt schüchtern in Kermits Kamera. „Wo bin ich denn hier gelandet? Ich hoffe, die Frau auf dem Foto ist nicht die Hausherrin, denn sonst könnten die nächsten Tage extrem hart für mich werden."

Er verlässt das Schlafzimmer mit wild klopfendem Herzen durch eine weitere schwere Eichentür, läuft mit seinen Begleitern durch den Flur an Bade- und Kinderzimmer vorbei auf den Fahrstuhl zu, biegt rechts um eine Ecke, späht kurz in eine übervolle Abstell-, Wäsche- und Speisekammer und öffnet eine doppelflügige Milchglastür, um sich einen halben Atemzug später im großzügig, multifunktional und hochmodern eingerichteten Wohnbereich zu befinden, der sowohl eine ausladende mehrteilige schwarze Ledergarnitur, einen schweren Esstisch aus dunklem Teakholz mit sechs thronartigen Stühlen und eine imposante Küche mit einem noch imposanteren freistehenden Küchenblock mit Arbeitsflächen aus poliertem Marmor beherbergt. Doch das Erschreckendste an diesem etwa hundert Quadratmeter großen Raum sind für Karl nicht etwa die immens teuer und hochwertig wirkenden Möbelstücke, der noch wuchtigere Breitbildfernseher oder die offene Fensterfront an der Stirnseite, die einen atemberaubend schönen Blick auf die Dachterrasse und die Skyline der ihm noch unbekannten Stadt zulässt. Nein, das Erschreckendste besteht für den Billerbecker Tauschmann in der

Tatsache, dass über einem der Ledersofas ein weiteres überdimensionales Aktfoto der betörenden Schlafzimmerschönheit hängt - diesmal jedoch in schwarz-weiß.

„Verdammt, das ist nicht euer Ernst, oder?", wispert Karl verlegen und tupft sich mit einem Taschentuch einige Schweißperlen von der Stirn. „Ich sage euch, Jungs: Wenn diese Sahneschnitte hier tatsächlich wohnen sollte, und ich mit ihr eine Woche lang diese Bude teilen muss, könnt ihr mich anschließend im Irrenhaus besuchen - oder im Knast."

XXX

Während sich Kermit, der stumme Tonmann und der inzwischen zu den Männern gestoßene Kohl in der Küche wie kleine Jungen an einem galaktischen Kaffeevollautomaten mit Fernbedienung und Discobeleuchtung austoben, unterzieht Karl, auf das Eintreffen der Tauschfamilie wartend, die Wohnung einer weiteren, wesentlich gründlicheren Untersuchung. Diesmal jedoch ohne Kamera und deutsches Publikum. Besonders interessieren ihn dabei, neben den großen Aktfotografien, die zahlreichen kleineren Fotos und Bilder, die überall in der Wohnung verteilt sind und die Bewohner des Luxuspenthouses in den verschiedensten Lebenslagen zeigen. Die Familie besteht demnach aus drei Personen, die alle einen äußerst ausgeprägten Hang zum Körperkult und Exhibitionismus zu haben scheinen. Auf allen Fotografien sind sie mehr oder weniger unbekleidet und in aufreizenden Posen vor diversen natürlichen Hintergründen oder Bauwerken zu sehen. Neben der schwarzhaarigen Nudistin und ihrer etwa 18-jährigen Marilyn-Monroe-Imitations-Tochter mit denselben Zeige- und Präsentierambitionen, sticht Karl immer wieder der Hausherr ins trübe Auge. Der Kerl scheint ein austrainierter Marathonläufer mit modischer Kurzhaarfrisur und wohldefinierten aber nicht übertrieben stark ausgebildeten Muskeln zu sein, der auf allen Fotos eine dunkle Sonnenbrille, ein lüsternes Zuhälterlächeln und ein fast schon unerträgliches Selbstbewusstsein zur Schau stellt. Die komplette Familie wirkt auf sämtlichen Bildern beneidenswert attraktiv, lässig und modern - abgesehen von ihrer unnatürlichen Bräune und den stets mitgeführten Zigaretten, die in jeder erdenklichen Situation zwischen Lippen und Fingern oder hinter Ohren stecken. Nun ja, denkt Karl, während er sich beim erneuten Betrachten des großen Aktbildes im Schlafzimmer leicht erregt durch eine Schublade mit String-Tangas, Höschen und Dessous wühlt. Da wird sich der Typ bei Marianne ganz schön umstellen müssen, denn das Rauchen wird sie ihm im Haus wohl niemals gestatten.

„Was machen Sie denn da?" Karl errötet, knallt die Lade zu und stammelt: „Äh, ich wollte nur sehen, ob es hier noch etwas…Platz für meine Sachen gibt. Ich will ja schließlich nicht eine Woche lang aus dem Koffer leben."

Kohl kommt einen Schritt auf Karl zu und sieht ihm direkt in die Augen.

„Passen Sie mal auf, Herr Bauer. Ich bitte Sie, die Privatsphäre der Bewohner stets zu respektieren. Vergessen Sie nicht, dass Sie hier lediglich Gast sind. Und noch etwas: Fragen Sie sich bei jeder Aktion, die Sie unternehmen oder unternehmen möchten, ob Sie es prickelnd fänden, wenn der Tauschmann in Ihrem Haus zur selben Zeit das Gleiche tun würde." Karl schluckt beim Gedanken an einen kettenrauchenden Luden, der die geblümten Unterhosen seiner Marianne begutachtet und diese nachher auf der Küchenanrichte beglückt.

„Okay", erwidert er schließlich. „Ich werde es mir merken."

„Reizend!", resümiert Kohl. „Dann kommen Sie mal mit ins Wohnzimmer. Mutter und Tochter werden in wenigen Minuten eintreffen, und ich möchte noch ein paar Dinge mit Ihnen besprechen."

XXX

„Und Action!" Karl steht, ohne zu bemerken, dass er bereits seit vier Minuten nicht mehr geatmet hat, mit heißen Ohren vor der Aufzugtür. Auf einer Digitalanzeige kann er die Fahrt der Kabine samt doppelerotischer Fracht verfolgen. Endlich liest er die „8", und die Tür öffnet sich. Dem Erstickungstod nahe betrachtet er die beiden bronzehäutigen Wesen, die gemeinsam aus dem Aufzug gleiten. Die Ältere von ihnen, die der kleine Beamte direkt als das Aktmodel von den Riesenpostern identifiziert, stürzt Karl direkt und unmittelbar in ein Wechselbad der Gefühle. Auf der einen Seite gleicht sie mit ihrem verboten kurzen Minirock, der engen Korsage und den vollen Lippen dem Typ Frau, der ihm zuweilen nachts im Traum oder im Internet begegnet. Auf der anderen Seite steckt genau zwischen diesen vielversprechenden und verheißungsvollen Lippen eine glimmende Zigarette, von der jeden Moment Asche herunterzufallen droht. Karl schüttelt sich innerlich, denn wenn er eines verabscheut, sind es Raucher, die in geschlossenen Räumen keine Rücksicht auf ihre Mitmenschen nehmen - egal, wie erotisch sie auch immer sein mögen.

Die Tochter, die Marilyn Monroe in natura noch ähnlicher sieht als auf den Bildern, schiebt nicht nur ein missmutiges Gesicht, sondern zudem auch einen beachtlich voluminösen Bauch vor sich her. Karl benötigt neben einem zweiten auch noch einen dritten und vierten Blick, um festzustellen, dass sie nicht etwa korpulent oder gar fett ist, sondern hochschwanger.

„Mensch, Chantal!", krächzt die Erotikqueen augenblicklich mit einer so dunklen und tiefen Stimme, dass sich Karl augenblicklich an die Staatsanwältin aus dem Münster-„*Tatort*" erinnert fühlt. „Da haben wir aber ein dralles Schnuckelchen erwischt, was?" Sie nimmt die Zigarette aus dem Mund, streift die Asche in ein winziges silbernes Kästchen mit Klappdeckel, das sie bis zu diesem Augenblick in ihrer Hand verborgen gehalten hat, und steckt sie sich wieder zwischen die vollen Lippen. Danach schaut sie für einige Sekunden unkonzentriert in Kermits Kamera, geht anschließend auf ihren Gast zu, zwickt ihm mit Daumen und Zeigefinger der freien Hand in die Wange und fährt ihm anschließend durch die kurzen Haare.

„Geile Frisur", brummt sie dabei bärig. „Mein Robert trägt sein Haar auch so." Der in die Backe Gekniffene setzt ein gequältes Lächeln auf, nickt höflich und sagt mit schwerer Zunge:

„Bauer, angenehm."

„Bauer!", quietscht die verführerische Staatsanwältin nun eine Oktave höher und dreht sich zu der schwangeren Leinwandgöttin um. „Wie dieser sexy Typ aus unserer Lieblingsserie. Wenn das mal nicht göttliche Fügung ist. Wie hieß denn der Schauspieler noch gleich?" Die junge Monroe zuckt leicht genervt mit den Schultern und glotzt abwechselnd ins Kameraobjektiv und ins hübsche Konterfei ihrer Mutter. „Keine Ahnung. Tom Cruise?"

„Blödsinn!", entgegnet die Ältere mit männlicher Bassstimme, die für Karls Empfinden noch immer nicht zu ihrem phantastischen, äußerst weiblichen Körper passen will. „Das ist doch dieser Scientologe, dem vor ein paar Tagen die Frau abgehauen ist. Nee, der macht keine Serien." Die hoffnungsfrohe Wasserstoffblondine kratzt sich nachdenklich am platten Hinterkopf und wirkt dabei noch eindimensionaler als das Original in dem Film „*Manche mögen`s heiß*".

„Äh, könnte es vielleicht Charlie Sheen sein?"

„Ja, genau!", donnert die Sex-Anwältin, wobei ihr beinahe die Zigarette aus dem Mund fällt. „Charlie Sheen, so hieß der!" Sie wendet sich wieder Karl zu, zwickt erneut in die inzwischen geschwollene und noch immer schmerzende Wange und nimmt ihm schwungvoll die Kassenbrille ab.

„Hey, und mit ein wenig Fantasie siehst du diesem Sheen sogar ähnlich?"

104

„Sutherland", flüstert der grob Gefolterte leise, während er sich schwört, die Serie „24" nie mehr im Leben gemeinsam mit Marianne zu schauen, um nicht Gefahr zu laufen, während der Sendung neben ihr auf dem Sofa permanent an den Körper der Frau denken zu müssen, die nun direkt vor ihm steht und ihm tief in die Augen blickt.

„Was?", gibt der geschminkte Schornstein von sich. „Was hast du gesagt?"

„Sutherland", wiederholt Karl. „Der Schauspieler, den Sie meinen, heißt Sutherland. Kiefer Sutherland."

„Blödsinn!", wiederholt sich nun auch die Erotik-Staatsanwältin aus Münster und schüttelt dabei heftig den Kopf. „Der ist das auf gar keinen Fall. Der ist doch mit dieser Angelika Jolie verheiratet und spielt nur noch den James Bond."

„Auch gut", stöhnt Karl, der soeben beschlossen hat, auch keine Kinofilme mit britischen Geheimagenten mehr zu sehen. Der Form halber arbeitet er sich an der heißen Cineastin vorbei, um ihrer miesepetrigen Tochter auch noch die Hand zu reichen.

„Gestatten, Karl Bauer!"

Das Marilyn-Double legt grimmig die Stirn in Falten. „Musst dich nicht nochmal vorstellen, Opa. Ich bin nicht blöd. Und damit du es weißt: Es war die bescheuerte Idee meiner Eltern, bei diesem Quatsch hier mitzumachen."

XXX

„Führst du mit deiner Frau auch eine sexuell offene Ehe?" Die Dame des Hauses, die es sich direkt unter ihrem eigenen Aktbild auf einem der Ledersofas bequem gemacht hat, drückt ihre Zigarette im Ascher aus und zündet sich unmittelbar eine neue an. Anschließend zwinkert sie Karl verschlagen zu. „Ich will natürlich wissen, ob du auch, so wie ich, ständig auf der Suche nach einem heißen Abenteuer bist."

Während Kermit, Kohl und der Computer-Killer im Hintergrund verhalten zu hüsteln beginnen und Chantal in ihrem Zimmer mit einer Freundin telefoniert, schrumpft Karl binnen Sekunden auf die Größe eines Monchichis zusammen. Er räuspert sich verlegen und betrachtet anschließend erst seine attraktive Gesprächspartnerin, dann die über ihr hängende Aktaufnahme und schließlich wieder die Gebräunte.

„Nö!"

„Ach", brummt die Frau mit der Stimme eines russischen Wodkatesters. „Das kommt noch. Als mein Mann und ich geheiratet haben, verspürten wir auch noch nicht das Bedürfnis, mit anderen in die Federn zu hüpfen. Das kam erst viel später." Karl reißt sich zusammen, denkt an Marianne und die Fernsehzuschauer und macht gute Miene zum bösen Spiel.

„Und wann war das?" Die Frau, die sich Karl als Laura vorgestellt hat, denkt einen Moment nach und meint schließlich:

„Ungefähr vor drei Jahren, als Robert mir die Aufnahmen für die Nacktfotos zum 35. Geburtstag geschenkt hat, und wir schon über fünfzehn Jahre verheiratet waren. Der Fotograf war ein Bekannter von uns, der nach der Session fragte, ob wir nicht Lust hätten, mit ihm und seiner Frau einmal einen Swingerclub zu besuchen. Seitdem sind wir Stammgäste in dem Laden." Karl räuspert sich erneut peinlich berührt.

„In einem Swingerclub?"

„Richtig." Laura drückt die halb aufgerauchte Zigarette aus, lehnt sich zurück, schlägt die unendlich langen Beine übereinander und schwelgt für einige Sekunden in Erinnerungen. Irgendwann sieht sie ihren Gast wieder mit tiefen, ausdrucksstarken Augen an.

„Du weißt doch, was ein Swingerclub ist, oder?"

„Logo!", beeilt sich Karl zu antworten. „Da gehen Pärchen hin, um mit Gleichgesinnten Partnertausch zu praktizieren oder…Orgien zu feiern."

Laura lächelt entzückt und spitzt die geschminkten Lippen.

„Niedlich formuliert, Karl. Nicht schlecht. Man könnte meinen, du hättest in diesem Bereich schon Erfahrungen gesammelt."

„Nein, ganz und gar nicht!", kontert Karl rasch. „Es ist nur so, dass man über das Fernsehen und die Medien heutzutage eine Menge Informationen bekommt."

„Klar", erwidert Laura. „Das gute alte Fernsehen. Und sonst hast du in Bezug auf außereheliche Sex natürlich keine Erfahrungen gesammelt, richtig? Keine Saunaclubs, keine Bordelle, keine Affären und keine Prostituierten?"

Karl läuft puterrot an, schnappt mit offenem Mund nach einer unsichtbaren Fliege, blickt kurz in Kermits Richtung und stottert:

„Natürlich … nicht. Ich liebe meine Frau."

„Oh mein Gott", ertönt Lauras tiefe Stimme, während sie aufsteht und wild gestikulierend durch den riesigen Wohnbereich läuft. „Ich liebe meinen Mann auch und gehe dennoch mit anderen Kerlen ins Bett. Wir haben einfach gelernt, zwischen körperlicher und geistiger Nähe zu unterscheiden." Sie kommt zum Wohnzimmertisch zurück, greift nach ihrem Wasserglas und beginnt erneut damit, ihre Runden durchs Zimmer zu drehen. „Was leben wir doch in einer verlogenen, verkorksten und feigen Welt. Da bedienen alleine in

106

Deutschland geschätzte 375.000 Huren mehr als eine Millionen Freier am Tag, und wenn man nachfragt, will niemand auch nur einmal im Leben eine solche Dienstleistung in Anspruch genommen haben. Laut mehrerer ernstzunehmender Umfragen betrügen fast vierzig Prozent der Männer und dreißig Prozent der Frauen ihre Partner regelmäßig, und 65 Prozent aller Befragten geben an, dass ihr Sexualleben zuweilen langweilig und eintönig ist. Warum hat es diese Gesellschaft im Jahr 2012, fast fünfzig Jahre nach der sogenannten *„Sexuellen Revolution"*, noch immer nicht gelernt, über die natürlichste Sache der Welt offen und ehrlich zu reden? Warum verstummen oder erröten selbst gestandene Persönlichkeiten, wenn sie nach ihrem Sexualleben gefragt werden?" Karl zuckt irritiert mit den Schultern.

„Keine Ahnung." Laura setzt sich zurück aufs Sofa und zündet sich aufgeregt eine weitere Zigarette an.

„Keine Ahnung! Mensch, das Thema macht mich fuchsteufelswild. Du ahnst ja gar nicht, wie oft ich im Bekanntenkreis erklären muss, dass Robert und ich, trotz unserer Neigungen, zwei ganz normale und zudem noch überaus erfolgreiche Menschen sind. Unser Land, ach was sage ich, ganz Europa, die ganze Welt hat ein riesiges und immer größer werdendes Problem mit Liebe, Zärtlichkeit, Erotik, menschlicher Nähe und Sexualität. Überall springen uns nackte Tatsachen und Körper auf Plakaten, in der Werbung, im Internet und im Fernsehen entgegen, und wir alle finden das völlig normal und natürlich. Aber gib im Bekanntenkreis oder auf der Arbeit mal unverblümt zu, dass du regelmäßig Partnertausch betreibst oder in den Puff gehst. Du wirst sehen, wie schnell sich die Menschen von dir abwenden. Unsere Zeit, unsere Gesellschaft und unser Denken über Sexualität sind so krank und gestört, dass du heute dein eigenes Kind auf der Straße eher anschreien und schlagen als streicheln und küssen darfst." Laura will gerade zu weiteren Ausführungen ansetzen, als Kohl plötzlich den Arm hebt und laut „Stopp!" ruft.

„Frau Sommer, wären Sie so reizend, mit diesen politischen Endlosmonologen aufzuhören? Sie haben mit Ihren Aussagen zwar recht, unser Publikum ist jedoch eher an einfacheren Statements interessiert."

Laura verzieht pikiert den hübschen Mund und wirft Kohl einen vernichtenden Blick zu.

„Selbstverständlich, Herr Regisseur. Immer schön alles stumpf und niveaulos halten, damit der Zuschauer nicht überfordert wird und die Quoten nicht einbrechen. Verstanden!"

Kohl schüttelt griesgrämig den Kopf, hebt die Hand und ruft: „Action!"

Laura beugt sich mit ihrer engen Korsage ein wenig vor, so dass Karl für einen Moment nicht weiß, wohin er blicken soll, ohne ständig entweder echte oder fotografierte Brüste im Blickfeld zu haben. Er entscheidet sich schließlich für die Begutachtung seiner Füße.

„Um noch einmal kurz auf unser Thema zurückzukommen, Karl", sagt sie mit verführerischem Unterton. „Vielleicht gelingt es mir ja, dich in dieser Woche ein wenig lockerer zu machen und dir die eine oder andere Lebensweise näherzubringen." Karl legt die Stirn in Falten, dreht den Kopf und betrachtet scheinbar interessiert den großen Flachbildfernseher.

„Na, da bin ich aber mal eher skeptisch."

„Warte es ab", kontert Laura, die sich innerlich köstlich über Karls Schüchternheit amüsiert. „Lass uns erst einmal ein paar Nächte gemeinsam im Wasserbett verbracht haben. Dann denkst du schon ganz anders. Und wenn das nichts bei dir verändert, wird es der Swingerclub schon richten, den wir Freitag aufsuchen werden. Du weißt ja, dass du meinen Mann in allen Angelegenheiten vertreten musst. Dort kannst du dir vor Ort ein Bild von den Leuten, der Atmosphäre und den Gepflogenheiten machen. Und wer weiß: Vielleicht gefällt es dir ja doch."

„Vergiss es, Laura!", regt sich Karl auf. „Ich werde mit Sicherheit in keinen Swingerclub gehen. Und schon gar nicht, wenn die Kamera dabei ist."

XXX

Nach einer für Karl schlaflosen Nacht, die er, trotz energischer Einwände von Laura und der sensationslustigen Fernsehleute, auf dem Ledersofa unter der lebensgroßen Aktfotografie verbracht hat, sitzt er am nächsten Morgen völlig übermüdet, gerädert und unrasiert mit freiem Oberkörper auf der Toilette, als sich plötzlich der Vorhang zum Schlafzimmer öffnet und die Hausherrin in Slip und T-Shirt die Wellnessoase betritt.

„Besetzt!", schreit er panisch und verfällt augenblicklich in Schockstarre.

„Guten Morgen, Karl", meint Laura völlig unbeeindruckt mit ihrer tiefen Stimme und setzt sich, keine anderthalb Meter von ihm entfernt, auf die zweite Schüssel. „Jetzt mach mal nicht so ein Drama; das TV-Team ist doch noch gar nicht da. Gut geschlafen?" Karl traut weder seinen Augen noch seinen Ohren.

„Spreche ich Spanisch? Es ist mir doch scheißegal, ob die Kameraleute da sind oder nicht! Wenn ich auf dem Pott sitze, will ich gefälligst nicht gestört werden!" Während in diesem Moment unter Laura die Victoriafälle zu rauschen beginnen, sieht sie beinahe schüchtern zu ihm herüber.

„Wo liegt dein Problem? Ich störe dich doch gar nicht. Ich habe dich bis zu dieser Sekunde noch nicht einmal angesehen, sondern lediglich gerochen. Oh, mein Gott!" Ihre weit geöffneten Augen ruhen wie angeklebt auf dem Oberkörper ihres Gastes. „Du hast aber ausgeprägte Brüste. Findest du die schön?"

„Meine Brüste gehen dich einen feuchten Dreck an! Kümmere dich um deine eigenen. Und du willst wissen, wo mein Problem liegt?", bölkt Karl noch immer außer sich, während er beide Arme wie ein Erfrierender um sich schlingt. „Mein Problem liegt darin, dass ich verdammt noch mal ein Problem mit deiner ach so freien und offenen Lebensweise habe! Ehrlich Laura, ich finde dich sympathisch und attraktiv, und ich akzeptiere und respektiere auch alles, was dein Robert und du so anstellt. Wenn ich jedoch auf dem Klo sitze, will ich nicht, dass Hinz und Kunz durchs Badezimmer latschen und mir beim Kacken zusehen. Ist das klar?"

„Klar wie Kloßbrühe", antwortet Laura, steht auf, zieht den Slip hoch, betätigt die Spülung und geht anschließend zum mittleren Waschbecken, um sich zunächst die Hände zu waschen und dann die Zähne zu putzen.

„Was ist denn hier los? Habt ihr schon am ersten Morgen Stress?" Karl bekommt fast einen Herzinfarkt, als er jetzt auch noch die schwangere Marilyn Monroe in einem mickrigen Hemdchen im Türrahmen stehen sieht.

„Alles gut", nuschelt Laura mit vollem Zahnpasta-Mund. „Der Karl möchte nur nicht, dass jemand zusieht, wie er auf dem Topf sitzt und Aa macht."

„Mein Gott", erwidert das Filmstar-Double. „Als wenn das jemand sehen will. Ich wusste sofort, dass der Opa ein Spießer ist." Sie geht barfüßig und kopfschüttelnd durch das Badezimmer und hockt sich ohne ein weiteres Wort auf die freie Toilette. „Mensch Opa", meint sie plötzlich mit einem schiefen Seitenblick auf den Gast des Hauses, der sich inzwischen mehrere Feuchttücher über den Schoß gelegt hat. „Bist du das, der so riecht, oder sind das die Dinge, von denen du dich gerade trennst?"

„Jetzt lass den Karl in Ruhe", mahnt Laura, die mit Zähneputzen fertig ist und sich auf dem langen Marsch zur Dusche befindet. „Der hat genug mit sich selbst zu tun. Beeil dich einfach und störe unseren Gast nicht weiter." Und mit einem letzten Blick auf den noch immer ziemlich starr thronenden Karl: „Ach ja, ist es okay, wenn ich zuerst dusche? Ich mach auch schnell."

„Wieder alles in Ordnung?", fragt Laura anderthalb Stunden später. Sie stehen zu sechst im Aufzug und befinden sich auf dem Weg in die Tiefgarage. Während das Fernsehteam seiner Arbeit nachgeht und Chantal gelangweilt auf einem Kaugummi mit Erdbeergeschmack herumkaut, sieht die Hausherrin Karl besänftigend an.

„Es tut mir leid, wenn wir dich eben genervt haben. Aber für uns ist es völlig normal, morgens gemeinsam im Bad zu sein."

„Tja", antwortet Karl kaum hörbar. „Für mich alten Spießer-Opa ist das eben nicht normal."

„Das mit dem *spießigen Opa* hat die Chantal bestimmt nicht so gemeint", erwidert Laura nun auch eine deutliche Spur leiser. „Der geht's im Moment nicht so gut; die Hormone, verstehst du? Und dann die Geburt und das Kind - und alles ohne Partner."

„Könnten Sie wohl etwas lauter reden", mischt sich Kohl ein. „Wenn Sie so flüstern, ist auf der Aufnahme nachher nichts zu hören."

„Macht überhaupt nichts", kontert Laura mit verrauchter Stimme und wirft Kohl eine verspielte Kusshand zu. „Es ist ja auch nicht alles für die Ohren der Zuschauer gedacht."

„Hallo?", tönt Kohl leicht erregt. „Wir haben einen Vertrag, und der besagt ganz eindeutig, dass wir das Recht haben, Sie eine Woche am Stück mit Kamera und Mikrofon zu begleiten. Eigentlich können Sie froh und dankbar sein, dass wir uns während der Nachtstunden ins Hotel verziehen. Sonst müssten Sie sich nämlich auch noch beim Schlafen filmen lassen."

„Nun", sagt Laura und lächelt sinnlich. „Mit der Entscheidung, uns letzte Nacht alleine zu lassen, haben Sie zumindest eindeutig bewiesen, dass Sie nicht der Vollprofi sind, den Sie uns die ganze Zeit vorzuspielen versuchen, Herr Kohl." Sie legt einen Arm um den irritierten Karl, haucht ihm einen Kuss auf die gerötete Wange und fährt schnurrend wie eine Katze fort: „Sie müssen nämlich wissen, dass Karl nach Ihrer Verabschiedung keineswegs die ganze Nacht auf dem Sofa verbracht hat."

Während Kermit, der Laptop-Killer, Kohl und Karl große Augen bekommen, lässt Chantal lautstark eine Kaugummiblase platzen, um anschließend gelangweilt zu verkünden:

„Machen Sie sich keine Sorgen, Herr Kohl. Zwischen meiner Mutter und diesem spießigen Opa ist nichts gelaufen. Der ist da viel zu prüde und gehemmt für. Das einzig Sonderbare, das ich diesem Langweiler unter Umständen zutraue, ist, dass er sich während der Woche an unseren BHs vergreift - und zwar, um sie selbst anzuziehen. Der liebe Herr Bauer hat nämlich größere Dinger als wir."

Sie laufen wie eine Gangsterbande durch die Tiefgarage, während der Klang ihrer Schritte tausendfach von den nackten Wänden und den niedrigen Decken zurückgeworfen wird.

„Reizend!", verkündet Kohl, nachdem er mit einem kleinen Gerät die Lichtverhältnisse geprüft hat. „Wir filmen gleich, wie Sie gemeinsam ins Auto einsteigen. Während der Fahrt werden Sie von der Kamera aufgezeichnet, die John aufs Armaturenbrett des Wagens geklebt hat. Denken Sie bitte daran, das Radio nicht einzuschalten. Sie wissen schon, wegen der Sprachaufnahmen." Laura nickt brav, zündet sich eine Zigarette an und bleibt wenige Sekunden später vor einem gewaltigen weißen Hummer-Geländewagen stehen.

„Himmel, Arsch und Zwirn!", entfährt es Karl. „Ist das euer Panzer? So ein Ding ist doch unbezahlbar."

„Nicht, wenn man sein Geld mit der Eitelkeit der Menschen verdient", antwortet Laura. „Willst du fahren?"

„Darf ich denn?"

„Warum nicht? Robert hat zwar Stein und Bein geschworen, dass er mich umbringt, wenn ich den Tauschmann hinter das Steuer seines Schätzchens lassen sollte, doch solange du das Ding heile lässt, habe ich kein Problem damit. Sieh es einfach als Entschuldigung für heute Morgen an."

Karl, der immer schon einmal eines dieser militärischen Ungetüme lenken wollte, kann sein Glück kaum fassen.

„Unglaublich. Muss ich irgendetwas Besonderes beachten?"

Laura lächelt ihm freundlich zu.

„Von der Tatsache abgesehen, dass die Karre die Ausmaße eines Einfamilienhauses, ein Automatikgetriebe, 2900 Kilo Lehrgewicht und 325 PS hat, fährt sie sich eigentlich ganz normal."

„Und womit macht ihr jetzt genau euer Geld?", will der selige Karl wissen, während er den riesigen Kraftprotz mit Hilfe des eingebauten Navigationsgerätes durch die City steuert und peinlich genau darauf achtet, nie direkt in die kleine Kamera auf dem Armaturenbrett zu schauen. Laura überlegt eine Weile und antwortet schließlich mit ihrer tiefen Stimme:

„Wie gesagt: Wir verdienen an der Eitelkeit der Menschen. Wir betreiben sowohl in der Stadt als auch in den umliegenden Gemeinden insgesamt zwölf

Nagel-, Massage-, Kosmetik- und Sonnenstudios. Zurzeit beschäftigen wir etwa fünfzig Mitarbeiter."

„Ihr habt fünfzig Angestellte?", staunt Karl nicht schlecht. „Wie habt ihr das denn geschafft?"

„Indem sie niemals zuhause waren und selbst die Wochenenden durchmalocht haben!", tönt es genervt von der Rückbank. „Man kann sich vorstellen, dass ich echt eine wahnsinnig entspannte Kindheit hatte, so ganz ohne Eltern!" Laura lacht ein wenig gequält.

„So ganz unrecht hat Chantal nicht. Wir haben wirklich geschuftet wie die Maulesel. Robert und ich haben kurz vor unserer Hochzeit mit einem kleinen Nagel- und Kosmetikstudio angefangen. Das lief irgendwann so gut, dass wir mit den Jahren weitere Ladenlokale hinzupachten konnten. Wir sind dabei immer so verfahren, dass wir uns ähnlich konzipierte und angelegte Geschäfte aussuchten, die aus den verschiedensten Gründen Konkurs anmelden mussten. Das hatte den Vorteil, dass wir oftmals nicht nur komplette Einrichtungen, sondern auch bestehende Kundenstämme und erfahrene Mitarbeiter übernehmen konnten. Vor etwa zwei Jahren haben wir alle Läden, es waren damals elf, in einem wahren Gewaltakt binnen eines halben Jahres völlig umgestylt und renoviert. So gibt es jetzt in sämtlichen Studios dieselben Fußböden, Vorhänge, Lampen, Empfangstresen, Logos und Ladenschilder. Das ist wie bei McDonald`s: Eine Marke, ein Zeichen, eine Qualität! Wenn du dir in der Bevölkerung erst einmal einen Namen gemacht hast, den die Menschen sofort mit einem gewissen Look und Anspruch verbinden, hast du`s geschafft. Dann tragen dich deine Kunden selbst durch dürre Jahre und Wirtschaftskrisen hindurch." Karl müsste lügen, wenn er behaupten würde, nicht zutiefst beeindruckt zu sein.

„Dann habt ihr euch ja ein richtiges Imperium aufgebaut, was?"

„So würde ich das nicht nennen", antwortet Laura diplomatisch. „Sagen wir mal, es geht uns ganz gut. Es ist jedoch ein täglicher Kampf, diesen Zustand auch zu halten. Zudem gibt es Läden, die hervorragend laufen, und solche, die einem immer wieder Sorgen und schlaflose Nächte bereiten."

„Wie sieht denn nun unser Arbeitstag und die kommende Woche aus?", will Karl wissen. „Wie kann ich Robert für die Dauer der Fernsehaufzeichnungen ersetzen?" Laura lässt ihre Seitenscheibe herunterfahren und zündet sich eine Zigarette an. Sie nimmt einen tiefen Zug, bläst den Rauch nach draußen und wirft die Kippe direkt hinterher.

„Meine Tage gestalte ich so, dass ich zunächst nacheinander alle Studios abfahre, um nach dem Rechten zu sehen. Anschließend verkrieche ich mich

bis etwa siebzehn Uhr in unserem Büro in der Innenstadt und bearbeite Post, Papiere, Bestellungen, Rechnungen, Anträge und Gehälter. Du wirst gemeinsam mit Chantal an Roberts Stelle in unserem neuesten Laden arbeiten. Einem kleinen Sonnenstudio in einem Außenbezirk, das wir erst seit einigen Wochen haben, welches jedoch schon komplett modernisiert und eingerichtet ist. Leider müsst ihr zwei dort zunächst einmal alleine schaffen, da wir in der Belegschaft zurzeit einige Ausfälle und Erkrankungen haben und eine weitere Kraft erst gegen zwei kommt. Chantal wird dich perfekt einweisen, sich ansonsten aber natürlich stark zurücknehmen, so dass alle körperlichen Arbeiten von dir erledigt werden müssen. Zudem hat sie heute gegen halb zwölf einen Termin bei ihrem Frauenarzt und danach ihre 14-tägige Sitzung beim Friseur, wo sie mit dem Taxi hinfahren wird. Das bedeutet, dass du etwa zwei bis drei Stunden alleine im Laden sein wirst. Traust du dir das zu?" Karl stoppt den amerikanischen 100.000-Euro-Hummer an einer Ampel und schaut durch sein Seitenfenster lässig auf einen dunklen BMW X5, dessen Fahrer ihm neidvolle Blicke zuwirft.
„Logo! Natürlich traue ich mir das zu."

„Wir sind da, Schweinebacke! Aussteigen!", meldet das Navigationssystem mit der einprogrammierten Stimme von Manfred Lehmann, dem langjährigen Synchronsprecher von Bruce Willis. Karl schaltet den Motor aus, klettert aus dem Wagen und betrachtet die Ladenfassade, der man deutlich anmerkt, dass sie erst vor Kurzem renoviert und frisch gestrichen wurde. Über dem Eingang hängt ein großes Schild, welches so auffällig und liebevoll gestaltet ist, dass es selbst Menschen ins Auge sticht, die nicht vorhaben, ein Sonnenstudio aufzusuchen. Es besteht aus einer rostroten, auf antik getrimmten Eisenplatte, in welche die unterschiedlichsten Symbole und Buchstaben hineingestanzt wurden. Während rechts und links jeweils eine mystisch erscheinende Sonne zu sehen ist, steht in der Mitte in großen Lettern *„Sonnenstudio Sommer"*. Darunter liest Karl den kursiv geschriebenen Schriftzug *„Wo Sommer draufsteht, ist auch Sommer drin!"*
„Und, gefällt es dir?", fragt ihn Laura und zündet sich eine Zigarette an. „Die Sonne habe ich selbst entworfen und prangt jetzt über allen Geschäften, auf jedem Werbe-Flyer und auf unseren Briefköpfen."
Karl pfeift anerkennend durch die Zähne. „Sieht wirklich schön aus." Er blickt die Straße entlang und empfindet Ähnliches, wie in dem Moment, als er am Tag zuvor zum ersten Mal seine Taucherbrille vom Kopf gezogen hat.

„Und es ist mit Abstand der netteste und hübscheste Laden in der ganzen Straße."
Laura bläst Rauch in den wolkenlosen Himmel und nickt zustimmend.
„Da hast du recht. Es handelt sich hier auch nicht gerade um die angesagteste Gegend. Aber das ändert sich. Die alten Häuser werden nach und nach entweder von Investoren oder der Stadt saniert oder abgerissen und durch Neubauten ersetzt. Inzwischen merkt man schon, dass immer mehr jüngere, gutverdienende Leute in das Viertel ziehen. Warte es mal ab. Wenn du in zehn Jahren hier mal wieder durchfährst, wird alles völlig anders und lebendiger aussehen. Und unsere Sonne wird dann immer noch strahlen."
„Ich wünsche es dir", sagt Karl. „Wenn du überzeugt bist, bin ich es auch."
Mit „Genug gesülzt, Titten-Opa!", vernehmen beide plötzlich die Stimme von Chantal, die sich in diesem Augenblick zu ihnen gesellt und sie anstarrt, als wäre sie ein Fahrkartenkontrolleur, der zwei offensichtliche Schwarzfahrer nach ihren Tickets fragt. „Wollt ihr heute noch arbeiten, oder soll ich uns Stühle rausholen?"

Nachdem Laura die Ladentür aufgeschlossen hat, betritt die kleine Gruppe das Sonnenstudio. Die Einrichtung des Warte- und Empfangsbereiches ist mit Theke, großen Spiegeln und zwei kleinen Bistro-Garnituren genauso gestaltet, wie Karl es erwartet hat; kühl, zeitgemäß und modern, aber nicht unfreundlich. Chantal tritt hinter einen Tresen mit dicker Glasplatte und betätigt nacheinander die verschiedensten Schalter. Sekunden später erstrahlt der Laden nicht nur in einem warmen, angenehmen Licht, sondern es tönen zudem ruhige Meditationsklänge mit irischen Einflüssen durch die Räumlichkeiten. Der Schweiger und Kermit machen Probeaufnahmen, und Kohl setzt sich mit seinem Laptop an einen kleinen Bistro-Tisch.
„So, Karl", brummt Laura. „Ich bin dann weg. Ich wünsche dir viel Spaß an deinem ersten Arbeitstag. Und denk dran: Wo Sommer draufsteht, sollte auch Sommer drin sein. Also immer nett und freundlich zu den Kunden. Ich will nachher keine Klagen hören. Das Studio ist noch am Anfang. Da kann ich unzufriedene Gäste so dringend gebrauchen wie ein Loch im Kopf oder Besuch vom Finanzamt." Sie hebt die Hand, nickt und ist auch schon verschwunden.
„Tja", seufzt Karl ein wenig verdutzt. „Dann wollen wir mal." In diesem Augenblick erhebt sich Kohl und kommt auf den Tauschmann zu.
„Okay, Herr Bauer. Wenn ich richtig informiert bin, wird Chantal Ihnen jetzt die Abläufe hier erklären. Ich möchte das komplette Gespräch von John und

Ludger aufnehmen lassen. Sprechen Sie also stets laut und deutlich." Er dreht sich zu dem Monroe-Double, das gerade den Tank einer großen Kaffeemaschine mit Wasser füllt. „Haben Sie gehört, Fräulein Sommer? Immer schön deutlich sprechen!" Die Gemeinte verzieht das Gesicht und nuschelt kauend und völlig unverständlich:
„Mach ich, wenn ich`s nicht vergesse."
„Reizend", murmelt Kohl kaum hörbar und zupft sich ein paar Flusen von seinem Rolli. „Überaus reizend, diese Person."

„Also Opa", beginnt Chantal. Sie streicht sich über den Baby-Bauch, lässt eine beachtliche Kaugummiblase platzen und fährt monoton und zügig fort:
„Deine Aufgabe besteht eigentlich nur darin, den Laden mit seinen Kabinen und Sonnenbänken sauber zu halten, die Besonnungsvorgänge von deinem Computer aus zu starten und nett zu den Kunden zu sein. Kapiert?"
„Äh, noch nicht ganz", gibt Karl unsicher zu.
„Meine Güte! Dann noch mal für Alzheimer-Hirnis ganz langsam und in der richtigen Reihenfolge: Lächeln, einen guten Tag wünschen, das Angebot vorstellen, die Kabine zuweisen, auf das Signal warten, den Bestrahlungsvorgang starten, wieder lächeln, das eine oder andere kosmetische Mittelchen empfehlen, kassieren, verabschieden, putzen und desinfizieren, zwischendurch Kaffee kochen und mit dem Mopp den Eingangsbereich wischen."
„Ah", strahlt Karl. „Vielen Dank. Jetzt habe ich es verstanden."
„Gut! Achte nur immer darauf, dass du jedem Gast eine Schutzbrille für die Augen mitgibst und die Bänke nach wirklich jedem Besonnungsvorgang gesäubert werden. Hygiene ist in unserer Branche das absolut Wichtigste. Es gibt nichts Schlimmeres, als wenn der Kunde eine verschmierte, verschwitze und stinkende Sonnenbank vorfindet."
„Verstehe! Wie sieht es denn mit den Bestrahlungszeiten und Preisen aus?"
„Bei uns kosten alle zehn Bänke fünfzig Cent die Minute. Stammkunden der verschiedenen „Sommer"-Filialen mit Rabattausweisen bekommen anschließend zehn Prozent vom Preis abgezogen. In der Regel sagen dir die Kunden, wie lange sie brutzeln wollen. Wenn nicht, sieh dir den jeweiligen Hauttyp an und schlage was vor."
„Und was?"
„Keine Ahnung, irgendwas halt! Wichtig ist nur, dass du sehr blasse Kunden nicht zu lange besonnst. Die verbrennen zu schnell, kommen nicht wieder und

erzählen anschließend überall herum, das Personal hier hätte keine Ahnung. Vorgebräunte können da schon mehr ab."

„Okay, noch was?"

Chantal Monroe schaut hastig auf die Uhr und verdreht die Augen.

„Ja! Die ganzen Tuben, Töpfchen, Mittelchen, Cremes und Zusatzartikel im Regal stehen alle zum Verkauf. Die Preise kleben auf den Packungen."

„Muss ich denn nicht wissen, was das für Produkte sind?"

„Blödsinn! Sag den Kunden einfach das, was auf der jeweiligen Schachtel steht. Oder gib ihnen die Packungen; dann können sie die Beschreibungen selber lesen."

„Na gut."

„Verkaufe möglichst viele Getränke an Wartende. Die Preise für Kaltgetränke stehen im Nebenraum am Kühlschrank, der erste Kaffee kostet einssechzig, der zweite ist umsonst."

Der gerade Eingewiesene kratzt sich verlegen am Kopf.

„Und der dritte?" Chantal verengt die Augen zu schmalen Schlitzen.

„Hä?"

„Na, was kostet der dritte Kaffee?" Die schwangere US-Schauspielerin überlegt einige Sekunden und macht eine abwertende Handbewegung.

„Keine Ahnung! Ist aber noch nie vorgekommen, dass einer drei Tassen getrunken hat."

„Okay", erwidert Karl. „Aber was mache ich, wenn zum Beispiel zwei Freundinnen reinkommen, und die eine direkt zwei Tassen bestellt - also eine für sich und eine für ihre Begleitung?"

„Dann denkst du dir halt was aus. Und zur Not sagst du einfach, dass der Kaffee gerade ausgegangen ist."

„Wie du meinst. Aber eine Sache wäre da noch."

„Schieß los! Aber beeil dich, mein Taxi kommt nämlich schon in zehn Minuten. Ich will vor dem Arzttermin noch Sachen fürs Krankenhaus kaufen gehen."

„Klar", sagt Karl. „Du meintest, die Kunden gehen in die Kabine, und ich starte den Besorgungsvorgang…"

„Besonnungsvorgang!"

„Auch recht. Ich starte also den Besonnungsvorgang. Woher weiß ich denn, wann sie ausgezogen und nackt unter der Höhensonne liegen? Rufen die quer durch den Laden „Hey, ich bin nackig, mach mich Neger!", oder was?"

„Dafür haben wir in jede Kabine eine Kamera eingebaut", erklärt Chantal mit ernster Miene. „Auf einem speziellen Monitor unter dem Tresen kannst du jede noch so kleine Bewegung unserer Kunden beobachten - und natürlich auch aufzeichnen, wenn eine besonders scharfe Mieze dabei ist."

Auf Karls Gesicht erscheint ein breites Grinsen.

„Ist das wahr? Klasse!"

„Natürlich nicht, Opa", raubt Marilyn ihrem Gegenüber jegliche Hoffnung auf zahlreiche voyeuristische Vergnügungen. „In den Kabinen sind Knöpfe angebracht, die einfach nur betätigt werden müssen, wenn die Leute fertig sind. Auf deinem Hauptbildschirm erscheint ein grünes Symbol, du gibst die Zeit ein und drückst den Start-Button."

Enttäuscht lässt Karl die angehaltene Luft aus seinem Mund strömen.

„Schade, ich hatte mich schon gefreut."

„Tut mir leid. So, ich glaube, jetzt weißt du alles. Ich zeige dir eben noch, wie die Kasse funktioniert und dann muss ich los. Ach nee, eine Sache noch: Wir haben hinten im Laden eine ganz neue Hollywood-High-End-Duschkabine. Das ist eine vollautomatische Sprayvorrichtung, die den Kunden UV-freie, sofortige und streifenfreie Bräune ermöglicht, die acht bis zehn Tage anhält. Die unbekleideten Gäste betreten den Raum und werden sechs Sekunden lang mit einer Mischung aus Feuchtigkeitscreme und Selbstbräuner eingesprüht. Das Produkt zieht sofort in die Haut ein und verteilt sich wegen der elektromagnetischen Aufladung absolut gleichmäßig über den gesamten Körper."

„Elektromagnetische Aufladung?" Karl ist sich nicht sicher, ob er Chantals kleines Referat wirklich in allen Einzelheiten verstanden hat. Die Blondine rümpft die Nase und wirft das Haar zurück.

„Wohl in Physik und Chemie nicht aufgepasst, was? Die Bräunungslösung wird mit zwölf Volt Niederspannung negativ aufgeladen und trifft während des Sprayvorganges auf die positiv geladene Haut und den geerdeten Körper. Die negativen Teilchen suchen sich anschließend freie Stellen auf der Haut. Auf diese Weise werden keine Stellen doppelt belegt."

„Und wie bedient man diese Höllenmaschine?"

„Ganz einfach", antwortet Chantal und lässt eine weitere Erdbeerblase platzen. „Die Kabine ist jederzeit einsatzbereit und nahezu pflegeneutral. Der Gast stellt sich nackt hinein, setzt sich eine Duschhaube auf, hält die Luft an und drückt den Start-Knopf. Nachdem die Lösung getrocknet ist, verlässt er die Kammer, betätigt den Selbstreinigungsknopf und zieht sich im Vorraum wieder an. Und am Ende zahlt er satte dreißig Euro bei dir."

Chantal weist Karl noch kurz in die Geheimnisse der Computer-Registrierkasse ein und ist wenige Minuten später auch schon verschwunden. Die Männer blicken ziemlich ratlos aus der Wäsche.

„Und was machen wir jetzt?", will Kermit wissen und schaut Jürgen Kohl fragend an. Dieser wirft einen kurzen Blick auf seine Armbanduhr. „Keine Ahnung. Wir haben es jetzt fast elf Uhr, und wie es aussieht, ist Herr Bauer die nächsten Stunden alleine mit uns im Laden, bis entweder Fräulein Sommer wiederkommt oder die angekündigte Mitarbeiterin eintrifft." Er geht hinter den Tresen und schenkt sich eine Tasse Kaffee ein. Anschließend setzt er sich wieder an seinen Bistro-Platz und schlägt die dünnen Beine übereinander. „Wie ich das beurteile, könnten das ziemlich lange Stunden werden. Laura Sommer hat das Studio gegen zehn Uhr aufgeschlossen, und seitdem ist nicht ein einziger Kunde hier aufmarschiert."

„Und was machen wir jetzt?", wiederholt sich Kermit und wirft sein Hippie-Haar zurück. „Däumchen drehen?" Während der Shooter sich mit seinem Laptop an den zweiten Bistrotisch zurückzieht und ein Ballerspiel hochlädt, zuckt Kohl nur mit den Schultern.

„So ist das halt mit Reality-Formaten. Die meiste Zeit über wartet man."

„Ich gehe zumindest erst mal auf's Klo und lege ein Ei!", posaunt Karl ungeniert heraus und legt eine Hand auf seinen Bauch. „Ich habe seit dem Frühstück einen derartigen Druck im Magen, dass ich es kaum noch aushalte."

Kohl sieht ihn irritiert an.

„Es ist nicht so, dass mich diese Information sonderlich interessieren würde, aber warum sind Sie denn nicht in der Wohnung gegangen?"

„Das, lieber Herr Regisseur, ist eine andere Geschichte und wird in einem anderen Leben erzählt." Der Billerbecker langt nach einer *„Auto-Bild"* aus dem Zeitschriftenständer und wendet sich ab, als plötzlich ein akustisches Signal ertönt. Die Männer drehen die verwunderten Gesichter in Richtung Eingangstür und reißen die Augen auf.

Das eintretende Wesen, dessen Alter Karls Schätzung nach irgendwo bei siebzig anzusiedeln ist, stolziert strammen Schrittes wie ein adelig tuntiger Kreuzungsversuch aus Bruce Berger aus *„Männerherzen"* und Rolf Eden in den Laden und sieht sich mit hochgezogenen, gefärbten Augenbrauen um. Die Karikatur eines Mannes ist etwa einen Meter neunzig groß, steckt in einem weißen Seidenanzug und zudem in einer Haut, die so unnatürlich braun erscheint, als hätte sie die letzten drei Jahre abgezogen an einem sich ständig drehenden Dönerspieß verbracht.

„Was ist denn hier los?", kreischt die Kreatur hysterisch, als sie die vier Männer und die Kameraausrüstung bemerkt. „Ist heute nicht offen? Ich werde wahnsinnig!"

Kohl erhebt sich von seinem Stuhl und geht auf die missmutige Laune der Natur zu.

„Guten Tag, mein Name ist Jürgen Kohl. Wir produzieren hier die berühmte Fernsehsendung *„Männertausch"* für TV5, und Herr Bauer", er weist mit dem Kopf in Karls Richtung, „ist einer der Tauschmänner der aktuellen Episode. Hätten Sie etwas dagegen, dass wir Sie filmen?"

Bruce Eden hebt seinen feinen Riecher so hoch, dass Kohl ihm durch die Nasenlöcher direkt ins hohle Schädelinnere schauen kann.

„Natürlich hätte ich etwas dagegen, Sie Schnösel! Meinen Sie, ich will, dass man mich in dieser primitiven Billigshow sieht? Ich habe einen guten Namen und einen noch besseren Ruf in diesem Viertel." Der Mann dreht sich pikiert um und stöckelt erhaben zum Tresen. „Außerdem möchte ich nicht, dass die Leute erfahren, dass meine gesunde Gesichtsfarbe auf ein Sonnenstudio zurückzuführen ist."

Und dabei sieht doch jeder, dass du wie ein Hähnchen aussiehst, das zu lange auf dem Grill gewesen ist, denkt Karl, positioniert sich hinter der Theke und setzt sein freundlichstes Lächeln auf.

„Guten Tag! Was kann ich für Sie tun?" Bevor die Bronzestatue auch nur einen Ton von sich geben kann, steht Kohl bereits hinter ihr, um sie erneut zu bearbeiten.

„Sehr geehrter Herr. Natürlich könnten wir Ihr Gesicht im Filmbeitrag auch unkenntlich machen. Niemand würde Sie auf diese Weise erkennen."

„Ich glaube, ich habe mich unmissverständlich ausgedrückt, junger Mann!", beginnt der Weiße Riese mit schriller Stimme und sieht Kohl dabei so hasserfüllt an, als wolle er ihm gleich mit seinen perfekt manikürten Fingernägeln die Augen auskratzen. „Ich untersage Ihnen die Aufnahme und Verwendung meiner Person für Ihre Hartz IV-Sendung. Ich berufe mich dabei auf mein Recht am eigenen Bild. Sollten Sie sich dennoch nicht daran halten, verklage ich Sie, haben wir uns verstanden?" Jürgen Kohl zieht die Schultern ein, entschuldigt sich und verzieht sich wie ein getretener Straßenköter.

„Nun zu Ihnen!", blökt der kross Angebratene, wobei er Karl skeptisch begutachtet. „Sie sind mit Ihrer blassen Haut aber auch keine Werbung für diesen Laden hier, oder? Hätte man Sie nicht besser als Nachtwächter oder Totengräber einsetzen können?"

„Wie Sie meinen", antwortet der Nachtgräber untergeben, macht einen Buckel und senkt den Blick. „Kann ich Ihnen dennoch behilflich sein?"
Der Adelige mit der schrumpeligen Alligatorenhaut überlegt angestrengt.
„Eventuell. Ich möchte zur Bank."
Karl, in dessen unterem Magenbereich es inzwischen rumort und abgeht wie in einer Speismischmaschine, schaut das Reptil irritiert an.
„Aber warum sind Sie dann hier, wenn Sie zur Sparkasse wollen? Oder möchten Sie nur nach dem Weg fragen?"
„Sie Nachtschattengewächs, Sie!", tadelt die Seidenraupe den Verkrampften nicht gerade leise. „Ich werde wahnsinnig! Ich spreche von meiner Bank hier im Studio. Ich bin Stammkunde und habe einen Rabattausweis." Karl verzieht das Gesicht. Er muss nun so dringend zur Toilette, dass er nicht mehr klar denken kann.
„Sie haben eine eigene Sonnenbank hier? Welche ist das denn? Und muss ich die nachher auch reinigen, oder machen Sie das aus Pietätsgründen selber?"
Der Krokodilleder-Onkel ist so genervt ob Karls dummer Fragen, dass er sich nicht einmal mehr zu weiteren Kommentaren herablässt. Er schmeißt dem Tauschmann stattdessen nur einen vernichtenden Blick zu, schleudert sich seine kleine Handtasche über die Schulter und marschiert wie ein Laufstegmodel in Richtung des Kabinenganges davon. Kurz bevor er ihn erreicht, wirft er das fürstliche Haupt noch einmal zurück.
„Ich bin in „*Nummer 3*" und habe eine eigene Schutzbrille. Und bitte klopfen Sie anschließend gegen die Tür. Ich neige dazu, bei dem monotonen Summen der Höhensonne immer einzuschlafen."
„In Ordnung!", ruft Karl. „Wird erledigt!"
In diesem Augenblick kommt Kermit mit eingeschalteter Kamera auf ihn zu.
„Super, Herr Bauer. Ich habe Sie gerade von der Seite aus gefilmt; natürlich ohne den verbrannten Ziegenbock. Sie waren richtig gut. Jetzt muss ich nur noch die Kamera draufhalten, wenn Sie die Zeiteinstellung durchführen, und dann können wir das bestimmt irgendwo im Beitrag verwenden."
„Von mir aus", stöhnt Karl und massiert sich den rebellierenden Bauch. „Ich hoffe nur, das verkohlte T-Bone-Steak auf Beinen beeilt sich mit dem Ausziehen. Lange halte ich es nämlich nicht mehr aus." In diesem Augenblick erscheint auf dem Monitor völlig unerwartet ein grüner Kreis neben der graphisch dargestellten Kabine von „*Nummer 3*".
„Ich dachte, dass nur Dinge den *Grünen Punkt* tragen dürfen, die man noch wiederverwerten und recyceln kann", spottet Karl nun in Bernd-Stromberg-Manier direkt in die Kamera. „Ob das bei dieser…Mumie noch möglich ist,

120

wage ich jedoch mal ganz stark zu bezweifeln." Er dreht sich kichernd um und will gerade den Start-Knopf drücken, als er zusammenzuckt.

„Ja, das ist dumm!" Er dreht den Kopf und wirkt nun wirklich ein wenig wie Stromberg aus der gleichnamigen Fernsehserie. „Das ist jetzt natürlich nicht soo günstig." Er glotzt dümmlich in die Kamera und fährt sich dabei mit Daumen und Zeigefinger über den nicht vorhandenen Bart. „Nun habe ich dieses verbrutzelte Dingsbums…äh, Grillwürstchen im Asi-Toaster stecken und habe keine Ahnung, ob das vergammelte Stück mit Ober- oder Unterhitze oder vielleicht doch lieber mit Umluft durchgegart werden will, ha! Nee, Scherz beiseite." Christoph Maria Herbst legt den halbkahlen Kopf zur Seite und fährt fort: „Nee, Leute, ich habe jetzt tatsächlich insofern ein kleines Problemchen, als dass ich nicht weiß, auf welche Zeit ich diese verdammte Uhr stellen soll." Während Stromberg sich in seinem Chefsessel bei der „*Capitol*" zurücklehnt und mit hinter dem Kopf verschränkten Armen zur Decke starrt, kommt Kermit mit der Kamera einen Schritt näher, um den Bildschirm heranzuzoomen. Als sich Karls Magen wieder schmerzhaft meldet, zuckt Stromberg zusammen und stützt die Ellenbogen auf den Schreibtisch. „Ja, ich glaube, ich verpasse dem alten…Haudegen mal schön dreißig Minuten. Der pennt sowieso sofort weg und merkt von alledem nichts. Und seiner Haut ist es völlig egal, ob ich die Sonnenbank auf dreißig Minuten oder dreißig Stunden einstelle, ha! Der würde sich nicht mal beschweren, wenn ich ihn heimlich mit einem Bunsenbrenner bearbeiten würde." Er beugt sich vor, stellt die Uhr auf eine halbe Stunde und drückt den Start-Knopf. „So, Kinder", spricht er anschließend selbstzufrieden in die Kamera. „Und jetzt geht der Papa mal schön dorthin, wo auch der Kaiser zu Fuß hingeht."

Als Karl etwa fünfzehn Minuten später, nach einer wirklich atemberaubenden Sitzung, von der Toilette kommt, steht ein junges, pickeliges Mädchen an der Theke. Sie trägt weite Jeans im Baggy-Style, ein verwaschenes T-Shirt mit einem großen Hanfblatt über der flachen Brust und eine umgedrehte Baseballkappe. Während Kermit und John seitlich des Tresens stehen und den Gast im Zentrum ihrer Aufmerksamkeit fixiert haben, wedelt Kohl wild mit den Armen, um Karl zu signalisieren, dass mit der Aufnahme alles klar geht. „Krass!", grunzt das Mädchen und hält Karl eine Hand zum Abklatschen hin, nachdem dieser um den Empfangstisch herumgekommen ist. „Moin, Alter, alles klar?" Karl schlägt ein und kommt sich dabei ziemlich albern vor.

„Bei mir ist alles klar. Und selbst?"

„Yo, Mann, alles fit! Was geht? Ich wollte immer schon mal ins Fernsehen. Wie geil ist das denn?"

„Weiß ich jetzt auch nicht so genau", antwortet Karl und kommt sich noch alberner vor. „Kann ich etwas für Sie tun?"

Die Pickelige tänzelt vor dem Tresen herum, als befände sie sich in einem drittklassigen Rap-Video, wobei sie jede ihrer Aussagen mit seltsamen Hand- und Fingerbewegungen unterstreicht. Dabei achtet sie stets darauf, dass ihre Gesten von Kermit perfekt gefilmt werden können.

„Mann! Hast du einen Plan, warum ich hier bin?" Karl schüttelt den Kopf.

„Da Sie weder vom Ordnungsamt noch von der Gewerbeaufsicht zu kommen scheinen, gehe ich davon aus, dass Sie sich sonnen wollen."

Die pubertierende Großstadt-Göre vollzieht eine komplette Drehung um die eigene Achse, klatscht in die Hände und ruft:

„Bingo, Alter! Krass ins Schwarze getroffen! Du bist echt chillig drauf!"

„Danke", murmelt Karl artig und pflichtbewusst.

„Null Promille! Aber jetzt echt. Weißt du, warum ich hier bin?"

Karl zuckt mit den Schultern.

„Ey, voll krass, Alter! Weißte, ich bin auf Arbeitssuche, so offiziell jetzt, verstehste? Aber die Opfer, die vom Amt, haben nur so'n abgefuckten Rentner-Kram für mich. Und habe ich von 'ner Schwester von mir gehört, dass die in Espen immer Leute suchen. Sie ist da auch gewesen und hat das abgecheckt. Hat Luftballons verkauft und Eis - und alles so als abgefuckte Indianerin. So mit Federgedöns. Ist das geil oder ist das geil?"

„Nun", entgegnet Karl. „Bei diesen Auswahlmöglichkeiten entscheide ich mich für…geil."

„Krass, Mann!", brüllt das Mädchen, das sich wahrscheinlich sein ganzes Leben lang gewünscht hat, ein Junge zu sein. „Du bist ja echt korrekt drauf! Mega korrekt! Voll Promille!"

„Vielen Dank. Ach ja, was meinen Sie denn mit *Espen*?"

Die junge Frau zieht sich kurz die Jeans hoch, rümpft die Nase und sieht Karl an, als hätte sich ihre Meinung über den kleinen Beamten gerade schlagartig verändert.

„Hey, Opfer! Verarsch mich nicht, okay? Verarsch mich bloß nicht! Ich bin Gang, klar? Echt Aggro! Ich hab Brothers and Sisters, die kommen schon, wenn ich nur auf's Handy klopf." Sie lehnt sich über den Tresen und schlägt Karl mit der Hand gegen die Stirn. „Espen, hallo? Karl-Marx-Festspiele, hallo? Indianer und Cowboys! Gecheckt?" Karl weicht ein wenig vor der Verrückten zurück, atmet tief durch und kapiert.

„Ah, ich verstehe. Sie möchten ein wenig an Ihrer Hautfarbe arbeiten, um sich als Verkäuferin bei den Karl-May-Festspielen in Elspe zu bewerben."

„Karl-Marx-Festspiele!", rappt das Mädel und zieht seine viel zu weite Jeans erneut hoch. „Und die Stadt heißt Espen. Und auch nicht als Verkäuferin. Für so einen Dreck verändere ich doch nicht mein face, Alter." Sie tanzt zum wiederholten Mal vor dem Tresen herum, klatscht wieder in die Hände und brüllt: „Ich lauf da megaspontan und ultrabraun auf und bewerb mich korrekt als Schauspielerin oder als Statitistin. Ist das geil oder ist das geil?"

„Geil", antwortet Karl müde und sieht auf seinen Monitor. „Dann würde ich Ihnen unsere Hollywood-Spraykabine empfehlen. Die wirkt binnen Sekunden, Sie sehen danach aus wie nach einem dreiwöchigem Karibik-Urlaub, und der Spaß kostet nur dreißig Euro."

„Wie bist du denn drauf? Bist ja voll Promille schwul, oder was? Ich zahl doch keine dreißig Ucken! Dafür mach ich mir auf dem Flohmarkt 'nen gebrauchten Gesichtsbräuner mit mindestens drei Röhren klar. Vergiss es, Alter! Das muss krass billiger werden, sonst platzt der Deal, bingo?"

„Dann empfehle ich unsere Power-Bänke. Die kosten nur fünfzig Cent die Minute."

„Voll krass, Mann! Endgeil! Das kommt ja mal wesentlich entspannter rüber!" Die zukünftige Nscho-tschi und Grammy-Preisträgerin greift in ihre ausgebeulten Hosentaschen und legt anschließend etwas Kleingeld, drei Handys, ein Springmesser, einen Schlagring, ein leeres Cannabistütchen, ein Kondom und einen Mofaschlüssel auf die Theke. Dann beginnt sie damit, das Geld zu zählen.

„Alter, ich habe etwa vier Euro am Start. Reicht das?" Karl sieht sich verzweifelt nach Kermit und John um, doch von ihnen kommt nicht der Hauch einer Reaktion. Im Gegenteil: Die beiden Vollprofis wissen, dass solche Freaks für Reality-Shows wie ein Sechser im Lotto sind.

„Natürlich reicht das", antwortet er endlich. „Für acht Minuten UV-Bestrahlung." Die junge Frau nimmt die Kappe vom Kopf, streicht sich über die fettigen Haare und überlegt. Dabei wirkt sie so angestrengt und konzentriert, als wenn diese Tätigkeit völlig neu und ungewohnt für sie sei.

„Und wenn ich die Bank nachher selber reinige? Wird das dann billiger? Du, Mann, ich brauch auch keine Handtücher. Los, sei mal chillig. Du bist doch sonst auch so korrekt. Kannst mich zum Dank auch duzen."

Karl hält einen Moment inne.

„Warum eigentlich nicht?", meint er schließlich. „Wenn du die Bank wirklich nachher ordentlich reinigst und desinfizierst, bekommst du von mir fünf Minuten gratis."

„Cool, Mann! Das ist krass, bist echt ein Checker! Voll Promille! Das machen wir!" Die Gangsterbraut beginnt damit, ihre Sachen wieder einzupacken.

„Und noch was, Mann. Ich brauch vorher noch 'nen Kaffee. Was willste denn dafür haben?"

„Für die erste Tasse einssechzig, die zweite ist umsonst."

Miss Krater überlegt erneut und kratzt sich dabei unbewusst einen Pickel auf. „Umsonst oder gratis?"

„Ich verstehe nicht", erwidert Karl. Die Akne-Rapperin verdreht die Augen.

„Alter, ich will wissen, ob der zweite Koffein-Tee umsonst oder gratis ist. Du verstehst den Unterschied? Du bist gratis zur Schule gegangen, ich völlig umsonst."

„Logo!", meint Karl. „Die erste Tasse kostet einssechzig, die zweite nichts."

„Yo, Mann! Dann fang ich mal krass direkt mit der zweiten Tasse an."

„Vergiss es, Mädchen", entgegnet Karl bestimmt. „Da ist nichts zu machen. Beim Kaffee verstehen die Chefinnen keinen Spaß. Da haben die knallharte Regeln."

„Bingo, Alter! Null Promille! Ist nicht deine Schuld, ich verzeih` dir voll. Ich bin dir auch echt nicht böse, musst du verstehen." Nscho-tschi lockert die Schultern, setzt die Mütze wieder auf, vollführt noch ein paar bekloppte Handbewegungen, greift sich eine Schutzbrille aus einer kleinen Box auf dem Tresen und meint: „Yo, Mann! Ich geh´ mal schön ein bisschen chillen, was? Welche Kabine ist frei?"

„Alle bis auf *„Nummer 3"*. Du kannst dir eine aussuchen. Wenn du ausgezogen bist, drücke den Knopf an der Wand. Ich starte den Besonnungsvorgang danach von hier aus."

Obwohl du dich auch gerne noch ein Stündchen mit der Grillwurst unter die „3" legen kannst, denkt Karl, während die Straßengöre in den Kabinengang tanzt. Die merkt sowieso nichts. Plötzlich kommt die junge Frau wieder in den Vorraum.

„Hey, Mann! Haben diese krassen Strahlungen eigentlich Auswirkungen auf mein Gehirn? Ich will hier nicht verblöden, weißte? Will voll klug bleiben."

Der Angesprochene lächelt weise.

„Mach dir keine Sorgen! Bei dir kann da absolut nichts passieren."

„Voll korrekt! Aber noch was: Die Mucke pisst mich echt an. Mach mal was Cooles rein.“

„Tut mir leid“, stellt Karl sachlich klar. „Die Musik kann ich nicht verändern. Die wird zentral per Satellit von unserem Hauptbüro in Berlin aus gesteuert.“

„Berlin ist voll korrekt!“, antwortet die Pustel-Hopperin ehrfürchtig und verzieht sich wieder in den Kabinengang. „Echt, Berlin ist krass! Voll Ghettostyle! Voll Promille und endgeil! Da will ich auch mal hin!“ Und dann dreht sie sich ein weiteres und letztes Mal um.

„Hey, Gangster! Muss ich eigentlich vorher sonne Sonnenschutzmilch auftragen? Ich meine nur, so mit krassem Lichtschutzfaktor?“

Karl verdreht die Augen.

„Willst du braun leben oder käsig sterben?“

„Okay, okay!“, ruft die Aknebraut. „Chill mal und geh` arbeiten!“

Kermit stoppt die Aufnahme, senkt die Kamera und strahlt vor Glück.

„Das war großartig! Solche Individuen sind mit Geld nicht zu bezahlen.“

„Von mir aus“, sagt Karl tonlos und wendet sich der Kaffeemaschine zu, um sich eine Tasse einzuschenken.

Wenige Minuten später signalisiert der Computer Karl, dass *„Nummer 3“* fertig ist. Der Tauschmann geht zur Kabinentür und tritt mehrere Male so heftig und krachend dagegen, als wolle er sie aufbrechen.

„Aufstehen! Das Nickerchen ist vorbei!“ Aus dem Inneren vernimmt er ein gedämpftes „Ich werde wahnsinnig“. Er geht zurück zum Tresen und nippt an seinem Kaffee. Kurze Zeit später sieht er die schwule Version von Crocodile Dundee auf sich zustürmen und erschrickt beim Anblick ihres krebsroten Gesichtes und der völlig verbrannten Haut an Hals und Händen beinahe zu Tode. Er will sich schon im Eisfach des Kühlschranks verstecken, als er das glücklich selige Lächeln der Thüringer Rostbratwurst bemerkt.

„Junger Mann, das hat gut getan. So ein kleines Mittagsschläfchen ist doch was Feines.“ Karl versucht krampfhaft, seine Atmung unter Kontrolle zu bekommen und sieht den alten, völlig verschrumpelten Riesen vorsichtig an.

„Da bin ich aber froh. Darf es sonst noch was sein?“

„Ja“, antwortet der schön durchgebackene Fürst der Morgenröte. „Eine klitzekleine Mini-Tube Feuchtigkeitscreme. Ich glaube, meine Haut spannt ein ganz klein wenig.“

Es wundert mich, dass sie nicht überall dampft, reißt und platzt, denkt Karl, während er sich umdreht und das Gewünschte aus dem Regal nimmt.

„Hier, bitte sehr. Macht zusammen, abzüglich des Kundenrabatts, gerundete 29 Euro." Der Man in Red zückt sein Portemonnaie, holt drei Scheine heraus und legt sie auf die Theke.

„Stimmt so!" Karl lässt das Geld in der Kasse verschwinden und nickt dem Samtanzug-Grafen freundlich zu.

„Vielen Dank! Ich bin mir sicher, dass sich die Creme und ihr Gesicht ganz hervorragend arrangieren und verstehen werden." Und wenn nicht, denkt er, versuch es mal mit einer kompletten Häutung - funktioniert bei Schlangen auch hervorragend.

„Und beehren Sie uns bald wieder."

Karl reinigt gerade die „Nummer 3", als er hört, wie neben ihm eine Kabinentür zunächst geöffnet und sofort wieder geschlossen wird. Er tritt auf den Gang und sieht die Verrückte, wie sie sich gerade ihre Baseball-Kappe aufsetzt und dabei von Kermit gefilmt wird.

„Und, alles in Ordnung?"

„Yo, Mann! Das war krass chillig!" Die junge Frau stellt sich vor Karl auf und hält ihm ihr Gesicht wie einen Personalausweis entgegen. „Und Alter, sieht man schon was?"

Karl, der, von der Tatsache abgesehen, dass die Pickel und Hautkrater des Gras-Hüpfers nun noch entzündeter und leuchtender wirken als zuvor, keine nennenswerten Veränderungen feststellt, hebt begeistert den Daumen.

„Siehst echt gut aus. Wie eine sunny Surferin. Die Jungs werden dich umkreisen wie die Fliegen ein Stück…äh, Licht."

„Korrekt!", rappt die zukünftige Indianerin, dreht sich wieder um die eigene Achse und glotzt in die Kamera. „Yo, Mann! Den Job in Espen habe ich sicher!" Sie kramt in ihrer Hosentasche herum, holt das Kleingeld heraus und reicht es Karl. „Es war chillig, mit dir Deals zu checken. Wenn du mal was brauchst, melde dich. Ich mach dir alles klar - von der Pumpgun bis zur Rolex!"

„Mach ich. Die Sonnenbank ist sauber?"

„Alles easy, Alter! Alles einbahnfrei", tönt das Mädel.

„Einbahnfrei? Super! Dann viel Glück in Elspe."

„Espen!", berichtigt die Pockennarbige den Tauschmann und richtet einen Zeigefinger auf die Kamera. „Espen! Check das mal endlich."

Sie verlässt tänzelnd den Kabinengang und ist wenige Sekunden später verschwunden. Nachdem Karl „Nummer 3" geputzt und desinfiziert hat, öffnet er die Kabine des Mädchens und wird von einer unsichtbaren Faust mitten ins Gesicht getroffen. Die Sonnenbank ist so schmierig, als hätte jemand eine Flasche Olivenöl mit einem Küchenpapier auf ihr verteilt. Zudem stinkt die Zelle wie ein übervolles Dixi-Klo, das einen ganzen Tag lang in der prallen Sonne gestanden hat.

„Shit!", würgt der Schweiger und verschwindet samt Teleskopstange und Mikro schwer atmend im Gang, während Kermit todesmutig die Aufnahmen beendet.

Karl gönnt sich gerade die zweite Tasse Kaffee und ein paar Butterkekse, als die Ladentür förmlich aufgerissen wird. Das TV-Team hat sich vor ein paar Minuten verabschiedet, um in der Stadt einen Happen essen zu gehen, und Karl fing gerade an, die Stille und die einsame Herrschaft über das Sonnenstudio ein wenig zu genießen. Er sieht zum Eingang und bemerkt einen ziemlich abgebrannt wirkenden Jungen in Begleitung eines älteren Mannes in Anzug und Krawatte. Die beiden blicken sich verstohlen um, während der schmuddelige, etwa 20-jährige Jüngling ständig damit beschäftigt ist, sich unter seinem Kinn und in den Armbeugen zu kratzen.

„Hey", sagt er schließlich mit verschlagener Flüsterstimme und mustert Karl von oben bis unten. „Wir bräuchten mal ein stilles Örtchen."

Karl stellt die Tasse zur Seite, greift nach einem Flyer mit dem kompletten Studio-Angebot und legt ihn dem Jungen auf den Tresen.

„Kein Problem, davon haben wir hier genug. Wollen Sie es gleich hier benutzen oder soll ich Ihnen eines einpacken?"

„Witzig! Ich brauch eine Kabine, und zwar sofort. Musst mir auch keine Sonnenbank einschalten. Und nachher gibt's für dich einen Zehner schwarz auf die Kralle, okay?" Der ältere Mann hinter dem Redner wippt nervös von einem Rheumatreter auf den anderen, und endlich fällt der Groschen bei Karl. Langsam nimmt er den Flyer wieder an sich, legt ihn zurück auf den Stapel und greift nach seinem Kaffee. Er trinkt einen Schluck und antwortet dem Jungen mit so eisiger Stimme, dass es ihm selbst kalt den Rücken herunterläuft.

„Mach, dass du wegkommst, Kleiner. Und nimm deinen Greis mit." Der Stricher kratzt sich erneut unter dem Kinn und glotzt wie ein Autobus.

„Bist wohl doof, was? Ich biete dir einen Zehner dafür, dass du uns für ein paar Minuten eine deiner bescheuerten Kabinen überlässt. Du hast noch nicht mal Unkosten." Wie in Zeitlupe stellt Karl die Tasse auf die Theke, fährt sich durchs kurze Haar und nimmt die Brille ab. Er erkennt die beiden nun zwar nicht mehr, erinnert sich aber an Lauras Aussagen bezüglich seiner Ähnlichkeit mit Kiefer Sutherland als Jack Bauer.

„Jetzt pass mal schön auf, du verloderter Zombie. Dies hier ist weder eine Fixerstube noch ein Stundenhotel. Ich werde jetzt für drei Sekunden die Augen schließen. Wenn ich sie wieder öffne, will ich euch armselige Gestalten hier nicht mehr sehen. Solltet ihr meinen Laden dann noch immer durch eure Anwesenheit entehren, breche ich euch alle Knochen, zerhacke euch mit einem stumpfen Beil und löse eure Körperteile anschließend hinten im Laden in Salzsäure auf, verstanden?"

„Verflixt und zugenäht!", schreit Kohl erregt. „Und genau so einer geht uns durch die Lappen!"

„Seien Sie froh", beschwichtigt Karl den Regisseur. „Der sah so aus, wie die Kabine des Mädchens gerochen hat."

„Habt ihr übrigens mitbekommen, wie unsere alte Seidentunte eben ausgesehen hat?", kommt Kermit auf ein neues Thema zu sprechen. „Die hatte starke Ähnlichkeit mit einem Hummer - und ich meine nicht den Wagen von der Sommer, klaro?" Während der Tonmann sich seinem nächsten Ballerspiel zuwendet, zuckt Karl nur mit den fleischigen Schultern.

„Okay, das mit der falschen Zeiteinstellung nehme ich auf meine Kappe, aber der Typ sah auch vorher schon aus, wie zu lange gelebt."

„Ich werde die Menschen wohl nie verstehen", murmelt Kohl, der wieder an seinem Bistro-Tisch sitzt. „Da kommen sie bei teilweise dreißig Grad im Schatten völlig verschwitzt in den Laden und geben Unsummen dafür aus, dass sie sich unter die Höhensonne werfen dürfen. Warum legen sie sich nicht einfach für'n Stündchen gratis auf den Balkon, in den Garten oder in den Park? Und was soll überhaupt dieses Streben nach Körperbräune? Nehmen wir nur mal den Eidechsen-Mann von eben. Warum sagt ihm niemand aus seinem Umfeld, dass er nicht nur fürchterlich aussieht, sondern sein Verhalten auf Dauer auch noch mehr als ungesund ist?"

„Vielleicht hat er einfach niemanden, mit dem er reden kann", überlegt Karl laut. „Und das mit der Bräune kann ich sehr gut verstehen. Ich hätte auch nichts gegen ein bisschen mehr Farbe im Gesicht. Das wirkt doch gleich viel vitaler und attraktiver." Kohls Augen weiten sich für einen kurzen Moment.

„Sie würden sich freiwillig in eine Kabine begeben und eine dieser Sonnenbänke benutzen, auf der schon hunderte von nackten Menschen vor sich hin gemüffelt und gegammelt haben?"

„Warum nicht?", antwortet der Befragte. „Was mich nur stört, ist, dass ich so langsam braun werde und letztlich viel Geld ausgeben müsste, damit man erste Ergebnisse sieht."

„Tja, Herr Bauer!", schaltet sich nun Kermit in das Gespräch ein. „Sie sind noch bis Samstag hier im Einsatz. Theoretisch könnten Sie sich noch fünfmal gratis bestrahlen lassen." Karl zieht die Stirn kraus und denkt nach.

„Nee, ich glaube, dass ist nicht gut, wenn man innerhalb einer Woche so oft auf die Sonnenbank geht."

„Dann benutzen Sie doch die Hollywood-Spraykabine", gibt Kohl zu bedenken. „Das dauert mit An- und Ausziehen nur fünf Minuten, und Sie sind sofort braun."

„Klaro!", ruft Kermit begeistert, während der Shooter nicht einmal mit der Wimper zuckt. „Und wir filmen die ganze Aktion. Das würde jetzt super in den Ablauf passen, und wir könnten eine vorher-nachher Aktion machen."

„Das könnte Ihnen so passen", erwidert Karl. „Und wer kümmert sich in der Zwischenzeit um die Kunden?"

„Ich!", tönt Kohl begeistert und springt auf. „Die paar Minuten kriege ich bestimmt nicht schlechter hin als Sie. Außerdem glaube ich auch, dass sich eine solche Sache ganz reizend in dem Beitrag machen würde. Ich überlege sogar, den Hersteller beziehungsweise den Verkäufer der Sprayanlage zu kontaktieren. Vielleicht ist er bereit, mit uns einen Werbevertrag abzuschließen, wenn wir seine Hollywood-Kabine oft genug zeigen, Herr Bauer nach der Behandlung ausschaut wie ein kalifornischer Playboy und der Hersteller anschließend im Abspann genannt wird."

„Hallo?", unterbricht Karl die Pläne des Regisseurs. „Werde ich auch mal gefragt? Schließlich bin ich es, der sich mit der Plörre einsauen lässt."

„Mensch, Herr Bauer", beschwichtigt Kohl, der sich bereits mit seinem Smartphone im Internet befindet, um den Hersteller und Vertreiber der Spraykabine zu googlen. „Wir zahlen auch die dreißig Euro."

„Nur über meine Leiche!", tönt Karl aufgebracht. „Ich mache ja jeden Mist mit, doch für so ein ausgeflipptes Frankenstein-Experiment werde ich mich nicht zur Verfügung stellen - und schon gar nicht vor der Kamera."

XXX

„Raus aus der Umkleidekabine!"

„Herr Bauer, ganz ruhig", versucht Kermit Karl zu besänftigen, während er die Kamera für einen Augenblick senkt. „Wir filmen nur Ihren Oberkörper, versprochen."

„Aber *Sie* sehen mich dennoch nackt. Und dieser wahnsinnige PC-Psycho auch."

„Der John sieht gar nichts, der hört nur. Und ich schaue die ganze Zeit durch den Sucher der Kamera. Das heißt, ich sehe auch nur das, was der Zuschauer nachher sieht." Karl verzieht das Gesicht und schmollt.

„Versprochen?"

„Versprochen!", sagt Kermit und hebt die Rechte zum Schwur.

„Gut, dann machen Sie Ihr Gerät bereit." Karl betritt die winzige Kabine und beginnt umständlich damit, sich auszuziehen. Als er schließlich bei der Unterhose angelangt ist, zögert er für einen Augenblick, der so lang ist, dass man in der Zeit mit dem Rad von Hamburg nach München fahren könnte.

„Los", flüstert Kermit. „Machen Sie schon."

Karl fasst sich ein Herz, zieht den ausgeleierten Stoff mit einem entschlossenen Ruck herunter und sieht entsetzt an sich herab.

„Der ist nur so klein, weil ich aufgeregt bin", wispert er verlegen und glotzt beschämt in die Kamera. „Ich stehe nicht so oft nackt mit zwei Fremden in einer Telefonzelle, während halb Deutschland zusieht und sich beömmelt."

„Egal", lässt Kermit verlauten. „Wir sind ja hier nicht bei einer Hengstparade."

Karl greift nach der Duschhaube aus durchsichtigem Kunststoff und zieht sie sich so über den Kopf, dass sie bis knapp über den Haaransatz reicht. Anschließend nimmt er die Schutzbrille und watschelt in die Spraykammer. Er reckt den beiden TV-Leuten einen nach oben gerichteten Daumen entgegen und verschließt die Plastiktür. In der Kabine herrscht ein schummeriges Licht, welches von einer kleinen Birne an der Decke erzeugt wird. Daneben hängt eine Art Duschkopf. An den Seitenwänden befinden sich jeweils noch zwei Sprühdüsen, die jedoch wesentlich kleiner sind.

„Okay", murmelt Karl. „Was tut man nicht alles für einen neuen Gasherd, ein Esszimmer und eine eigene Talkshow." Er zieht sich die Schutzbrille über die Duschhaube und vergewissert sich, dass sie an den Augen eng anliegt. Danach atmet er tief ein und drückt todesmutig den Start-Knopf.

Zunächst passiert gar nichts. Nach etwa zwanzig Sekunden bemerkt er schließlich, dass etwas auf seine Haube tropft. Und dann geht es los. Der feine Sprühnebel, der aus den Düsen kommt, legt sich wie ein kühler, kaum wahrnehmbarer Hauch auf Karls Haut. Er umspielt sein Gesicht, die Schultern, die Arme, den Bauch, die Taille, die Beine und die Füße wie ein zartes Nichts, eine unscheinbare Ahnung. Kaum hat es begonnen, als es auch schon wieder endet. Karl steht wie ein Pudel in der Kabine, der auf die Begießung wartet, und traut sich nicht, sich zu regen. Nach etwa einer halben Minute öffnet er vorsichtig den Mund und atmet aus. Anschließend bewegt er sich zaghaft zur Tür, ohne auch nur das geringste Gefühl von Nässe auf der Haut zu spüren. Der ganze Körper fühlt sich nur irgendwie eingecremt und seltsam erfrischt an. Er öffnet die Tür und verlässt die Duschkabine der Hollywoodstars, um direkt wieder in den kleinen Scheinwerfer von Kermits Kamera zu blicken. Er zieht sich zunächst die Schutzbrille vom Kopf, dann die Duschhaube. Und endlich sieht er mit großen, verwundert glänzenden Augen an sich herunter.

„Das gibt es nicht", flüstert er so ehrfürchtig und ergriffen, als wären ihm gerade die Jungfrau Maria und Elvis Presley gleichzeitig erschienen. „Das kann doch gar nicht wahr sein. Das muss ich bei Tageslicht im Spiegel sehen." Er bindet sich ein zwar knappes aber ausreichendes Handtuch um seine Körpermitte und verlässt gemeinsam mit Kermit und John die Kabine.

„Sehen Sie mal nach, ob Kunden im Laden sind", verlangt er aufgeregt. John Schweiger geht mit seiner Teleskopstange durch den Kabinengang und wirft einen kurzen Blick in den Eingangsbereich. Als er zurückkommt, bedeutet er Karl mit einer Kopfbewegung, ihm und Kermit zu folgen. Der professionell Gebräunte schleicht aufgeregt hinter den beiden Fernsehmännern her.

„Hallo Busen-Opa!", vernimmt er plötzlich eine ihm nur zu vertraute Stimme. „Hatten wir genug von unserer kalkweißen Schwabbelhaut?" Karl macht eine so ruckartige Bewegung, dass ihm das Handtuch von den stämmigen Hüften gleitet und auf dem Boden landet. Benommen und vollkommen panisch bückt er sich, greift nach dem Lendenschurz und hält ihn sich vor sein bestes Stückchen.

„Hallo Chantal. Wieder zurück?"

„Wie du siehst! Doch wenn ich gewusst hätte, was mich hier für ein grausiger Anblick erwartet, wäre ich noch länger in der Stadt geblieben, da kannst du drauf wetten."

„Ich habe die Spraykabine ausprobiert", erklärt Karl und wirkt dabei so unschuldig und naiv wie Jennifer Grey in *„Dirty Dancing"*, als sie dem Super-Tanz-Macho Patrick Swayze erklärt, sie habe eine Wassermelone getragen.

„Das sehe ich", kommentiert Marilyn Monroe.

„Ich musste doch testen, ob sie funktioniert." Während Kermit und John die Szene in HD und mit erstklassigem Sound festhalten und Kohl hinter dem Tresen vor professioneller Begeisterung die Tränen in die Augen schießen, kommt die kugelrunde Kennedy-Geliebte ein paar Schritte auf Karl zu.

„Pass mal auf, Opa. Die Spraykabine funktioniert einwandfrei. Nur dein Gehirn scheint zwischendurch kleine Aussetzer zu haben."

Der Angesprochene versteht kein Wort und presst sich weiterhin das Handtuch gegen seinen Angelköder.

„Was meinst du denn damit?", fragt er ängstlich.

„Du Schwachgeist hast den gravierenden Fehler gemacht, eine Schutzbrille aufzusetzen, stimmt`s?" Karl nickt wie ein zitternd nervöser Wackeldackel.

„Und vorher hast du dir natürlich eine Haube übergestülpt?"

Der Wackeldackel wackelt und wackelt.

„Hirni! Geh mal zum Spiegel und sieh dir an, was du da fabriziert hast."

Mit weichen Knien und bebenden Händen tapst Karl durch den Raum, um sich, wegen seiner noch nicht aufgesetzten Brille, dicht vor einem großen Spiegel zu platzieren. Dass er dabei nicht nur den Anwesenden, sondern auch ganz Deutschland sein nacktes, faltiges Hinterteil präsentiert, bemerkt er nicht. Und endlich sieht er, was Chantal gemeint hat. Die Spraykabine hat tatsächlich perfekte Arbeit geleistet; der gesamte Körper erstrahlt in einem intensiven, natürlichen Braun - abgesehen von zwei kreisrunden Bereichen um die Augen herum, den kompletten Ohren, der gesamten Kopfhaut samt kahler Stelle und einem etwa drei Zentimeter breiten Streifen auf der Stirn, direkt unterhalb des Haaransatzes.

„Mein Gott!", ruft Karl entsetzt aus. „Wie kann das denn?"

„Wie das kann?", stichelt Chantal gehässig. „Du Volltrottel hast dir zuerst die Haube aufgesetzt und anschließend die Brille darüber gezogen, von der ich übrigens nie behauptet habe, dass man sie in der Spraykabine benutzen soll. Dabei ist die Plastikhaube anscheinend ein Stückchen tiefer gerutscht, so dass die Sprühlösung die Stellen, die dir nun schneeweiß und bleich zuwinken, nicht erreichen konnte."

„Und, was machen wir jetzt?", will Karl wissen, in dessen Hals sich gerade ein dicker Kloß bildet.

„Was wir machen?", fragt Chantal. „Gar nichts! Du wartest einfach zehn Tage. Danach sieht dein Allerweltsgesicht wieder blass und normal aus."

Sie dreht sich um, geht hinter die Theke und schüttet sich einen Kaffee ein.

„Und noch etwas, Opa. Ist dein Piephahn immer so klein oder nur jetzt, weil du aufgeregt bist?"

XXX

Der Nachmittag, der Abend und die nächsten zwei Tage ziehen sich für die Redneck-Hippies und den hübschen Cord-Kohl so zäh dahin, wie Chantals Erdbeerkaugummis nach einem stundenlangen Kau- und Blasmarathon. Zwar bekommt Karl, trotz seiner auffälligen Kriegsbemalung, mit der Zeit immer mehr Routine in seinem Aushilfsjob und er versteht sich auch großartig mit der zusätzlichen Angestellten, einer 26-jährigen Lehramtsstudentin, die sich stundenweise etwas zu ihrem kargen BAföG hinzuverdient, doch wirklich Interessantes passiert zunächst nicht mehr.

Während der Tauschmann tagsüber mit größer werdender Begeisterung und Professionalität im Laden arbeitet, verbringt er die Abende in der Regel mit Laura, wohingegen Chantal es vorzieht, in ihrem Zimmer zu bleiben. Dann gehen sie spazieren, fahren mit dem Hummer durch die Gegend, kochen oder sehen einfach nur fern. Obschon Laura ihm noch immer als äußerst schöne Frau erscheint, spürt Karl, dass sich die erotische Anziehungskraft, die er während der ersten Stunden verspürte, nahezu verflüchtigt hat. Er betrachtet die Tauschfrau mittlerweile eher als einen guten Kumpel denn als verführerische Nymphe, die ihm, seiner Ehe oder seinem Treuegelübde auch nur im Entferntesten gefährlich werden könnte. Die Hübsche hat es inzwischen auch völlig akzeptiert, dass Karl nachts auf dem Sofa schläft. Es scheint fast so, als hätte sich ihre Missionierungsbegeisterung des ersten Abends vollständig gelegt. Nur in einem Punkt lässt sie nicht mit sich diskutieren: Sie besteht weiterhin darauf, Karl am Freitag mit in den Swingerclub zu nehmen. Ihrer Meinung nach ist es selbstverständlich, dass Karl ihren Mann auch in dieser Angelegenheit vertritt, ob er sich nun sexuell betätigt oder nur im Bademantel den ganzen Abend in der Bar sitzt und Sudoku-Rätsel löst.

„Du Karl", meint sie irgendwann am Mittwoch. „Du musst da absolut nichts machen, wenn du nicht willst. Da sind viele Leute, die einfach nur in den Lounges sitzen und sich unterhalten. Es gibt dort sogar Paare, die seit Jahren Mitglied sind und noch nie die Hüllen fallengelassen haben. Das wird völlig akzeptiert."

„Und warum müssen wir da dann unbedingt hin?", will Karl wissen.

„Weil ich dort meine Freunde treffe", entgegnet Laura. „Außerdem bin ich gerne dort, weil ich einfach gerne…dort bin. Der kommende Freitag ist aber auch deshalb so wichtig, weil ich mit dem Besitzer des Clubs einiges bereden

muss. Der Robert plant nämlich, dort in drei Wochen seinen 40. Geburtstag zu feiern, und da gibt es noch eine Menge zu organisieren."
„Ist mir egal", mault Karl. „Ich komme trotzdem nicht mit."

Neben diesen leicht unangenehmen Situationen gestaltet sich das Zusammenleben, auch mit den TV-Leuten, als völlig unproblematisch. John, Kermit und Jürgen Kohl verhalten sich zumeist wie schweigende Schatten, die zwar stets anwesend sind, jedoch niemals stören. Die einzige Ausnahme bildet in diesem Zusammenhang Marilyn-Chantal, die von Tag zu Tag verschlossener und eigenwilliger wird, was Laura jedoch auf den bevorstehenden Geburtstermin zurückführt.

„Passen Sie mal auf, Herr Bauer", spricht Kohl Karl am späten Donnerstagnachmittag an, dem Tag der Aufnahmen für die sogenannten *Videobotschaften*, deren Ziel und Absicht darin besteht, in beiden Tauschfamilien zeitgleich ein Video zu drehen, in dem alle an dem Projekt beteiligten Personen ihren Sippenmitgliedern eine Botschaft zukommen lassen können. Diese Filme werden per Mail in die jeweils andere Stadt gesendet und zeitgleich in den Familien angeschaut. Besonderes Interesse besteht seitens der Fernsehleute daran, die Reaktionen der Beteiligten beim Betrachten der Botschaften zu filmen und anschließend dramaturgisch und redaktionell mit Musik und emotionalen Einstellungen aufzuarbeiten, um sie schließlich mit in die Sendung einzubauen.
„Ich habe mich für Sie ins Zeug gelegt, und jetzt machen Sie bitte auch mal was für mich." Karl sieht seinen Gegenüber, der ihn in den Raum hinter dem Empfangstresen gezerrt hat, mit großen Augen an.
„Was ist denn los, Herr Kohl?" Der schöne Cord-Mann räuspert sich.
„Normalerweise greife ich ja nicht ins Geschehen ein, doch jetzt sehe ich mich wirklich einmal dazu veranlasst. Die Aufzeichnungen mit Ihnen sind ganz nett, es fehlen aber noch die wirklichen Highlights. Wenn da nicht noch was kommt, können Sie den Gewinn vergessen. Und ich, unter Umständen, die nächste Staffel." Kohl zupft sich am Rollkragen und fährt fort:
"Ich habe gestern mit Billerbeck telefoniert. Der Robert und Ihre Frau spielen in Ihrem Haus anscheinend zeitgleich den Zweiten Weltkrieg und den 11. September nach. Da fliegen Fetzen, knallen Türen und fließen Tränen. Wenn Sie hier weiterhin auf Frieden und Harmonie machen, schlafen uns die Zuschauer ein, und mein Chef tauscht mich im Handumdrehen aus, verstanden?"

„Was soll ich denn machen? Soll ich etwa auch einen Streit mit Laura beginnen?"

„Was soll ich denn machen?", äfft ihn Kohl nach. „Haben Sie vielleicht schon mitbekommen, dass die Frau Sommer eine optische Granate ist? Und hat sie nicht am ersten Abend fast ohne Unterbrechung von sexueller Freiheit und heißen Flirts gesprochen?" Karl versteht kein Wort und sieht Kohl an, als spräche dieser durch eine dicke Plexiglasscheibe zu ihm.

„Mensch, Herr Bauer. Ich rede von Sex, verstehen Sie? Sex sells, Sex geht immer! Der Zuschauer liebt nichts mehr als erotische Spannungen. Glauben Sie mir, dieses Knistern wird es zwischen Ihrer Marianne und Robert bestimmt nicht geben, und Zack sind Sie im Vorteil."

Karl kapiert noch immer nicht.

„Ich will, dass Sie sich die Sommer klarmachen. Fangen Sie ein kleines Techtelmechtel an, übernachten Sie mit ihr im Wasserbett, springen Sie gemeinsam in den Whirlpool, feiern Sie eine Duschorgie. Und gehen Sie vor allem mit ihr am Freitag zu dieser Swingerparty. Ich habe mir den Mund fusselig geredet, um eine Drehgenehmigung mit dem Besitzer des Clubs auszuhandeln." Karl läuft rot an und zuppelt an seiner Brille herum.

„Sie haben ja wohl einen Vogel!", meckert er los. „Was denken Sie eigentlich, wer ich bin? Ein Volltrottel, der für so eine dumme Sendung seine Ehe und seinen Job aufs Spiel setzt? Vergessen Sie`s, Sie Vollhonk!"

„Herr Bauer", versucht sich Kohl in Schadensbegrenzung. „Ich spreche nicht davon, dass Sie Ihre Frau verlassen sollen. Ich spreche von ein wenig mehr Action und Nervenkitzel. Etwas, das Sie in den Augen der Zuschauer interessanter erscheinen lässt. Sie wirken bis jetzt wie der Inbegriff von Spießigkeit und Langeweile. Wenn Sie nicht wollen, dass der Robert haushoch in der Gunst der Zuschauer gewinnt, unternehmen Sie was. Verhalten Sie sich endlich mal wie ein richtiger Rocker."

XXX

„Und Action!"

Laura, die genervt wirkende Marilyn und ein breit grinsender Karl sitzen nebeneinander auf dem Wasserbett, direkt über sich das gigantische Aktbild, die Bettdecke bis zu den Bäuchen hochgezogen. Karl trägt einen schwarzen Seidenbademantel mit einem großen „R" auf der Brust, Laura und Chantal jeweils weiße Tops, die ihre Figuren nicht nur betonen, sondern zudem auch mehr zeigen als verhüllen.

„Hallo, mein Schwänchen!" Karl zupft sich am Ohren, glotzt wie ein Fisch in die Kamera und fährt fort: „Ich möchte dir gerne Laura und Chantal vorstellen. Laura ist 38 Jahre alt und heiß wie Frittenfett. Chantal ist fast zwanzig und ein typischer Teenager. Sie wird übrigens nächste oder übernächste Woche Mutter, aber das hat dir Robert sicherlich schon verraten. Ich habe unfassbar viel Spaß mit der Tauschfamilie. Hausarbeiten stehen so gut wie gar nicht an, da hier alle zwei Tage eine äußerst aktive Putzfrau vorbeikommt, die ich aber noch nie gesehen habe, da sie immer morgens hier ist. Sollten wir uns aber auch mal anschaffen. Macht unheimlich was her, erhöht die Lebensqualität und kostet weniger als vermutet. Auf jeden Fall arbeite ich täglich im Sonnenstudio von Robert und Laura. Das ist ganz neu eingerichtet und besitzt sogar eine Hollywood-Spraykabine, die aber nicht so gut funktioniert, wie du an meinem Gesicht siehst. Die beiden haben noch elf weitere Geschäfte, die ebenfalls super laufen. Ach ja, Robert und Laura besitzen übrigens einen Hummer, den ich auch schon mehrfach fahren durfte. Morgen gehen wir gemeinsam in den Swingerclub - also Laura und ich. Chantal bleibt natürlich zuhause; sie muss ja auf ihren Bauch aufpassen. Aber du musst dir keine Sorgen machen. In diesen Clubs herrscht die Devise: *Alles kann, nichts muss!* Ich werde mich einfach an die Theke oder auf eine Couch setzen und direkt klarstellen, dass ich nichts Unanständiges machen will. Aber es ist wichtig, dass ich den Robert dort vertrete, schließlich habe ich einen Vertrag unterschrieben, und die Zuschauer sehen es gar nicht gerne, wenn man nicht richtig mitmacht. Ach ja, ich überlege ernsthaft, mir ein Tattoo machen zu lassen. Laura und Robert haben sich ihre Namen gegenseitig auf die Schulterblätter stechen lassen. Könntest du dir vorstellen, dass ich *„Marianne"* auf meinem Körper trage? Womöglich auf einer Pobacke? Und würdest du dir *„Karl"* stechen lassen? Egal, ich muss jetzt Schluss machen. Laura und ich gehen gleich noch ins Kino und anschließend zum Italiener. Und dann geht es auch schon ins Bett, denn morgen ist ein anstrengender Tag, und ich möchte nach dem Aufstehen unbedingt noch in den Whirlpool. Du, Schwänchen, hau rein. Bis Sonntag." Kohl nickt Karl grinsend zu.

„Reizend, Herr Bauer. Ihre Botschaft wird ihre Wirkung in Billerbeck und bei den Zuschauern sicherlich nicht verfehlen. Und nun Sie, Frau Sommer."

„Hallo Robert. Du siehst ja, der Karl ist ein ganz Netter. Rumgekriegt habe ich ihn noch nicht, aber du kennst mich ja. Ich lass nicht locker." Laura wirft die schwarzen Haare zurück und lacht herzhaft. „Ansonsten ist hier

tatsächlich alles in Ordnung. Mach´s gut und locker diese Marianne mal ein wenig auf. Die soll ja ziemlich verkrampft sein. Bussi!"
Kohl, der vor Glück fast einen Schreikrampf kriegt, gibt als nächstes Chantal das Zeichen.
„Hallo Papa. Der Tauschopa ist so nervig wie ein Sack Mücken und so unmännlich, dass er sicher schon als Junge beim Völkerball stets nur in die Mädchenmannschaft gewählt wurde. Zudem ist der so bekloppt, dass er wahrscheinlich beim Chinesen haufenweise Glückskekse in sich hineinstopft, um sich anschließend darüber zu wundern, dass er unter Verstopfung leidet - weil er nämlich die kleinen Zettelchen mitfrisst. Der hat im Laden fast nur Blödsinn gemacht, mehrere Kunden verbrutzelt und ein Selbstexperiment mit der Spraykabine durchgezogen. Außerdem stand er am ersten Abend sabbernd vor Mamis Nacktbildern. Aber egal! Ich glaube nicht, dass da noch was geht; der Typ hat nämlich Riesenbrüste, und Mama steht meines Wissens nicht auf Frauen. Ich vermisse dich, komm bald wieder."

XXX

Etwa zwanzig Minuten nach der Aufzeichnung und dem Versenden der Botschaft verkündet Kohls Laptop, dass er eine Video-Mail erhalten habe. Karl, Laura und Chantal versammeln sich, mittlerweile wieder entkostümiert, im Essbereich um den großen Tisch herum, auf dem Jürgen den Computer platziert hat. Kermit und Killer-John positionieren sich so, dass sie jede Regung, jeden Gesichtsausdruck der Drei erfassen können.
„Jetzt mal los!", platzt Karl fast vor Neugierde. „Ich bin gespannt, was mein Schwänchen mir so mitzuteilen hat." Kohl grinst teuflisch in sich hinein. Er weiß als ausgebuffter Vollprofi nicht nur, was der von ihm produzierte Film jetzt zur gleichen Zeit in Billerbeck auslösen wird, er sieht vor seinem inneren Auge auch schon die fertige *„Männertausch"*-Folge. Ich liebe es, wenn die Welt, unter meiner Regie, um mich herum explodiert, denkt er und startet die Videobotschaft von Marianne und Robert.

Die beiden sitzen im Esszimmer des kleinen Reihenhauses am Tisch. Robert trägt Lederjacke und Sonnenbrille und kaut auf einem Zahnstocher herum. Marianne trägt einen Hauskittel, und ihre Haare sind so zerzaust, als sei sie gerade durch einen Sturm gelaufen. Beide wirken, als fühlten sie sich äußerst unwohl.
„Das ist deine Frau?", platzt es aus Chantal heraus. „Das erklärt alles!"

„Ruhe!", brummt Laura tiefstimmig tadelnd und stößt ihre lachende Tochter
von der Seite aus an.

„Hallo Karl. Ich habe von Robert gehört, wie die da leben, wo du jetzt bist. Es
tut mir leid, dass du das aushalten musst, aber hier ist es auch nicht besser.
Der Tauschmann hat den ganzen Tag über seine blöde Sonnenbrille auf,
weigert sich, mit dem Eugen rauszugehen und sitzt die ganze Zeit auf der
Terrasse und raucht. Ins Amt darf er ja nicht. Stephan kommt wirklich jeden
Tag vorbei. So, wie du es mir versprochen hast. Gestern hätte er Robert fast
verprügelt und rausgeschmissen, als dieser behauptete, ich wäre eine
vertrocknete Pflaume und unser Haus eine eintönige, unkreative
Spießerfestung. Zum Glück war das Kamerateam schnell zur Stelle, so dass
Schlimmeres verhindert werden konnte. Ich bin mal gespannt, wie das wird,
wenn Robert gleich zum Kegeln geht. Stephan meinte schon, dass die
„Flachleger" sich so ein eingebildetes Verhalten bestimmt nicht gefallen
lassen. Ich drücke dir die Daumen, dass du das da durchhältst. Ich vermisse
dich. Und der Eugen vermisst dich auch. Ach ja, hier ist ein Brief von der
Staatsanwaltschaft und diesem neuen Friseursalon für dich angekommen, wo
du dir die Haare so schön hast schneiden lassen. Und die Sekretärin vom
Bürgermeister hat auch ein paarmal ganz aufgeregt angerufen. Es geht um
irgendeine Versicherungssache und um eine Anzeige wegen
Körperverletzung. Die haben sich bestimmt vertan. Ich habe der am Telefon
gesagt, dass du in Kur bist. Mir ist auf die Schnelle nichts Besseres
eingefallen. Halte durch, auch wenn es noch so schlimm ist. Denke immer an
unseren neuen Gasherd. Karl, beiß die Zähne zusammen und lass dich von
Roberts Frau nicht zu sehr ärgern. Er hat mir ja erzählt, was das für eine ist.
Ich liebe dich, bis bald."

Während Laura stocksteif auf ihrem Stuhl sitzt und Chantal in ihren Unterarm
beißt, um nicht laut zu lachen, sind Karl die Tränen in die Augen getreten.
Bei dem Gedanken daran, dass seine Marianne jetzt in diesem Augenblick
seine frivol angehauchte Nachricht aus dem Wasserbett der Sommers sieht,
wird ihm vor Scham und Ekel fast schlecht. Am liebsten würde er direkt aus
dem Penthouse rennen und nach Billerbeck fahren. Doch er reißt sich
zusammen und starrt stattdessen mit feuchten Augen auf den Mann, der da
jetzt am Esstisch neben seiner Marianne hockt.

„Hallo Wuchtbrumme, ich mach`s kurz. Diese muffige Beamtenbude ist die Hölle, die Tauschfrau abtörnend wie Sägemehl, der Köter überflüssig wie Herpes, und der fette Freund der Familie macht einen auf übereifrigen Bodyguard. Ich sehe dich in meiner Fantasie, gehe jetzt raus in den Garten und sende dir ein Rauchzeichen. Und sag Chantal, dass ich mich schon wie irre auf die Geburt und den kleinen Wurm freue. Bis die Tage, ich muss gleich zu diesen *„Flachlegern"*. Bin mal gespannt, was das wieder für eine Ansammlung trauriger und staubtrockener Kreaturen ist."

XXX

Nach der Betrachtung der Videobotschaft hat keiner der Anwesenden wirklich Lust auf heitere Unterhaltungen oder gar auf den Gang ins Kino. Chantal verzieht sich auf ihr Zimmer, und Karl und Laura sitzen schweigend vor dem eingeschalteten Flachbildfernseher. Als Kohl realisiert, dass er an diesem Tag keine großen Aufnahmen mehr bekommt, bricht er mit seinen Männern die Zelte ab, um sich zum Essen ins Hotel zu verabschieden. Irgendwann greift Laura nach der Fernbedienung und drückt den Ton weg. Danach sieht sie Karl nachdenklich an.
„Wir haben Scheiße gebaut, oder?" Karl schüttelt nachdenklich den Kopf.
„Nein Laura. Ich habe Scheiße gebaut. Mich im Bademantel filmen zu lassen, unter deinem Foto, mit euch im Bett. Und der Mist mit den Tattoos, dem Whirlpool und dem Swingerclub. Ich weiß nicht, warum ich überhaupt auf diesen Kohl gehört habe, wo ich doch weiß, wie Marianne darauf reagieren wird."
„Deine Frau sieht sehr nett aus."
„Findest du?", fragt Karl und beginnt zu strahlen.
„Natürlich!", antwortet Laura. „Und man merkt ihr an, dass sie dich wirklich liebt." Karl lehnt sich auf der Couch zurück und starrt an die Decke.
„Ja, und ich liebe sie auch." Nach einer kleinen Pause meint Laura:
„Du musst morgen nicht mit in den Club kommen, wenn du nicht magst. Vielleicht ist es besser, wenn du nicht noch eine Dummheit begehst. Entweder gehe ich allein oder bleibe hier bei Chantal und dir."
Karl sieht die außerordentlich attraktive Frau nachdenklich an. Schließlich beginnt er zu lächeln.
„Vergiss es! Ich komme mit. Und ich werde sowohl Marianne als auch diesem Krawallbruder Kohl und allen sensationsgeilen Fernsehzuschauern beweisen, wie schön es sein kann, seinem Ehepartner treu zu bleiben."

Der Freitag beginnt fast schon alltäglich. Karl, Laura und Chantal machen sich nacheinander im Bad fertig und frühstücken anschließend gemeinsam mit John, Kermit und Kohl auf der riesigen Dachterrasse. Anschließend fahren Karl und Chantal mit den TV-Leuten in Kohls Van zum Sonnenstudio, während Laura zu einem Termin mit einem Kosmetiklieferanten in eine andere Stadt muss. Karl und Marilyn sprechen an diesem Tag noch weniger miteinander als sonst, obwohl außer ihnen keine Angestellten im Studio sind. Karl schiebt es auf die Videobotschaften vom Vorabend. Gegen fünf Uhr am Nachmittag, eine Stunde vor Schließung des Ladens, läutet plötzlich das Studiotelefon. Karl, der gerade den Wasserbehälter der Kaffeemaschine reinigt, geht dran.

„Sonnenstudio Sommer, Karl Bauer am Apparat!"

„Hallo Karl", kommt es dumpf aus dem Hörer. „Ich bin`s, Laura."

„Hallo Laura. Was gibt's?"

„Nur Scheiße. Ich muss dir mitteilen, dass sich unser Plan für heute Abend geändert hat. Die Antriebswelle vom Hummer ist mir vor einer Stunde kurz hinter Düsseldorf verreckt. Ich sitze gerade im Abschleppwagen, der die Karre und mich zur nächsten Werkstatt bringt."

„Na, super!", lacht Karl. „Da fährst du einen Panzer für 100.000 Euro, und dann krepiert dir die Kiste? Vielleicht hättet ihr euch lieber einen Dacia gekauft. Mir ist so etwas noch nie passiert."

„Ja, ja, wer den Schaden hat. Spare dir deine Sprüche. Was meinst du, wie viele spöttische Blicke ich eben auf dem Seitenstreifen ertragen musste?"

„Kann ich mir vorstellen", erwidert Karl mit einfühlsamem Ton.

„Genug Mitleid geheuchelt. Ich habe keine Ahnung, wie lange das hier noch dauern wird, denn der Typ vom ADAC meinte, dass man für die Reparatur des Hummers ein spezielles Ersatzteil braucht. Zum Glück bin ich hier in der Gegend in Deutschland, die die höchste Millionärsdichte vorzuweisen hat. Ich bin sicher, dass es mindestens ein halbes Dutzend Hummer-Vertragswerkstätten im Umkreis von fünfzig Kilometern gibt."

„Tja", sagt Karl. „Gut, dass du nicht in Cottbus liegengeblieben bist."

„Wie dem auch sei. Lass dich heute gegen acht vom Produktionsteam zum Club bringen. Die Adresse steht auf einer Visitenkarte, und die hängt in der Küche an der Pinnwand. Da heute kein spezielles Thema oder Motto auf dem Programm steht, musst du nichts Außergewöhnliches mitbringen oder anziehen."

„Sollte ich nicht besser auf dich warten?", fragt Karl mit plötzlich zittriger Stimme. „Ich kann da doch nicht alleine auflaufen."
„Karl!", dringt die Stimme dunkel aus dem Hörer. „Du bist nicht allein; du hast drei Kerle, eine Kamera und Millionen TV-Zuschauer dabei. Es würde einfach keinen Sinn für mich machen, vorher noch nach Hause zu kommen, denn der Club liegt genau auf meiner Strecke, jedoch etwa dreißig Kilometer von unserer Wohnung entfernt. Sollte ich es bis acht nicht schaffen, gehe schon rein. Der Inhaber weiß, dass ihr kommt."
„Aber…"
„Nichts aber!", unterbricht ihn Laura so gebieterisch, dass Karl zusammenzuckt. „Ich muss Schluss machen. Grüß Chantal von mir."
„Mach ich. Bis gleich."
„Ja, bis gleich."

„Chantal!", ruft Karl gegen sechs aus dem Kabinengang. „Kannst du mal auf dem Monitor nachsehen, was mit der Belüftungsanlage von „*Nummer 9*" los ist? Die scheint ausgefallen zu sein!" Als der Monroe-Klon auch nach etwa einer Minute noch nicht geantwortet hat, geht Karl erzürnt in den Eingangsbereich des Sonnenstudios. Er lässt seinen Blick durch den Raum schweifen, doch er entdeckt nur Kermit, Kohl und John, die an einem der runden Tische sitzen und Aufnahmepläne und Vorgehensweisen für den Abend im Swingerclub besprechen.
„Haben Sie Chantal gesehen?", fragt er die Männer.
„Klaro", antwortet Kermit. „Eben hat sie noch die Glasplatte vom Tresen geputzt." Einer seltsamen Vorahnung folgend beschleunigt Karl seine Schritte, hechtet um die Theke herum und stürmt in den Nebenraum. Und da sieht er Chantal, wie sie mit angstgeweiteten Augen und verschwitztem Gesicht auf einer umgedrehten Getränkekiste sitzt. Vor ihr auf dem Boden bemerkt er eine Lache mit einer klaren Flüssigkeit, die sich stetig vergrößert.
„Jetzt glotz nicht so, Opa. Es geht los!"

Sie führen Chantal zum Van und legen sie auf die hintere Rückbank. Während sich Kohl aufgeregt hinters Lenkrad wirft und die beiden „*Wayne`s World*"-Darsteller völlig unbeeindruckt ihrer Arbeit nachgehen, hockt sich Karl vor die Sitzbank und hält die feuchten Hände seiner Tauschtochter.
„Es wird alles gut, Chantal", flüstert er ihr dabei immer und immer wieder ins Ohr. „Es wird alles gut."

„Hör auf mit dem Gelaber und ruf meine Mami an, Opa!", fleht sie mit bebender Stimme. „Sie soll kommen!"

„Deine Mutter ist unterwegs, und ich habe ihre Handynummer nicht", antwortet Karl nervös.

„Ich habe sie in meinem Mobiltelefon gespeichert", wimmert Chantal, während sie von einer weiteren Wehe heimgesucht wird. „Ist in meiner Handtasche." Sie bäumt sich auf und presst sowohl ihre als auch Karls Hände gegen ihren harten Bauch. Karl, der eine deutliche Bewegung unter der Haut der jungen Frau spürt, blickt sich verzweifelt um.

„Hey, ihr Komiker!", brüllt er schließlich John und Kermit an. „Packt die beschissene Kamera weg und helft suchen! Ich brauche ihre Handtasche!"

„Die habe ich hier!", ertönt Kohls Stimme von vorne. Eine Sekunde später reicht er das kleine Gucci-Täschchen nach hinten. Karl reißt sie dem Regisseur förmlich aus der Hand und beginnt damit, in ihr herumzuwühlen. „Da sind zwar deine Ausweise und der Mutterpass drin", keucht er, „aber kein Handy. Du musst es im Sonnenstudio gelassen haben."

„Oh Gott!", kreischt die ansonsten so starke und unantastbare Chantal außer sich. „Fahren Sie zurück! Ich brauch mein Handy!"

Als Karl bemerkt, wie Jürgen Kohl den Mercedes-Van abbremst, durchfährt ihn auf einmal ein Gefühl, wie er es noch niemals zuvor erlebt hat. Plötzlich spürt er die Angst der Frau vor sich, plötzlich fühlt er ihre Schmerzen, und plötzlich realisiert er seine eigenen Unzulänglichkeiten und Schwächen. Er sieht Chantal in die gerötet verweinten Augen und merkt zugleich, dass sich auf den Polstern des Sitzes ein dunkler Fleck gebildet hat. Und dann ist er es, der entscheidet.

„Drehen Sie nicht um, Kohl! Fahren Sie weiter! Und zwar so schnell Sie können!" Chantal will protestieren, doch Karl legt ihr einen Finger auf die Lippen. „Pssst, Mädchen. Ich werde dafür sorgen, dass deine Mutter informiert wird. Versprochen!"

„Aber, wie…" Die nächste Wehe lässt sie am ganzen Körper erzittern.

„Mach dir keine Sorgen. Vertraue mir."

XXX

„Sie Vater?", fragt die Frau mit osteuropäischem Akzent den Mann mit der seltsamen Gesichtsfärbung, nachdem sie das Fernsehteam zum Teufel gejagt hat. Karl sieht die Krankenschwester auf der Entbindungsstation völlig entgeistert an.

„Wie bitte?"

„Ich fragen, ob Vater?", wiederholt die Frau ruhig, die gelernt hat, mit Situationen dieser Art gelassen umzugehen.

„Vater?"

„Ja, Vater von Kind?"

Karl fährt sich durch sein verschwitztes Haar und schüttelt den Kopf so stürmisch, als wolle er seine Kopfhautflusen trockenwedeln.

„Äh, nein. Natürlich nicht."

„Der von Mutter?" Karl wischt sich über das teilweise gebräunte Gesicht.

„Hä?" Die Schwester verdreht die Augen.

„Wollen wissen, ob Vater von Mutter."

„Nee, nee!", stottert Karl. „Nur der Tauschvater."

Die Frau glotzt erst ihn, dann Chantal, dann den aufgeschlagenen Mutterpass und schließlich wieder Karl an.

„Tauschvater? Nicht verstehen. Sie Stiefvater?"

„Nein!" ruft Karl verzweifelt und völlig kirre im Kopf. „Tauschvater! Ich bin so eine Art Vaterersatz für eine Woche."

Die Schwester aus dem Osten zuckt nur verständnislos mit den Achseln.

„Deutschland merkwürdiges Land. Vater für eine Woche. Verrückt!" Sie wendet sich an Chantal. „Ist in Ordnung, dass Tauschvater bei Untersuchung und Geburt dabei, Frau Sommer?"

Die in einem Rollstuhl sitzende Chantal sieht kurz zu Karl auf und blickt ihm lange in die Augen. Danach betrachtet sie seine Hand, die die ihren während der letzten dreißig Minuten keine Sekunde losgelassen hat.

„Ja", kommt es schließlich gepresst zwischen ihren blassen Lippen hervor. „Es ist in Ordnung für mich. Aber sagen Sie mir bitte sofort Bescheid, wenn meine Mutter kommt."

Nachdem Chantal an das CTG angeschlossen wurde, um die Abstände und Stärke der Wehen zu messen, beobachtet Karl fasziniert, wie die Schwester ein durchsichtiges Gel auf den kugelrunden nackten Bauch schmiert und anschließend mit einem seltsamen Apparat darüber fährt.

„Ist Ultraschall", klärt ihn die Schwester auf. „Sie können sehen Baby auf Fernseher."

Während Chantal von einer weiteren Wehe förmlich erschüttert wird, dreht Karl seinen Kopf und starrt atemlos und bewegt zugleich auf den flimmernden Monitor, auf dem deutliche Bewegungen und Körperumrisse zu sehen sind. Obwohl Karl Chantal noch keine fünf Tage kennt, und diese ihn während der vergangenen Woche nicht gerade mit Wohlwollen und Freundlichkeiten überschüttet hat, spürt er, wie sein Herz von einer Wärme ergriffen wird, die es federleicht und vollkommen unbeschwert sein lässt. Er verliert sich nahezu in der Betrachtung dieses kleinen Wesens, und noch nie im Leben hat er es stärker bereut, niemals ein eigenes Kind gehabt zu haben als in diesem Augenblick.

„Hallo? Noch wach?" Karl erschrickt und blickt die Schwester an.

„Wir Frau Sommer in Kreißsaal fahren. Dort schauen, wie Muttermund geöffnet. Hebamme und Doktor schon da. Danach Frau Sommer mit Anästhesisten sprechen über PDA. Wegen Unterschrift. Dann Betäubungsspritze in Rückenmark."

„Äh, okay", flüstert Karl und erhebt sich. „Und wie lange…?"

„Nicht wissen", antwortet die Schwester und lächelt. „Das bei alle Frauen anders. Ich Geburten gesehen, wo dreißig Stunden. Und welche, wo vorbei und aus nach zwei Stunden." Die Schwester strahlt plötzlich von einem Ohr zum anderen und entblößt dabei zwei strahlend weiße Zahnreihen.

„Geburt ist Schönste von Welt, Sie sehen! Und wenn Wunder da, Gott kommen auf Erde und küssen die Seele."

XXX

Chantal drückt Karls Hand so kräftig, dass er am liebsten vor Schmerzen schreien würde. Doch dann sieht er in das Gesicht der tapferen jungen Frau und spürt, dass er nicht das geringste Recht hat, sich über seine Schmerzen zu beklagen.

Es ist kurz vor halb zehn. Er hat Marianne erst nach mehrmaligen Versuchen gegen neun Uhr ans Telefon bekommen. Unglücklicherweise waren sie und Robert gerade heute mit dem Filmteam nach Coesfeld ins Schwimmbad gefahren, so dass sie seinen Anruf nicht früher entgegennehmen konnte. Noch während er mit Marianne sprach, hörte er, wie Robert im Hintergrund lautstark und aufgeregt in sein Handy brüllte und Laura die wichtigsten Informationen durchgab.

Und schließlich ist es geschafft. Der Arzt hebt den völlig verschmierten Säugling in die Höhe, und Karl kann beim Anblick dieses kleinen Wesens nicht anders, als zum ersten Mal seit Herberts Tod wieder richtig zu weinen. Es ist ihm egal, dass ihm Rotz und Wasser aus der Nase laufen, und es interessiert ihn auch nicht, dass er seinen Krankenhauskittel beschmiert. Es ist ihm auch völlig egal, dass er keinen einzigen der anwesenden Menschen wirklich kennt und dass er eigentlich das wenigste und geringste Recht hat, bei dieser Geburt, diesem einzigartigen Ereignis, dabei zu sein. Er sieht in Chantals Gesicht, wischt ihr den Schweiß von der Stirn und ist erfüllt von ihrer Ruhe, ihrem Strahlen und ihrer Stärke.

„Wollen Sie?", fragt der Arzt nach einer knappen Minute und hält ihm eine seltsame Schere entgegen. Karl blickt nacheinander zunächst den winzigen Jungen und anschließend Chantal an. Dann schüttelt er den Kopf.

„Na los, Opa", haucht die junge Mutter erschöpft und sieht ihm direkt in die Augen. „Irgendeiner muss es tun. Wir können ihn wohl kaum die nächsten Jahre an der Schnur hängen lassen. Wie sieht das denn aus?"

Karl steht auf und lässt Chantals Hand los. Er geht mit butterweichen Knien auf den Arzt zu und nimmt ihm wie in Trance die Schere ab. Und als er schließlich tatsächlich die Nabelschnur durchtrennt und in das kleine Gesicht des Neugeborenen blickt, ist es ihm, als verbündeten sich alle guten Kräfte der Erde, alle Hoffnungen und Träume des Universums, alles je Dagewesene und Zukünftige, um ihn aus unglaublich blauen Augen heraus anzustrahlen.

Er legt die Schere zur Seite und beobachtet gebannt, wie der Arzt und die Hebamme den Säugling einige Minuten lang untersuchen und säubern und ihn Chantal anschließend auf die Brust legen. Das Kind schmiegt sich direkt an seine erschöpfte Mutter, rollt sich ein wenig zusammen und steckt den kleinen Daumen in den Mund. Nach etwa einer weiteren Minute, die von einer fast erhabenen Ruhe im Kreißsaal geprägt ist, erhebt der Arzt sanft die Stimme.

„Frau Sommer, wir würden uns jetzt gerne um Ihre Nachversorgung kümmern. Möchten Sie Ihren Sohn während dieser Zeit bei sich haben?"

Chantal lächelt glücklich, schüttelt dann aber den Kopf.

„Lieber nicht. Ich habe ihn ja noch mein Leben lang." Der Arzt nimmt den Säugling und hebt ihn in die Höhe. In diesem Augenblick streckt Karl die Hände nach dem jetzt wie am Spieß brüllenden Baby aus.

„Darf ich?", fragt er mit brüchiger Stimme. „Nur für einen kurzen Moment?"

Der Arzt schaut Chantal an.

„Ja", antwortet diese mit leiser Stimme. „Aber passen Sie auf, dass er keinen Mist macht. Der Opa ist nämlich unberechenbar."

Der Arzt reicht Karl den in ein Handtuch gewickelten Jungen, und als der Gerührte ihn wenige Sekunden später an die Brust drückt und seine Nase behutsam und zärtlich an die Kopfhaut des nun stillen Säuglings hält, nimmt er einen Geruch wahr, von dem er augenblicklich weiß, dass es sich um den Duft des Lebens und den eigentlichen Duft der Menschheit handelt.

„Und wenn Wunder da", flüstert er dem kleinen Wurm ins Ohr, „Gott kommen auf Erde und küssen die Seele."

XXX

„Herbert?"

Chantal blickt Karl an, als hätte dieser einen dummen Scherz gemacht. „Ich gebe meinem Sohn doch nicht so einen Opa-Namen."

„Nun", entgegnet der Billerbecker, während er den schlafenden Säugling vorsichtig auf dem Arm hält. „Du hast mich gefragt, ich habe geantwortet. Musst den Namen ja nicht nehmen. Obwohl ich finde, dass ich als zukünftiger Patenonkel schon ein gewisses Mitspracherecht habe."

„Schon", wiegelt Chantal ab. „Aber nicht, wenn du so einen blöden Namen vorschlägst."

„Ich finde Karls Vorschlag gut", wirft Laura mit sonorer Stimme ein und setzt sich auf die Kante des Bettes, um die Hand ihrer Tochter zu ergreifen. „Passt doch super: Herbert Sommer."

„Dem kann ich nur zustimmen", sagt Robert, setzt die dunkle Brille ab und steckt sie sich ins Haar.

„Aber klingt „Herbert" nicht viel zu altmodisch?", fragt Chantal unsicher. „Ich hatte eher an was Moderneres wie „Kevin" oder „Justin" gedacht."

„Nur über meine Leiche!", wettert Robert, tritt einen Schritt auf Karl zu und streicht dem Kleinen über die noch immer leicht verschrumpelte Stirn. Dann sieht er wieder zu seiner Tochter. „Entschuldige, aber ich habe mich oft genug darüber geärgert, dass wir dich damals „Chantal" genannt haben. Vor allem, nachdem in den Medien immer häufiger von „Chantalismus" und „Kevinismus" im Zusammenhang mit gewissen Kindernamen die Rede war. Diese Modenamen wirken doch alle irgendwie austauschbar und nichtssagend." Er wendet den Kopf und sieht zum Fenster. „Was sagst du, Marianne?"

Die Angesprochene zuckt unmerklich mit den Schultern. Sie blickt zu Karl herüber, der das kleine Würmchen noch immer strahlend an sich drückt.

„Ich finde „Herbert" passend", sagt sie mit fester Stimme. „Außerdem ist ein Name immer so modern und zeitgemäß wie der Mensch, der ihn trägt."

„Richtig!", bestärkt Karl seine Frau. Er beugt sich ein wenig zu dem Winzling herunter und küsst ihm auf die Nase. Chantal wiegt den Kopf hin und her.

„Ich überlege es mir nochmal. Vielleicht wird es ja auch ein Doppelname. Was ich aber weiß, ist, dass ich Herbert…äh, das Kind noch im Herbst taufen lassen möchte." Und mit einem Seitenblick auf die beiden Hippies Kermit und John, die arge Probleme haben, in dem engen Krankenhauszimmer ihren Job zu machen:

„Aber ohne Kameras."

„Reizend", mault Kohl und schmollt. „Das ist also der Dank dafür, dass ich Sie so schnell ins Krankenhaus gebracht habe?" Doch dann hebt er lachend die Hände. „Ist in Ordnung! Schließlich ist die Folge zu dem Zeitpunkt ja schon komplett geschnitten und bearbeitet. Vielleicht kriegen wir noch einen Sendetermin in diesem Jahr. Auf jeden Fall schicke ich Ihnen allen eine DVD zu, wenn das Ding fertig ist. Und ich bin mir sicher, dass der Film einschlagen wird, wie eine Bombe. Ach, was sage ich? Die Folge wird auf jeden Fall für den Grimme-Preis nominiert. Denn wann hat es in der Geschichte von *„Männertausch"* schon so viele tolle Charaktere, eine Geburt und die außergewöhnliche Zusammenführung beider Tauschfamilien vor dem Ende der Dreharbeiten gegeben?"

Die Anwesenden sehen sich an, grinsen und nicken einander zu.

„Obwohl", setzt Kohl mit leicht enttäuschtem Gesichtsausdruck nach. „Der Besuch im Swingerclub wäre bestimmt auch reizend geworden, oder Herr Bauer?" Der Angesprochene verzieht die Mundwinkel und errötet dabei so stark, dass seine Gesichtsfarbe zum ersten Mal seit vier Tagen wieder einheitlich erscheint.

„Wissen Sie, Herr Kohl", erwidert Karl nach einer kleinen Weile. „Manchmal ist es ganz gut, wenn die Dinge nicht so laufen, wie man sie plant."

Rolling Home

„Der Typ stand kurz davor, sich gewaltig eine von mir zu fangen!“, tönt der wie ein Maikäfer pumpende Stephan und richtet sich auf, um die bevorstehende Steigung leichter bewältigen zu können. „Den hätte ich platt gemacht, in einen Sack gesteckt und in der Berkel versenkt!“ Karl, der es mit seinem Elektro-Fahrrad an diesem überaus sonnigen und warmen Tag der dritten Augustwoche ein wenig leichter hat, die Baumberge bei Nottuln zu bezwingen, blickt seinen massigen Freund lächelnd von der Seite an.

„Ich habe es in der Videobotschaft gehört. Ich finde es übrigens bemerkenswert, wie sehr dich dieser Typ auch nach fünf Wochen noch beschäftigt. Lobenswerter finde ich jedoch, dass du dich während der Dreharbeiten so toll um Marianne gekümmert hast.“

„Ehrensache!“, winkt der Maurer ab, ohne die Hände auch nur eine Sekunde vom Lenker zu nehmen. „Außerdem komme ich auf diese Weise ins Fernsehen. Das Kamerateam hat mich jedes Mal gefilmt, wenn ich bei euch war. Ich glaube, die fanden mich richtig gut. Und den besagten Streit haben sie auch im Kasten.“ Karl grinst bei dem Gedanken an diese Situation und freut sich einmal mehr auf den Tag, an dem die von Kohl angekündigte DVD endlich in seinem Briefkasten liegt.

„Wie hat Robert sich denn beim Kegeln geschlagen?“

„Ach, Robert heißt der?“, frotzelt Stephan, dem der Schweiß auf der Stirn steht. „Für mich war er nur „*Das Arschloch*“! Nein, jetzt mal ehrlich: An diesem Donnerstag hat er sich eigentlich ganz gut benommen. War irgendwie ruhiger als sonst. Er meinte, dass er die Videobotschaft verdauen müsse und dass er beabsichtige, seiner Frau das Fell über die Ohren zu ziehen, da sie dir erlaubt hat, seinen Hummer zu fahren.“

„Scheiße!“, erwidert Karl eine Spur zu laut. „Diese verdammte Videobotschaft! Ich glaube, wenn die Sache mit Klein-Herbert nicht gewesen wäre, hätte sie mir das Genick gebrochen.“

„Marianne hat mir am Freitag davon berichtet“, keucht Stephan. „Die war ganz schön geknickt und sauer. Sie meinte, du hättest mit zwei halbnackten Erotikmodels im Bett gelegen und dabei wie dieser Düsseldorfer Zuhälter Bert Wollersheim gewirkt. Zudem hättest du nur von Sex, Swingerclubs und Tattoos gefaselt.“

„Das war echt übertrieben von mir“, gesteht Karl einsichtig. „Der Regisseur wollte, dass die ganze Show ein wenig spektakulärer wird, damit die Zuschauer ihren Spaß haben. Und ich Blödhammel habe mitgezogen.“

„Ha! Der Typ, der in Billerbeck die Aufnahmen geleitet hat, hat dem Robert genau das gleiche gesagt. Kannst mal sehen, wie in solchen Sendungen die Realität verzerrt wird." Karl atmet lautstark aus.

„Es war eine Erfahrung. Und am Ende ist ja noch mal alles gutgegangen."

„Und wer weiß? Vielleicht gewinnst du noch den Sympathiepreis des Publikums, wenn die Sendung ausgestrahlt wird. Durch die Aktion mit dem Baby sind deine Chancen zumindest ordentlich gestiegen."

„Ich wäre schon froh, wenn sich die ganze Situation mit Marianne wieder einspielen würde. Irgendwie steckt da seit einiger Zeit der Wurm in unserer Beziehung."

„Wieso?", will sein *Flachleger*-Kumpel kurzatmig wissen.

„Keine Ahnung! Wir streiten halt häufig. Ich habe in letzter Zeit das Gefühl, dass ich ihr nichts mehr rechtmachen kann. Selbst wenn ich wie Jesus übers Wasser ginge, würde sie meckern und fragen, warum ich nicht schwimme."

„Ich dachte, ihr zwei hättet nach deinem Zusammenbruch und der Therapie wieder etwas mehr zueinandergefunden."

„War anfangs auch so", bestätigt Karl. „Doch irgendwie kommt halt immer etwas, das uns wieder aneinandergeraten lässt."

„Du meinst die Sache in Dortmund?"

„Ja, die auch. Aber vor allem der Mist, der da im Friseursalon passiert ist. Und natürlich die *„Männertausch"*-Geschichte. Ich glaube, Marianne war extrem eifersüchtig auf Laura." Stephan grinst verschlagen.

„Die Sache im Salon war aber auch ein dickes Ding. Die beherrschte ja mehrere Tage lang die Schlagzeilen. Vor allem als rauskam, dass der Bürgermeister einem unbekannten Kunden eine geboxt und die Verwüstung des Ladens auf diese Weise indirekt ausgelöst hat. Ich habe beim Lesen des ersten Artikels direkt an dich und deinen kleinen Champion gedacht."

Er beginnt zu lachen und schlägt sich beim Treten auf die Oberschenkel. „Das Beste war jedoch, wie dieser eingebildete Typ seine Schuld die ganze Zeit heruntergespielt hat und die gegnerischen Parteien geschlossen seinen Rücktritt verlangt haben."

„Zu Recht", murmelt Karl. „Der Kerl ist ja auch ein gemeiner Schläger."

Sie erreichen die zuvor vereinbarte Zwischenstation an einer kleinen Kapelle auf einer Anhöhe zwischen Nottuln, Havixbeck und Billerbeck, die so günstig gelegen ist, dass sich ihnen ein malerischer und einzigartiger Blick über die Münsterländische Parklandschaft bietet. Breitbeinig und steifgliedrig steigen sie von ihren Drahteseln. Während Karl sich direkt mit einer Wasserflasche auf eine Bank setzt, öffnet Stephan seine Fahrradtasche und holt eine kleine Kühlbox heraus, die er seinem Freund zuwirft.

„Hier, fang!"

„Was hast du denn alles mitgenommen?", fragt Karl neugierig. „Hattest du vor, hier zu übernachten?"

„Eigentlich nicht", erwidert der *Flachleger* und setzt sich zu Karl auf die Bank. „Aber weil ich weiß, dass du so gerne Fleisch isst, habe ich uns zwei halbe Hähnchen eingepackt."

„Hähnchen ist kein Fleisch!", meckert Karl und öffnet die Box. „Fleisch muss rot sein - oder zumindest rosa. Ansonsten handelt es sich nur um wertlose Beilagen oder Gemüse."

„Entschuldige", sagt Stephan beleidigt und öffnet eine Flasche Bier, indem er den Korken an der Bank abschlägt. „Beim nächsten Mal bringe ich dir ein lebendes Rind mit."

„Ich bitte darum", erwidert Karl, wickelt eines der Hähnchen aus seiner Aluummantelung und beißt genussvoll hinein. Dann meint er kauend: „Aber manchmal schmecken Beilagen auch ganz nett."

„Wie zuvorkommend von dir, du dämlicher Fatzke", sagt Stephan und nimmt einen großen Schluck von seinem Bier. Nachdem auch er wesentliche Teile seines Federviehs gegessen hat, legt er dieses zur Seite, putzt sich den Mund mit einer Serviette ab und lehnt sich mit seinem Pils zurück, um den Ausblick zu genießen.

„Ist das nicht herrlich?", fragt Karl. „Ich weiß gar nicht, warum man immer so weit in den Urlaub fährt, wo es hier doch so schön ist."

Stephan sieht ihn nachdenklich an.

„Um wiederzukommen, mein Freund. Man reist ausschließlich in die Ferne, um wiederzukommen und daheim festzustellen, wie gut man es hat."

„Da ist was dran", sinniert Karl philosophisch und trinkt aus seiner Wasserflasche. Plötzlich richtet sich Stephan ruckartig auf.

„Hey, wo wir gerade dabei sind: Was machst du eigentlich nächstes Wochenende? Genauer gesagt von Donnerstagnachmittag bis Sonntag?"

„Was soll ich schon machen? Ich fliege nach New York, hetze von einer Party zur nächsten, wimmele dabei unzählige liebeshungrige Frauen ab und amüsiere mich prächtig. Wieso?" Der riesige Maurer sieht Karl lächelnd an.

„Weil wir unter Umständen eine günstige und preiswerte Gelegenheit bekommen könnten, um das Zurückkommen zu zelebrieren."

Karl merkt, dass der Groschen bei ihm wieder mal nur pfennigweise fällt.

„Könntest du dich bitte genauer ausdrücken? Ich hasse es, der Dümmere von uns beiden zu sein." Stephan zwinkert ihm freudig zu.
„Letzte Tage rief mich Johann an. Er lcitet nächsten Freitag eine eintägige Seminarveranstaltung an der Mosel, genauer gesagt in Bernkastel-Kues. Und er hat mich gefragt, ob wir nicht Lust hätten, mitzukommen."
„Um an seinem blöden Seminar teilzunehmen?", stichelt Karl. „Wie heißt es denn? *„Zunehmen für Fortgeschrittene"*? Vergiss es!"
Stephan schüttelt den Kopf.
„Warum bist du denn immer noch so negativ gegenüber Johann eingestellt? Ich dachte, nach Herberts Beerdigung und der Fahrt nach Fehmarn hätte sich das ein wenig verbessert."
„Das hat sich auch verbessert", reagiert Karl merklich erregt. „Aber muss ich mir deshalb gleich eines seiner Selbsterfahrungsseminare antun?"
„Natürlich nicht", entgegnet Stephan. „Das hat auch niemand verlangt."
„Sondern?"
„Mensch Karl, bist du kratzbürstig! Der Johann hat vor ein paar Wochen den Auftrag für diese Veranstaltung bekommen und sieht in diesem Wochenende eine Möglichkeit, sein neues Wohnmobil zu testen, mit dem er im Herbst, gemeinsam mit einem Freund, durch Schweden fahren möchte. Er wird mit dem Teil von Osnabrück nach Bernkastel-Kues fahren und es dort auf einen Campingplatz stellen, um sich, neben dem Freitag, noch ein, zwei schöne Tage an der Mosel zu machen. Und da hat er sich gedacht, dass es nett sein könnte, wenn wir ihn begleiten würden. Wir könnten zusammen ein wenig Spaß haben und kämen mal wieder raus."
„Zusammen mit Johann?", fragt Karl zynisch. „Wenn ich mich recht erinnere, hatten wir mit dem bis jetzt noch nicht wirklich viel Spaß. Die einzigen Aktionen mit ihm sahen so aus, dass er sich vor zwei Jahren beim *„Rock-and-Heat"*-Festival uns gegenüber benommen hat wie der letzte Penner, und wir vor einem Jahr gemeinsam mit ihm auf Fehmarn um Herbert getrauert haben."
„Dann wird es allerhöchste Eisenbahn, dass wir uns endlich mal gegenseitig von einer anderen Seite kennenlernen."
„Was soll der Scheiß?", fragt Karl mit einem deutlich aggressiven Unterton. „Willst du krampfhaft versuchen, einen Ersatz für Herbert zu finden?"
„Blödsinn!", kontert Stephan. „Für Herbert wird es niemals einen Ersatz geben. Es ist eine Frechheit, mir dieses zu unterstellen. Außerdem hat Johann mich angerufen, nicht ich ihn. Und ich habe ihm gesagt, dass ich nur mitkomme, wenn du auch mitfährst. Du siehst also, dass da nichts ist, was ich

organisiert oder initiiert habe." Karl schlägt die Beine übereinander und verschränkt bockig die Arme vor der Brust.

„Bernkastel-Kues! Der Ort sagt mir überhaupt nichts. Ist wahrscheinlich so ein verschlafenes Nest, wo sich Wolf und Eichhörnchen Gute Nacht sagen und man als Mensch nicht tot überm Zaun hängen möchte. Außerdem hasse ich es, mit Typen, die ich kaum kenne, auf engem Raum zu leben - da bekomme ich Plaque!" Und nach einer kleinen Pause: „Und zu guter Letzt läuft nächsten Donnerstag der neue Stallone-Film an. Da freue ich mich seit einem Jahr drauf, und ich will am Freitag oder Samstag direkt ins Kino."
Stephan strahlt seinen Freund an.

„Schön, dass du dich entschieden hast. Bitte reiche morgen bei Becker deinen Urlaubsantrag ein. Am besten nimmst du dir direkt nächste Woche schon den kompletten Donnerstag frei. Das dürfte kein Problem werden, schließlich sind die Sommerferien in NRW gestern zu Ende gegangen."

XXX

„Ich sehe das so", referiert Karl, während Marianne den Dacia durch das in spätsommerlicher Hitze dösende Wohngebiet Oberlau I steuert, um zu Stephans Haus zu gelangen. „Wenn man eine Aktion plant, die von Donnerstag bis Sonntag geht, kann man das doch durchaus als verlängertes Wochenende bezeichnen, oder?"

„Ach, Karl", seufzt Marianne. „Brauchst du jetzt von mir die Absolution dafür, dass du beabsichtigst, bereits heute mit dem Biertrinken anzufangen? Mach doch einfach, was du willst. Machst du doch sonst auch."

„Was soll das denn heißen?", mault der Ertappte. „Du bist doch auch während des halben Wochenendes mit deinen Kolping-Frauen unterwegs. Und außerdem nehme ich den Eumel mit."

„Es geht mir nicht um das Wochenende. Es geht mir darum, dass du dir wahrscheinlich wieder einen Klops nach dem anderen leisten wirst, und ich nachher die Leidtragende bin."

„Gar nicht!", tönt Karl großspurig. „Diesmal mache ich keinen Mist."

„Wer`s glaubt!", erwidert Marianne mit einem scharfen Unterton. „Du machst schon Unsinn, wenn du nur für eine halbe Stunde zum Friseur gehst. Du kannst froh sein, dass die Sache mit dem Salon und dem Bürgermeister vor ein paar Wochen so glimpflich für dich ausgegangen ist."

„Ha!", entfährt es Karl. „Der kann froh sein, dass er seinen Job noch hat, dieser brutale Schläger." In diesem Moment sehen beide das gigantische Wohnmobil, das vor Stephans Haus steht und die halbe Straße blockiert.
„Mein Gott", meint Marianne wie erschlagen. „Das Teil ist ja riesig."
Karl wirft ihr einen leicht trübsinnigen und schmerzvollen Blick zu.
„Da warte ich seit mehr als zwanzig Jahren darauf, dass du diesen Satz mal zu mir sagst, und jetzt meinst du lediglich Johanns Auto."
Marianne stoppt den Logan und sieht ihren Mann mit ernstem Gesicht an.
„Versprich mir, dass du dich benimmst und dich nicht, wie so oft, auf dumme Kinderspielchen einlässt."
„Dumme Kinderspielchen?"
„Genau", antwortet sie. „Zum Beispiel waghalsige Klettertouren, illegale Schiffsbesichtigungen, Fleischklauaktionen oder Sprints auf der Autobahn. Und lass die Finger von fremden Frauen."
„Marianne", tut Karl ein wenig beleidigt. „Stephan und ich sind mit einem Mann unterwegs, der aussieht wie ein Fotomodel. Ich glaube kaum, dass sich da irgendeine Frau für mich interessieren wird. Außerdem lautet mein zweiter Vorname „*Treue*". Ich würde eher ein komplettes Jahr auf Steaks und Alkohol verzichten, als dich auch nur ein einziges Mal zu betrügen."
„Dann vergiss das mal nicht, denn ein Jahr ist verflucht lang."

Karl begrüßt den attraktiven Motivationstrainer und Seminarleiter, der eine eigene Agentur in Osnabrück leitet und Richard Gere verboten ähnlich sieht, wie einen alten Kumpel. Johann war lange Zeit ein guter Freund von Herbert gewesen, dann jedoch aus beruflichen Gründen weggezogen. Vor zwei Jahren hatten sie versucht, zu viert das *„Rock-and-Heat"*-Festival im Sauerland zu besuchen, was aber wegen Johanns arroganten Verhaltens gründlich misslang. Schließlich hatten die Freunde aus Billerbeck den Seminarleiter ein Jahr später auf Herberts Beerdigung und anschließend während einer zweitägigen Fahrt auf die Insel Fehmarn neu kennengelernt, ohne dass sich daraus jedoch eine besondere Beziehung entwickelt hatte.
Nachdem Johann den *Flachlegern* das geräumige Dethleffs-Mobil präsentiert hat, packen sie Karls und Stephans Taschen in den Wagen.
„Entschuldigt, Leute", meint Gere, als er sieht, wie enttäuscht die beiden Kegelbrüder vor dem leeren Kühlschrank stehen. „Vorräte habe ich noch nicht besorgt. Ich dachte, das machen wir zusammen. Ich hatte auch keine Ahnung, was und wie viel ihr so verdrückt."

„So?", witzelt Stephan. „Du erinnerst dich also nicht mehr an unseren Lebensmittelkonsum in deinem schicken A6 vor zwei Jahren?"

Johann verzieht pikiert das Gesicht.

„Ich weiß nur noch, dass Karl dicht wie ein grünes Marsmännchen neben mir gesessen hat, und Herbert und du auf der Rückbank wie die Bescheuerten Bier und Schnaps in euch reingeschüttet habt. Ich habe die ganze Zeit gebetet, dass mir niemand von euch in meinen neuen Audi kotzt."

„Ach", wirft Karl grinsend ein. „Und dann hast du den Mut, uns beide erneut in einem so luxuriösen Automobil durch die Gegend zu kutschieren?"

„Was soll ich machen?", antwortet Johann. „Mein Freund, mit dem ich in ein paar Wochen die Tour durch Schweden unternehme, hat keine Zeit. Und alleine wollte ich die Jungfernfahrt mit meinem neuen Riesenspielzeug nun wirklich nicht machen."

„Okay!", ruft Karl. „Dann lasst uns endlich losfahren und das Wochenende beginnen. Ich setze mich mit Eumel hinter euch auf die Sitzbank der Essecke. Da habe ich ein wenig mehr Beinfreiheit und bin näher am Kühlschrank - was natürlich nur Sinn macht, wenn wir da vorher noch was Ordentliches reinpacken."

„In Ordnung", erwidert Johann. „Doch eine Sache wäre da noch zu klären."

Karl sieht den Richard-Gere-Klon fragend an. „Und die wäre?"

Der Lover von Julia Roberts blickt etwas verlegen zur Seite.

„Dein Eumel ist doch stubenrein, oder?"

„Hallo?", brüskiert sich der Befragte. „Natürlich ist Eumel stubenrein - zumindest, wenn es sich um Stuben im eigentlichen Sinne handelt. Probleme macht er eigentlich nur während längerer Autofahrten. Da kann es schon mal vorkommen, dass er seine guten Manieren vergisst und einfach nicht an sich halten kann. Mit einem großen Eimer Wasser, Lappen und Schrubber ist das aber ganz schnell zu beseitigen. Und der Gestank ist in der Regel nach ein bis zwei Wochen auch wieder weg - wenn man Glück hat."

Nachdem die drei Männer sowohl den Kühlschrank als auch die übrigen Staufächer des Magic-White-Mobiles mit Verpflegung gefüllt haben, geht es mit dem knapp zehn Meter langen Schlachtschiff über Rorup nach Dülmen, und von dort auf die A43 Richtung Wuppertal. Als Karl bemerkt, dass sich vorne zwischen Johann und Stephan eine Fachsimpelei über den Start der Fußballbundesliga entwickelt, nutzt er die Chance, um seinen Sicherheitsgurt zu lösen und das Wohnmobil nochmals auf eigene Faust zu erkunden. Es ist ein seltsames Gefühl, während der Fahrt durch dieses mobile Raumwunder zu gehen. Irgendwie erinnert es ihn daran, wie er als Kind durch die Mittelgänge der großen Reisebusse gelaufen ist, wenn er sich auf einer Klassenfahrt oder auf dem Weg ins Zeltlager befunden hat.

„Hey, Karl!", ruft Johann plötzlich nach hinten. „Wenn du schon unerlaubterweise mit deinem Hund Gassi gehst, kannst du uns auch direkt einen Kaffee kochen."

„Darf man das denn während der Fahrt?", ruft Karl zurück.

„Natürlich nicht! Du darfst dich nicht einmal abschnallen", antwortet Johann. „Aber mach es einfach. Vermeide nur, die Gardinen zur Seite zu ziehen und im Stehen einem Polizeiwagen zuzuwinken." Karl tut, wie ihm geheißen, und schon wenige Augenblicke später hat er sich an das leichte Schaukeln und Schwanken des Reisemobiles gewöhnt. Während der Kaffee durchläuft, setzt er sich wieder auf seinen Platz und schnallt sich an.

„Wollt ihr mal eine wirklich bekloppte Geschichte hören?", ruft er nach einigen Sekunden nach vorne.

„Los!", fordert Stephan ihn auf. „Aber nur, wenn es sich um eine richtige Karl-Bauer-Geschichte handelt."

„Tut es", antwortet der Storyteller. „Also, ich bin letzte Woche mit meinem Dacia durch Billerbeck gefahren. Plötzlich bemerke ich in einer 50er Zone, wie es rechts am Straßenrand blitzt. Scheiße, denke ich, zumal ich mir sicher war, höchstens 45 gefahren zu sein. Ich also im Affenzahn um die ganze City herumgeflitzt und wieder an dem Blitzwagen vorbei - diesmal jedoch mit nicht einmal vierzig Stundenkilometern. Und Zack blitzt es erneut. Ich war so sauer, dass sich da ein Typ mit einem defekten Blitzgerät an den Straßenrand stellt und die Leute abkassiert, dass ich noch mal um die Stadt herumgerast bin, um nochmals an der Stelle vorbeizufahren. Dieses Mal hatte ich nur dreißig drauf. Und da blitzt es schon wieder! Ich sofort rechts ran, ausgestiegen, auf den Kerl im Auto zugegangen und ihm kräftig aufs Autodach gehauen. Der Typ steigt aus, schaut mich an wie ein Trecker und grinst dümmlich. Ich sage ihm, dass seine Scheiß-Maschine mich dreimal fälschlicherweise fotografiert hat. Er guckt noch dümmer, lehnt sich lässig gegen seine Karre und meint, dass das Gerät durchaus in Ordnung sei, er es jedoch bei mir dreimal per Hand ausgelöst habe, da ich die ganze Zeit nicht angeschnallt gewesen bin."

„Karl Bauer", kommt es stöhnend aus Stephan heraus. „Du bist der dämlichste Hornochse, den dieser Planet jemals ertragen musste."

„Sag mal, Johann", nutzt Karl zwei Minuten später eine Gesprächspause zwischen den beiden Stammtisch-Nationaltrainern. „Hast du dieses Schmuckstück eigentlich neu oder gebraucht gekauft?" Der Befragte dreht das Radio ein wenig leiser, um nicht dauerhaft schreien zu müssen.

„Neu. War aber eine Tageszulassung und ist außerdem geleast." Karl sieht sich in dem hochwertig wirkenden Wagen um.

„War bestimmt teuer, oder? Der ist ja mit allem ausgestattet, was das Herz begehrt."

„Und die besten Sachen hast du noch nicht einmal gesehen", erklärt Johann. „Das Wohnmobil ist vollklimatisiert, verfügt über eine Zentralverriegelung für sämtliche Türen, besitzt elektrische Sonnenrollos an den Fenstern und hat neben dem Fernseher mit Satellitenempfang eine eigenständige Dolby-Surround-Anlage mit Blue-Ray-Player und Festplattenrekorder. Und neben einer elektrisch ausfahrbaren Markise, die sich fast über die ganze Länge des Fahrzeugs erstreckt, hat dieses Schätzchen hinten unter dem Schlafbereich ein so großes Staufach, dass ich da bequem Camping-Möbel und Klappräder unterbringen konnte." Stephan sieht Johann fragend an.

„Du hast Klappräder dabei? Drei Stück?"

„Entschuldige! Ich habe nicht gewusst, dass du lieber läufst."

„Schon in Ordnung", erwidert der Maurer und faltet die Hände auf seinem gewaltigen Bauch. „Hast du die etwa extra gekauft?"

„Na, geklaut habe ich sie auf jeden Fall nicht, und der Verkäufer wollte sich auch nicht darauf einlassen, sie mir zu schenken. Aber mach dir keine Sorgen. Zwei hätte ich für mich und meinen Schwedenbegleiter sowieso gekauft. Auf diese Weise hielt sich die Zusatzbelastung in Grenzen."

Kurz hinter Recklinghausen ist der Kaffee fertig. Karl reicht Johann und Stephan jeweils eine Tasse und schenkt sich schließlich auch eine ein.

„Hey, du Glückspilz mit dem Astralkörper!", ruft er nach den ersten Schlucken. „Was kann man an der Mosel denn so machen, außer alten Leuten beim Vergammeln und Wassertreten zuzusehen?"

„Zum Beispiel Wein trinken!", tönt Stephan laut.

„Danke für die Antwort, Balu, aber ich meinte eigentlich den Typen neben dir." Richard Gere blickt kurz nach hinten und grinst.

„Danke für das Kompliment. Nun, wir können einiges machen. Das fängt damit an, dass wir uns ein Boot oder eine Yacht mieten könnten. Den Sportbootführerschein dafür hätte ich. Oder wir machen Radtouren, betreiben Wasserski, wandern durch die Weinberge, versacken in der einen oder

anderen Straußwirtschaft, besuchen Museen, römische Ausgrabungsstätten und alte Burgen oder wir fahren nach Koblenz und sehen uns am Deutschen Eck an, wo die Mosel in den Rhein fließt und bewundern ganz nebenbei das Kaiser-Wilhelm-Denkmal. Wir könnten natürlich auch…"
„Hallo?" unterbricht ihn Karl geschockt. „Musst mir auf eine einfache Frage nicht gleich einen deiner Vorträge halten. Das wird mir zu teuer."
„Oh, entschuldige", lacht Johann, fährt aber dennoch fort: „Natürlich kannst du dich auch den ganzen Tag im Liegestuhl vor das Wohnmobil setzen, Musik hören und auf die Mosel blicken. Du wirst dich wundern, wie einen das entspannt und vom stressigen Berufsalltag abschalten lässt."
„Stressiger Berufsalltag?", grinst Stephan. „Karl ist Beamter."
„Ich vergaß", meint Johann. „Selbstverständlich können wir in zwei Tagen, und eigentlich haben wir nur einen gemeinsamen Tag, da ich morgen bis mindestens neunzehn Uhr in diesem Hotel beschäftigt bin, nicht so viel unternehmen. Da muss man sich schon genau überlegen, was man mit seiner Zeit anfängt. Und wenn uns gar nichts einfällt, besuchen wir einfach das *„Weinfest der Mittelmosel"*, welches heute in Bernkastel-Kues beginnt und vier Tage dauert."

Trotz der eher gemäßigten Geschwindigkeit erreichen sie die Mosel nach etwa drei Stunden Fahrtzeit gegen halb fünf, ohne auch nur eine einzige Pause eingelegt zu haben. Die Sonne steht noch immer hell und strahlend am Himmel und lässt den sich ständig windenden Fluss, die malerischen Weinberge und die am Ufer gelegenen Dörfer und Städtchen in einem ganz besonderen Licht erscheinen. Als sie gerade durch Cochem fahren, meldet sich plötzlich Karls Blase.
„Sag mal, Johann, wie weit ist es denn noch? Ich müsste mal für kleine Moselurlauber und will nicht unbedingt dein blitzblankes, jungfräuliches Klo benutzen. Ich glaube, es würde mich ziemlich traumatisieren, dieses Designerstück zu beschmutzen. Und ich habe keine Lust, deswegen wieder meine Therapeutin aufsuchen zu müssen."
Der Motivationstrainer blickt auf das Display seines Navigationsgerätes.
„Es sind noch knappe siebzig Kilometer. Ich denke, dass wir in einer Stunde am Campingplatz sind."
„Das schaffe ich nicht mehr!", beginnt Karl zu jammern und klingt dabei wie ein kleines Katzenjunges. „Ich benötige auch nur eine Minute."
„Was soll die Hetze?", fragt Johann. „Wir sind doch nicht auf der Flucht. Wenn wir schon mal hier sind, lasst uns doch einen kleinen Abstecher zur

Reichsburg machen. Dort oben ist ein schönes Restaurant, und von der Terrasse des Biergartens hat man einen phänomenalen Blick über ganz Cochem und das Moseltal."

„Von mir aus", meint Stephan. „Ich finde sowieso, dass wir uns so langsam mal ein frisch Gezapftes gönnen sollten."

„Karl?", fragt Johann. „Was dagegen?"

„Natürlich nicht! Hauptsache, die haben da oben eine Toilette."

Johann steuert das große Dethleffs-Reisemobil über eine kurvenreiche und steil ansteigende Straße, an deren Seitenrändern überall Autos geparkt sind.

„Verdammt!", stöhnt Stephan. „Entgegenkommen darf uns jetzt aber auch keiner. Der Weg ist so schmal, dass du mit dem Wohnmobil hier kaum durchkommst." Johann stoppt den Wagen mitten auf der Straße.

„Ich überlege auch schon, ob es nicht klüger wäre, die Karre da vorne rückwärts in die Einfahrt zu fahren. Ich bin mir nämlich nicht sicher, ob wir oben einen Parkplatz finden. Und ob ich an der Burg wenden kann, ist auch nicht gesagt, zumal ich im Rangieren auf engstem Raum noch nicht wirklich geübt bin."

„Und stell dir vor, du musst den abschüssigen Weg gleich rückwärts zurückfahren", gibt Stephan zu bedenken.

„Seid ihr wahnsinnig?", brüskiert sich Karl geschockt. „Wollt ihr den Rest des Weges bei der Hitze und dem Anstieg etwa laufen?"

„Mensch, Karl", sagt Johann nach einem Blick auf das Außenthermometer. „Wir haben es draußen gerade einmal 28 Grad, und bis zum Restaurant dürften es höchstens noch tausend Meter sein."

„Eben, lieber Johann. Wenn ich da jetzt hochlatsche, benötige ich oben ein Sauerstoffzelt. Zudem habe ich da auch gar keine Lust drauf. Entweder wir fahren hoch, oder Eumel und ich bleiben beim Wohnmobil und bedienen uns aus dem Kühlschrank. Ist doch auch gut, wenn jemand auf dein Luxusgefährt aufpasst. Ich kann mich daran erinnern, dass dir das vor zwei Jahren noch ziemlich gut gefallen hätte."

„Ja", sagt der Motivationstrainer leise. „In zwei Jahren kann sich aber auch extrem viel verändern."

„Ein Spielverderber ist der kleine Hobbit dennoch", raunt Stephan. „Ich hatte ganz vergessen, was der für eine Memme ist."

„Belassen wir es dabei", sagt Johann schlichtend. „Ich muss jetzt zumindest etwas unternehmen; hinter uns stehen schon drei Autos. Stephan, steige mal aus und sag den Leuten, dass sie noch nicht losfahren sollen, wenn ich das

Schiff hier in Bewegung setze - und dass ich gleich rückwärts in den Weg fahre." Nachdem Stephan aus dem Auto gesprungen ist, schaltet Johann die Warnblinkanlage ein und rollt vorsichtig ein paar Meter den Berg hinauf. Dann setzt er beinahe zaghaft zurück und reißt und kurbelt wie verrückt an seinem Lenkrad. Zwei Minuten später steht das Wohnmobil sicher und gerade auf dem Nebenweg.

„Okay", atmet er schließlich erleichtert auf. „Geschafft. Wenn jetzt hier nicht gerade ein Jumbo vorbei will, dürfte es keine Probleme geben." Er dreht sich zu Karl um, der noch immer auf seiner Bank sitzt.

„Und du willst wirklich nicht mit rauf?"

„Nö!", referiert Karl ausufernd und in aller Ausführlichkeit.

„In Ordnung. Ich lasse den Schlüssel stecken. Wenn was sein sollte, kannst du den Wagen vorwärts aus der Einfahrt und zur Not bis runter in die Stadt fahren. Parke irgendwo auf dieser Moselseite an der Straße. Wir werden dich schon finden, das Auto ist ja nicht so klein."

Obwohl sich bei dem Gedanken an eine Fahrt mit dem Wohnmobil Karl die Kehle zuschnürt und die Eingeweide verkrampfen, nickt er tapfer.

„Kein Problem! Kriege ich schon hin."

Die zwei Männer machen sich auf den Weg, und Karl und Eugen schlagen sich für eine Minute in die Büsche. Anschließend kehren sie zum Wagen zurück. Karl beschließt, wegen der noch immer hohen Temperaturen, sich aus seinen langen Sachen zu schälen, um sich sein verwaschenes Donald-Duck-T-Shirt, eine kurze Bundeswehr-Shorts und Sandalen anzuziehen. Als er fertig ist, nimmt er sich ein Bier aus dem Kühlschrank und betrachtet Eugen, der es sich auf dem Fahrersitz bequem gemacht hat.

„Dir ist es auch zu warm, was? Na, bleib halt hier. Ich gehe raus und versuche, ein paar schöne Fotos zu schießen." Er krault dem Mops kurz das Fell. „Und mach keinen Mist. Der Wagen gehört uns nicht." Er legt den Zündschlüssel, den er während seines Ausflugs in die Natur abgezogen hat, auf den Esstisch, schnappt sich seine Digitalkamera, klettert aus dem Wohnmobil und schlägt die Tür zu. Vor dem Wagen hockt er sich gemütlich ins Gras, öffnet das Bier, setzt die Flasche an die Lippen und genießt das kühle Getränk in großen Schlucken. Nach etwa zwanzig Minuten stellt er die leere Flasche zur Seite, rappelt sich auf und besteigt eine kleine Anhöhe. Er muss nicht weit laufen, bis sich ihm ein eindrucksvoller Blick auf die Mosel bietet.

„Ha!", tönt er und hebt die Kamera. „Viel schöner wird es an der Burg auch nicht sein. Und das Bier ist hier unten auch billiger." Fünf Minuten später geht er stolz und zufrieden zum Wohnmobil zurück. Er ist noch gute zehn Meter von dem Ungetüm entfernt, als er aus dessen Inneren seltsam gedämpfte Geräusche vernimmt. Irgendwie klingt es so, als würden zwei Wildschweine Fangen spielen und dabei die komplette Einrichtung neu sortieren. Karl schießen sofort Bilder aus dem Friseursalon in den Kopf und er beschleunigt seine Schritte. Am weißen Wohnmobil angekommen zieht er so heftig am Türgriff, dass er diesen beinahe abreißt - jedoch ohne Erfolg. So sehr er sich auch anstrengt, die Kunststofftür des Wagens lässt sich nicht öffnen. Während im Inneren noch immer Büffelherden durch den Mittelgang, über den Tisch und durchs große Doppelbett stürmen, schlägt Karl mehrfach wütend gegen die Tür. Als diese verzweifelte Aktion, von einer schmerzenden Hand abgesehen, auch nicht viel bringt, rennt er um den Wagen herum, um sein Glück an der Fahrertür zu versuchen. Doch auch hier muss er feststellen, dass er bereits bessere Tage in seinem Leben hatte. Er stellt sich auf die Zehenspitzen und glotzt wie ein heimlicher Spanner durch das Seitenfenster, welches ihm einen direkten Blick auf den leeren Esstisch bietet. Eine Sekunde später erscheinen jedoch, keine fünf Zentimeter von ihm entfernt, auf einmal zwei unheimliche Augen und ein verzerrtes Gesicht in seinem Blickfeld, um mit weit geöffnetem Maul die Scheibe vollzusabbern.
„Scheiße!", entfährt es Karls verzweifelter Seele, als er realisiert, was sich dort vor seinen Augen und hinter der speichelverschmierten Kunststoffscheibe abspielt. „Muss dieser dumme Hund denn gerade jetzt auf Fliegenjagd gehen?" Während der Ausgeschlossene noch immer innerlich flucht, schnappt Eugen mit seinem Maul bereits in eine andere Richtung und verschwindet. Warum passiert immer nur mir so ein Blödsinn, denkt der verzweifelte Beamte, während er erneut um den Wohnblock auf Rädern herumgeht. Das kann doch gar nicht sein, dass dieser nutzlose Köter, der sich nur zweimal im Jahr bewegt, gerade jetzt so einen Affentanz aufführt. Der muss bei einem seiner Sprünge so unglücklich auf dem Schlüssel gelandet sein, dass die Zentralverriegelung ausgelöst wurde.
„Hey, du Ente! Lass die Finger von der Karre!" Der wahrscheinlich Gemeinte dreht den Kopf und sieht sich drei in einer Reihe stehender Frauen gegenüber, die so skurril wirken, als stammten sie aus einer Fernseh-Doku mit dem Titel *„Verrückt, außergewöhnlich, weiblich!"*. Die Mittlere und Älteste, die wohl die Sprecherin der Gruppe zu sein scheint und einen winzigen Schritt vor ihren Mitstreiterinnen steht, erscheint Karl so hart und entschlossen wie es

Wyatt Earp im Oktober 1881 kurz vor der Schießerei in Tombstone gegen den McLaury- und Clanton-Clan gewesen sein muss. Sie trägt ihr weißblondes Haar kurz geschoren, sodass Karl fast nur Kopfhaut bei ihr sieht. Das Gesicht wirkt vergrämt und wie aus einem Granitblock gehauen, die dunklen Augen zugleich herausfordernd und kühl. Die dürre aber ungewöhnlich große Frau, die zudem über stark behaarte Unterarme und einen deutlich sichtbaren Damenbart verfügt, steckt in einem weiten Karo-Baumwollhemd und engen, zerrissenen Blue-Jeans, die so schmutzig sind, als hätte sie sich gerade im Dreck gewälzt. An den Füßen trägt sie grobe Biker-Stiefel. Irgendwie erscheint das Wesen Karl wie eine Mischung aus einem drahtigen Bohrinsel-Arbeiter und einem drahtigen Bohrinsel-Arbeiter. Rechts hinter ihr steht das absolute Gegenteil.

Die Frau, die der Billerbecker spontan auf etwa dreißig Jahre und hundertvierzig Kilogramm Abtropfgewicht schätzt, ist so bleich, als käme sie direkt aus einer Gruft. Ihr schwarzes, seidig glänzendes Haar reicht ihr bis zum Po, ihr wallendes Kleid, welches dieselbe Farbe hat, berührt den Boden und weist einen staubigen Saum auf. Auf ihrer voluminösen rechten Brust, die, wie ihre gleichgroße Zwillingsschwester, aufgrund des für ihre Körperfülle denkbar ungünstigen Dekolletés, fast völlig frei liegt, prangt ein sich erhebender, feuerspuckender Teufel. Ihr Gesicht zieren unzählige Piercings, die sowohl in den Ohren als auch in ihren Nasenflügeln und schwarz geschminkten Lippen stecken.

Die dritte Person will wiederum überhaupt nicht zu den zwei anderen Menschen passen. Sie ist die zierlichste und zarteste Person, die Karl je gesehen hat. Ihre langen roten Haare umschmeicheln ein völlig ungeschminktes, sympathisches Engelsgesicht. Die braunen Rehaugen blicken schüchtern zu Boden. Sie trägt, trotz der Hitze, ein langärmeliges Sweatshirt, dessen Ärmel bis über die Finger reichen, und einen halblangen Wickelrock im Batikstil.

„Sind wir eine Kinoleinwand, oder warum glotzt du so blöd?", will der Bohrinsel-Malocher wissen. „Noch nie Menschen gesehen?" Doch, denkt Karl. Aber noch nie zwei Frauen, die einer dritten folgen, die alles tut, um als hässlicher Kerl wahrgenommen zu werden.

„Ich rede mit dir, Ente! Hat`s dir die Sprache verschlagen oder kannst du dich nur an fremdem Eigentum vergreifen?"

„Äh", erwidert Karl völlig souverän und Herr der Situation. „Ich vergreife mich nicht an fremdem Eigentum. Ich…"

„Ach, diese archaisch kapitalistische Penisverlängerung gehört also dir, ja?", faucht die maskuline Kampfmaschine. „Und warum versuchst du seit mehreren Minuten, in das Ding einzubrechen? Wir haben dich beobachtet. Rede dich nicht raus, Scheißkerl."

„Hey, mal langsam, die Damen."

„Willst du dich mit dieser chauvinistischen Anrede etwa über das weibliche Geschlecht stellen, du Entenschwanz?", brüllt die Wortführerin außer sich und kommt mehrere Schritte auf Karl zu. „Kerle wie du geben mir und meinen Schwestern seit Jahren immer wieder Energie und Power, um uns gegen die Tyrannei des männlichen Geschlechts und die Unterdrückung der Frauen zu wehren. Ihr tragt lächerliche Kinder-Shirts und schwabbelige Bierbäuche, wollt uns aber weismachen, ihr wäret das stärkere Geschlecht." Sie spuckt vor Karl auf den Boden. „Ihr seid Würmer, das seid ihr! Oh, verzeih mir, Wurm. Du bist natürlich eine Ente."

Karl begreift überhaupt nicht, wie ihm geschieht. Er zieht die Schultern ein, weicht einen Schritt zurück und blickt ratlos in die Gesichter der zwei anderen Frauen. Während die zarte Rothaarige noch immer auf ihre nackten Füße sieht, holt die Satansbraut Luft und spricht mit einer ungewöhnlich weichen und sensibel wirkenden Stimme:

„Du musst mich gar nicht ansehen, Ente. Chris hat völlig recht, wenn sie sagt, dass die Zeit der Unterdrückung vorbei ist. Wir lassen uns nicht mehr schlecht behandeln - und schon gar nicht von Männern."

„Aber ich habe doch gar nichts gemacht", wimmert Karl und rückt sich umständlich die Brille zurecht.

„Du hast nichts gemacht?", tönt die Anführerin im Kasernenton, so dass es im gesamten Moseltal widerhallt. „Du hast uns *„Damen"* genannt, du Ente! Damit zeigst du deutlich deine Geisteshaltung; dass du Frauen und Männer nämlich als unterschiedliche Menschen betrachtest und nicht als ebenbürtige. Wir wehren uns dagegen, von Männern als *„Frauen"* oder *„Damen"* bezeichnet zu werden. Wir möchten von Menschen als *„Menschen"* bezeichnet werden. Es muss endlich aufhören, dass die Männer denken, sie könnten über uns herrschen."

„Aber…ich mag Frauen total gerne", flüstert Karl völlig eingeschüchtert. „Ich habe sogar selbst eine zuhause."

„Klappe, Ente! Und sprich nie wieder über uns, als wären wir Möbelstücke oder Haustiere, die es zu besitzen, zu halten oder zu domestizieren gilt."

Die Gender-Aktivistin steht jetzt regelrecht drohend vor Karl, als dieser aus den Augenwinkeln heraus seine scheinbare Rettung auf zwei kleinen, knatternden Motorrollern den Berg hochfahren sieht. Er hebt einen Arm und winkt verzweifelt.

Die zwei Streifenpolizisten, die auf ihren fahrbaren Untersätzen aussehen wie Pat und Patachon, bremsen die Roller ab und stoppen sie direkt neben der Teufelsjüngerin und ihrer rothaarigen Freundin. Dann schalten sie fast in derselben Sekunde die Motoren aus, setzen ihre verspiegelten Sonnenbrillen ab und ziehen sich die Helme von den verschwitzten, geröteten Köpfen.
„Was wird denn hier gefeiert?", fragt der riesige Pat, der so dünn ist, dass ihm seine Uniformhose um die Stelzenbeine schlackert. Bevor Karl auch nur ein Wort sagen kann, stellt sich Wyatt-Earp-Chris vor die Ordnungshüter.
„Gut, dass Sie kommen. Wir haben einen Dieb auf frischer Tat ertappt und ihn am Ort des Geschehens festgehalten, was unser reinstes Bürgerrecht ist. Dieser…Mensch wollte in das Wohnmobil einbrechen."
Der Fragensteller steigt von seinem Roller, als handle es sich bei dem lächerlichen Gefährt um eine schwere Harley Davidson, klemmt sich den Helm unter den Arm und kommt in lässiger Mickey-Rourke-Art auf Karl zu.
„Sie haben gehört, was die Dame gesagt hat. Ist es wahr, dass Sie sich Zutritt zu diesem Fahrzeug verschaffen wollten?" Während Gender-Chris vor Wut kocht und ernsthaft überlegt, ob sie dem Polizisten eine verpassen soll, bäumt sich Karl innerlich auf und sieht zu dem Beamten empor.
„Das ist wahr, aber…"
„Aha!", unterbricht ihn der Leuchtturm. „Sie geben Ihr Vergehen also zu?"
„Nein, ich gebe gar nichts zu", wehrt sich der Beschuldigte.
„Jetzt kommt gleich bestimmt die Nummer, wo er uns verklickert, dass er ohne seinen Anwalt nichts sagt", meint Patachon, der selbst mit Plateauschuhen keine einssechzig messen würde. Dabei fängt er seltsam an zu kichern, während er immer wieder besorgniserregend nach Luft schnappt.
„Wie ich das liebe. Kriminelle sind doch alle gleich." Bohnenstangen-Pat hebt indes sein Kinn in Karls Richtung und zeigt mit einem in Leder gehüllten Zeigefinger auf Chris von der Ölplattform.
„Sie, verehrtes Fräulein! Wenn Sie so nett wären, uns zu sagen, was Sie gesehen haben?" Die Geschlechtsneutrale ballt die Fäuste, hält sie aber noch hinter dem Rücken versteckt. In diesem Moment drängt sich die Satansjüngerin an ihr vorbei und ergreift völlig überraschend das Wort.
„Wir sind den Berg hinaufgestiegen, als wir plötzlich diesen…Menschen gesehen haben, wie er versucht hat, in das Wohnmobil einzubrechen. Er probierte alle Türen aus, schlug dagegen und spähte durch die Fenster.

Insgesamt verhielt er sich äußerst verdächtig." Der dünne Polizist sieht Karl
ernst an, während der Kicherer erneut glucksend zu kichern beginnt.
„Das war wirklich so", stimmt der Billerbecker Meat Loafs Schwester zu.
„Aber ich kann das erklären."
„Jetzt kommt bestimmt die Nummer, dass es sein Fahrzeug ist und er
lediglich seine Schlüssel im Wagen vergessen hat", höhnt Patachon. „Meine
Güte, wie oft ich diese Geschichte schon gehört habe."
Während sich Chris Granitblock mit einer Hand eine Zigarette dreht,
unternimmt Karl einen erneuten Anlauf.
„Aber so ist es gewesen. Ich habe den Schlüssel im Wohnmobil auf den Tisch
gelegt und die Tür verschlossen. Dann ist mein Hund, der sich im Auto
befindet, beim Fliegenjagen an den Schlüssel gekommen und hat die
Zentralverriegelung ausgelöst."
„Hey!", ruft die Kichererscheinung begeistert und kramt einen Block aus
ihrer Lederjacke. „Das ist eine absolut neue Nummer. Muss ich
aufschreiben."
„Lass gut sein!", befiehlt der Lange und setzt ein siegessicheres Grinsen auf.
„Wir nehmen diesen Herren jetzt mit aufs Revier. Und dort zeigen wir ihm,
dass man wesentlich früher ins Bett gehen muss, um uns an der Nase
herumzuführen."

XXX

„Ich dachte echt, diese zwei lächerlichen Kirmes-Polizisten buchten dich
ein.", lacht Stephan und fährt sich über den beeindruckenden Bauch.
Johann nickt zustimmend, während er den Wagen die schmale Straße von der
Reichsburg in die Stadt hinunterkutschiert.
„Ich denke, dass wir genau im richtigen Augenblick zurückgekommen sind.
Nur gut, dass ich meinen Ersatzschlüssel im Portemonnaie hatte, sonst hätten
uns diese beiden Kaspers auch noch wegen Mittäterschaft verhaftet. Mann,
waren die sauer! Die haben es tatsächlich als eine persönliche Niederlage
angesehen, dir keine Handschellen anlegen zu dürfen."
„Und dieser dämliche Satz, bevor sie den Berg hinuntergeknattert sind", sagt
Karl. „Dass man sich im Leben immer zweimal sieht. Das klang ja schon fast
wie eine Drohung."
„Mach dir nichts draus. Die bist du für alle Ewigkeiten los, und diese
Komiker haben nicht einen einzigen Namen von uns. Sie haben sich noch
nicht einmal das Kennzeichen des Wohnmobils aufgeschrieben.", meint

Stephan und schaut Karl grinsend an. „Was hätten die denn wohl mit dir gemacht, wenn sie dich tatsächlich hätten einkassieren dürfen? Wie ein Paket verschnürt und auf einen ihrer Kinder-Roller gepackt?"
„Keine Ahnung", antwortet Karl und öffnet sich erschöpft ein Bier. „Möchte ich auch gar nicht wissen. Mehr Angst hatte ich vor diesem bärtigen Ungeheuer und ihrer beleibten Anbeterin. Hatte die Haare auf den Zähnen!"
„Stimmt", meint Johann. „Und nicht nur auf den Zähnen. Was war denn das für eine? Die sah aus wie King Kongs kleine Schwester."
„Ich weiß es nicht", antwortet Karl seufzend. „Die und ihre zwei Höllenschwestern standen auf einmal da und haben mich dumm angemacht. Meinten, ich sei ein Frauenhasser. Ich dachte echt, die Alte haut mich um."
„Für mich sah es eher so aus", wirft der Motivationstrainer ein, „als würde sie sich die armen Polizisten vornehmen, als diese uns fahren lassen mussten. Da stand die reinste Mordlust in ihren Augen." Karl nickt.
„Da bin ich aber froh, dass ich so eine umgängliche und normale Frau zuhause habe, für die Muskelkater noch Muskelkater heißt - und nicht Muskelkatze."

Sie erreichen ihr Ziel etwa eine Stunde später. Sie fahren über die Brücke, die die beiden Ortsteile Bernkastel und Kues verbindet, auf die linke Moselseite und befinden sich wenige Minuten danach auf einer kleinen Halbinsel, die zwischen dem Flusslauf und einem Yachthafen liegt. Nachdem sie sich an der Rezeption des dortigen Campingplatzes angemeldet haben, läuft ein höflicher Platzmitarbeiter vor ihnen her, um ihnen ihren direkt an der Mosel gelegenen Stellplatz und den Stromanschluss zu zeigen. Johann parkt den Wagen parallel zum Wasser, so dass er sich anschließend keine fünf Meter vom Ufer entfernt befindet. Während links von ihnen ein Wohnwagen steht, der allem Anschein nach einem Dauercamper zu gehören scheint, der zurzeit nicht auf dem Platz verweilt, ist die rechte Stellfläche neben ihnen noch frei. Die Männer fahren die elektrische Markise aus, holen Campingstühle und Tisch aus dem Staufach und beginnen damit, einen kleinen Holzkohlegrill zu befeuern. Während die Brennbriketts langsam und gemütlich vor sich hin glühen, sitzen Karl, Stephan und Johann mit ausgestreckten Beinen auf ihren Stühlen, trinken gekühltes Flaschenbier, hören Musik und genießen die abendliche Stimmung, das leise Plätschern der Mosel gegen die Steine der Uferbefestigung und den Anblick der vorbeifahrenden Ausflugsschiffe und Lastkähne.

„Nicht schlecht hier", meint Karl, der langsam spürt, wie er sich entspannt. „Fast so schön wie an der Ostsee."

„Na ja", erwidert Stephan. „Die Aussicht letztes Jahr von unserer Villenterrasse aufs Meer war schon bombastisch. Aber hier ist es auch okay."

„Da bin ich ja beruhigt", sagt Johann und greift in seine Hemdtasche, um ein Päckchen Zigaretten herauszuholen.

„Du qualmst noch?", fragt Karl. „Die letzten Stunden hast du es doch nicht getan. Oder hast du dir auf der Burg eine geraucht?"

Johann steckt sich eine Marlboro zwischen die Lippen und zündet sie an.

„Nein! Es ist in der Tat meine Erste heute. Ich versuche gerade, es mir abzugewöhnen - ist nur so verflucht schwer. Deshalb reduziere ich meinen Konsum." Er nimmt einen tiefen Zug und bläst den Rauch in den Himmel.

„Cool", wirft Stephan ein. „Da ist der Kerl Motivations- und Selbsterfahrungstrainer, scheffelt tausende von Euros damit, dass er reichen Schnöseln hilft, ihre innere Einstellung zu verändern, und schafft es selbst nicht, mit dem Rauchen aufzuhören."

„Da muss ich dir recht geben", gibt Johann zu. „Die Teilnehmer meiner Kurse sollten davon nicht unbedingt Wind bekommen. Vor allem nicht die meiner Rauchentwöhnungsseminare."

„Du gibst Kurse zur Rauchentwöhnung?", will Karl wissen und sieht dabei so verständnislos aus, wie eine eingefleischte Vegetarierin, der man im Restaurant aus Versehen zunächst einen Teller mit Carpaccio und anschließend eine riesige Grillplatte vor die Nase setzt. „Das ist ja fast schon so, als würde ein taubstummer Nigerianer ohne Deutschkenntnisse an einem privaten Elite-Gymnasium einen Deutsch-Leistungskurs anbieten."

„Ich weiß", nickt Johann und zieht erneut an der Zigarette. „Deshalb will ich es ja auch ändern." Stephan steht auf, geht zum Grill und stochert mit einer kleinen Eisenschaufel in der Glut herum.

„Immerhin tust du etwas gegen dein Laster", meint er dabei. „Ich achte bei meinen Kleinen stets auf eine gesunde und ausgewogene Ernährung, während meine Pocke immer dicker und runder wird. Vielleicht sollte ich auch damit anfangen, die Tipps, die ich anderen gebe, selbst umzusetzen."

„Ich denke", sagt Karl, „dass wir auf diese Weise alle unsere kleinen Baustellen haben." Er hebt seine Flasche. „Lasst uns auf diese Baustellen trinken. Und darauf, dass wir nie vergessen, sie irgendwann einmal zu bearbeiten." Die Männer sehen sich an, grinsen und prosten einander zu.

„Ach ja", meint Johann eine Viertelstunde später, während Stephan die ersten Steaks auf den Grill legt und Karl Gurken, Paprika und Schafskäse für den

Salat schneidet. „Genießt die Ruhe. Ab morgen wird es davon nicht mehr viel geben." Karl sieht von seiner ungewohnten Arbeit auf.
„Warum?"
„Weil hier in Bernkastel-Kues vor einer knappen halben Stunde das „*Weinfest der Mittelmosel*" vom Bürgermeister und der aktuellen Weinkönigin mit einem großen Weinprobierabend eröffnet wurde. Während das heute noch eine recht ruhige Angelegenheit ist, wird es morgen richtig laut, wenn der Kunsthandwerkermarkt und die Kirmes eröffnet werden - übrigens auch auf unserer Moselseite. Abends wird die noch aktuelle Weinkönigin, die hier „*Mosella*" heißt, verabschiedet und die neue mit Pauken und Trompeten gekrönt. Auf dem Marktplatz und in den Straßen und Gassen spielen dann überall Bands und Spielmannszüge. Der Höhepunkt ist aber am Samstag, wenn Tausende die Straßen bevölkern, und gegen 21 Uhr das Höhenfeuerwerk gleichzeitig von der Burgruine Landshut und vom rechten Moselufer aus abgeschossen wird. Jungs, ich sage euch, das wird ein Fest für die Augen."
„Woher weißt du das eigentlich alles?", fragt Karl, der sich gerade an eine große Zwiebel wagt. Johann rührt in einer Tasse mit Dressing herum.
„Kai, mit dem ich nach Schweden fahre, kommt hier aus der Ecke und schwärmt mir schon lange von dem Weinfest vor. Eigentlich wollte er mitgekommen sein, doch dann ist ihm etwas dazwischengekommen."
Stephans Augen leuchten begeistert. „Dann können wir dem Schicksal ja regelrecht dankbar sein. Wenn es eines gibt, was ich absolut genial finde, sind es Höhenfeuerwerke. Sehen wir uns das an?"
Johann lächelt geheimnisvoll und nickt.
„Worauf du dich verlassen kannst! Ich habe da nämlich im Vorfeld etwas organisiert. Aber mehr wird noch nicht verraten."

Gegen acht sitzen sie am Tisch und essen. Während Stephan und Karl die Steaks verschlingen, als würde das Verzehren von Tieren demnächst gesetzlich verboten werden, hält sich Johann fast ausschließlich an Salat. Zudem ist er bereits, wegen des Seminares am nächsten Tag, seit seinem ersten Bier auf Wasser umgestiegen. Karl will gerade zum Grill gehen, um sich das letzte Stück Rind zu holen, als ein alter, völlig bemalter Ford Transit auf den Campingplatz gehumpelt kommt und direkt auf dem freien Stellplatz neben Johanns Luxus-Wohnmobil zum Stehen kommt.

„Sagtest du nicht, dass es erst morgen mit der Ruhe vorbei ist?", fragt Karl
und sieht in die Richtung des heruntergekommenen Fahrzeugs, unter dessen
Motorhaube sogar ein wenig Rauch hervorwabert.
„Abwarten", wirft der große Maurer ein und wischt sich etwas Sauce vom
Mund. „Vielleicht sind das ganz nette Leute, mit denen man richtig Spaß
haben kann."

Wie groß der Spaß werden wird, erahnen Johann und die *Flachleger*, als sich
die Türen des qualmenden Oldtimers öffnen und, einem
Sondereinsatzkommando gleich, Chris von der Ölplattform, die
Teufelsanbeterin und die Rote Zarte herausgesprungen kommen.
Während den drei Männern der Himmel auf den Kopf plumpst, tritt die
Bärtige mit ihren massigen Motorradstiefeln so kraftvoll gegen den linken
Kotflügel, dass eine beachtliche Beule zurückbleibt.
„Scheiß Karre!" brüllt sie wie von Sinnen, geht um den Wagen herum und
verpasst diesem, es soll noch mal jemand behaupten, Gender-Aktivistinnen
würden nicht auf hübsche Gleichmäßigkeiten und Symmetrien stehen, auf der
anderen Seite eine weitere Beule - diesmal jedoch mit der Faust. „Ich wusste
doch, dass es dieser dämliche Türke nicht bringt!", schreit sie nun noch drei
Stufen lauter, während sie sich die wahrscheinlich mehrfach gebrochene
Hand hält. „Wir hätten die Kiste lieber von seiner Frau reparieren lassen
sollen! Doch die sieht ja nichts, mit diesem menschenverachtenden Schleier
vor den Augen!"
„Fatima trägt überhaupt keinen Schleier", wirft die Satansbraut in diesem
Augenblick mit sanfter Stimme ein. „Sie war sogar für eine Zeit lang mit mir
im Debattier-Club."
„Mir doch egal!", blökt das Mannsweib so laut, dass die Organisatoren des
Weinfestes auf der anderen Moselseite ernsthaft überlegen, die Veranstaltung
wegen des anscheinend nahenden Orkans abzubrechen. „Der Typ hat den
Scheiß-Kühler zumindest nicht ordentlich repariert! Wenn ich zurück in
Castrop bin, breche ich ihm alle Gräten, massakriere seine vierzehn Blagen
und jage anschließend seine Werkstatt in die Luft!"
„Chris", ertönt in diesem Augenblick die Stimme der rothaarigen Batikelfe,
die die Männer an ein sanftes Glockenspiel erinnert. „Der Mensch hat dir in
unserem Beisein gesagt, dass er für zwanzig Euro nur eine provisorische
Reparatur hinbekommt, und dass wir mit dem Auto keine langen Fahrten
unternehmen sollten." Chris von der schmierigen Bohrinsel mitten im
stürmischen Ozean läuft puterrot an.

168

„Ist eine Fahrt an die Scheiß-Mosel etwa eine lange Fahrt?" Sie zieht eine Dose Bier aus der Brusttasche ihres Karo-Hemdes, öffnet sie, kippt den Inhalt hinunter und zerdrückt das Weißblechbehältnis schließlich mit der gebrochenen Hand. „Wenn wir nach Spanien oder in die Alpen gefahren wären - gut! Das wären lange Fahrten gewesen. Aber an die Scheiß-Mosel?" Sie wirft die Überreste der armen Dose gegen die Seitentür des altersschwachen, noch immer rauchenden Fords und trifft die dort ruhende aufgepinselte Friedenstaube mitten ins Auge.
„Egal-Scheißegal", grunzt sie etwas leiser, als sie sieht, dass das Federvieh sie vorwurfsvoll anstarrt. „Jetzt sind wir ja hier. Birgit, hol das Knäckebrot, die selbstgemachte Marmelade und das Kichererbsenpüree aus dem Wagen. Ich muss was essen, sonst werde ich noch laut."
Die Teufelsanbeterin gehorcht auf der Stelle, wendet ihren Körper in drei Zügen und verschwindet im Inneren des Peace-Mobils. Wenn die drei Männer bis jetzt dachten, die Frau, die die Ölplattform höchstwahrscheinlich völlig allein mit einer Hand in der Nordsee aufgebaut hat, hätte geschrien, belehrt sie das Leben in diesem Moment eines Besseren. Denn die Urgewalt, die in der Sekunde aus dem dunklen Schlund von Granit-Chris dröhnt, als diese das Luxus-Mobil und die drei davor erstarrten Männer erkennt, lässt nicht nur die kleine Halbinsel mit allen Wohnwagen, sondern zudem den gesamten geographischen Bereich der Mittelmosel erbeben.
„Uaaaaaaaaaah!"

„Sie meint uns", flüstert Karl und schrumpft binnen einer Sekunde um zwanzig Zentimeter.
„Ich glaube", kontert Stephan ebenfalls wispernd, „sie meint vornehmlich dich." Karl rückt sich die Brille zurecht, zieht das Donald-Duck-Shirt über den Bauch und will gerade blindlings in Richtung Moselufer losrennen, als die ruhige Stimme von Richard-Johann-Gere ertönt.
„Lässig bleiben, Jungs. Ich verdiene mein Geld damit, Menschen zu beeinflussen und dazu zu bringen, Sachen zu machen, die sie eigentlich nicht tun wollen." Er hebt eine Hand und steht staatsmännisch und kontrolliert auf. „Und ich bin verdammt gut in meinem Job. Den Zombie schaffe ich mit links." Während Karl und Stephan plötzlich zeitgleich das dringende Bedürfnis verspüren, ihre Blasen zu entleeren, geht Johann todesmutig auf die stählerne Mutter aller Ölplattform-Malocher zu. Er streckt ihr die Rechte entgegen, zeigt sein hübschestes Tom-Cruise-Lächeln und erhebt die professionell geschulte Stimme.

„Da saßen wir gerade eben noch einsam und allein am trüben Gewässer, und dann spült uns das Schicksal so reizende Ladys ans Ufer. Wie schön, dass…" Der Schlag, der Johanns zuvor recht ansehnliche linke Gesichtshälfte trifft, ist so heftig, dass dieser augenblicklich in sich zusammensackt und im Reich der Träume ist, bevor sein Körper auch nur den Boden berührt.

XXX

„Du musst das gegen die Wange halten, sonst hilft es nicht", rät Stephan väterlich, während er neben Johann sitzt und ihm das in ein Handtuch geschlagene Kühlpad reicht.
„Ich habe das nun die halbe Nacht gemacht, und mein Gesicht glüht und pocht noch immer so, als hätte mich ein Tankwagen gestreift", antwortet der Motivationstrainer verzweifelt. „Zudem bringen mich die Kopfschmerzen fast um den Verstand. Wenn ich daran denke, dass mein Seminar in zwei Stunden beginnt, könnte ich schreien."
„Du, das wird schon", meint Karl, der am Esstisch sitzt, den schlafenden Eugen streichelt, eine warme Milch mit Honig trinkt und sich irgendwie schuldig fühlt. „Auf jeden Fall zeigen wir die Bestie an."
„Lass mal, Karl. Die beiden anderen Frauen haben die Schlägerin doch sofort weggezogen und sich anschließend hundertmal entschuldigt. Außerdem hilft mir das gleich auch nicht weiter, wenn ich vor 150 Managern der Hotel- und Tourismusbranche stehe, die von mir für 190 Euro pro Person acht Stunden lang hören wollen, wie man durch sein Auftreten, seine Sprache und die Körperhaltung Selbstvertrauen und Stärke ausstrahlt."
„Du, das wird schon", wiederholt sich Karl, ohne es zu merken. „In zwei Stunden kann viel passieren. Ich habe mal gehört, dass ein Mann…"
„Quatsch nicht dumm rum, Karl", widerspricht Johann mit verzerrtem, angeschwollenem Gesicht. „Ich sehe aus wie Michael Jackson in seinem „Thriller"-Video, habe Schmerzen von den Haarspitzen bis in die Zehennägel, kann nicht gerade stehen, und manchmal verschwimmt mein Blick so stark, dass ich dich nicht von Stephan unterscheiden kann."
„Dann lässt du die Veranstaltung halt ausfallen", schlägt der Maurer vor. „Wir rufen an und sagen, du seist krank geworden. Wir behaupten, du seist von einem Bagger angerempelt worden, was der Wahrheit zudem ziemlich nahe kommt." Johann richtet sich auf und sieht Stephan mit glasigen Augen an.

„In meinem Job gibt es keine Krankheitsausfälle, lieber Stephan. Wie stellst du dir das vor? Da kommen hunderte von Menschen zu den Vorträgen, die aus ganz Deutschland anreisen, Hotelzimmer buchen, von ihren Firmen freigestellt werden und wirklich viel Geld bezahlen."

„Aber du hast doch bestimmt so eine Art Ausfallversicherung abgeschlossen, oder?", will Karl wissen.

„Natürlich!", wimmert Johann. „Aber darum geht es nicht. Es geht darum, dass ich selbstständig bin, dass ich Angestellte habe, dass ich Büroräume gemietet habe, dass mein Name unter den Verträgen steht."

„Meine Güte", wiegelt Stephan ab. „Dir geht es doch wohl so gut, dass du diese eine Veranstaltung verschmerzen kannst, oder nicht?"

Johann lässt sich zurück in seine Kissen fallen und schließt die Augen.

„Nein", sagt er schließlich mit trauriger Stimme. „Es geht mir eben nicht so gut, dass ich mir einen Ausfall leisten könnte." Er schluckt und spricht weiter, während die *Flachleger* merken, wie schwer ihm die Worte fallen. „Ich habe schon vor Herberts Tod immer weniger gearbeitet. Ich hatte einfach keine Kraft und Lust mehr, den Leuten immer den erfolgreichen Strahlemann vorzuspielen. Als Herbert starb, fiel ich komplett in mich zusammen. Ich konnte und wollte nicht mehr so weiterleben und bezahlte alle Rechnungen, Mieten und Gehälter vom Ersparten und vom Firmenkapital. Am Anfang habe ich selbst die Seminare, Vorträge und Kurse abgesagt, danach wurden sie von den Veranstaltern gecancelt. Mit der Zeit läutete das Telefon immer seltener, und seit etwa vier Monaten habe ich überhaupt keine Aufträge mehr bekommen. Es gibt halt für Firmen nichts Schlimmeres, als einen unmotivierten Motivationstrainer." Tränen schießen dem Osnabrücker in die geschlossenen Augen und laufen ihm die Wangen herunter. Doch er fährt gewillt fort:

„Ich habe die letzten Wochen hart an mir gearbeitet, wobei mein Freund Kai mir eine große Hilfe war. Diese Veranstaltung ist eine einmalige Chance für mich. Es geht nicht nur um die 20.000 Euro, die ich für den Job bekomme. Es geht mir um meine Selbstachtung, mein Selbstvertrauen. Es geht um meinen Namen, den ich mir während der letzten fünfzehn Jahre aufgebaut habe. Versteht ihr? Ich will wieder arbeiten, wieder durchstarten, mein verdammtes Leben wieder in den Griff kriegen. Wenn diese Sache hier gelingt, winken drei Folgeaufträge in Berlin, Paderborn und Frankfurt, und ich bin wieder im Geschäft. Wenn ich sie verbocke, bin ich erledigt. Dann kann ich nicht einmal mehr dieses Wohnmobil halten." Er öffnet die Augen und sieht die Freunde an. „Wenn ich in zwei Stunden nicht fit bin, könnt ihr mich einsargen lassen und neben Herbert legen.“

Karl steht auf und setzt sich zu Stephan und Johann aufs Bett. Die Morgensonne fällt durch die halb geschlossenen Gardinen und wirft ein warmes Licht auf den ehemals so erfolgreichen und selbstsicheren Mann.

„Aber es macht doch keinen Sinn, so zu einem achtstündigen Vortrag zu gehen. Sei doch vernünftig.“

„Ich bin vernünftig, Karl!“, entgegnet Johann energisch und öffnet die Augen. „Ich war es jedoch lange Zeit nicht.“ Karl sieht unsicher zur Wohnmobildecke, an der Spiegelungen des Moselwassers kuriose Bilder zeichnen, und atmet tief durch. Wie gut er Johann versteht. Wie gut er jedes Wort, jede Silbe nachvollziehen kann. Er schluckt bittere Erinnerungen herunter, während ihm sein monatelanger Gemütszustand nach dem Tod seines besten Freundes wieder in den Kopf fährt. Und plötzlich sieht er ihn vor sich. Den jungenhaften Systemanalytiker mit seiner unglaublichen Intelligenz, seinem Mut, seinem analytischen Vorgehen und Handeln, seiner Fähigkeit, in jeder Situation nach dem Guten zu suchen, aus jeder Lage das Beste zu machen. Und von einer Sekunde auf die andere hört er seine Stimme.

„Du musst wissen, was für dich wichtig und richtig ist, Karl. Und dann musst du es einfach machen.“ Er nimmt die große Kassenbrille von der Nase und wischt sich mit dem Handrücken über die Stirn. Danach blickt er auf den geschlagenen Motivationstrainer, sein geschundenes, verletztes Gesicht, seine geschundene, verletzte Seele.

„Sag mal“, meint er mit brüchiger Stimme, während er Herberts hagere Hand förmlich auf seiner Schulter spürt. „Hast du ein Manuskript für diese Veranstaltung? Und weiß irgendjemand, wie du aussiehst?“

XXX

Als der silberne Phaeton mit den getönten Scheiben eine Stunde später auf den Campingplatz gefahren kommt, steht Karl bereits mit einer Tasse Kaffee und einer gehörigen Portion Nervenflattern vor dem Reisemobil und schaut nervös auf die ruhige Mosel. Im und vor dem bemalten Friedenstransit nebenan tut sich noch nichts. Wahrscheinlich hecken die Gender-Kämpferinnen bereits einen neuen Plan aus, wie sie ihn, den Frauenverachter, nach der missglückten Aktion vom gestrigen Abend doch noch in ihre unlackierten Finger bekommen können. Die Limousine hält direkt neben dem

Dethleffs-Palast. Ein älterer Mann mit grauen Haaren öffnet die Fahrertür, steigt aus und wirft Karl einen ergebenen Blick zu.
„Herr Küppersbusch?"
Karl, der seine Bundeswehr-Shorts gegen eine einfache Jeans und das Donald-Duck-Shirt gegen ein weißes Hemd und ein etwas stramm sitzendes Jackett von Johann getauscht hat, greift nach dem ledernen Pilotenkoffer.
„Ganz richtig." Er reicht dem Fahrer des Hotels die Hand. „Gestatten, Johann Küppersbusch! Ich freue mich, Sie kennenzulernen." Der Chauffeur nimmt Karls Koffer und stellt ihn in den Kofferraum. Danach hält er seinem Fahrgast eine der hinteren Seitentüren auf.
„Danke, Herr…?"
„Semmeling", antwortet der Ältere pflichtbewusst. Karl setzt sein gnädigstes Lächeln auf, legt dem Mann eine Hand auf die Schulter und steigt ein.

Semmeling stoppt den Phaeton unmittelbar vor dem Haupteingang des 5-Sterne-Hotels *„Goldene Krone"*, welches mit seinen Türmchen, Zinnen und der wuchtigen Eingangstür wie ein Märchenschloss aus einer Gebrüder-Grimm-Verfilmung wirkt. Ein Mitarbeiter in schwarz-goldener Uniform öffnet dem inzwischen noch unsicherer gewordenen Karl die Tür und tritt höflich einen Schritt zurück, als dieser aus dem Wagen steigt. Eine Sekunde später steht auch schon Semmeling mit dem Pilotenkoffer neben ihm.
„Ich wünsche Ihnen einen guten Verlauf der Veranstaltung, Herr Küppersbusch", sagt dieser mit einem noch immer freundlichen Lächeln. „Ich stehe ab neunzehn Uhr wieder für Sie bereit."
„Vielen Dank, Herr Semmeling", erwidert Karl zaghaft, zieht einen 50-Euro-Schein aus Johanns Jackett und reicht ihn dem Chauffeur.
„Sehr großzügig", schnurrt Semmeling, macht eine Verbeugung, geht um den VW herum und ist einen Augenblick später auch schon verschwunden. Während der junge Page mit Karls Koffer in die riesige, mindestens fünfzehn Meter hohe Eingangshalle geht, kommt der kleine Beamte aus dem Staunen nicht mehr heraus. So viel Luxus, Gold und Prunk hat er zuletzt vor einem Jahr gesehen, als er sich unerlaubt Zutritt auf die *„MS Deutschland"* verschafft hat. Der Junge trägt den Koffer bis zur Rezeption und sieht Karl anschließend so lange an, bis dieser auch ihm einen Schein zusteckt.
„Was kann ich für Sie tun?", fragt eine umwerfend aussehende Dame hinter dem Empfangstresen. „Haben Sie ein Zimmer reserviert?"
„Äh", beginnt der Billerbecker zu erklären. „Ich bin Karl…äh, Johann Küppersbusch. Wenn mich nicht alles täuscht, bin ich maßgeblich an einer

Veranstaltung beteiligt, die heute in Ihrem Festsaal stattfindet." Die Dame bekommt große Augen, und ihr Lächeln wird eine Nuance breiter.

„Herr Küppersbusch, schön, dass Sie da sind. Wir haben alles nach Ihren Wünschen vorbereitet." Sie greift nach einem Telefonhörer und wählt eine Nummer. „Dirk, Herr Küppersbusch ist jetzt eingetroffen." Sie legt den Hörer auf und widmet sich wieder ihrem Gast.

„Ein Mitarbeiter des Hauses ist sofort für Sie da." Sie reicht Karl eine Hand über den Empfang. „Ich wünsche Ihnen eine erfolgreiche Tagung."

Der Mann in Karls Alter führt die wichtigste Person des Tages schweigend in den hellen, noch menschenleeren Festsaal. 150 mit weißem Stoff bezogene Lehnstühle stehen wie in einem kleinen Theater in Halbkreisen um eine Bühne herum, auf der lediglich ein Rednerpult, zwei eckige Blumentöpfe mit jeweils einem zu einer Pyramide geschnittenen Buchsbaum und ein etwa anderthalb Meter hoher Beistelltisch stehen. Hinter der Bühne befindet sich eine Leinwand vor einem schwarzen Theatervorhang. Links und rechts neben der Leinwand sind Plakate mit der verschnörkelten Beschriftung *„Johann Küppersbusch - Der erste Eindruck zählt!"* an dem schweren Stoff befestigt - zum Glück ohne ein Bild des Osnabrückers. Dirk stellt Karls Koffer auf den Rand der Bühne.

„Herr Küppersbusch, Ihr Seminar beginnt in dreißig Minuten. Die Teilnehmer werden gegen viertel nach neun in den Saal gelassen. Wir haben also noch fünfzehn Minuten für den Soundcheck und das Anschließen Ihres Laptops für die Powerpoint-Präsentation." Karl, dessen Herz beim Anblick des Saals und der vielen Stühle bereits in eines seiner Hosenbeine gerutscht ist, nickt scheinbar cool und erwidert knapp:

„In Ordnung, lassen Sie uns beginnen." Der Hotelangestellte geht hinter die Bühne und kommt mit einem kleinen Sendegerät und einem an einem dünnen Kabel hängenden Mikrofon zurück, welches die Größe einer 20-Cent-Münze hat und in schwarzen Schaumstoff gehüllt ist. Den Sender klemmt er Karl hinten an seinen Gürtel.

„Möchten Sie das Kabel unter oder über dem Hemd haben?" Karl, der diese Art von Mikrofontechnik bereits von seinem Auftritt auf der Freilichtbühne in Billerbeck her kennt, zieht das Jackett aus.

„Ich glaube", antwortet er, „es ist besser, es unter dem Hemd herzuführen. Auf diese Weise kann ich die Jacke ausziehen, wenn es mir zu warm wird."

„Wie Sie wünschen", erwidert der für den Ton Verantwortliche tonlos und beginnt damit, Karl zu verkabeln. „Okay", meint er schließlich. „Ich gehe nach hinten zum Mischer, und Sie erzählen mir einfach mal was über Gott und die Welt. Ich werde Ihre Stimme noch ein wenig einstellen und die Lautstärke so anpassen, dass Sie gleich gut zu verstehen sind." Er verlässt die Bühne und eilt durch die Stuhlreihen. Am Mischpult angekommen hält er einen Daumen in die Höhe. Karl räuspert sich und beginnt:

„Eins, zwei, drei!" Und nach einer kleinen Pause: „Reicht das?"

Als Dirk abwinkt, fährt Karl fort: „Vier, fünf, sechs!"

„Könnten Sie ganze Sätze formulieren?", ruft der Hotelangestellte. „Ich kann Sie sonst nicht abmischen!"

„Mir soll`s recht sein", erwidert Karl, während seine Stimme zigfach verstärkt aus Dutzenden unsichtbarer Lautsprecher schallt. „Also, liebes Publikum!" Dirk winkt erneut ab.

„Herr Küppersbusch, Sie haben ein Mikro! Sie müssen nicht schreien, wenn es nicht zwingend zu Ihrem Programm oder Ihrer Vortragsweise gehört!" Karl nickt verlegen, wuschelt sich durch die Haare und tönt:

„Schön, dass wir…äh, Sie heute hier sind. Ich hoffe, Ihnen geht es gut. Mir geht's auch gut. Ich finde es schön, dass draußen so schönes Wetter ist. Heute möchte ich Ihnen was Schönes erzählen. Und zwar über…äh, den ersten Eindruck. Denn der ist ganz schön wichtig…"

Dirk, der sich gerade fragt, warum es immer der dümmste Bauer ist, der die dicksten Kartoffeln erntet, hebt erneut die Hand.

„Alles in Ordnung, Herr Küppersbusch! Sie können jetzt Ihren Laptop anschließen und mit dem Beamer verbinden!"

Es ist vier Minuten vor halb zehn, und Karl sitzt mit Durchfall und Johanns 129 Seiten starkem, handschriftlich verfasstem Manuskript auf der Toilette hinter der Bühne. Seine Hände zittern so stark, dass er Schwierigkeiten hat, die Schrift auf dem weißen Papier zu entziffern. Der Osnabrücker hat ihm etwa eine halbe Stunde lang im Wohnmobil erklärt, worauf es bei seinem Vortrag ankommt und wie das entsprechende Programm auf dem Laptop gestartet wird. In diesem Augenblick hat Karl jedoch das Gefühl, alles vergessen zu haben. Er sieht auf die Uhr und erkennt, dass er noch eine Minute hat. Er rappelt sich hoch, zieht sich an, drückt ab und verlässt die Kabine, in der es mittlerweile riecht, wie in einem bulgarischen Elefantenhaus. Schließlich sieht er erneut auf die Uhr. Halb zehn. Ihn überkommt ein überwältigendes Schwindelgefühl, sein Hemd klebt ihm auf der Haut, und sein Puls ist bei 380 angelangt. Er atmet tief durch, ballt seine triefnassen Hände zu Michael-Stich-Fäustchen und bewegt sich schließlich in

Richtung Bühne. Vor der kleinen Holztreppe mit ihren drei Stufen verharrt er einen kurzen Moment, um durch einen kleinen Schlitz im Vorhang in den Festsaal zu blicken. Was er sieht, lässt ihn fast sterben. Er hat bis zu diesem Augenblick keine Ahnung gehabt, wie groß eine Gruppe von 150 Menschen sein kann, die nur auf ihn wartet, um von ihm die relevanten Antworten des Berufslebens präsentiert zu bekommen.

Karl betritt die erste Treppenstufe, die zweite, die dritte - und rutscht ab. Er fällt der Länge nach auf die Bühne, verliert sein Manuskript, wuchtet sich wie ein Klitschko-Gegner nach dem ersten Niederschlag wieder in die Höhe, stolpert zwei Schritte in Richtung des Rednerpultes, bemerkt unbewusst, dass ihm ein langes Stück zerknülltes Toilettenpapier hinten aus der Hose hängt, versucht es abzureißen, stolpert erneut, hält sich am Pult fest, stößt es um und fällt gemeinsam mit ihm in den Beistelltisch, auf dem der eingeschaltete Laptop und ein bereits gefülltes Wasserglas stehen. Während er immer wieder „Scheiße!" und noch schlimmere Kraftausdrücke durch die Lautsprecherboxen jagt, versucht er, angeschlagen wie er ist, auf die Beine zu kommen, wobei er nicht nur auf seine heruntergefallene Brille tritt, sondern ihm auch noch Johanns Jackett am Rücken der Länge nach aufreißt, was bis in die letzte Reihe des Festsaales zu hören ist. Erschöpft, hechelnd und desorientiert steht er einige Sekunden später schließlich vor der Kante der Bühne, hinter sich ein Bild der Verwüstung, das Toilettenpapier und die verbogene Brille in den bebenden Händen.
Und auf einmal klärt sich sein Blick wie Morgennebel beim Erstarken der Sonne. Er sieht ungläubige Gesichter und erschrocken wirkende Augen, hämische Grimassen und hochnäsig abwinkende Schlipsträger. Und er sieht seinen Freund Herbert, der in der ersten Reihe sitzt und ihm aufmunternd zunickt. Er schluckt und spürt in diesem Moment die Energie, die ihn und seinen ganzen Körper erfasst. Er fühlt, wie er wächst, wie er die Nabelschnur von Chantals Sohn durchtrennt, wie er ein kleines, verletztes Kind kilometerweit durch einen dunklen Wald trägt und wie sich die Kraft eines über ihm flatternden Lenkdrachens durch die Leine hindurch auf ihn überträgt.
Er wirft das Toilettenpapier zu Boden und setzt sich die Brille auf. Er zieht das zerrissene Jackett aus und lässt es achtlos fallen. Er strafft den Rücken, zieht den Bauch ein, atmet tief durch und spricht endlich mit fester und absolut ruhiger Stimme lächelnd zu seinem Publikum:

„Ich habe wirklich lange darüber nachgedacht, ob ich nicht langsam zu alt für diese Art von Einstieg bin. Und ob die 2000 Euro, die mich der Spaß jedes Mal kostet, nicht besser investiert werden könnten. Doch irgendwie habe ich mich an dieses Anfangsszenario gewöhnt. Irgendwie bereitet es mir immer wieder einen Höllenspaß.“ Während überall irritierte Blicke wie lästige Bienenschwärme umherschwirren, schreitet er wie der Auferstandene persönlich durch das Chaos und wirft einen langen, intensiven, fast hypnotischen Blick ins Publikum, das noch immer nicht wirklich versteht, was ihm da gerade für sein Geld geboten wird.

„Sehr geehrte Damen und Herren, liebe Zweifler, liebe Schockierte. Mein Name ist Johann Küppersbusch und ich begrüße Sie herzlich zu meinem Vortragsseminar *„Der erste Eindruck zählt!“*. Ich freue mich, dass Sie alle den Weg hier nach Bernkastel-Kues auf sich genommen haben, und ich will Ihnen eines versprechen: Wer heute Abend nicht der festen Überzeugung ist, dass ihm diese Veranstaltung etwas für sein weiteres berufliches und privates Leben gebracht hat, bekommt von mir die gezahlten 190 Euro in bar zurück. Und das meine ich, so wahr ich hier stehe und mein Name Küppersbusch ist.“

XXX

„Lassen Sie es gut sein, Herr Semmeling“, sagt Karl, als er merkt, dass der Ältere aus dem Phaeton steigen will, um ihm die Tür zu öffnen. „Das kriege ich schon hin.“ Er reicht dem Chauffeur die Hand. „Danke fürs Fahren.“
„Gern geschehen, Herr Küppersbusch“, erwidert er. „Jederzeit wieder.“
Karl steigt aus, holt Johanns Pilotenkoffer aus dem Kofferraum und hebt die Hand zur Verabschiedung. Der alte Hotelangestellte lächelt, startet den Motor und verlässt den Campingplatz. Karl sieht auf die Uhr und erkennt, dass es fast halb acht ist. Er geht die wenigen Schritte zum Wohnmobil, nicht ohne zuvor einen prüfenden Blick zum Gender-Gefährt zu werfen, wo nichts von den drei Frauen zu sehen ist. Er will gerade die Tür öffnen, als diese von innen aufgerissen wird, Eugen ihm freudig entgegengesprungen kommt und Johann ihn mit unsicherem Blick anstarrt.
„Und? Wie war`s?“ Karl nimmt seinen Mops auf den Arm, dreht sich um und setzt sich auf einen der Campingstühle.
„Zunächst könnt ihr wieder aus eurem Versteck kommen. Der Fahrer ist weg.“ Stephan und Johann kommen aus dem Wagen und setzen sich. Beide sehen ihn mit großen Augen an.

„Los jetzt!", drängt Johann, dessen linke Gesichtshälfte noch immer aussieht, als sei sie aus dem 20. Stock direkt auf den Asphalt geprallt. „Wie ist es gelaufen? Und was ist mit deiner Brille passiert?" Karl setzt den Hund ab, stützt die Ellenbogen auf die Knie und vergräbt das Gesicht in den Händen. Johann und Stephan werfen sich erschrockene Blicke zu.

„Was ist los?", will der Osnabrücker aufgelöst wissen. „Hast du`s verbockt?" Karl schüttelt langsam den Kopf, während sein Gesicht noch immer im Verborgenen liegt.

„Ich begreife es nicht", flüstert er schließlich. „Ich kann es einfach nicht verstehen." Er hebt den Kopf und sieht die beiden Männer an. Sein Gesicht wirkt müde und abgekämpft.

„Was begreifst du nicht?", ruft der Billerbecker Maurer und legt seinem Freund fürsorglich eine Hand auf den Arm.

„Ich begreife nicht", beginnt Karl endlich, „dass ich in einem mickrigen Büro in Münster vor mich hin vegetiere, während mir die ganze Welt offensteht." Er schnellt wie ein Pfeil in die Höhe, breitet die Arme auseinander und brüllt so laut, dass es auf dem ganzen Campingplatz zu hören ist: „Ich habe es geschafft, und ich war unfassbar gut!" Dann tanzt er wie Rumpelstilzchen um seine beiden verdutzten Mitreisenden herum und gebärdet sich dabei wie ein Verrückter. Irgendwann versteht Johann, springt ebenfalls in die Höhe, und zehn Sekunden später hopsen und krakeelen sie zu dritt samt aufgedrehtem Hund um den Campingtisch herum, singen „We are the champions" und lachen wie Irre. Irgendwann lassen sie sich wieder auf die Stühle fallen.

„Jetzt berichte", fordert Johann heiser, nachdem er sich eine Zigarette angezündet hat. „Aber der Reihe nach."

„Da gibt's nicht viel zu erzählen", antwortet Karl außer Atem. „Aber berichtet ihr doch erst einmal; wie war euer Tag? Haben sich die hässlichen Kampf-Hexen noch gemeldet?" Stephan schlägt die Hände über dem Kopf zusammen.

„Du bist ein Honk! Okay, Johann lag bis halb sechs mit Kopfschmerzen in seiner Koje, dann ging es ihm wieder etwas besser. Ich war mit dem Klapprad auf der Kirmes und bin ein Stückchen die Mosel entlanggefahren. Die Ischen haben sich gar nicht mehr gemeldet. Die sind heute Morgen irgendwann mit Rucksäcken und Wanderstiefeln vom Platz marschiert. So, und nun bist du dran." Karl greift nach einem Schokokeks, der vor ihm auf einem Teller liegt, und entgegnet kauend:

„Gut, ich mach es kurz: Ich war sensationell cool. Ich hatte ein paar unwesentliche Startschwierigkeiten, doch nachher lief es wie am Schnürchen."

„Und die Leute?", will Johann wissen.

„Tja", wiegelt Karl lässig ab. „Die waren begeistert. Und deine Folgeengagements sind dir auch sicher." Er sieht dem Motivationstrainer ins strahlende Gesicht. „Johann, du arroganter, eitler Esel. Du bist wieder im Geschäft." Der Glückliche steht auf, umarmt den Aushilfsreferenten und küsst ihm überschwänglich für eine Millisekunde auf den Mund.

„I bah!", beschwert sich Karl angewidert. „Wenn ich gewusst hätte, wie du so in Glücksmomenten reagierst, hätte ich die Veranstaltung in den Sand gesetzt! Ich hasse es, von Männern geküsst zu werden. Ich finde es ja schon schlimm genug, wenn Marianne mir alle Jubeljahre mal einen Schmatzer aufdrückt."

„Karl", lässt Stephan kopfschüttelnd verlauten. „Du bist komplett dämlich. Dass dich deine Frau noch nicht längst vor die Tür gesetzt hat, wundert mich immer wieder." Karl zuckt nur mit den Schultern.

„Mich manchmal auch." Und an Johann gerichtet: „Eine Sache ist da aber noch, die eben nicht ganz so doll gelaufen ist." Er verzieht die Mundwinkel, nimmt die verbogene Brille ab und sagt:

„Ich hoffe, du hattest nichts Wichtiges auf deinem Laptop. Den habe ich nämlich komplett geschrottet. Und dein Jackett ist leider auch hinüber."

XXX

Gegen neun ist es, trotz der fortgeschrittenen Dunkelheit, noch immer so warm und angenehm, dass die Männer beschließen, eine Runde schwimmen zu gehen. Sie ziehen sich um, und wenige Minuten später plantschen sie wie kleine Löwenbabys in der Mosel und machen dabei einen solchen Radau, dass sie sogar den Geräuschpegel des Weinfestes in Bernkastel-Kues übertönen. Während Eugen unter dem Wohnmobil schläft, bespritzen sich die Kumpels gegenseitig und versuchen, sich immer wieder unter Wasser zu drücken. Irgendwann zieht Karl vor lauter kindlichem Übermut und überschäumender Freude sogar die Badehose aus, lässt sie über seinem Kopf kreisen, wirft sie an Land und ruft:

„Ich bin der König der Welt!"

„Du bist höchstens der König der Schrumpfhirne, du Ente!", ertönt es plötzlich vom Ufer her. Die ausgelassenen Urlauber verharren erschrocken im

Wasser und sehen voller Unbehagen auf die drei ungleichen Frauen, die bewegungslos wie Statuen im Dämmerlicht stehen und zu ihnen herüberschauen.

„Hat`s euch die Sprache verschlagen?", brüllt Bohrinsel-Chris. „Ihr ward doch gerade noch so gut bei Stimme! Oder haben wir euch bei euren neckischen Spielchen gestört? Und dabei dachten wir, dass zumindest die beiden Dicken auf Frauen stehen!"

„Ich schwöre es euch, Jungs", keucht Stephan grimmig. „Ich gehe jetzt an Land und donnere die Alte weg. Ich habe die Schnauze voll."

„Bleib mal schön im Wasser, Obelix!", erwidert Felsenbeißer-Chris, die allem Anschein nach genau gehört hat, was der Maurer gesagt hat. „Denn sonst könnte es passieren, dass mir die hier ins Wasser fallen!" Sie hebt eine Hand, und die Männer erkennen etwas Glänzendes zwischen ihren Fingern.

„Verdammt!", hechelt Johann, dem langsam die Luft ausgeht. „Die hat die Schlüssel vom Reisemobil."

„Richtig!", tönt Chris. „Und wenn ihr nicht schön artig seid und genau dort bleibt, wo ihr seid, landen die gleich in der Mosel!"

„Was wollt ihr eigentlich?", ruft Karl, der fühlt, dass ihm die Kräfte aus dem unsportlichen Körper weichen. Außerdem bemerkt er, dass sich die Strömung während der letzten Sekunden leicht verändert hat und nun dabei ist, ihn und seine Begleiter kaum wahrnehmbar stromabwärts in Richtung der Brücke von Bernkastel-Kues zu ziehen.

„Was wir wollen?", ruft die Anführerin. „Eigentlich gar nichts! Wir genießen es nur, euch da so hilflos in der Flussmitte schwimmen zu sehen! Ihr glaubt ja gar nicht, wie herrlich es ist, die Macht über euch Deppen zu haben!"

In diesem Augenblick spüren die *Flachleger* und Johann zum ersten Mal das sanft dumpfe Vibrieren im Wasser. Gegen die stetig stärker werdende Strömung anschwimmend wenden sie die Köpfe und erkennen plötzlich einen extrem tief im Wasser liegenden Lastkahn, der sich in etwa siebzig Meter Entfernung fast geräuschlos wie ein heimtückisches Monster mit gleißenden Scheinwerfern um eine Flussbiegung kämpft und einen Sog verursacht, dem die Männer von Atemzug zu Atemzug mehr ausgeliefert sind. Sie beginnen langsam aber unaufhaltsam auf das Schiff zuzutreiben, während sich der Wasserstand am Ufer schon so weit gesenkt hat, dass erste Befestigungssteine frei liegen.

„Na?", ruft Granit-Chris gehässig, wobei sie noch immer mit den Wohnmobilschlüsseln spielt und einen kurzen Blick auf das Schiff wirft. „Schon mal auf Kollisionskurs mit einem Frachtdampfer gewesen? "

„Hör auf mit dem Scheiß!", schreit Stephan voller Wut. „Das ist kein Spaß! Wir kommen jetzt an Land!"
„Tut, was ihr nicht lassen könnt, ihr kleinen Schiffeversenker!", antwortet die Anführerin der Frauen. „Doch dann könnt ihr die Schlüssel vom Grund der Mosel holen!"
„Hört nicht auf sie!", ruft Johann den *Flachlegern* kurzatmig zu. „Schwimmt zum Ufer!"

Die Teufelsbraut realisiert das komplette Ausmaß der Situation als Erste. Sie stößt einen hohen Schrei aus, und ihr Gesicht wird noch bleicher als sonst. Und endlich erkennt auch Granit-Chris, in welchem Schlamassel sich die nun schneller abtreibenden Männer womöglich befinden. Während ihre beiden Freundinnen wie versteinert wirken, steckt sie Johanns Schlüssel ein und sprintet los. Sie rennt zum Transit, reißt die hintere Seitentür auf, holt ein dünnes, aufgerolltes Seil heraus und setzt sich erneut in Bewegung.
„Kommt mit!", schreit sie den anderen Frauen zu, die sich langsam aus ihrer Schockstarre befreien und nun ebenfalls am Moselufer entlang in Richtung des Lastkahns laufen. Im Wasser hat inzwischen Stephan, der in Billerbeck Mitglied bei der DLRG und der beste Schwimmer der Männer ist, das Kommando übernommen.
„Arbeitet nicht gegen die Strömung!", ruft er immer wieder. „Schwimmt mit ihr und versucht, irgendwie ans Ufer zu gelangen! Haltet euch von der Flussmitte fern! Wenn euch das Schiff erwischt, ist es aus!" Johann und Karl kämpfen und rudern verzweifelt, mit den ersten Anflügen von Todesangst, gegen die permanent stärker werdende Sogkraft, während das Frachtschiff mit seinen hellen Scheinwerfern nur noch etwa dreißig Meter entfernt ist. Einmal gelingt es Johann, in unmittelbare Ufernähe zu kommen. Er greift mit den Händen nach einem großen Stein, welcher jedoch so rutschig und glitschig ist, dass seine Finger keinen Halt finden und er erneut ins Wasser gezogen wird. Als der Kapitän des Frachtkahns die Männer im Scheinwerferlicht bemerkt, sind diese noch gut 25 Meter von ihm entfernt. Er löst augenblicklich ein akustisches Warnsignal aus, stoppt die Maschinen und legt den Rückwärtsgang ein, obschon er natürlich weiß, dass dieses Manöver auf der kurzen Distanz nichts bringt.
Unterdessen befindet sich Chris genau auf Johanns Höhe, der dem Ufer von den Männern am nächsten ist. Sie hetzt einige Meter weiter, klettert blitzschnell die steinige Uferböschung hinab, steht mit beiden Füßen im

Wasser und sieht den Osnabrücker auf sich zu treiben. In diesem Augenblick erscheint die atemlose Rothaarige über ihr.

„Wirf mir das Seil zu, Chris!", brüllt sie. „Und versuche, den Kerl zu kriegen!" Chris schleudert das zusammengerollte Seil nach oben, das Ende behält sie in der Hand. Dann ist Johann bei ihr. Er hat sie gesehen und versucht, mit letzten Kräften ans Ufer zu gelangen. Chris watet einen weiteren Schritt in die Mosel hinein, die sich inzwischen in einen regelrechten Strom verwandelt hat, streckt die Hand mit dem Seilende aus und bekommt den Mann zu fassen.

Karl und Stephan sind zur selben Zeit gut fünfzehn Meter vom Ufer entfernt, als der kleine Beamte einen Krampf im rechten Bein bekommt. Er schreit vor Schmerzen, und für drei Sekunden verschwindet sein Kopf unter Wasser. Mit starken Schwimmzügen erreicht Stephan ihn und langt zu. Er erwischt Karl am Oberarm und zieht ihn zu sich heran.

„Alles wird gut! Ich hab dich!"

„Mein Bein!", schreit Karl außer sich. „Ich kann mich nicht bewegen!"

Stephan wirft einen Blick auf den Kahn, der nur noch höchstens zwanzig Meter von ihnen entfernt ist. An der Reling erkennt er Menschen, die aufgeregt hin und her laufen und ihnen zuwinken.

„Wir müssen zum Ufer!", brüllt Stephan, der nun ebenfalls Mühe hat, ruhig und besonnen zu bleiben. „Wir sind zu weit in der Mitte!" Er fasst Karl unter die Arme, begibt sich in Rückenlage und versucht, sich und seinen Freund aus der Gefahrenzone herauszuholen. Er hat als Rettungsschwimmer genug Erfahrung, um zu wissen, dass er jetzt möglichst weit aus der Fahrlinie des riesigen Ungetüms kommen muss, denn selbst wenn dieses sie nicht mit dem Bug erwischt, könnte der Seitensog des Schiffes sie am Kahn entlangziehen und nachher gefährlich nahe an die Schiffsschrauben bringen. Karl wendet den Kopf und sieht das bedrohliche Monster direkt auf sich zukommen.

„Wir schaffen es nicht!", schreit er wild um sich schlagend. Dunkles Wasser schwappt ihm übers Gesicht, und er schluckt, hustet, schluckt erneut und brüllt. Er trifft Stephan mit einem Ellenbogen so heftig an der Stirn, dass dieser für eine Sekunde die Orientierung verliert und ihn loslässt. Als das Schiff nur noch zehn Meter von den beiden *Flachlegern* entfernt ist, versinkt Karl wie ein Stein in den Fluten der Mosel.

Johann hält das Seil mit tauben Fingern. Die Wucht des Flusses lässt ihn noch einige Meter abtreiben, sodass Chris durch das gespannte Tau ebenfalls stürzt und halb ins Wasser, halb auf die rutschigen Steine fällt.

„Halt uns!", ruft sie ihrer rothaarigen Freundin beherrscht zu, während sie nun ebenfalls am Seil hängt. „Nicht loslassen!" In diesem Augenblick tritt die wuchtige Gothic-Anhängerin zu der zarten Person an Land und greift ebenfalls nach dem Seil. Sie wickelt es sich um den massigen Körper und stemmt sich mit aller Kraft gegen das Gewicht, das die Mosel und die an dem Tau hängenden Körper verursachen. Chris rappelt sich hoch, findet kniend Halt zwischen zwei Steinbrocken und zieht Johann wie ein übervolles Fischernetz zu sich heran. Er ergreift ihre Hand und lässt sich, kraftlos und völlig außer Atem, von ihr auf die Felsen ziehen, wo er schlapp und zuckend liegenbleibt. In diesem Augenblick passiert das Schiff die Höhe, auf der sich Johann und die Frauen befinden. Chris hört die dröhnend stampfenden Motoren, riecht, wegen des von Bernkastel kommenden Windes, die Dieselabgase und sieht, dass das Schiff so tief im Wasser liegt, dass selbiges fast über die Reling läuft. Doch sie sieht noch etwas. Und dieses Etwas lässt ihr zum ersten Mal seit vielen Jahren, seit der Nacht, in der sie sich von einem jungen, naiven Mädchen in eine erwachsene Frau verwandelte, wieder das Blut in den Adern gefrieren.

Als er hochkommt, realisiert er das Schiff zwei Meter schräg vor sich. Obschon er sich nicht in der Mitte des Flusses befindet, saugt der Strom ihn zum Schiffsrumpf hin und mit übernatürlicher Kraft gegen die stählerne Seitenwand des Kahns. Wasser und Adrenalin dämmen den Schmerz, als Karl mit der Schulter gegen das noch immer fahrende Schiff gepresst wird und erneut unter Wasser gerät. Unbewusst unterdrückt er den fast übermenschlichen Drang, nach Luft zu schnappen. Immer und immer wieder prallt er wie in Zeitlupe gegen die Schiffswand. Er dreht sich, macht sich klein, schluckt Wasser und spürt plötzlich etwas Festes unter seinen Füßen. Mit letzter Kraft streckt er die Beine, drückt sich ein wenig von dem langsamer werdenden Schiff ab und versucht einige verzweifelte Schwimmbewegungen durch die totale Finsternis. Das Dröhnen und Vibrieren um ihn herum wird lauter und lauter, als er immer weiter in Richtung der Schiffsschrauben gerät. Und da erstirbt das Beben, das Pochen, das Toben urplötzlich, und Karl fühlt, dass die Maschinen gestoppt wurden und sich die Schrauben langsam ausdrehen. Noch einmal unternimmt er hilflose Schwimmzüge und kommt endlich wieder an die Wasseroberfläche.

Das Erste, was er sieht, ist das tief liegende, sich langsam von ihm entfernende Heck des Schiffes und der noch immer dampfende Schornstein. Und als er wahrnimmt, dass ihm ein Mann vom Kahn aus einen Rettungsring zuwirft, spürt er, wie er erneut von kräftigen Händen gepackt und aus dem langsam sterbenden und sich beruhigenden Strudel und Chaos gezogen wird. Und endlich spürt er gar nichts mehr.

Die noch völlig bekleidete Chris und der nahezu entkräftete Stephan schwimmen gemeinsam durch das zurückströmende und ansteigende Wasser. Karl hängt wie eine leblose Puppe zwischen seinen Rettern. Am Ufer haben sich inzwischen etwa zehn Menschen eingefunden. Überall wird gerufen, telefoniert und gestikuliert. Einige Männer stehen bis zu den Hüften in der Mosel, und in der Ferne ertönt die Sirene eines Rettungswagens. Mit vereinten Kräften erreichen sie die Uferbefestigung und legen Karl rücklings auf die Steine. Fremde Hände greifen zu, ziehen den nackten Beamten ins Gras und starten augenblicklich mit Wiederbelebungsversuchen und Erste-Hilfe-Maßnahmen. Stephan stürzt sich, nachdem er einige Male durchgeatmet hat, triefnass und vor Angst heulend, auf die um seinen Freund Versammelten, stößt ein, zwei Unbekannte zur Seite und beginnt sofort mit der Herzmassage. Nach dreißig Stößen hält er Karl die Nase zu und bläst ihm zweimal Luft in den Mund. Dann fährt er mit der Massage fort. Bittere Tränen schießen ihm aus den Augen, und beinahe hätte er dem Sanitäter, der ihm von hinten an die Schulter fasst, mitten ins Gesicht geschlagen. Wie in Trance lässt er sich schließlich von Chris und Johann dazu bewegen, seinen fast tauben Körper in die Höhe zu wuchten, um die Profis ihre Arbeit machen zu lassen.

XXX

Gegen halb elf stehen Stephan, Johann und die drei Freundinnen im Halbkreis vor der geschlossenen Hintertür des Krankenwagens. Sie alle sind in warme Decken gehüllt und beantworten geduldig die Fragen eines Polizisten, der es einfach nicht begreifen kann, wie drei erwachsene, nüchterne Männer so dumm sein können, bei Schiffsverkehr im Dunkeln in der Mosel baden zu gehen.
„Ihr Freund hätte tot sein können, ist Ihnen das klar?" Der Beamte schüttelt den Kopf. „Was sage ich? Sie hätten alle tot sein können. Wissen Sie, wie viele Übermütige wir jedes Jahr als Leichen aus diesem Fluss ziehen?"

Johann und Stephan senken schuldbewusst die Blicke.

„Ich fasse es nicht", murmelt der Polizist und macht sich eine weitere Notiz in seinen Block. „Das ganze Jahr über wahrscheinlich unauffällige Bürger und im Urlaub das Gehirn ausschalten. Immer das Gleiche mit den Touristen." Er klappt den Block zu. „Entschuldigen Sie, aber so viel Dummheit macht mich aggressiv. Leider kann ich Sie für Ihren Bockmist nicht einmal strafrechtlich belangen, weil das Baden in der Mosel grundsätzlich nicht verboten ist, und das, was passiert ist, letztlich ein Unfall war." Er steckt die Schreibutensilien in seine Uniformjacke und schüttelt erneut das gerötete Gesicht. „Wie dem auch sei. Mit dem Schiffsführer habe ich ja bereits gesprochen. Er hat sich während des Vorfalls vorschriftsmäßig verhalten, so dass es in Ordnung ist, dass er die Fahrt nach seinem kurzen Stopp fortgesetzt hat. Ihre Aussagen habe ich notiert und werde, sofern ich bei dem ganzen Trubel in der Stadt überhaupt dazu komme, heute Nacht noch das Protokoll tippen. Ich bitte Sie, morgen gegen elf aufs Revier zu kommen, um es zu unterschreiben." Der Gesetzeshüter dreht sich um und geht griesgrämig seiner Wege. Die Fünf sehen sich schweigend an, als die Tür des Krankenwagens geöffnet wird und der Notarzt herauskommt.

„So, die Herrschaften! Dem Herrn Bauer geht es schon wieder recht gut. Vielleicht sogar etwas zu gut, wenn man bedenkt, dass er gerade nach einem Bier verlangt hat. Er hatte eben wohl nur einen kleinen Schwächeanfall, also nichts Dramatisches." Und mit einem Blick auf Stephan. „Ihre Rippenquetsch-Aktion war demnach gänzlich überflüssig. Ihr Freund war wegen des recht turbulenten und ereignisreichen Tages und der Überanstrengung lediglich kurz bewusstlos, was jedoch ganz anders hätte ausgehen können, wenn Sie ihn nicht direkt aus dem Wasser geholt hätten." Der Arzt nickt anerkennend und betrachtet erst Stephan und anschließend Chris. „Um es mal klar und deutlich auszudrücken: Sie haben Ihrem Freund definitiv das Leben gerettet. Ohne Sie wäre er ertrunken."

Stephan nickt langsam. „Und jetzt? Was machen Sie mit ihm?"

Der Arzt zuckt mit den Schultern. „Wie ich sagte, geht es ihm recht gut. Wir haben soweit alles durchgecheckt. Die Körperfunktionen und Werte sind in Ordnung, wenn man von einigen kleineren Prellungen absieht, die aber nicht weiter schlimm sind. Wir nehmen ihn über Nacht zur weiteren Beobachtung mit ins Cusanus-Krankenhaus hier in Kues, obwohl er schimpft wie ein Rohrspatz. Ich denke, dass der Glückliche morgen früh wieder entlassen wird."

„Vielen Dank, Herr Doktor", sagt Stephan erleichtert und zieht die Decke enger um seinen massigen Bauch. „Brauchen Sie noch irgendetwas von Karl? Ausweis, Adresse, Krankenkassenkarte?"
„Es wäre gar nicht schlecht, wenn Sie diese Sachen noch eben holen würden", antwortet der Arzt. „Und packen Sie ihm auch was zum Anziehen ein. Ihr Freund ist ja noch immer komplett nackt."

XXX

„Das habe ich nicht gewollt", flüstert Chris und zieht an ihrer Zigarette. „Das müsst ihr mir glauben." Es ist mitten in der Nacht, und auf der kleinen Halbinsel zwischen Yachthafen und Mosel ist wieder Ruhe eingekehrt. Der Mond steht voll und leuchtend am Himmel und bescheint den träge dahinfließenden Fluss, als könne dieser kein Wässerchen trüben. Die fünf so unterschiedlichen Menschen sitzen vor Johanns Wohnmobil, hören U2, trinken Bier und Wodka und schaffen es vor Müdigkeit einfach nicht, ins Bett zu gehen. Auf dem Tisch stapeln sich leere Zigarettenpackungen, Raviolidosen, Teller und diverse Flaschen.
„Es ist, wie es ist", sagt Stephan gedankenverloren, krault Eugen hinter den Ohren und stürzt ein halbes Wasserglas Wodka hinunter. „Und du hast deinen Fehler wiedergutgemacht. Schwamm drüber!" Chris fährt sich unbewusst über den dunklen Flaum über ihrer Oberlippe, drückt die Zigarette im Ascher aus und greift ebenfalls nach ihrem Glas.
„Nein, so einfach ist das nicht. Ich habe mich von meiner verdammten Ideologie und meinem übertriebenen Hass auf alles Männliche leiten lassen. Ich habe euch unrecht getan und euch zudem in große Gefahr gebracht. Dafür hasse ich mich." Ivy streicht sich eine ihrer roten Locken aus dem Gesicht und ergreift die Hand ihrer Freundin.
„Mach dich nicht fertig, Christine. Du hast fürchterliche Jahre hinter dir. Es nimmt dir keiner übel, dass du manchmal so…hart und unnachgiebig bist. Aber glaube uns: Wir wissen, wer du wirklich bist." Chris sieht Ivy an. „Mein kleiner Engel, ich danke dir. Aber das ändert nichts an der Tatsache, dass ich mich eben wie eine hirnlose Schwachsinnige verhalten habe." Sie nimmt die Rothaarige in den Arm und drückt sie fest an sich. Wenige Sekunden später erhebt sich auch die noch immer in ihr schwarzes Kleid gehüllte Dritte, um sich über ihre Freundinnen zu beugen und ihr Gesicht in deren Haare zu drücken. Dabei murmelt sie:

„Drei Menschen - eine beschissene Vergangenheit, eine bessere Zukunft.“ Johann öffnet sich eine Flasche Bier und betrachtet das Etikett so aufmerksam, als stünde dort das Geheimnis des Lebens abgedruckt. Dann hebt der den Kopf und sieht auf die drei Frauen.
„Was ist denn passiert? Oder ist die Frage zu indiskret?“ Chris wirft ihm einen freundlichen aber bestimmten Blick zu.
„Entschuldige, aber unsere Lebensgeschichten gehen nun wirklich keinen etwas an.“
Johann nickt langsam und nippt an seinem Pils.
„In Ordnung, kann ich verstehen.“ Chris lächelt.
„Natürlich kannst du das. Schließlich sagt man euch ja auch nach, dass ihr überaus sensibel und feinfühlig sein könnt.“ Johann zieht die Stirn kraus.
„Euch?“
„Johann!“, antwortet Chris mit einem leicht rauen Unterton. „Hältst du mich für blöd?“ Während der gutaussehende Motivationstrainer langsam kapiert, worauf Chris hinauswill, versteht Stephan nur Güterbahnhof.
„Hä?“, fährt es aus ihm heraus. „Habe ich irgendetwas verpasst?“
Die empathische Ölplattform-Malocherin schaut den Maurer irritiert an.
„Du weißt es nicht? Ich glaube, du siehst nicht nur aus wie ein Braunkohlebagger, du denkst und fühlst auch wie einer.“
„Was weiß ich nicht?“, will Stephan nun etwas eindringlicher in Erfahrung bringen. Chris betrachtet Johann ein paar Sekunden lang neugierig.
„Er weiß es wirklich nicht?“ Johann schüttelt den Kopf.
„Warum sollte er? Das war nie Thema zwischen uns.“
„Und, darf er es wissen?“ Johann dreht seinen Kopf in Stephans Richtung.
„Warum nicht?“
Während sich Ivy und Birgit wieder auf ihre Stühle setzen und Chris sich einhändig eine Zigarette dreht, verzieht das Billerbecker Schwergewicht das Gesicht.
„Was darf ich wissen?“
„Dass ich schwul bin, mein lieber Stephan“, antwortet Johann ruhig.
Während der Erhellte fast vom Glauben abfällt und seinen letzten Wodka beinahe wieder ausspuckt, bläst Chris lachend Rauch in den sternenklaren Nachthimmel.
„Und dafür müsste ich dich eigentlich noch mehr hassen als alle anderen Kerle, Johann. Schließlich bist du nicht nur ein Mann, sondern auch noch einer, der Frauen selbst im Bett ablehnt.“

Nachdem sie Samstagmorgen völlig verkatert gemeinsam gefrühstückt haben, machen sie sich bei bereits 25 Grad und strahlendem Sonnenschein, mit Eugen an der Leine, zu Fuß auf den Weg zum etwa zwei Kilometer entfernten Polizeirevier, um ihre Aussagen zu unterschreiben. Anschließend geht die Gruppe die wenigen hundert Meter weiter bis zum Krankenhaus.

„Und ihr meint, dass es in Ordnung ist, wenn wir Karl direkt dazu nötigen, den Weg bis zum Campingplatz zu laufen?", fragt Stephan, dessen Gesicht man deutlich anmerkt, dass er es nicht in Ordnung findet, dass die anderen auf Auto und Fahrräder verzichten wollten.

„Stephan", antwortet Birgit, der ebenfalls erste Schweißperlen auf der Stirn stehen. „Vom Krankenhaus bis zum Wohnmobil sind es keine 2000 Meter. Wenn wir das schaffen, schafft Karl das erst recht. Außerdem tut ihm ein wenig lockere Bewegung ganz gut."

„Lockere Bewegung, dass ich nicht lache!", kontert Stephan. „Mir kommt das hier eher vor wie ein Marsch durch die Serengeti-Wüste. Ich bin kurz vorm Verdursten!"

„Das, mein lieber Freund, liegt an deinem Nachdurst, nicht an den paar Metern, die du bis jetzt gelaufen bist", meint Johann grinsend, dem der Anstieg zum Krankenhaus nicht das Geringste auszumachen scheint. „Karl hat eben am Telefon ganz klar gesagt, dass er sich super fühlt und gerne ein paar Schritte gehen möchte."

„Du sei mal ruhig, du warmer Bruder!", schnauft der Maurer. „Mit dir bin ich fertig. Uns jahrelang deine Homosexualität zu verheimlichen - schäbig!"

„Ach ja?", erwidert Johann feixend. „Dann waren deine Gefühle für mich heute Nacht also nur vorgetäuscht?" Stephan verzieht das gerötete Gesicht.

„Ich habe keine Ahnung, wovon du redest." Johann lässt sich ein paar Meter zurückfallen und greift lachend nach der Hand des Riesen, die dieser sofort zurückzieht.

„Ich rede davon, dass du mir, auf meiner Bettkante sitzend, einen Vortrag darüber gehalten hast, wie wichtig Toleranz und Nächstenliebe in der heutigen Zeit doch sind."

„Mein Gelaber von letzter Nacht kann man doch nicht ernst nehmen. Ich war total besoffen!"

„So, so", lacht Johann noch immer. „Und was war, als du mir sagtest, dass ich der netteste Schwule auf der ganzen Welt sei?"

„Ich sagte doch", wehrt sich der Maurer mit Händen und Füßen, „dass ich besoffen war. Außerdem kenne ich nur einen Homo, wodurch das Kompliment drastisch abgeschwächt wird." Chris rempelt Stephan von der Seite an und zwinkert ihm verstohlen zu.

„Recht so, du wandelnder Berg. Wir, die wir auf Frauen stehen, sollten grundsätzlich keine anders gepolten Menschen akzeptieren. Ich würde mich zumindest freuen, dich demnächst in unserer Gender-Gruppe begrüßen zu dürfen. Du würdest perfekt zu uns passen."

„Ach, lasst mich doch alle in Ruhe!", motzt der Billerbecker. „Ich habe das Gefühl, nur noch von Bekloppten umgeben zu sein. Der eine verschweigt mir, dass er schwul ist und wahrscheinlich seit zwei Jahren heimlich von mir träumt, und die anderen laden mich zu ihrer Feministinnen-Gruppe ein, damit ich mit ihnen Bauklotztürmchen für den Weltfrieden baue."

„Bauklotztürmchen?", fragt Ivy, die Eugen an der Leine hat, und mustert den Billerbecker mit ihren braunen Augen.

„Natürlich!", antwortet Stephan. „Wir haben das Spiel auch zu Hause. Das Problem ist nur, dass ich das mit meinen Kindern jetzt nie mehr spielen kann, ohne an euch Verrückte zu denken."

„Hey, du Bauklotzturm", flüstert Johann Stephan zu. „Was du daheim mit deinen Kleinen spielst, ist *„Jenga"*. Chris redet jedoch von *„Gender"*. Das spricht sich für einen Premium-Hauptschul-Absolventen zwar fast gleich aus, ist jedoch etwas völlig anderes."

„Wisst ihr was, ihr Verdrehten?", schnauft Stephan. „Ich habe echt nichts gegen Randgruppen, doch ich glaube, Homos und Gender-Aktivistinnen finde ich zum Kotzen! Ich freue mich zumindest schon wieder auf meinen Karl. Der ist wenigstens normal."

Als sie den Eingangsbereich des Cusanus-Hospitals betreten, kommt der kleine Beamte ihnen bereits freudestrahlend mit seiner Reisetasche entgegen.

„Das hat aber lange gedauert. Dachte schon, ihr hättet mich vergessen. Ich war schon drauf und dran, mir ein Taxi zum Campingplatz zu nehmen."

„Das rufen wir uns jetzt auch", mault Stephan und drückt den Freund fest an seine Brust. „Und ich zahle. Schön dich zu sehen."

„Ich freue mich auch", krächzt Karl. „Es wäre trotzdem schön, wenn du mir nicht schon wieder sämtliche Rippen brechen würdest."

„Oh, entschuldige", brummt der Maurer und stellt seinen Kumpel wieder auf den Boden. Johann tritt nun ebenfalls auf Karl zu. „Da hast du uns gestern aber einen schönen Schrecken eingejagt. Komm her!" Er nimmt ihn in die Arme und drückt ihm einen Kuss auf die rechte Wange.

„Schon wieder!", beschwert sich der Dickere. „Habe ich dir nicht gestern schon gesagt, dass ich es nicht mag, von Kerlen abgeknutscht zu werden? Man könnte ja meinen, du seist vom anderen Ufer."

„Für heute Nacht steht unser Bett zumindest noch auf derselben Uferseite", neckt Johann ihn. „Schön, dass es dir gut geht." Karl löst sich lächelnd von dem Osnabrücker, boxt ihm kumpelhaft gegen die Schulter und schaut zum ersten Mal auf die drei Frauen, die etwas abseits der Szene stehen und ein wenig schüchtern wirken.

„Hey!", ruft Karl den Freundinnen mit plötzlich versteinertem Gesicht zu. „Bin ich eine Kinoleinwand, oder warum glotzt ihr so blöd? Noch nie einen Menschen gesehen?" Doch so sehr er sich auch anstrengt, es will ihm nicht gelingen, das ernste Gesicht noch länger vorzutäuschen. Als er eine Sekunde später auf die Frauen zugeht, reicht sein Grinsen von einem Ohr zum anderen. Er tritt vor Chris, sieht an ihr hoch und sagt: „Mir wurde erzählt, was ihr gestern für mich getan habt. Vielen Dank! Ohne euch wäre ich jetzt Vergangenheit." Chris nickt bedächtig und lächelt ebenfalls.

„Gern geschehen. Doch etwas musst du mir versprechen, bevor ich dich noch einmal aus einer brenzligen Lage befreie."

„Und das wäre?" Ölplattform-Chris verschränkt die behaarten Arme vor der Brust und antwortet:

„Zieh` dir das nächste Mal etwas an. Du glaubst nicht, was mich das für eine Überwindung gekostet hat, einem nackten Mann so nahe zu kommen."

„Okay", erwidert Karl und reicht der burschikosen Frau die Hand. „Versprochen!" Chris ergreift sie und legt den Kopf auf die Seite.

„Und noch was: Ist dein Freund immer so klein?" Karl sieht sie grinsend an.

„Nein, nur wenn ich aufgeregt bin."

XXX

„Kommt ihr mit?", will Karl wissen. „Wir wollen zum Weinfest, rüber auf die andere Moselseite."

„Danke, dass ihr fragt", antwortet Birgit und kratzt sich an ihrem Teufels-Tattoo. „Aber wir lassen es heute etwas ruhiger angehen, da wir morgen ziemlich früh fahren wollen. Chris hat morgen Abend bereits wieder Nachtschicht im Altenheim."

„Zumindest ist es gut, dass wir mit eurer Karre noch gemeinsam in der Werkstatt waren", meint Stephan lächelnd. „Die hätte euch sonst nämlich nicht mehr bis nach Hause gebracht."
„Denke ich auch", sagt Chris, die standesgemäß über einer Kunststoffschüssel hockt und, in Ermangelung eines männlichen Sklavens, Geschirr spült. „Schön, dass du darauf bestanden hast, mit uns loszufahren."
„Das war rein egoistisch gedacht", witzelt Karl. „Ansonsten hätten wir uns, barmherzig wie wir sind, wahrscheinlich noch breitschlagen lassen, euch nach Castrop-Rauxel zu bringen. Und unterwegs hättet ihr mir und Stephan dann das ganze Bier weggetrunken."
„Wahrscheinlich wäre es so gekommen", grinst Chris, wirft das Trockentuch weg und kommt auf die Männer zu, um sie einzeln zu drücken.
„Wir wünschen euch einen schönen Abend und eine gute Heimreise. Wir werden uns ja wohl nicht mehr sehen."
„Zumindest nicht in der nächsten Zeit", meint Johann. „Aber das mit dem Glühweinabend in Stephans Partykeller machen wir auf jeden Fall."
„Klar!", tönt der Maurer an Chris gewandt. „Der Kontakt läuft über Karl. Der hat sich deine Handynummer ja aufgeschrieben. Und dann spielen wir die ganze Nacht *Gender*. Und ihr lernt unsere Frauen…äh,…und Johanns Freund kennen."
„Auf den bin ich besonders gespannt", erwidert Chris und fährt sich über ihren rasierten Schädel. „Hauptsache, ihr kommt nicht auf die bescheuerte Idee, nachts noch schwimmen zu gehen. Nochmal lasse ich mir meine Frisur nicht wegen so dummer Kerle zerstören."

Als sie vom Campingplatz radeln, ist es kurz nach sieben. Die Männer haben sich in ihre besten Klamotten geworfen, tragen alle drei Jacketts, welche Johann den Kumpels und sich selbst in einem Anflug von glückseliger Spendierlaune noch für den geplanten Abend in einer Boutique gekauft hat, und stinken drei Meilen gegen den Wind nach Parfum und Rasierwasser.
„Und Eumel wollte nicht mit?", fragt Johann, während sie durch die laue Sommerluft auf der L47 Richtung Kues fahren.
„Nein", antwortet Karl. „Ich habe ihn extra gefragt, aber er meinte, er wolle sich lieber im Fernsehen ein paar alte „*Lassie*"-Folgen ansehen. In die ist er schon seit Jahren verliebt."
„Ist die nicht ein wenig groß für ihn?", schaltet sich Stephan ein.
„Ach, Balu! Wo wahre Liebe ist, spielt Größe keine Rolle. Den Satz müsstest du doch eigentlich von deiner Frau kennen."

„Musst du gerade sagen! Du mit deinem mickrigen Regenwurm.“
„Hey!“, erbost sich Karl. „Das lag nur am kalten Wasser.“
„Logisch! Und daran, dass du aufgeregt warst, schon klar.“
„Sagt mal“, ertönt in diesem Augenblick Johanns Stimme. „Ist euch eigentlich mal aufgefallen, wie häufig sich Heteros über ihre primären Geschlechtsteile unterhalten? Aber über uns Schwule herziehen.“
„Sei du mal lieber ruhig, wenn sich echte Männer unterhalten, du Mädchen!“, meckert Stephan. „Sag uns lieber, was du dir heute für uns ausgedacht hast. Ich will nämlich auf keinen Fall das Feuerwerk verpassen.“
„Wirst du nicht, Big Man. Doch noch verrate ich nichts.“
„Meine Güte, der Kerl hält dicht wie ein Schließmuskel. Ich wollte es auch nur noch mal erwähnt haben. Nicht, dass du uns gleich in irgendein kulturell wertvolles Museum schleppst, wo sie eine Abendführung für so hypersensible Weichpinsel wie dich anbieten.“

Sie ketten ihre Räder an einer Laterne fest und stürzen sich ins Getümmel des Weinfestes. Überall in den schmalen Gassen mit den windschiefen, wunderschönen Fachwerkhäusern sind Buden und Stände aufgebaut, an denen regionale Weine, Backwaren, Bratwürste, Spanferkel, Handwerkskunst und andere Dinge feilgeboten werden. Auf dem historischen Marktplatz, auf dem sich um diese Zeit mindestens 2000 Menschen befinden, ist das Gedränge besonders groß. Auf einer Bühne spielt eine Cover-Rockband Stücke von Queen, Deep Purple und Led Zeppelin nach, und überall wird getanzt, gesungen, geklatscht, gefeiert und getrunken. Johann und die *Flachleger* pilgern von einem Winzer-Stand zum nächsten, verkostigen Unmengen von Weinproben und landen schließlich an einem Bierstand, der zwar etwas abseits des Marktplatzes liegt, wo sich jedoch nicht ganz so viele Besucher tummeln, sodass sie einen freien Stehtisch ergattern können. Zwischen einem großen Schluck Pils und einem Korn beginnt Stephan erneut damit, Johann mit Fragen zu löchern.
„Was machen wir denn jetzt? Das Feuerwerk beginnt in vierzig Minuten.“ Johann nippt an seinem Riesling und stellt das Glas auf den Tisch.
„Na gut, du gibst ja sonst sowieso keine Ruhe. Also, Jungs. Ich habe für uns etwas ganz Besonderes geplant.“
„Das sagtest du bereits mehrfach“, bohrt Karl nach. „Aber was hast du genau vor?“ Johann wirft den Kopf von einer Seite auf die andere, so als würde er darüber nachdenken, ob er seinen neuen Freunden das Geheimnis tatsächlich erzählen soll.

„Okay, ihr Hetero-Quälgeister! Ich habe uns drei Plätze auf einem Ausflugsschiff reserviert, das um viertel vor neun vom Steg ablegt und während des Feuerwerks mitten auf der Mosel verweilen wird. Vom Oberdeck aus hat man, bei gepflegten Getränken, den besten Blick auf das Pyro-Spektakel, die Stadt und die erleuchtete Burgruine Landshut. Anschließend gibt es für die Gäste noch ein hübsches 3-Gänge-Menü der First-Class-Kategorie, während das Schiff zunächst ein paar Kilometer stromabwärts fährt und gegen elf wieder in Bernkastel ist.“
Stephan und Karl strahlen um die Wette.
„Und das hast du wirklich für uns gebucht?“, fragt Karl mit leuchtenden Augen. „Das war doch bestimmt teuer.“
„Na ja“, sagt Johann und sieht ein wenig verlegen aus. „Zunächst hatte ich es ja für mich und meinen Freund arrangiert. Als ich jedoch erfuhr, dass er nicht mitfahren kann, habe ich halt noch einen Platz dazu reserviert.“
„Johann!“, ruft Karl in bester Feier- und Alkoholstimmung und drückt den Motivationstrainer für einen Moment an sich. „Du bist der netteste Schwule, den ich kenne.“
„Den Satz habe ich heute doch schon mal gehört“, erwidert Johann mit einem Blick auf den errötenden Maurer.
„Äh, jetzt lasst uns mal lieber losgehen und nicht so viel Blödsinn verzapfen“, fordert Stephan seine zwei Begleiter verlegen auf. „Die anderen Leute gehen auch schon alle.“ Johann sieht sich um und bemerkt tatsächlich immer mehr Menschen, die sich an ihnen vorbei in Richtung Mosel drängen.
„Die müssen sich aber auch noch gute Plätze besorgen. Auf der Brücke und den beiden Uferseiten werden gleich immerhin mindestens 15.000 Leute stehen. Da kann es schon ein wenig eng werden.“
„Egal!“, sagt Stephan und leert sein Bierglas. „Ich muss jetzt los! Ich kann hier nicht so tatenlos rumstehen und warten. Als der Herrgott die Geduld verteilt hat, habe ich mir gerade meine zweite Portion *Bauch* abgeholt.“

Sie begeben sich mitten in die zu den Moselufern und der Brücke fließenden Menschenmassen und kommen sich nach ein paar Sekunden vor, wie Ölsardinen in einer zu eng geratenen Büchse. Irgendwann ist das Gedränge so groß, dass sie es nicht mehr schaffen, zusammenzubleiben. Während Johann und Stephan weiter vorne mit dem Strom ziehen, fällt Karl, trotz aller Bemühungen und diverser Rempelaktionen, stetig weiter zurück. Nachdem ihm seine beiden Kumpels immer wieder unverständliche Zeichen gegeben und Dinge zugerufen haben, er jedoch nichts verstanden hat, gibt er seine

Bemühungen schließlich auf, zeigt ihnen mit dem erhobenen Daumen an, dass alles okay ist, und lässt sich von der Menge einfach nur noch treiben. Schließlich hat er die engen Gassen verlassen, überquert mit hunderten anderer Körper die gesperrte Hauptstraße und befindet sich Sekunden später auf dem riesigen Parkplatz, der direkt zwischen der Stadt und den Anlegestellen an der Mosel gelegen ist. Während der letzten Minuten hat er sich zwischenzeitlich immer wieder an Stephans Hinterkopf orientiert, den er dann und wann aus der Menge emporstechen sah. Nun sieht er nichts. Er begibt sich in Richtung der vertäuten Schiffe, deren Zahl er auf etwa sieben bis acht schätzt. Während einige unbeleuchtet und wie leblos im Wasser liegen, erkennt Karl, dass drei von ihnen in diesem Moment Fahrgäste aufnehmen. Er stellt sich auf den Rand eines großen Blumenkübels und lässt seinen Blick wie ein Adler über die Köpfe und Körper der Menschen schweifen, die in langen Schlangen und Trauben vor den jeweiligen Gangways und Passagierstegen stehen und langsam in den Bäuchen der Schiffe verschwinden.

Und da sieht er Stephan. Sein Kopf ragt wie die Spitze einer Boje aus dem wogenden Meer heraus. Karl kann sein Gesicht zwar nicht deutlich erkennen, er ist sich jedoch sicher, ihn vor dem *„Mosel-Jet"* ausgemacht zu haben - dem modernsten und sportlichsten der beleuchteten Schiffe. Zudem sind die Leute, die in dieser Schlange stehen, ähnlich vornehm und fein gekleidet wie er und seine beiden Kumpels, während die Menschen in den anderen Warteschlangen deutlich legerer und unauffälliger angezogen sind. Das wird es wohl sein, denkt er und ballt erleichtert eine Rocky-Faust. Johann sagte ja, dass es sich um eine First-Class-Aktion handelt; sonst hätte er uns heute ja auch nicht die Jacketts geschenkt.

Er mischt sich unter die feine Gesellschaft und ist froh, als ihn ein Mitarbeiter des schnittigen Ausflugsschiffes, als einen der Letzten, gegen zwanzig vor neun ohne Kartenkontrolle oder blöde Fragen an Bord lässt. Kurz bevor er die stählerne Gangway betritt, erkennt er noch ein großes Schild neben dem Eingang, auf dem *„Mosel-Jet - Das schnellste Fahrgastschiff zwischen Trier und Koblenz. Heute: Geschlossene Gesellschaft!"* zu lesen ist. Über eine Treppe gelangt er, wie alle anderen Gäste auch, auf das nicht überdachte Oberdeck des Schiffes, das wegen seiner überschaubaren Größe fast aus allen Nähten zu platzen droht. Es ist so eng und voll wie in den Straßen des Weinstädtchens, nur dass hier überall vornehm wirkende Service-Kräfte herumlaufen, die den Passagieren Champagner, Orangensaft und kleine Häppchen anbieten. Karl bedient sich großzügig, und als der *„Mosel-Jet"* gegen fünf vor neun ablegt und die zwei mächtigen Dieselmotoren das gesamte Deck leicht vibrieren lassen, hat er bereits zwei Gläser des teuren Schaumweines und sechs Lachs-Cracker verdrückt. Er hat es aufgegeben, in dem Gedränge nach Johann und Stephan zu suchen, da er sich sicher ist, die beiden spätestens unter Deck an ihrem Tisch wiederzusehen. Er überlegt zwar kurz, ob er Stephan mit dem Handy anrufen soll, nach einem Griff in die Innentasche seiner Jacke muss er jedoch feststellen, dass sich dort lediglich der Zettel mit der Nummer von Gender-Chris befindet. Der Kapitän steuert das Hochgeschwindigkeitsschiff sicher und äußerst gemächlich in die Flussmitte, wo die anderen zwei Schiffe bereits liegen, um die Kraft der Motoren schließlich zu drosseln und mehr oder weniger auf der Stelle zu stehen. Karl blickt sich um und erkennt die bevölkerten Ufer und die Brücke, die ebenfalls voller Schaulustiger ist. Weit über der Stadt sieht er die angestrahlte Burgruine Landshut, die in diesem Licht noch mehr wie eine geheimnisvolle Festung aus vergangenen Jahrhunderten wirkt als bei Tageslicht.

Und schließlich beginnt das Feuerwerk. Es wird zeitgleich von der Ruine und von einem abgesperrten Teil des rechten Moselufers abgeschossen und versetzt die mehreren Tausend Zuschauer in regelrechte Begeisterungsstürme. Während sich Karl nie sonderlich für Feuerwerke, Raketen und Böller interessiert hat, nimmt ihn das Spektakel, welches ihm jetzt geboten wird, völlig gefangen. Stetig an seinem dritten, vierten oder fünften Champagner nippend, verfolgt er die immer neuen Figuren, Lichtkegel, Blitze und Explosionen wie in einem wunderbaren, aufregenden Traum. Er fühlt sich großartig in seinem dunkelgrauen Jackett und seiner aufgeputschten Promille-Laune.

Unfassbar, denkt er. Gestern um diese Zeit hätte ich in diesem Fluss beinahe mein Leben verloren und jetzt stehe ich hier und trinke Champagner. Gerührt blickt er sich um, ob er Stephan und Johann in dem Gewühl nicht doch irgendwo sieht. Er würde den Moment nur zu gerne mit ihnen teilen. Als er sie jedoch nicht findet, wendet er den Blick stattdessen wieder zum erleuchteten, brennenden Himmel.

„Danke, Gott! Das werde ich dir nie vergessen", murmelt er, der, im Gegensatz zu Marianne, nie sonderlich gläubig gewesen ist, leise und schwört sich in diesem Augenblick, in Zukunft alles besser zu machen, alles bewusster und dankbarer anzugehen. Und er nimmt sich mit feuchten Augen und einem Glücksgefühl, welches wie Lava durch seinen Körper strömt, vor, den 31. August von nun an als seinen zweiten Geburtstag anzusehen.

Als das Feuerwerk zwanzig Minuten später vorbei und die letzte gewaltige Explosion verklungen ist, wird auf den Oberdecks der drei Schiffe, an den Ufern und auf der Brücke frenetisch applaudiert. Der Klang der klatschenden Hände erfüllt für eine geschlagene Minute das Moseltal und ist in seiner Intensität und Größe fast noch berührender und überwältigender als das gerade erlebte Feuerspektakel. Als der Beifall langsam verebbt, kommt Bewegung in die Menschen. Während die meisten zurück in die Stadt zu den Bühnen, Ständen und Buden pilgern, gehen die „Mosel-Jet"- Passagiere lachend und sich unterhaltend eine Etage tiefer in das Bordrestaurant. Karl schließt sich ihnen, das sechste Glas locker in seiner Hand haltend und sich völlig sicher seiend, sich an dem richtigsten und schönsten Platz der Welt zu befinden, freudig an.

Unter Deck erwarten ihn etwa fünfzehn festlich geschmückte Tische, an denen jeweils für zehn Personen eingedeckt worden ist. Karl bleibt zunächst leicht schwankend an der Eingangstür stehen, um sich zu orientieren. Er hat für einen kurzen Moment das Gefühl, auf einer wild hin und her schwingenden Hängebrücke zu sein. Und wie er mit den Augen die unterschiedlichen Tische mustert, kommt es ihm plötzlich so vor, als wären die vielen Menschen seltsam vertraut miteinander. Überall wird geredet, überall schütteln sich Gäste die Hände, überall nehmen sich Passagiere in die Arme. Da viele Leute bereits sitzen und der Raum an einen Ameisenhaufen erinnert, in den jemand einen China-Böller gesteckt und angezündet hat, beschließt Karl, durch den kleinen Saal zu gehen, um nach Johann und Stephan zu suchen. Er schaut sich jeden Tisch und jeden Gast aufmerksam an, doch seine Kumpels entdeckt er nirgends. Langsam beschleichen ihn erste Zweifel. Es kann doch nicht sein, dass sie nicht hier sind, denkt er sich. Ob sie wohl noch oben an Deck sind und auf mich warten? Er will gerade wieder die Treppe nach oben steigen, als er eine Ansage hört, die ihm mehr als deutlich klarmacht, dass er wohl doch nicht am richtigsten und schönsten Ort der Welt ist.

„Liebe Festgesellschaft! Ich begrüße Sie herzlich auf dieser besonderen Fahrt, die uns alle heute Nacht nicht nur in viereinhalb Stunden durch vier Schleusen bis nach Cochem, sondern zwei liebende Menschen zudem auch noch in den Hafen der Ehe führen wird. Es wäre deshalb schön, wenn Sie jetzt alle Ihre Plätze einnehmen würden. Wir möchten mit der Trauungszeremonie beginnen." Karl blickt leicht geschockt nach allen Seiten und kratzt sich verlegen am Hinterkopf. Und erst jetzt fallen ihm das Stehpult und die zwei Stühle auf, die zu Kopf des rechteckigen Raumes an der

Stirnseite stehen. Hinter dem Pult weilt ein älterer, seriös wirkender Mann im schwarzen Anzug, rechts neben ihm ein wesentlich jüngerer im Smoking, der nervös von einem Bein auf das andere hopst, so dass die acht Pfund, die sich allein zwischen der viel zu eng gebundenen Krawatte und seinem Doppelkinn befinden, bereits mit dem Eröffnungstanz beginnen. Die Hochzeitsgäste begeben sich schnatternd und aufgeregt zu ihren Tischen, setzen sich und schauen so erwartungsfroh aus der feinen Wäsche, wie es nur Menschen tun können, die auf das Eintreffen einer Braut warten. Karl dreht sich gerade um, um über die Treppe aufs Oberdeck zu flüchten, als er einen strengen Mittfünfziger mit zusammengewachsenen Augenbrauen und stechendem Blick die Treppe hinunterkommen sieht. An seinem Arm hält dieser eine übertrieben bemalte, auf schauerliche Weise zurechtgemachte, äußerst kleine Endzwanzigerin, deren überflüssige Fettpolster ebenfalls überall aus ihrem türkisfarbenen Tüllkleid quellen und dieses so erscheinen lassen, als würde es jeden Moment aus allen Nähten platzen. Der Brautvater, dem der Stolz auf seine Miss-Piggy-Tochter deutlich anzusehen ist, wirft Karl einen forschen Blick zu.

„Junger Mann, haben Sie nicht gehört? Alles setzen! Fürs Klo ist es jetzt zu spät!" Karl sieht unbeholfen in das regenbogenfarbige Mondgesicht der Braut und erkennt ein strahlendes Lächeln in ihm.

„Äh, ja", erwidert der Beamte, der in diesem Augenblick erneut spürt, wie der Champagner in seinen Eingeweiden rumort. „Natürlich."

„Bist du ein Arbeitskollege von Jork? Wir kennen uns noch gar nicht, oder?" Karl senkt den Blick und schaut dem Zwerg in die Augen, in denen er hellblaue Kontaktlinsen erkennt.

„Äh, ja", wiederholt sich Karl. „Arbeitskollege von Jork. Toller Typ."

„Finde ich auch", schwärmt die Zwergenbraut und verdreht dabei die Augen, dass es Karl fast schwindelig wird. „Und so sexy."

„Genug geschwärmt!", grunzt ihr Vater ungeduldig und wirft einen Blick in den Saal, der sich in der Zwischenzeit komplett zu ihnen umgedreht hat.

„Jetzt setzen Sie sich mal schnell wieder an den Tisch mit den *Bekannten dritten Grades* und den Arbeitskollegen. Die Suppe wird in neunzehn Minuten serviert; bis dahin muss noch geheiratet und gratuliert werden."

„Äh, ja", meint der Billerbecker zum dritten Mal binnen einer Minute, folgt dem Blick des Zwergenpapas und erkennt tatsächlich einen Tisch in seiner unmittelbaren Nähe, an dem noch ein Platz frei ist. „Dann gehe ich halt gleich…aufs Klo." Die Braut strahlt, der Zwergenkönig nickt, und Karl schwirrt ab in Richtung des freien Stuhls.

Am Tisch angekommen wirft er einen scheinbar gelassenen Blick in die Runde, klopft einmal auf die Tischplatte, brüllt „Guten Abend, Kollegen!" und setzt sich. Bevor seine verdutzten Tischgenossen auch nur ein Wort erwidern können, wird das Licht in dem schwimmenden Saal gedimmt. Eine grässlich übersteuerte und krächzende Melodie scheppert wenig später aus zwei kleinen unterqualifizierten Lautsprecherboxen an der Seite des Raumes, und Karl erkennt mit Grauen, dass es sich um die Schlagerhymne *„So ein schöner Tag"* von Tim Toupet handelt. Innerhalb einer zehntel Sekunde stehen alle Gäste auf und grölen so lautstark, als würde das Schiff kentern, wenn sie sich gesittet und leise verhalten würden. Neben ihrem geistlosen Geschrei führen sie sämtliche alberne Bewegungen aus, die der halslose Bräutigam neben dem peinlich berührten Standesbeamten vortanzt. Die Braut und ihr ebenfalls wenig begeisterter Vater hopsen wie gedopte Schimpansen um die Tische herum, um sich auf diese Weise unaufhaltsam dem Rednerpult zu nähern. Karl kann gar nicht anders, als alle Leibesübungen gewissenhaft und mit debilem Grinsen mitzumachen. Vorne angekommen stürzt sich das geschminkte Mondkalb direkt in die Arme von Jork und hätte diesen, mit an Sicherheit grenzender Wahrscheinlichkeit, umgeworfen, wenn ihr pikierter Erzeuger sie nicht im letzten Augenblick zurückgehalten hätte. Und dann wird der Gassenhauer so plötzlich von dem dauergrinsenden DJ im mintgrünen Jackett beendet, wie er ihn drei Minuten zuvor gestartet hat. Während die Brautleute ihre Kleider, Frisuren und Pfunde ordnen und sich die Gäste im Saal wieder setzen, klopft der angewiderte Standesbeamte einige Male probeweise auf sein Mikrofon, um anschließend mit der schnellsten und unpersönlichsten Trauung zu beginnen, die Karl während seines ganzen Erdendaseins erlebt hat.

Sechs Minuten später ist der Spuk vorbei. Während sich der Standesbeamte bereits schon wieder mit seinem Schlauchboot in Richtung Bernkastel-Kues befindet, zelebrieren Jork und seine frisch Angetraute vor den zu Tränen gerührten Bekannten der verschiedenen Grade den obligatorischen Hochzeitskuss und produzieren dabei ein Geräusch, das stark an eine Kuh erinnert, die einen ihrer Hinterhufe aus einem moorig schlammigen Morast zieht. Als sich die beiden Saugbrocken endlich wieder voneinander lösen und wie Olympia-Sieger ihre schwabbeligen Arme in die Luft strecken, ertönt augenblicklich wieder das *„Fliegerlied"* von Tim Toupet. Die Festgesellschaft springt enthusiastisch auf die Beine, einige sogar auf die Stühle, und beginnt erneut mit ihrem weltentrückten Tanz, während der DJ kiloweise Reis in den Saal und auf die begeisterten Menschen schleudert, so als befände er sich bei einer Liveaufführung der *„Rocky-Horror-Show"* oder zumindest auf einem US-Kriegsschiff während der japanischen Angriffe auf Pearl Harbor. Nach dem Schlagerreißer des glatzköpfigen Tims strömt das Volk in Stampede-Art nach vorne, um dem Brautpaar zu gratulieren. Karl, der die Gelegenheit nutzen will, um endlich aus dem Saal aufs Oberdeck zu flüchten, wird von einem seiner neuen Arbeitskollegen an der Schulter gepackt und unsanft aufgehalten.

„Erst gratulieren! Ich muss mit Rauchen auch warten."

Er betrachtet den Mann, einen grobschlächtigen Typ mit eckigem Kinn, speckigem Kragen und Lederkrawatte, und nickt ergeben.

„Klar, logisch! Rauche ich halt danach." Also reiht er sich, nervös und angetrunken wie er ist, in die Schlange der Gratulanten ein und steht fünf Minuten später vor Mondgesicht und ihrem Göttergatten, dessen Haut so rot ist, als käme er gerade aus einem Topf mit kochendem Wasser. Jetzt nur keinen Fehler machen, denkt Karl, sonst flieg ich hier sofort achtkantig raus. Wie es der Anstand gebietet, wirft er sich zunächst in die weit geöffneten Arme der schwitzenden Litfaßsäule und drückt sie so stark an sich, als wäre er es gewesen, mit dem sie in der Grundschule die ersten Doktorspiele durchexerziert hat.

„Mensch, du!", ruft er dabei wie von Sinnen und küsst dem Kalb immer wieder auf die feuchten, bunten Wangen. „Du, du, du wildes Schnuckelputz-Kätzchen, du! Mensch, herzlichen Glühstrumpf, und toi, toi, toi!" Die Braut strahlt so übersüßt wie ein Amerikaner mit einer doppelten Schicht Zuckerguss und erwidert seine Küsse begeistert und voller sexueller Hingabe. Dass Karls Gesicht anschließend aussieht wie eine zwei Jahre alte Malerpalette, scheint sie nicht zu interessieren. Danach wendet sich Karl dem Bräutigam zu, der nicht den Hauch einer Ahnung hat, wer dieser Typ mit der übergroßen Kassenbrille überhaupt ist. Um nicht den geringsten Anflug eines Zweifels aufkommen zu lassen, drückt Karl auch diesen sofort und ohne Berührungsängste an seine Brust und herzt ihn, als würde er dafür bezahlt.

„Mensch, du, du Jork, du, du altes Scheißhaus, du! Mann, war das eine schöne Trauung! Ich hatte richtig Pipi in die Augen! Ich freue mich so für euch! Ihr zwei habt euch echt verdient!" Jork lacht ihn selig an und erwidert die Umarmung.

„Vielen Dank", sagt er schließlich. „Total schön, dass du da bist. Wir quatschen gleich noch ein bisschen, ja?"

„Logo!", antwortet Karl und schlägt Jork so kraftvoll auf den weichen Oberarm, als habe der ihm gerade seine Frau ausgespannt. „Heute ist nicht alle Tage - ich komm wieder, keine Frage!" Jork verzieht das Gesicht zu einer grauenvollen Maske des Schmerzes, bemüht sich aber, seinem unbekannten Gast gegenüber freundlich zu bleiben.

„Ja, schön, schön. Dann man tau", murmelt er, während ihm die Tränen übers Gesicht laufen. „Und guten Hunger." Karl stolziert mit geschwellter Brust und federndem Gang zurück zum Tisch der *Bekannten dritten Grades*. Dass sich die Brautläute lächelnd anblicken und im selben Augenblick mit den Schultern zucken, bemerkt er nicht. Gut, denkt er. Ich bin definitiv auf der falschen Veranstaltung. Doch das soll mich nicht davon abhalten, den ersten Tag meines neuen Lebens gebührend zu feiern.

Und Karl amüsiert sich köstlich. Er hat zwar noch immer nicht herausgefunden, welcher Arbeit seine Teilzeit-Kollegen und er im wahren Leben eigentlich nachgehen, er scheint aber dennoch zu hundert Prozent von ihnen akzeptiert zu sein. Er beteiligt sich, nachdem er ihnen seinen richtigen Namen genannt hat, wie selbstverständlich an den Gesprächen, gibt seinen unreflektierten Senf zu allen möglichen Themen dazu, erzählt die schmutzigsten Witze und verputzt nebenbei doppelt so viel Hochzeitssuppe, Zwiebelfleisch, Schweinebraten und Moselwein wie seine Tischgenossen, die zum Großteil aus ein wenig derb wirkenden Männern und Frauen bestehen. Nach dem Dessert, das in Form einer kaum genießbaren und viel zu warmen Herrencreme gereicht wird, greift ihm Lederschlips, der sich ihm als Theo vorgestellt hat, an die Schulter.

„Wir gehen jetzt alle Paffi-Paffi machen!" Karl nickt zustimmend. Er ist so betrunken, dass ihm eine Verdauungszigarette mit seinen neuen Kollegen wie das Natürlichste der Welt vorkommt, obwohl er erst einmal im Leben geraucht hat. Auf dem Oberdeck angekommen stellen sich die Glorreichen Zehn wie eine Ghetto-Gang zusammen, kramen ihre Schachteln hervor und haben wenige Sekunden später fast alle eine Zigarette in Mund. Und während sie anschließend schweigend auf das vorbeirasende Moselufer schauen, hält Theo Karl eine silberne Dose mit Filterlosen hin.

„Hier, mein neuer Freund!" Der Billerbecker fummelt sich einen Glimmstängel heraus und steckt ihn unbeholfen zwischen die Lippen. Als er in seiner Hosentasche vergeblich nach Feuer sucht, hält ihm Lederschlips ein brennendes Streichholz vors Gesicht. Karl saugt an der Zigarette wie ein Kleinkind an seinem Schnuller, bekommt eine gehörige Portion Rauch in die

Lunge und beginnt eine Hustenorgie, die alle Glorreichen erstaunt in seine Richtung blicken lässt. Nach einer Minute und zahlreichen Schlägen auf seinen Rücken geht es ihm etwas besser. Er wischt sich die tränenden Augen, massiert seinen Hals und konzentriert sich auf seine Atmung, um nicht über die Reling zu brechen. Dann krächzt er lallend:

„Starker Tobak, Theo. Aber vielen Dank."

„Sind original *Roth-Händle,* oder wie ich immer sage, *Tod-Händle*", knurrt der Grobschlächtige und nimmt grinsend einen tiefen Zug. „Diese Lungentornados lassen dich echt spüren, dass du noch lebst, was?"

Karl nickt so brav, als wäre er SM-Jünger und Lederschlips sein Zuchtmeister. „Klar! Obwohl ich mich frage, warum man sich dafür so nahe ans Jenseits heranwagen muss." Die Gruppe lacht und zieht an ihren Zigaretten.

„Sag mal, Karl", wirft eine dürre Frau mit verlebter Mir-kann-keiner-was-vormachen-Visage ein. „Ich habe dich in der Kolonne noch nie gesehen. Biste neu?" Karl nickt und schnippt sich ganz gezielt und aus purer Lust an der Freude ein wenig Asche auf die Schuhe.

„Ja, bin neu. Brandneu sozusagen."

„Cool", meint Theo. „Kommst du zu uns? Ich sag dir, wir sind die genialste Truppe im ganzen Laden."

„Natürlich kommt er zu uns!", meckert die Dürre tadelnd. „Sonst hätte Jork ihn doch wohl kaum zu seiner Hochzeit eingeladen, oder?"

„Hä?" Theo verzieht das Gesicht und wirft Karl einen missmutigen Blick zu. „Woher kennt Jork dich, wenn du neu bist und noch nie bei der Truppe warst?" Karl zieht erneut an seinem Lebensintensivierer und versucht angestrengt, den Rauch aus den Ohren herausströmen zu lassen, wie er es schon einmal bei einem Zauberer im Fernsehen gesehen hat.

„Äh, ja", antwortet er schließlich nach mehreren fast erfolgreichen Versuchen zaghaft. „Wir hatten zufällig ein Gespräch. Und da hat er mich… spontan eingeladen, was ich sehr…nett fand."

„Ein Gespräch?", fragt die Verlebte. „Was für ein Gespräch? Und wo?"

„Ja, das war so", antwortet Karl, der gerade merkt, dass sich vor seinen Augen alles zu drehen beginnt. „Das war im…Büro."

Theo wirft seine Kippe ins Wasser und zündet sich direkt eine neue an. „Im Personalbüro?"

„Richtig!", tönt Karl erleichtert. „Es war so ein Personalbüro-Gespräch."

„Du hast mit Jork ein Personalgespräch geführt?", fragt die angegraute Dürre mit scharfem Unterton. „Wie kommst du als einfache Reinigungskraft dazu, mit Jork ein Personalgespräch zu führen?"

„Nun", sagt Karl, der in diesem Augenblick realisiert, dass das Eis, auf dem er steht, nur wenige Millimeter dick ist und bedrohlich zu knacken beginnt. „Sooo eine einfache…Reinigungs-Dingsbums bin ich nun auch wieder nicht. Ich hab da schon noch so einige…äh, Trümpfe und Asse im Ärmel."

„Scheiße!", grunzt Theo plötzlich und stampft mit dem Fuß auf. „Ich wusste es! Diese Pisser von der Geschäftsleitung verpassen uns einen Aufpasser, nachdem da in der Anwaltskanzlei der Hunderter verschwunden ist."

Plötzlich ist es totenstill an Deck. Die Putzer blicken Karl auf einmal an, als sei er der Teufel und Mahmud Ahmadinedschad in einer Person.

„Hey, mal langsam", entgegnen die beiden, die immer mehr spüren, dass ihnen die ganze Angelegenheit zu entgleiten droht. „Von Aufpasser kann gar keine Rede sein. Ich soll euch nur…"

„Auf die Finger schauen?", will die Dürre wissen. „Und darauf achten, dass wir unsere Arbeit ordentlich machen und aus den Büros nichts mitgehen lassen, richtig?" Karl verlagert sein Gewicht von einem Bein auf das andere.

„So kann man das nicht sagen", versucht er sich zu verteidigen. „Das ist halt…Firmenpolitik."

„Firmenpolitik?" Theos kantiges Gesicht hat sich leicht verfärbt. „Spionage nenne ich das. Spionage und Kontrolle. Das ist wie in der DDR damals. Jetzt packen Sie in alle Kolonnen Aufseher rein, die uns beaufsichtigen. Und nachher bekommt derjenige auch noch eine Provision, der Kollegen bei der Geschäftsführung verpfeift. So ist das doch." Karl weicht einen Schritt zurück. Seine Beine fühlen sich plötzlich an, als bestünden sie aus Pudding.

„So ist das gar nicht. Es ist…"

„Klappe!", fährt ihm die Dürre ins Wort. „Es ist genau so. Aber erzähle uns doch mal, warum du mit Jork gesprochen hast? Warum hast du mit ihm ein Gespräch geführt und nicht mit uns?"

„Ist doch klar", meldet sich nun ein kleiner Mann zu Wort, der bis zu diesem Moment nur am Rand gestanden und stumm Rauchringe produziert hat. „Weil die Geschäftsleitung ihn verdächtigt hat, den Hunni geklaut zu haben."

„Nein!", ruft Karl verzweifelt. Seine Gedanken schwirren wie Hummeln durch seinen Schädel, und er weiß vor lauter Angst und Alkohol schon gar nicht mehr, wo oben und unten ist. „Das war so nicht. Wir haben Jork nie verdächtigt. Wir…"

„Ruhe!", ertönt auf einmal Theos Stimme. Er fasst sich mit den Fingern an sein überbreites Kinn und denkt einen Moment nach. „Seid mal leise, Leute! Ich glaube, ich weiß, was hier gespielt wird." Er zieht erneut an seiner Zigarette. „Wisst ihr, warum dieser Penner hier mit unserem Jork gesprochen hat? Und warum er daraufhin direkt zur Hochzeit eingeladen wurde?" Er sieht in die Runde und erblickt ausschließlich ratlose Gesichter. „Ich kann es euch sagen: Er hat Jork nicht verdächtigt. Er wollte Jork auch nicht aushorchen - zumindest noch nicht. Er hat Jork befördert. Jork ist der neue Kolonnenführer und Spitzel. Unser Jork ist ein IM."

„Das ist doch blödelsinniger Blödelsinn!", kontert Karl energisch lallend. „Ihr reimt euch was zusammen, was nicht stimmt. Jork ist ein…netter und äußerst kollegialer Mitarbeiter. Der würde sich niemals gegen euch richten."

„Ach nein?", brüllt Theo jetzt. „Mann, der Typ ist auch nur aus Fleisch und Blut! Und er heiratet heute und will vielleicht irgendwann mal eine Familie gründen. Da kommt ihm doch eine Gehaltserhöhung ganz gelegen." Theos Gesicht ist nun so rot wie das Gehäuse eines Feuerlöschers.

„Aber wisst ihr was? Das lasse ich nicht mit mir machen! Ich nicht! Ich tue nicht so, als sei alles in Ordnung und feiere mit ihm seine Hochzeit, wo er vielleicht schon nächste Woche damit beginnt, heimlich Protokolle und Berichte über uns anzufertigen. Ich nicht!"

„Und was willst du jetzt machen?", fragt die Dürre ein wenig unsicher.

„Was ich jetzt mache?", schnaubt Theo. „Ich gehe nach unten, schnappe mir Jork und stelle ihn zur Rede. Wenn er Eier hat, sagt er mir die Wahrheit. Wenn er mich jedoch belügt, kann er was erleben. Ich habe kein Problem damit, einem Verräter wie Jork auf seiner Hochzeit die Fresse zu polieren."

Während sich Theo in Bewegung setzt, hebt Karl fast panisch die Arme.

„Halt! Es ist doch alles ganz anders. Jetzt mach bitte keinen Mist. Jork ist völlig unschuldig. Ich bin doch gar nicht…"

„Schnauze!", schreit Theo, schubst Karl gegen die Reling und stapft wie ein Racheengel über das Oberdeck des Hochgeschwindigkeits-Dampfers.

Als Karl sieht, wie die anderen Theo folgen, wird ihm schwarz vor Augen. Er lässt sich auf eine Bank sinken; über sich den Sternenhimmel, in sich ein Gefühl grenzenloser Ohnmacht und Übelkeit. So hatte er sich den ersten Tag seines neuen Lebens nicht vorgestellt, und er sehnt sich nach Stephan, Johann und der Ruhe des Campingplatzes. Ich muss das klären, denkt er sich, obschon das Champagner-Wein-Gemisch in ihm heftig fordert, dass er einfach auf der Bank sitzen bleibt, um für ein paar Minuten die Augen zu schließen. Ich muss den Leuten die Wahrheit sagen, sonst nehmen sie Jork auseinander.

Er hetzt leicht torkelnd über das Oberdeck, stürmt die Treppe hinunter und befindet sich wenige Augenblicke später im festlich geschmückten Restaurant. Inzwischen wurden mehr als die Hälfte der Tische aus dem Raum gebracht, um vor dem DJ-Pult eine Tanzfläche entstehen zu lassen. Und scheinbar wollten Jork und seine kunterbunte Gemahlin gerade mit dem Hochzeitswalzer beginnen, als die Reinigungskolonne wie eine Herde Aufständiger nach unten gerannt kam, um sich den völlig ahnungslosen Bräutigam zu schnappen und an eine Seite des Saals zu drängen. Als Karl zu der Gruppe stößt, steht Theo nur wenige Zentimeter von Jork entfernt und brüllt diesen an.

„Jetzt sag uns die Wahrheit, du Verräter! Der Typ hat dir im Personalbüro das Angebot gemacht, uns zu bespitzeln! Gib es wenigstens zu!"

Der Halslose zupft sich völlig irritiert und überfordert am fleischigen Ohrlappen und wirkt so, als würde er sich am liebsten komplett in seinen geliehenen Smoking verkriechen wollen.

„Ich weiß gar nicht, wovon ihr redet", versucht er sich tapfer zu wehren. „Von welchem Typen faselt ihr überhaupt?"

„Na, von Karl Bauer!", antwortet Theo außer sich. „Du hast ihn eingeladen und an den Kollegen-Tisch gesetzt. Er hat uns die ganze Sache erzählt."

„Ist das wahr, Jork?", will Mondkalb, die sich in diesem Moment zwischen ihren gerade Angetrauten und Theo drängt, mit geweiteten Augen wissen. „Wolltest du deine Kollegen überwachen, nur um mehr Geld zu verdienen?"

Jork blickt sich hilfesuchend um, doch überall fängt er nur geschockte und irritierte Blicke auf.

„Erna, bitte glaube mir", wispert er flehend in die Stille des Augenblicks und des Festsaales hinein. „Ich weiß wirklich nicht, wovon Theo redet. Ich würde mich niemals gegen meine Kolonne stellen - sie ist mein Zuhause und meine Heimat. Ich weiß noch nicht einmal, wer dieser Karl Bauer ist."

„Sie ist dein Zuhause?", schluchzt der enttäuschte Zwerg. „Und ich dachte, du bist bei mir daheim." Sie wendet sich von ihrem Bräutigam ab und schüttelt den Kopf. „Jork, das hättest du jetzt nicht sagen dürfen. Du weißt gar nicht, wie du mich damit verletzt, wo ich doch immer versuche, es uns schön, schnuckelig und gemütlich zu machen."

„Ich habe es immer gewusst", wettert der Brautvater mit den zusammengewachsenen Augenbrauen eine Sekunde später und zieht seine Tochter noch weiter von dem armen Reinigungsfachangestellten fort. „Meine

Tochter und eine männliche Putzfrau. Ich ahnte von Anfang an, dass das nicht gutgeht, wenn sich Männer in Frauenberufen profilieren wollen. Du hättest eben doch den Rüdiger nehmen sollen. Dessen Vater hatte eine eigene Reinigung, und er hätte uns nie in eine so peinliche Situation gebracht." Während Jork versucht, seine schreiende und zitternde Frau festzuhalten, zerrt ihr Vater mit aller Kraft an ihrem Wabbel-Gummi-Arm.

„Lass sie los, du verlogener Putzmann! Die Ehe wird direkt am Montag annulliert, so wahr ich Präsident im Landfrauenverein bin. Ich darf gar nicht daran denken, wie viele tausend Euro mich die Horrorfeier auf diesem Luxuskahn kosten wird. Aber es musste ja unbedingt das Beste vom Besten sein. Und dann so was."

„Vielleicht kann Karl ja selber mal erzählen, wie es gewesen ist", erklingt plötzlich die Stimme der Dürren durch das Chaos. „Da vorne steht er doch." Sie dreht sich in Karls Richtung und zeigt mit dem Finger auf ihn. Karl läuft unterdessen rot an, um wenige Sekunden später weiß wie ein Blatt Kopierpapier zu werden. Die ganze Festgesellschaft blickt nun auf den kleinen Billerbecker und hält den Atem an.

„Er hat uns doch alles gesagt", mischt sich Theo wieder ein. „Wir kennen die Wahrheit, und Jork soll endlich Tacheles reden, sonst vergesse ich mich noch."

„Richtig so!", brüllt Ernas Zwergenvater. „Der Typ hat eine Tracht Prügel verdient. Erst trifft er hinterhältige Absprachen hinter dem Rücken seiner Kollegen und dann demütigt er auch noch meine Tochter."

„Aber ich kenne den Kerl wirklich nicht!", ruft Jork in dieser Sekunde wie in Rage. „Ihr müsst mir glauben! Ich habe den noch nie im Leben gesehen! Ich dachte, er wäre einer von Ernas Bekannten."

Erna Mondkalb wirft erst Karl und danach Jork einen wütenden Blick zu.

„Da sieht man mal wieder, wie schamlos du lügen kannst. Ich bin diesem Menschen noch nie begegnet. Außerdem hat er sich mir und meinem Vater vor der Trauung als dein Arbeitskollege vorgestellt."

Jork versteht überhaupt nichts mehr. Er kratzt sich am gewaltigen Dreifachkinn und legt den Kopf schräg.

„Dann hat er eben gelogen! Er ist definitiv kein Arbeitskollege von mir."

„Und warum sollte er lügen?", bellt sein zukünftiger Ex-Schwiegervater. „Meinst du etwa, er hat sich die Geschichte nur ausgedacht?"

„Natürlich!", wimmert Jork, der sich seine Hochzeitsfeier und den schönsten Tag seines Lebens auch ein klein wenig anders vorgestellt hat. „Er hat gelogen, denn ich sage die Wahrheit."

„Ach, du sagst die Wahrheit?", schreit Erna. „Und warum hast du mir verschwiegen, dass du dich bei dieser dämlichen Putzkolonne wohler fühlst, als bei uns zuhause?"

„Hey, mal langsam!", muckt Theo auf. „Sag nicht *dämliche Putzkolonne*. Wir sind die beste Truppe in der ganzen Firma. Noch so eine Beleidigung, und ich vergesse meine gute Erziehung!"

„Gute Erziehung?", bellt Ernas Vater aufgebracht und baut sich vor Theo auf. „Davon ist nichts zu merken. Sie haben meiner Tochter gerade vor Zeugen gedroht. Dafür kann ich Sie anzeigen." Theo stößt Waigel-Braue urplötzlich vor die Brust, sodass dieser einen Schritt nach hinten stolpert.

„Na, zeig mich doch an. Bist auch nicht besser als dein Schwiegersohn."

„Hey!", wehrt sich der Ältere. „Stelle mich nicht mit dem auf eine Stufe. Mit dem bin ich nämlich fertig. Und Erna auch." Karl, der wegen des konsumierten Alkohols kaum noch überblickt, was er durch sein Verhalten wieder angerichtet hat, will gerade einen Schritt auf die Streithähne zugehen, um ein wenig Licht in die Angelegenheit zu bringen, als der Brautvater noch ein gepresstes „Blöder Putzmann, pah!" nachschiebt.

Theo, der die Beleidigung auf sich bezieht, ballt erneut die Fäuste und stürmt auf den Vater der Braut zu. Die Dürre springt wie ein ausgehungertes Känguru durch die Luft und fängt den Schlag ihres Kollegen mit der Schulter ab.

„Und jetzt nochmals das allseits bekannte *„Fliegerlied"*! Und bitte alle mitmachen!", versucht sich der grenzdebile DJ als Stimmungsretter und Gruppentherapeut und fährt die Musik ab, sodass die Boxen erneut fast explodieren.

„Das mit dem blöden Putzmann nimmst du zurück, du Tattergreis", fordert Jork Herrn Waigel auf, während Tim Toupet erneut mit seinem albernen Kindergarten-*„Und-ich-flieg"*-Song beginnt. „Und mach die Musik aus, du CD-Affe, sonst verarbeite ich dich zusammen mit deiner Anlage und deinem grünen Jackett zu Fischfutter!"

„Ruhe, du Putze!", brüllt der Brautvater bevormundend. „Lass den Mann seine ehrenwerte Arbeit machen! Immerhin lügt und betrügt er nicht!"

„Genau! Lass das Lied laufen!", fordert ein angetrunkener Gast lautstark und schwenkt ein brennendes Teelicht. „Das ist voll geil! Ich habe dreißig Euro für das Hochzeitsgeschenk bezahlt und will endlich tanzen!"

„Steck dir dein Geschenk an den Hut!", brüllt Erna dem Gast zu. „Die Hochzeit ist beendet! Verlasst den Saal und geht sofort alle nach Hause!"

„Nicht, ohne mich noch vorher bei deinem Vater für die Beleidigung zu revanchieren", tönt Theo und wirft die Dürre wie eine lästige Stoffpuppe zur Seite. „Ich muss mich nicht anmachen lassen."

Und während der unwissende und unbeirrte Kapitän mit dem pfeilschnellen *„Mosel-Jet"* bereits fast die Hälfte der Fahrtstrecke hinter sich gebracht hat und weiterhin Kurs auf Cochem nimmt und der Standesbeamte daheim in Bernkastel-Kues über seinem Kündigungsschreiben sitzt, während Theo wie ein gestresster Pitbull auf den Brautvater losstürmt und Jork nicht das Geringste tut, um ihn aufzuhalten, während sich die Dürre vor lauter Ärger eine Zigarette anzündet und der Angetrunkene dem zeternden DJ das Pult umwirft, weil dieser die Musik von Tim Toupet leiser gedreht hat, während die ersten Gäste fluchend den Raum verlassen, um nach Hause zu schwimmen und Erna auf Jork zugeht, um ihm aus verletzter Eitelkeit vors Schienbein zu treten, atmet Karl tief durch, zieht sich sein neues Jackett glatt und überlegt, was er als nächstes tun soll. Dann entscheidet er sich und torkelt aus dem Festsaal - kurz bevor zwischen der Putzkolonne und Jorks engsten Vertrauten eine regelrechte Schlägerei zu entbrennen droht.

Er benutzt den vorderen Ausgang, der zur Bordküche und den Toiletten führt, entdeckt in einer Ecke zwei hochmodern wirkende Telefone, von denen eines mit Karten und das andere seltsamerweise mit Münzen betrieben wird, und hält leicht schwankend inne. Während aus dem Festsaal Schlachtengetümmel und Ork-Geschrei zu ihm durchdringt, greift er in seine Hosentasche und kramt, neben einem 20-Euro-Schein, ein einzelnes 50-Cent-Stück hervor. Danach zieht er mechanisch den Zettel mit der Handynummer von Gender-Granit-Chris aus der Innentasche seines Jacketts.

„Chris Horst! Wer immer du auch bist, ich hoffe für dich, dass es wichtig ist, denn ansonsten fege ich dich von dieser Erde!"
„Äh, entschuldige die Störung, Chris", lallt der kleine Beamte zaghaft. Er hat das Gefühl, dass der Alkohol gerade jetzt in seinem Kopf die volle Wirkung entfaltet. „Ich bin`s, Karl. Das Ding aus der Mosel."
„Karl?", fragt eine verwaschene Stimme. „Was ist los? Hast du getrunken?"
„Nöö", artikuliert der Gefragte schwerfällig und fast wahrheitsgemäß. „Höchstens ein bisschen. Ich brauche eure Hilfe."
„Sag mal, wo bist du? In einem Pariser Vorort oder in einer anderen Bürgerkriegsregion? Das hört sich ja grausam an."

„Stimmt“, pflichtet Karl ihr bei. „Das ist es auch. Ich befinde mich auf dem *„Mosel-Jet“*. Das ist so eine Art Weltrekord-Renn-Ausflugsschiff, das in etwa zwei Stunden in Cochem ankommt und dort festmacht; vorausgesetzt der Kapitän beendet die Fahrt nicht vorher und wirft uns alle von Bord.“
Während sich wütende Schmerzensschreie, das Poltern von umgeworfenen Stühlen und die *„Längste Single der Welt“* von Wolfgang Petry in Karls Gehörgänge tasten, fragt Chris:
„Mensch Karl, wo sind denn Stephan und Johann?“
„Keine Ahnung“, antwortet der Kriegsverursacher diesmal wahrheitsgemäß. „Ich habe sie verloren und bin irgendwie auf ein falsches Boot geraten. Wahrscheinlich suchen sie mich gerade in Bernkastel auf dem Weinfest oder haben schon eine Vermisstenanzeige aufgegeben.“
„Und was kann ich jetzt tun?“, will Chris genervt wissen.
„Du könntest mit dem Wagen nach Cochem zur Anlegestelle kommen, um mich abzuholen. Du kannst das Schiff gar nicht verfehlen. Es sieht aus wie ein ultramodernes, aerodynamisches Star-Trek-Raumschiff. Nur viel größer. Ich habe nur deine Nummer dabei und kann sonst niemanden erreichen.“
„Ich soll nach Cochem kommen?“, brüllt Chris in ihr Mobiltelefon. Karl kann sich ihren Gesichtsausdruck in diesem Moment gut vorstellen. „Haben sie dich beim Blutspenden versehentlich zu oft angezapft, oder bist du als Baby mal von einer Kuh gefallen?“
„Es tut mir wirklich leid“, fleht Karl, der gerade spürt, wie ihm seine Beine zum wiederholten Mal an diesem Abend ihren Dienst verweigern wollen, „doch ich habe zu wenig Geld für ein Taxi. Außerdem glaube ich, dass ich heute Nacht noch meinen Personalausweis brauchen könnte.“
„Du dämlicher Vollidiot!“, kreischt Chris so laut, dass Karl den Hörer erschrocken eine Armlänge von seinem Ohr weghält. „Den soll ich dir wahrscheinlich auch noch mitbringen, ja?“
„Nur für den Fall der Fälle - und wenn du ihn gerade greifbar hast.“
„Karl, bei aller Liebe, die wahrlich noch nicht viel Zeit hatte, sich zu entwickeln. Wir haben es gleich halb zwölf! Ich brauche bis Cochem eine gute Stunde und dann noch mal eine Stunde zurück. Wir wollen morgen gegen acht aufbrechen. Vergiss es!“
Karl wirft einen besorgten Blick in Richtung des Bordrestaurants, so als erwarte er jeden Moment eine Horde wütender Putzteufel auf sich zurasen.
„Chris, ich bitte dich. Es ist wirklich wichtig, dass…“
Das Klicken und Tuten des Telefons verrät ihm unmissverständlich, dass 50 Cent einfach ein zu geringer Betrag sind, um eine eingefleischte Gender-

Aktivistin davon zu überzeugen, mitten in der Nacht eine Weltreise anzutreten, um einem männlichen Volltrottel aus der Patsche zu helfen.

Karl hängt den Hörer ein, steht für einen kurzen Moment unschlüssig vor dem Apparat und denkt nach. Plötzlich realisiert er, dass er neben den gleichmäßig brummenden Schiffsmotoren keine weiteren Geräusche mehr vernimmt. Anscheinend ist wieder etwas Ruhe in den Festsaal gekommen, was bedeutet, dass sich die Zankhähne entweder vertragen oder gegenseitig komplett vernichtet haben. Vorsichtig schleicht er durch den kleinen Vorraum bis zum Eingang des Bordrestaurants, um einen schnellen Blick hineinzuwerfen. Er erkennt, dass Jork, Erna, ihr Vater, Theo und einige andere vor dem wieder aufgestellten DJ-Tisch stehen und angeregt miteinander diskutieren. Auf der einen Seite freut es Karl, dass sich die Streitköpfe wieder versöhnt haben, auf der anderen Seite beunruhigt ihn der von Theo ausgerufene Satz „Lasst uns das Schwein suchen!" doch ein wenig, denn irgendetwas in ihm lässt ihn vermuten, dass er es unter gewissen Umständen sein könnte, der mit dem eben genannten Borstentier gemeint sein könnte. Er dreht sich um und sucht fieberhaft nach einem Ausweg, einem Versteck. Als er, aus seiner Alkohollaune heraus, gerade in Erwägung zieht, sich in Luft aufzulösen und nach Billerbeck zu beamen, hört er, wie sich mehrere erregt palavernde Personen aus dem Festsaal in seine Richtung bewegen. Er bekämpft das aufsteigende Gefühl der Angstlähmung und blickt, wie ein Kaninchen, das auf der Flucht vor dem Fuchs ist, gehetzt um sich. Und da registriert er das WC-Schild und den darunter angeschraubten Pfeil. Er setzt sich, noch immer torkelnd, in Bewegung, steht kurze Zeit später vor zwei Türen, reißt instinktiv diejenige auf, die aufs Damen-WC führt und verschwindet hinter ihr.
Der weiß gekachelte Raum ist an Sterilität und Sauberkeit nicht zu überbieten. Direkt neben der Tür hängt ein ausladendes Waschbecken mit hochwertig anmutenden Armaturen. Spiegelrahmen, Seifenspender und Handtuchablagen wirken ebenfalls nicht wie koreanische IKEA-Ware, und aus einer Klimaanlage strömt parfümierte, kühle Luft. Karl eilt in den hinteren Teil des Raumes, in dem sich drei Einzelkabinen befinden. Er wählt die letzte, schlägt die Tür zu und verriegelt sie blitzschnell. Völlig außer Atem betrachtet Karl das rosafarbene Toilettenpapier und den Hygieneeimer und hockt sich schnaufend auf die Schüssel, um ein wenig durchzuatmen. Etwa eine Minute später ist es jedoch vorbei mit der gepflegten Ruhe. Die Tür des WC-Bereichs wird geöffnet, und schwere Schritte stampfen maschinenhaft über die Fliesen.

„Jemand hier?", ertönt die durchdringende Stimme von Theo. Karl durchfährt ein Adrenalinstoß, der ihn augenblicklich hellwach und vollkommen nüchtern werden lässt. Er wuchtet die kurzen Beine nach oben und presst sie gegen die Tür. Die Schritte kommen näher, während Theo in die ersten beiden Kabinen schaut.

„Ich habe gefragt, ob jemand hier drinnen ist!"

Er steht nun unmittelbar vor Karls Tür und rüttelt an der Klinke.

„Da ist doch jemand!" Karls Hirnsynapsen drohen regelrecht zu verglühen, während gefühlte tausend Volt durch seinen Kopf peitschen. Nach zehn Sekunden Ruhe hat er sich endlich unter Kontrolle und setzt todesmutig alles auf eine Karte, indem er mit sinnlich verstellter Stimme haucht:

„Natürlich ist hier jemand. Ich bin`s, die Rosi. Willst du vielleicht reinkommen, du böser Schlingel?"

Stille. Karl spürt, wie die drei verrosteten Rädchen in Theos Oberstübchen langsam zu arbeiten beginnen. Dann hört er, wie der Putzmann in die Knie geht, um durch den schmalen Spalt zwischen Tür und Fußboden zu sehen.

„Rede keinen Mist! Ich kenne keine Rosi und ich sehe keine Füße." Karl holt Luft und legt noch mehr weibliche Erotik in seine Stimme.

„Wer wird denn gleich so unhöflich sein, junger Mann? Anscheinend wissen Sie nicht, wie Damen auf fremden Toiletten austreten. Soll ich es Ihnen zeigen? Soll ich die Tür aufmachen?"

Theo liegt noch immer vor der Tür und startet einen erneuten Denkversuch.

„Wie denn? Fliegen Frauen beim Pinkeln wie Hexen durch die Luft?"

Karl stößt einen tiefen, äußerst mädchenhaften Seufzer aus.

„Ach, Sie Scherzkeks. Versprechen Sie, dass Sie reinkommen, wenn ich es Ihnen verrate, Sie Grobian?" Theo stemmt sich wieder in die Höhe und beginnt leicht verwirrt damit, sich seinen Lederschlips um den rechten Zeigefinger zu wickeln.

„Ich will ja gar nicht rein. Aber sagen Sie: Wie machen Frauen das?"

„Also", beginnt Karl und fühlt sich dabei wie ein Transvestit während einer Showdarbietung auf Sankt Pauli. „Wir Mädels stellen uns beim Wasserlassen entweder so, dass wir die Schüssel mittig unter uns haben - oder direkt auf sie drauf."

„Direkt auf sie drauf?", wiederholt Theo ungläubig. „Sie wollen mir erzählen, dass Sie jetzt gerade in einem Abendkleid wie ein Orang-Utan auf dem Pott stehen und balancierend versuchen, ins Töpfchen zu tröpfeln?"

Karl tritt der Angstschweiß aus jeder erdenklichen Körperpore, doch er reißt sich zusammen.

„Genau das will ich sagen, Mister Loverboy. Soll ich nun aufmachen? Wollen Sie ein schmutziger Junge sein und sich das Spektakel anschauen?"
„Nein!", ruft Theo angeekelt und verunsichert zugleich. „Lassen Sie die Tür zu! Ich glaube Ihnen trotzdem nicht, denn so etwas habe ich noch nie gehört."
„Ach", erwidert Karline. „Wenn Sie wüssten, was Sie in Bezug auf das weibliche Geschlecht alles noch nicht gehört haben. Aber ich mache Ihnen einen Vorschlag." Theo wickelt den Schlips wieder von seinem Finger, als er zufällig sieht, dass dieser bereits blau angelaufen ist.
„Ich höre."
„Sie verlassen den Toilettenraum und befragen, natürlich nur, wenn Sie den Mut dazu aufbringen, einen anderen weiblichen Gast dieser wundervollen Hochzeit. Wenn die Dame Ihnen meine Angaben bestätigt, bestellen Sie sich einen doppelten Schnaps und trinken einen auf den Schreck. Wenn sie Sie jedoch mit großen Augen anstarrt und meint, ich hätte gelogen, kommen Sie zurück. Ich öffne dann die Kabinentür und zeige Ihnen, wie ich es mache."
Während Theo trotz seiner derben Grobschlächtigkeit einen leichten Würgereiz empfindet, wendet er sich kopfschüttelnd ab.
„Wissen Sie was? Sie sind pervers! So etwas habe ich noch nie erlebt."
„Ich schon", kichert Karl, der in diesem Augenblick unendlich glücklich darüber ist, dass seine verstellte Stimme anscheinend so gar nicht erotisierend auf den Putzmann wirkt. „Sie würden sich wundern, was ich schon alles erlebt habe. Ich könnte Ihnen da Dinge zeigen…"
„Seien Sie ruhig, Sie versautes Ferkel!", donnert Theo so laut, dass seine Stimme hundertfach von den hellen Kacheln zurückgeworfen wird. „Ich muss hier raus, mir ist kotzübel!"

Theo kommt nicht zurück, und Karl verbringt zwei etwas beengte aber doch relativ ruhige Stunden auf der Damentoilette, wenn man die gelegentlichen Störungen durch andere WC-Besucherinnen außer Acht lässt. Der kleine Beamte muss sich dabei mehr als einmal darüber wundern, zu welch seltsamen Gesprächen, Geräuschen und Gerüchen Frauen fähig sind. Irgendwann registriert er, dass die Schiffsdiesel ein wenig leiser werden, was nur bedeuten kann, dass sie sich entweder einer weiteren Schleuse oder ihrem Ziel nähern. Als der „Mosel-Jet" schließlich sachte gegen die Anlegestelle stößt, ein leichter Ruck durchs ganze Schiff geht und die Motoren gänzlich abgeschaltet werden, fühlt sich Karl in seiner Annahme bestätigt, dass sie Cochem erreicht haben. Nachdem er eine gute halbe Stunde gewartet hat, in der die Geräusche auf dem „Mosel-Jet" von Minute zu Minute leiser wurden, öffnet er seine fast schon liebgewonnene Tür, in die er zwischenzeitlich mit dem Fingernagel *„Rosi und Theo waren hier - und es war heiß!"* eingeritzt hat, und tippelt auf Zehenspitzen durch den WC-Raum. Anschließend lugt er vorsichtig in den Bereich zwischen Bordküche und Festsaal. Als er sieht, dass sich keine Menschenseele dort aufhält, verlässt er die Wohlfühl-Wellnessoase der Damen. Er geht zur Tür des Restaurants und bemerkt mehrere Servicekräfte, die bereits damit begonnen haben, die Überbleibsel, Trümmer und sonstigen Hinterlassenschaften der Partygesellschaft wegzuräumen. Komisch, denkt Karl nach einem Blick auf seine Uhr, die ihm anzeigt, dass es viertel nach zwei ist. Meine Hochzeitsfeier hat irgendwie länger gedauert. Er stellt den Kragen seines Jacketts hoch und schreitet wie das arrogant selbstgefällige Grillhähnchen aus dem Sonnenstudio durch den großen Raum, ohne auch nur einmal nach links oder rechts zu blicken. Am gegenüberliegenden Ausgang wendet er sich direkt dem geöffneten Tor der Freiheit und der Gangway zu. Er wagt einen Blick aus dem Schiff und zuckt zusammen. Am Ende der Passagierbrücke, am breiten Anlegesteg von Cochem, stehen mindestens drei Dutzend Hochzeitsgäste inklusive des Kapitäns und eines noch immer mitgenommen wirkenden Bräutigams herum und scheinen in eine hitzige Debatte vertieft zu sein. Karl hört immer wieder Begriffe und Wortfetzen wie „Schadensersatz" und „Abbruch der Feier". Er will sich gerade umdrehen, um seine Situation zu überdenken, als er die Fußschritte mehrerer Personen aus dem Bordrestaurant auf sich zukommen hört. Rasch wendet er sich in Richtung der Treppe, hastet sie hinauf und rennt auf dem Oberdeck direkt Pat und Patachon in die weit ausgestreckten Arme.

„Wen haben wir denn da?", fragt der Bohnenstangen-Roller-Polizist und zeigt ein Grinsen, wie es nur von den zwei bösen Schwestern Schadenfreude und Genugtuung erzeugt werden kann. „Sagte ich nicht, dass man sich im Leben immer zweimal sieht?" Während sich der winzige Patachon kichernd die Hände reibt, sackt Karl in sich zusammen, als wäre er gerade mit einem Baseballschläger und danach mit einem Elektroschocker behandelt worden.
„Ich bin unschuldig", murmelt er kraftlos und lässt den Kopf hängen.
„Das sagen sie immer", freut sich der Kleine. „Diese Kriminellen." Er mustert Karl vom Kopf bis zu den Schuhsohlen und meint anschließend:
„Für mich sieht er aus, wie der Typ, der uns gerade vom Bräutigam beschrieben worden ist. Schütteres Haar, große Brille, dummes Gesicht, dicker Bauch und zu kurze Beine."

„Ich kann Ihnen alles erklären", versucht es Karl erneut. „Es handelt sich um ein großes Missverständnis."

„Natürlich", sagt der Große mit den langen Stelzen. „Es ist also nicht wahr, dass Sie sich illegal Zutritt zu diesem Schiff verschafften, sich als Mitarbeiter von Jork Kasimir ausgaben, sich den absolut langweiligen Allerweltsnamen *Karl Bauer* ausdachten, Unmengen von Champagner, Wein und anderen Köstlichkeiten vertilgten, durch Ihre Verleumdungen dafür sorgten, dass sich Brautleute und Gäste untereinander stritten und sich nachher mehrere Stunden irgendwo versteckten, um nun heimlich an Land zu kommen?"

„Teilweise haben Sie ja recht", gibt Karl leise zu und lehnt sich kopfschüttelnd gegen die Reling des Speedbootes. „Doch ich bin da irgendwie reingeschlittert. Ich wollte nicht, dass es soweit kommt."

Die Stadt Cochem und die angestrahlte Burg ruhen friedlich vor ihm. Da und dort steigen Hochzeitsgäste auf dem Parkplatz der Anlegestelle in Sammeltaxis oder Privat-PKW, und unter einer Laterne, in etwa fünfzig Meter Entfernung, sieht er einen Kastenwagen mit eingeschalteter Warnblinkanlage und mehrere Personen, die gestikulierend davor stehen.

„Meine Güte", murmelt Karl nach einer kleinen Pause, während er sich unbewusst fragt, warum ihm die Menschen unter der Laterne gerade zuwinken. „Wenn man das, was mir ständig passiert, in einem Buch lesen würde, würde man es wahrscheinlich in den Kamin werfen, es als grob übertriebenen Unfug und Schwachsinn abtun und dem Autor eine bitterböse Mail schreiben, um sein Geld zurückzufordern. Mein Pech reicht echt aus, um darüber eine Endlos-Billigserie bei RTL zu produzieren."

„Sie tun mir ja so leid", wirft Pat ein und verdreht die Augen. „Wir fahren jetzt zumindest erst einmal aufs Revier. Dort teilen Sie uns Ihre richtigen Personalien mit, und anschließend gehen wir den Abend noch einmal Schritt für Schritt durch. Und wenn Sie Glück haben, dürfen Sie morgen früh nach Hause. Eine Nacht in der Ausnüchterungszelle macht sich in Ihrer Fernsehserie doch bestimmt ganz prächtig, oder?"

Karl zuckt nur mit den Achseln und in diesem Augenblick begreift er plötzlich, warum ihm die Leute vor dem Lieferwagen die ganze Zeit zugewinkt und Zeichen geben haben. Und er begreift auch, warum sie nun in das Auto steigen, mit noch immer eingeschalteter Warnblinkanlage vom Parkplatz rollen, über die große Moselbrücke auf die andere Flussseite fahren und eine Minute später unmittelbar am Wasser halten.

„Nun kommen Sie!", fordert Pat ihn ungeduldig auf. „Genug gegrübelt. In Selbstmitleid zerfließen können Sie später immer noch, sie armer

Unschuldiger." Karl dreht sich wieder um und sieht die beiden ungleichen Polizisten auf sich zukommen. In ihren Gesichtern steht die pure Vorfreude auf die anstehende Verhaftung geschrieben. Er nickt ergeben, senkt den Blick und atmet tief durch.

„Nun gut, meine Herren. Sie haben gewonnen!" Er streckt die Arme nach vorne, so als erwarte er, dass man ihm Handschellen anlegt. „Mal schauen, was sich der unfähige Autor meiner Lebensgeschichte noch so für mich ausgedacht hat." Und dann macht er einen raschen und völlig unerwarteten Schritt zur Seite, schwingt seine Beine nacheinander über die Reling, holt ein weiteres Mal tief Luft, stößt sich kraftvoll ab und springt, mit den Füßen zuerst, zum zweiten Mal binnen dreißig Stunden in die kühle Mosel.

Seine Kleidung saugt sich augenblicklich mit Wasser voll und erschwert jede seiner Bewegungen um ein Vielfaches. Während er mit unbeholfenen Armzügen und Beinbewegungen bereits nach kurzer Zeit die Flussmitte erreicht hat, überlegt er immer wieder, ob es nicht vielleicht besser wäre, sich des Jacketts zu entledigen. Er lässt es jedoch - schließlich ist es nagelneu und sicherlich nach einer ordentlichen Reinigung noch zu gebrauchen. Als er etwa anderthalb Minuten später fast das andere Ufer erreicht und Stephan, Johann und die Gender-Girls schon zum Greifen nahe vor sich hat, blickt er sich zum ersten Mal um. Er erkennt im blassen Mondlicht, dass der kleine Patachon noch immer auf dem Oberdeck des Ausflugsschiffes steht und so wild mit den kurzen Armen rudert, als wolle er ihm zeigen, wie man im Wasser schneller vorwärts kommt. Pat sieht er nicht. Stattdessen ertönt in diesem Augenblick eine Polizeisirene.

„Kannst du dir nicht mal was Neues einfallen lassen?", ruft Stephan lautstark, als er den atemlosen Karl ans Ufer zieht. „Es wird langsam langweilig, dich ständig halbtot aus der Mosel zu fischen!"
„Es war doch eure Entscheidung", japst der Flüchtige. „Ich wäre ohne euch nie auf die dumme Idee gekommen, von dem Dampfer zu springen."
„Würde es euch etwas ausmachen, eure Diskussion im Transit fortzuführen?", ruft Chris, die hinter dem Steuer sitzt. „Der Streifenwagen ist bereits auf der Brücke!"
„Keep cool", antwortet der dicke Maurer, der in diesem Augenblick so wirkt, als sei er als Kind in einen Zauberkessel mit Beruhigungstrank gefallen. „Für Hektik haben wir jetzt keine Zeit." Er zerrt den kleinen Finanzbeamten mit sich zum Ford, schubst ihn ins Wageninnere und klettert anschließend

214

hinterher. Er hat die Schiebetür noch nicht ganz zugezogen, als die Anführerin der Frauen auch schon mit quietschenden Reifen und ausgeschaltetem Abblendlicht anfährt. Karl liegt wie ein nasser Sack Blumenerde auf dem Boden zwischen Johanns, Stephans und Birgits Füßen.

„Schön, dass du auf dein Jackett aufgepasst hast, während du meins gestern unbedingt zerreißen musstest, du Idiot", begrüßt ihn der Osnabrücker und hilft ihm hoch. „Ich hoffe, du hast wenigstens das Feuerwerk genießen können."

„Ich freue mich auch, dich zu sehen", erwidert Karl und fährt sich keuchend durchs nasse Haar. „Und ich habe heute Abend nicht nur das Feuerwerk genossen - aber das ist eine andere Geschichte." Er beginnt damit, sich umständlich die Jacke auszuziehen. Als diese schließlich irgendwo in den Tiefen des bemalten Transits liegt, breitet sich ein selbstgefälliges Grinsen auf seinem feuchten Gesicht aus.

„Mann, Leute!", jubiliert er, während Chris den erstaunlich agilen Oldtimer wie ein dunkles, unsichtbares Geschoss durch die Nacht lenkt. „War das eine Aktion! Und jetzt hoffe ich mal ganz stark, dass wir noch Bier im Wohnmobil haben. Wenn nicht, muss Chris gleich noch eben an einer Tankstelle halten."

XXX

Sie stellen die Rosen in die Kunststoffvase und falten anschließend gemeinsam die Hände. Der Regen fällt, wie auch schon vor einem Jahr, erbarmungslos auf die Freunde herab und durchweicht ihre sommerliche Urlaubskleidung binnen Sekunden.

„Wisst ihr, dass ich heute zum ersten Mal wieder hier bin?", fragt Karl die beiden anderen. „Ich habe es nie fertiggebracht. Ich dachte zwar jeden Tag an ihn, doch ich hatte nie den Mut, hierher zu kommen. Irgendwie erschien mir der Ort immer…unwirklich."

„Verstehe ich", flüstert Stephan in den Regen hinein. „Hier zu stehen bedeutet ja auch, sich endgültig damit abzufinden, dass er für immer weg ist." Die Männer schweigen ein paar Minuten, bis Johann sich räuspert.

„Ihr werdet es nicht glauben, doch ich war jeden Monat hier. Weil ich sonst nämlich nicht damit klargekommen wäre." Er sieht die *Flachleger* mit traurigen Augen an. „Euch ist etwas genommen worden, das ihr mindestens einmal in der Woche gesehen habt, das ein Teil eures Lebens war. Das tut zwar unendlich weh, dadurch dass es spürbar weg ist, bietet sich jedoch auch die Möglichkeit, die Sache zu verarbeiten, sie irgendwann hinter sich zu lassen, sich umzustellen." Er wischt sich mit einem Ärmel übers regennasse Gesicht und fährt fort:

„Bei mir war das anders. Ich hatte ihn ja längst als Freund, als Wegbegleiter, als wöchentliches Etwas verloren. Mir hat also, wenn man so will, in meinem Alltag nichts gefehlt." Er geht in die Hocke und beginnt damit, ein wenig Unkraut vom Grab zu zupfen. „Und das hat es auch so schwierig gemacht, seinen Tod zu realisieren, zu begreifen und anzunehmen."

„Er fehlt mir zumindest immer noch", entgegnet Karl und legt seinen Kopf unbewusst gegen Stephans Schulter. Der Hüne blickt mit ausdruckslosem Gesicht erst auf seine Schuhe und anschließend ins graue Nichts.

„Weißt du eigentlich, Karl", flüstert er schließlich, „dass ich Freitag vor Angst und Panik beinahe ausgeflippt wäre? Als wir dich leblos aus der Mosel gezogen haben? Ich war mir für einen Augenblick absolut sicher, dass du tot bist." Karl nickt unmerklich und rückt ein wenig näher an den Freund heran.

„Habe ich mich eigentlich schon dafür bedankt, dass du mir das Leben gerettet hast?" Stephan dreht den großen Kopf und lächelt.

„Hast du. Außerdem war es mir eine Freude und Ehre, obwohl ich mir im Wasser geschworen habe, dass du den Ellenbogenschwinger, den du mir verpasst hast, noch zurückbekommst."

„Okay, damit kann ich leben", antwortet Karl und spricht dann Johann an.

„Ich möchte auch dir noch einmal von Herzen für deinen vorgestrigen Einsatz danken. Ohne euch gäbe es mich jetzt nicht mehr."

„Schon in Ordnung", grinst der Osnabrücker und erhebt sich. „Ich habe ja nicht viel zu deiner Rettung beigetragen. Außerdem hast du mir während des Seminares auch den Arsch gerettet."

„Worüber sich dein Freund bestimmt am meisten freut", feixt Karl und boxt Johann kameradschaftlich in die Seite. Anschließend zieht er ihn jedoch kurzerhand zu sich heran, um ihm einen Arm um die Taille zu legen. Und dann stehen die drei Männer lange Zeit einfach nur schweigend und nachdenklich im Regen, um gemeinsam auf Herberts Grabstein zu starren, der noch immer wie ein irreales, unbegreifliches Objekt aus einer fernen und völlig fremden Welt wirkt.

Epilog

„Und du glaubst, dass das eine gute Entscheidung ist?", fragt Marianne und sieht ihren Mann eindringlich an. „Sechzehn Tage auf diesem motorisierten Dreirad?"

„Trike!", hilft Karl seiner Gattin auf die Sprünge. „Das motorisierte Dreirad heißt Trike und ist im eigentlichen Sinne ein Auto. Außerdem glaube ich nicht nur, dass es sich bei dieser Aktion um eine gute Entscheidung handelt, ich weiß es! Ich träume seit mehr als dreißig Jahren von dieser Tour."

„Aber warum denn alleine? Nimm doch wenigstens Stephan mit." Karl erhebt sich, tritt hinter seine am Küchentisch sitzende Frau und legt ihr beide Hände auf die Schultern.

„Schwänchen, ich bin nicht allein. Mit mir fahren noch zehn weitere Personen aus ganz Deutschland und ein Scout. Und Stephan könnte ich zu so etwas niemals überreden. Du weißt, dass er in kein Flugzeug steigt." Marianne dreht sich zu Karl um und mustert ihn argwöhnisch.

„Dann macht doch eine Trike-Fahrt durch Holland. Da kommt er sicher mit." Der kleine Billerbecker löst sich von seiner Frau und setzt sich wieder auf den ihr gegenüberstehenden Stuhl.

„Ich träume davon, auf der Route 66 einmal quer durch Amerika zu fahren und nicht auf der E sowieso durch die Niederlande. Wenn du dir von mir ein neues Abendkleid wünscht, gibst du dich doch auch nicht damit zufrieden, wenn ich dir eine Boxer-Shorts bei C&A kaufe. Die Route 66 ist die Mutter aller Straßen und das Ziel eines jeden Bikers."

„Aber du bist überhaupt kein Biker!", wirft Marianne hartnäckig ein. „Du hast letztes Jahr deinen Motorradführerschein doch gar nicht gemacht."

„Deshalb fahre ich ja auch mit einem Trike. Dafür reicht der Autoführerschein, und man kann sich dennoch den Wind um die Nase wehen lassen. Außerdem sind diese Dinger viel sicherer." Marianne löffelt weiter lustlos in ihrer Erbsensuppe herum.

„Ich weiß nicht", flüstert sie. „Du musst bedenken, dass das fast 4000 Kilometer sind. Du kennst das Land doch überhaupt nicht."

„Ich habe eine geführte Tour mit einer Reisegruppe durch eine vergleichsweise zivilisierte Gegend gebucht und unternehme keinen Solo-Trip in den Urwald. Die einzelnen Tage und Strecken sind genau geplant, die Hotelzimmer und Unterkünfte reserviert, und der Scout hat die Reise bereits mehrere Dutzend Mal durchgeführt. Außerdem begleitet er die Truppe mit einem Auto, so dass er stets auf alles vorbereitet ist. Der weiß genau, was er uns Mitteleuropäern zumuten kann, an welchen Stellen man besser nicht von der Maschine steigt und wo es im Fall einer Panne Hilfe gibt. Mach dir also keine Sorgen." Er löffelt einige Sekunden gedankenverloren vor sich hin und strahlt dann plötzlich wie ein Kernreaktor nach einem Supergau.

„Mensch Marianne, stell dir das doch nur mal vor: Ich werde Chicago sehen und St. Louis. Wir fahren durch Miami, Oklahoma City und Santa Fe. Cruisen durch die Spielerstadt Las Vegas und landen schließlich in Los Angeles, um Hollywood unsicher zu machen. Und dabei darf man die unglaublichen Landschaften und Naturhighlights nicht vergessen. Wir durchfahren acht völlig unterschiedliche Staaten. Ich werde den Mississippi bewundern und die Wüste von New Mexico. Werde mit einem Helikopter über den Grand Canyon fliegen und im Pazifischen Ozean vor der Skyline von Santa Monica baden." Karls Augen leuchten wie die eines kleinen Kindes zu Weihnachten. „Mach dir das mal klar! Ich werde in diesen zweieinhalb Wochen so viele Erfahrungen machen wie sonst in zehn Jahren nicht. Und ich darf das alles erleben, ohne dass ich auch nur einen einzigen Euro dafür bezahlen muss."

„Das ist auch so eine Sache, die ich nicht verstehe", wirft Marianne mit einem leicht vorwurfsvollen Unterton ein. „Wie kann dieser Johann, den du kaum kennst, dir denn eine solche Reise spendieren? Wir reden hier immerhin von einem Betrag von knapp 5000 Euro." Karl verdreht die Augen und antwortet: „Das habe ich dir doch schon zigmal erklärt. Der Johann verdient solche Summen an einem Tag, manchmal sogar noch viel mehr. Ich war ja auch total überrascht, als er mich vor drei Wochen anrief. Aber er hat immer wieder beteuert, wie dankbar er mir für diese Veranstaltung in Bernkastel-Kues sei und wie gerne er sich dafür, dass es ihm nun sowohl beruflich als auch emotional wieder besser geht, erkenntlich zeigen möchte. Das ist ihm eine richtige Herzensangelegenheit gewesen. Und da hat er sich halt daran erinnert, dass ich ihm an der Mosel irgendwann mal erzählt habe, dass ich gerne einmal die Route 66 entlangfahren möchte." Marianne steht auf, stellt sich an die Spüle und sieht mit verschränkten Armen aus dem Küchenfenster, hinaus auf die Straße vor dem kleinen Reihenhaus.

„Ist ja auch egal", murmelt sie schließlich traurig. „Jetzt ist die Reise gebucht, und morgen früh holt dich Stephan gegen fünf ab, um dich zum Flughafen zu bringen." Sie dreht sich um, und Karl entdeckt eine einsame Träne, die in diesem Moment wie in Zeitlupe aus ihrem linken Auge rinnt und unendlich langsam über ihr Gesicht in Richtung Kinn wandert.

„Schade ist nur, dass du diese ganzen Erfahrungen ohne mich machen wirst."
Sie wischt sich die Träne wie eine lästige Fliege weg und macht eine abfällige
Handbewegung. „Ja, ja, ich weiß, dass du mir mehrfach angeboten hast,
mitzukommen. Und ich weiß auch, dass ich immer wieder abgelehnt habe,
obwohl Johann auch meine Reise bezahlt hätte. Doch irgendwie tut es mir
jetzt leid. Vielleicht wäre es doch ganz schön gewesen, die Tour gemeinsam
zu machen." Karl erhebt sich erneut von seinem Stuhl, schreitet durch die
kleine Küche und nimmt seine Marianne in den Arm.
„Hey kleines Schwänchen, nicht weinen. Es tut mir auch leid, dass du nicht
mitkommst. Das kannst du mir glauben." Er nimmt ihr Gesicht in seine
Hände und küsst sie zärtlich auf den Mund. „Ich hätte dich wirklich gerne
dabei gehabt, doch leider ist es dafür jetzt zu spät."
„Ich weiß", antwortet sie und legt ihren Kopf an seine Schulter. „Ich werde
dich halt nur so doll vermissen."

XXX

Als Karl gegen vier Uhr aufwacht, blickt er sich orientierungslos im
Schlafzimmer um, das lediglich durch den trüben Schein der Straßenlaterne
vor dem Haus ein wenig beleuchtet wird. Er braucht einige Atemzüge, ehe er
realisiert, dass es nicht sein Wecker gewesen ist, der ihn aus seinen Träumen
gerissen hat, sondern Eugen, der noch immer jaulend vor dem Bett steht.
„Hey, Eumel", flüstert Karl leicht irritiert. „Was ist los?" Der Hund wedelt
wie verrückt mit seinem Stummelschwanz, bellt kurz, läuft nervös zur Tür
und kommt wieder zurück.
„Bist auch aufgeregt, was?", meint Karl und streicht dem Hund zärtlich übers
kurze Fell. Anschließend schwingt er die Beine von der Matratze und richtet
sich ächzend auf.
„Mein Gott, das ist nicht meine Zeit." Er reckt und streckt sich, wirft einen
kurzen Blick auf die noch schlafende Marianne und betrachtet den
Radiowecker, auf dessen Display keine Anzeige zu erkennen ist.
„Komisch", wundert sich Karl, dreht den Kopf und schaut auf Mariannes
Wecker, der ebenfalls nicht zu funktionieren scheint. „Haben wir einen
Stromausfall?" Er langt nach der Armbanduhr, die auf seinem Nachttischchen
liegt, und drückt auf das kleine Knöpfchen, welches das Zifferblatt
augenblicklich in einem matten Licht erstrahlen lässt.
„Mensch, Eumel! Fein gemacht!", lobt er den noch immer aufgeregten Hund,
nachdem er die Uhrzeit abgelesen hat. „Hast gespürt, dass wir aufstehen

müssen, was?" Er bückt sich, hebt den Mops in die Höhe und drückt ihn erleichtert gegen seine Brust. „Wenn es dich nicht gäbe, hätte ich doch glatt meinen Flug nach Amerika verpasst. Bist ein feiner Hund." Er setzt Eugen wieder ab und schlurft erleichtert und voller Vorfreude in seiner ausgeleierten Unterhose ins Bad. Als das Betätigen des Schalters nicht den erhofften Lichtgewinn bringt, fasst er sich kopfschüttelnd an den Kopf. „Ich bin aber auch ein Idiot", knurrt er selbsttadelnd, dreht sich um, durchquert das Schlafzimmer und verlässt es, um sich auf den Weg zum Sicherungskasten im Keller zu machen. Er benötigt drei Treppenstufen, bevor ihm, seiner Nase und seinen Augen schlagartig bewusst wird, warum der Strom ausgefallen ist und Eugen zuvor so ein Theater veranstaltet hat. Fassungslos und förmlich gelähmt vor Angst starrt er ins Erdgeschoss, während die ersten Flammen bereits gefräßig und hinterhältig an der hölzernen Treppe lecken.

Er stürmt zurück ins Schlafzimmer, rüttelt schreiend und flehend an Mariannes Schultern und schlägt ihr vor lauter Panik sogar mehrfach leicht gegen die ihm zugewandte Wange.
„Es brennt, Marianne! Das Haus brennt! Wach auf, wir müssen raus!"
Marianne schlägt die Augen auf, sieht ihn fragend an und versteht von einer Sekunde auf die andere. Sie hasten in den Flur und sehen die Treppe hinunter. Dichter Rauch schlägt ihnen entgegen und lässt ihre Augen tränen und ihre Lungen protestieren.
„Halt den Hund fest und warte auf mich!", brüllt Karl, rennt zurück ins Schlafzimmer und anschließend ins Bad. Er reißt zwei Handtücher von den Halterungen, lässt kaltes Wasser darüber laufen und kehrt keuchend zu Marianne zurück.
„Hier!", ruft er laut und reicht ihr ein nasses Tuch. „Drück dir das vor den Mund und folge mir! Wir müssen irgendwie die Haustür erreichen!" Er hebt den winselnden Hund hoch, presst ihm das eine Ende seines Handtuches an die Schnauze und sich selbst das andere gegen das Gesicht. Dann hechtet er die Treppe hinunter, dicht gefolgt von Marianne, die seit ihrem Aufwachen noch nicht einen einzigen Ton von sich gegeben hat. Mit jeder Stufe wird es heißer und heißer, während der Qualm von Sekunde zu Sekunde dichter und beißender zu werden scheint. Unten im Flur angekommen wendet Karl kurz den Blick und schaut ungläubig ins lichterloh brennende Wohnzimmer, bevor er sich zur Haustür dreht und feststellt, dass aus der Küche ebenfalls Flammen schlagen.

„Los, komm! Wir schaffen das!" Marianne verharrt für eine gefühlte Ewigkeit auf der untersten Treppenstufe und schreit in ihr Handtuch: „Müssen wir denn nichts mitnehmen? Den Ordner mit den Versicherungsunterlagen? Unsere Ausweise?" Karl, dessen nackte Füße und Beine bereits erste Anzeichen von Verbrennungen aufweisen, schüttelt nur wild mit dem Kopf.

„Vergiss es! Wir haben uns, das reicht!"

Er gelangt über den glimmenden Läufer zur Eingangstür, zerrt den Schlüsselbund vom Brettchen, findet auf Anhieb den Hausschlüssel, steckt ihn ins Schloss und dreht ihn mehrfach herum. In diesem Augenblick befreit sich Eugen strampelnd und kläffend aus Karls Umklammerung, springt herunter und spurtet verzweifelt bellend und jaulend mit seinen kurzen Beinen zur Treppe, um zurück ins vermeintlich sichere Obergeschoss zu gelangen. Karl zieht die Tür auf, greift nach Mariannes Oberarm und stößt sie unsanft ins Freie. Doch anstatt sofort auf die Straße zu laufen, bleibt sie wie angewurzelt auf der Fußmatte stehen, dreht sich blitzschnell um und schaut ihrem Mann, zu Tode erschrocken und zugleich voller Liebe, in die tränenden Augen, während das Feuer hinter ihm mit dankbarer Wucht dröhnend und fauchend auf den einströmenden Sauerstoff reagiert.

„Karl, was machst du denn noch? Komm endlich raus!"

Der kleine Finanzbeamte nickt fast bedächtig und presst sich weiterhin das nasse Handtuch gegen Mund und Nase. Und auf einmal erscheint ein zunächst zaghaftes, schließlich immer breiter werdendes Lächeln auf seinem geröteten Gesicht. Er lässt das Tuch sinken, küsst die Kuppe seines rechten Zeigefingers und streicht Marianne damit zärtlich über die bebenden Lippen.

„Werde ich auch, mein Schwänchen. Verlass dich drauf. Aber vorher habe ich noch etwas zu erledigen."

Er drückt sich das feuchte Handtuch erneut vors Gesicht, wendet sich der Flammenhölle zu und verschwindet einen Herzschlag später im tosenden Chaos aus Rauch, Hitze und Feuer.

ENDE

Persönliche Worte und Danksagungen

Das war`s! Aus, Ende, Schluss und Finito! Die Karl-Bauer-Trilogie hat nach drei Jahren tatsächlich ihren endgültigen Abschluss gefunden. Ich danke Ihnen dafür, dass Sie dieses Buch in dieser Sekunde in Ihren Händen halten. Noch mehr danke ich Ihnen, wenn Sie zu den zahlreichen Menschen gehören, die die Geschehnisse rund um den kleinen Billerbecker bereits seit dem ersten Band verfolgen und ihm über die Jahre treu geblieben sind.

Das Karl-Bauer-Projekt ist mir in den letzten 36 Monaten mehr ans Herz gewachsen, als ich es jemals für möglich gehalten hätte. Es gab während dieser Zeit keinen Tag, an dem ich nicht an diesen leicht verschrobenen, durchgeknallten und doch so liebenswerten Finanzbeamten gedacht habe. Keinen Tag, an dem ich nicht für ihn geplant, gearbeitet, geworben und gelebt habe. Umso wichtiger erscheint es mir deshalb nun, mich von diesem Projekt, diesem Vorhaben, diesem Lebensabschnitt zu trennen, um Karl, Marianne, Stephan, Herbert, Johann und den anderen Protagonisten endgültig „Adieu!" zu sagen.

Alle in diesem Episodenroman handelnden Charaktere sind, wie immer, völlig frei erfunden. Ähnlichkeiten mit Lebenden oder Verstorbenen sind nur da gewollt, wo es außer mir niemand merkt. Im Rahmen der künstlerischen Freiheit habe ich es mir auch diesmal nicht nehmen lassen, real existierende Gegebenheiten und Sachverhalte ein wenig zu verändern. Sämtliche Bürger, Bürgermeisterinnen und Allgemeinmediziner Billerbecks, Mitarbeiter des Finanzamtes Münster, Punktrichter der Dortmunder Hundeschau, die Verantwortlichen von VOX, Betreiber von Sonnenstudios, die Bürger von Bernkastel-Kues und Cochem, die Veranstalter des Weinfestes, der Betreiber des Campingplatzes Kueser Werth und die Beamten der Polizeiinspektionen Bernkastel-Kues und Cochem sollen wissen, dass ich sie dafür um Verständnis bitte.

Dem Dacia-Konzern Deutschland biete ich an dieser Stelle die allerletzte Möglichkeit, sich bei mir zu melden. Sollten Sie mir nicht innerhalb eines halben Jahres kostenlos einen nagelneuen schwarzen Duster vor die Haustür stellen, fährt Karl Bauer sowohl in der Kino- als auch in der TV-Serien-Verfilmung einen Fiat Panda. Ich kann mir Karl jedoch auch sehr gut in einem Cayenne vorstellen, womit nun also die Porsche AG gefragt ist.

Ich danke an dieser Stelle den Menschen, die mich während der vergangenen Monate und Jahre immer wieder unterstützt, beraten und gestärkt haben.

Zuerst einmal darf ich mich bei Beate Bennemann und Mechthild Brünen bedanken, die sich auch im 3. Teil mit mir auf Fehlersuche gemacht haben. Ihr habt tatsächlich Dinge gefunden, von denen ich nicht einmal wusste, dass sie im Buch sind.
Ich danke Thorsten Sträter, dem besten Poetry-Slammer Deutschlands, der mir im Vorfeld persönlich eine Generalabsolution für den Fall erteilt hat, dass ich (un)bewusst bei ihm klaue (was natürlich nicht vorgekommen ist).
Ich danke Ann Heiringhoff herzlich für die Hundeausstellungsrecherche und Frederike Renner für die Einführung in die höchst unterhaltsame und interessante Gender-Welt.

Dann danke ich Christian Peitz, der mich während der letzten drei Jahre äußerst professionell und freundschaftlich begleitet und unterstützt hat. Ich freue mich schon sehr auf unsere nächste Zusammenarbeit, denn Du machst aus unpersönlichen Dateien persönliche Bücher.

Besonderen Dank auch an meinen langjährigen Bodyguard Stephan Witte-Ameis (ja, der Stephan aus dem Buch ist an dich angelegt), meinen Permanent-Berater Hubertus Potthoff, Daniel Kosakowski, René Birkner, die Outsider, meine Familie, meine Eltern und an alle, die mir durch ihre unzähligen Mails, Gästebucheinträge, Rückmeldungen, Buchbestellungen und Rezensionen immer wieder Freude, Ideen und Motivation schenkten.

Liebe Grüße an meine best friends Oli Könitz und Guido Zahlten. Ich weiß, dass es nicht immer leicht ist, mit mir befreundet zu sein, doch ich gelobe Besserung.

Danke für die Unterstützung sage ich hier auch den Teams der „Bücher Schwalbe" in Senden, der Buchhandlung „Füssner" in Wettringen und ganz besonders der „Bücherschmiede" in Billerbeck. Außerdem danke ich den „Westfälischen Nachrichten", dem „Billerbecker Anzeiger", den „Streiflichtern", der „AZ", der „Hallo Sonntag"-Redaktion, Radio Kiepenkerl, der „Münsterschen Zeitung", dem „Stadt-Anzeiger" und der Stadtbücherei Coesfeld für die gute Zusammenarbeit.

Und dann sind da natürlich noch Anke und meine beiden Engel Ronja und Maja. Ohne euch wäre mein Leben nicht das, was es ist. Euer Verständnis für meine manchmal doch schon ziemlich zeitverschlingende und selbstisolierende Schreibleidenschaft hat die Karl-Bauer-Trilogie erst möglich gemacht. Genießt die schreibfreie Zeit, das nächste Projekt steht bereits in den Startlöchern. Ich liebe euch!

Neben meinen Liebsten ist dieses Buch dem wahren Karl gewidmet. Du weißt längst, dass ich eigentlich stets nur für und über Dich geschrieben habe.

Und noch etwas, lieber Günther. Ich wünsche Dir und Deiner Familie unendlich viel Glück, Kraft und Gesundheit. Du bist ein bewundernswerter Mensch und ein Vorbild.

Swen Artmann, Dezember 2012